KYM GROSSO

LOGAN

Traduzido por Wélida Muniz

1ª Edição

The GiftBox
EDITORA

2021

Direção Editorial: Anastacia Cabo
Gerente Editorial: Solange Arten
Arte de Capa: Dri KK Design
Tradução: Wélida Muniz
Revisão final: Equipe The Gift Box
Diagramação e preparação de texto: Carol Dias
Ícones de diagramação: Freepik/Flaticon

Este livro segue as regras da Nova Ortografia da Língua Portuguesa.

CIP-BRASIL. CATALOGAÇÃO NA PUBLICAÇÃO
SINDICATO NACIONAL DOS EDITORES DE LIVROS, RJ
MERI GLEICE RODRIGUES DE SOUZA - BIBLIOTECÁRIA - CRB-7/6439

G922L

Grosso, Kym
Logan / Kym Grosso ; tradução Wélida Muniz. - 1. ed. - Rio de Janeiro : The Gift Box, 2021.
320 p.

Tradução de: Logan's acadian wolves
ISBN 978-65-5636-091-1

1. Romance americano. 2. Literatura erótica americana. I. Muniz, Wélida. II. Título.

21-72474 CDD: 813
CDU: 82-31(73)

The GiftBox
EDITORA

AVISO

Esse livro é um romance paranormal erótico com cenas de amor e situações maduras. Ele foi escrito exclusivamente para ser lido por maiores de dezoito anos.

CAPÍTULO UM

Logan cravou os caninos nos pelos grossos até o oponente ganir em derrota. O sangue tingido em ferro só serviu para incitar ainda mais a sua raiva. Por meses, lutou em desafios para reivindicar a sua posição como alfa. Como os ventos crescentes de um furacão, o seu poder crescia mais a cada batalha. No entanto, vinha sendo piedoso, nunca matou outro lobo. Mas essa noite, ele tinha chegado ao limite. Já era hora de colocar um fim aos desafios e forçar a aceitação. Enquanto as gotas de sangue lhe cobriam a língua, ele rosnou. O lobo de pelo marrom ficou quieto e se encolheu, ciente de que a resistência o levaria à morte.

Satisfeito o bastante com a submissão, o alfa foi se transformando. O corpo nu e musculoso se ergueu imponente, ondulando com força bruta. Gotejando sangue e suor, os olhos escuros de Logan se estreitaram para a forma trêmula aos seus pés, então se ergueram para que ele pudesse observar o mar de olhos o observando, esperando a sua próxima palavra.

— Isso acaba essa noite — rosnou ele, dirigindo-se à alcateia. — O próximo desafio que me lançarem terminará em morte. Não haverá misericórdia. Eu sou o alfa. Quem aqui ousará me desafiar agora?

O poder correu por suas veias. Logan enviou um pequeno fio de ameaça em direção aos seus lobos, tanto um aviso quanto um ultimato. Um leve murmúrio na multidão terminou assim que começou. A tensão era palpável, ainda assim, os murmúrios de concordância dançaram no silêncio da noite. Uma calma envolvente cobriu a alcateia enquanto, um a um, cada lobo se abaixava em submissão, abanando as caudas, reconhecendo o novo líder.

Logan sentiu aquilo com a mesma certeza de que sabia que era um lobo; ele era o alfa. Fechou os olhos, permitindo que a energia fluísse dele, amplificada por cada molécula do seu corpo. Cada lobo dava a aceitação, o amor e a si mesmos para o seu reinado. Enfim, a semente da dominância tinha geminado em uma árvore totalmente crescida de comando, provendo a proteção e a orientação de que a alcateia precisava para sobreviver. Vibrando em controle, os músculos de Logan se retesaram quando ele jogou a cabeça para trás, sugando a brisa fria da noite. Um uivo vitorioso veio das profundezas do seu peito quando reivindicou a alcateia, seu governo, sua dominação. Ascendendo ao chamado do alfa, os lobos se uniram ao seu cântico, celebrando o líder.

Logan parou o chamado só por um minuto para assentir em afirmação para o seu beta escolhido, Dimitri. O lobo marrom confiante, mas subserviente, caminhou na direção de Logan, os olhos disparando para os companheiros de alcateia em reconhecimento do seu status.

— Hoje à noite, nós celebramos — Logan deu a ordem, voltando a se transformar em seu lobo cinza e sedoso. Olhou para os outros, erguendo o focinho em uma singela demonstração de afeto.

Enquanto corriam pela noite, Logan pensou em como havia chegado a esse ponto. Há muito tempo, tinha sido um filhote na alcateia dos acadianos, correndo atrás de Marcel e do amigo, Tristan. Fazia poucos meses desde que ajudara Tristan a salvar a companheira, eliminando a perigosa alcateia Wallace da Carolina do Sul. Então ele veio para Nova Orleans para ajudar a realocar as mulheres e os filhotes que sofreram abuso e que foram encontrados na extinta alcateia. Naquela noite fatídica, tinha ido até Marcel e o encontrara alvejado, à beira da morte. Sem escolha, Logan teve que matar o responsável, o beta de Marcel.

Chorar no escuro não teria qualquer serventia para deter o inevitável. Enquanto o amigo morria em seus braços, sangrando no chão, Logan teve que aceitar se tornar o alfa dos Lobos Acadianos. Marcel era como um irmão; teria feito qualquer coisa que ele pedisse. E Tristan, verdadeiro irmão de Marcel, era o alfa de Logan e o seu melhor amigo na Pensilvânia. Mas não mais. Queria ter negado o último desejo de Marcel. De início, ele se recusou a dizer as palavras. Mas quando viu a vida se apagando nos olhos do amigo, Logan aceitou o próprio destino, recitando as palavras que mudariam a sua vida para sempre: "Eu sou o alfa".

Simples assim. Depois de cento e quarenta e dois anos sendo lobo, ele sabia muito bem que não seria simples para a alcateia aceitar a situação e lhe ceder o papel de alfa, ainda mais depois de ele ter ficado tanto tempo longe de casa. Em vez de dar para trás com a sua palavra, lutou semana após semana, selando a promessa que fez ao antigo alfa. E, essa noite, ameaçar de morte a todos os que se opusessem a ele tinha sido o capítulo final da sua ascensão.

Verdade seja dita, foi só naquela noite que Logan acreditou ser o alfa.

Esteve a um segundo de matar o lobo debaixo de si. Feroz. Selvagem. Implacável. Era quem ele era, quem estava destinado a ser. Correu pelo refúgio do *bayou*, liderando os outros. Os Lobos Acadianos, a sua nova alcateia, eram seus para governar.

Enquanto o jato quente jorrava sobre os músculos tensos e bronzeados de Logan, um milhão de pensamentos corria pela sua mente. Ao sair com vantagem da luta e com a aceitação final da alcateia, desejava que a descarga de adrenalina diminuísse. Mas nem mesmo o auge da noite tinha diminuído a dor da perda de Marcel, nem acalmou a sensação que ainda perdurava por ter sido separado de Tristan. Quando Logan concordou em liderar os Lobos Acadianos, o amigo o encorajara a assumir o seu lugar de direito, não querendo nem ouvir qualquer argumento contrário. De início, sentiu-se traído por ele ter se desfeito do beta com tanta facilidade, mas, como o ouviu dizer mais de uma vez, alfas precisam tomar decisões difíceis e deixar os próprios sentimentos de lado pelo bem da alcateia.

Então, nesse sentindo, ele tomou uma decisão consciente ao fazer exatamente isso. Apesar de como se sentia, a posição e a responsabilidade por cada lobo superavam suas próprias necessidades. Aceitou calado o fato de que talvez não tivesse entendido muito bem a carga da frase até aquela noite. Sangrando e machucado, permaneceu firme, reivindicando a merecida posição.

Logan pensou na antiga vida como beta de Tristan. Fazia quase meio século que tinha ido com o amigo para a Filadélfia. Com o passar dos anos, continuou próximo de Marcel e da irmã dele e de Tristan, Katrina, que também foi realocada. Os anos que passou com o antigo alfa tinham sido prósperos na maior parte, e pacíficos. Tinha sido feliz. Ficara contente. A vida era boa. Não, a vida era ótima. E aí uma única bala virou tudo de cabeça para baixo.

Enquanto flutuava em contemplação silenciosa, a visão ofuscante e recorrente se lançou incontrolável em seus pensamentos. Em vez de lutar contra o inevitável, permitiu que as cores e os movimentos ficassem nítidos, esperando vê-la novamente. Vinha sonhando com a garota há semanas; ainda assim, a cada visão, tudo o que podia ver era o rosto dela. Olhos castanho-esverdeados angelicais implorando por sua ajuda. Paralisado, só conseguia observá-la, perguntando-se quem a garota era e por que ela estava em perigo. Os lábios carnudos e rosados o chamavam na noite, mas não podia ouvir a súplica.

O cenário panorâmico continuou a se materializar diante dele, mas foi incapaz de mudar o foco da câmera. A perda de controle não o impediu de assistir à cena. Deusa, ela era linda. Os longos cabelos louros e cacheados chicoteavam pelo rosto em formato de coração. Sacudindo as madeixas para o lado, ela gritava sem parar até as palavras se transformarem em soluços. Imobilizado, assistiu às garras do monstro envolverem o pescoço dela.

Em um instante, a unha comprida transformou o choro em um suave gorgolejar. Um borbulhante filete de sangue jorrou da pele rosada enquanto o homem fatiava a garganta dela. O coração de Logan disparou no peito; e o novo alfa lutou contra amarras invisíveis. Uma mistura de choque e aceitação lampejaram em seus olhos no instante em que ela se afundou no chão. Arfando, Logan lutou, tentando chegar a ela. Mas nada aconteceu. Nenhum movimento. Nenhum som. O familiar túnel escuro se fechou de dentro para fora, pondo fim ao aterrorizante pesadelo.

Os olhos de Logan se abriram, e ele percebeu que ainda estava no banho. Estremeceu, imaginando quando a cena se tornaria realidade. Visões o atormentaram por toda a vida, mas costumava levá-las na esportiva, sabendo que não afetariam o próprio futuro. Mesmo não podendo identificar a mulher atraente, não podia afastar a sensação de que a vida dela estava entrelaçada à sua. Seria ela uma loba que se juntaria à alcateia? Uma inimiga? A emoção profundamente enraizada na visão lhe dizia que a conhecia. E gostava dela. Ela chorava e ele estava preso, incapaz de salvá-la.

Logan suspirou desgostoso. Descartar a horrenda premonição não parecia viável. A apreensão persistente o envolvia como um colete de chumbo. Droga. Quem ela era? E por que não podia salvá-la? Não precisava dessa merda agora. Não, não era exatamente a melhor época da vida para resolver visões perturbadoras e enigmáticas. Mas, como qualquer maldito acontecimento que o abalou esses tempos, dividiria o problema em partes menores e lidaria com ele.

O barulho da maçaneta se movendo e a lufada de ar frio indicaram que ele não estava mais sozinho. *Puta merda, como odiava aquele lugar.* Mesmo tendo se mudado para a casa de campo de Marcel por pura necessidade, o lugar ainda causava desconforto. Para sua consternação, pessoas demais viviam ali. É claro que foi ele mesmo que se colocou nessa situação ao convidá-los. Dimitri, seu beta e amigo de longa data, tinha se mudado a seu pedido. E, então, havia Luci, a namorada de Marcel, que também morava na casa. Tanto Logan quanto Luci tinham testemunhado o último suspiro do antigo alfa. Ela despencara nos seus braços logo depois e, desde aquele momento, sentiu-se responsável pela loba. Então, quando se mudou para a mansão de Marcel no *bayou*, permitiu que ela ficasse.

Mas era com Katrina que ele dividia a cama. Ela não era sua companheira, mas sentia-se estranhamente reconfortado pelo corpo quente nas noites frias de inverno. Por causa do luto, eles se agarraram um ao outro como a um bote salva-vidas em uma tempestade. Como se fosse sua alma gêmea, a loba tinha sido sexualmente aventureira e generosa, compartilhando a si mesma com ele e Dimitri. Logan sempre deixou muito claro que eles não ficariam naquela para sempre; mesmo tendo parecido certo na hora, ela não era sua companheira. E a situação não estava mais sendo confortável.

— Logan — Katrina chamou, no chuveiro.

— Aqui — respondeu.

Precisava dizer a ela, ainda hoje, que não dava mais. Não seria fácil, mas a garota precisava voltar para a própria vida na Filadélfia, e ele precisava cuidar dos negócios. Era hora de voltar para a cidade.

Quando a pele sedosa deslizou na sua úmida, Logan lutou com a excitação que tentava lhe distrair da tarefa. Permitindo que ela envolvesse o corpo no seu, beijou o cabelo molhado da loba.

— Oi, Kat. Precisamos conversar.

— Humm… conversar, hein? — Ela estendeu as duas mãos para lhe acariciar a bunda, roçando em seu membro semiereto.

Logan se afastou ligeiramente, sem afastar o toque, mas o suficiente para segurar o rosto dela. Respirando fundo, trancou os olhos semicerrados nos dela.

— Você sabe que eu te amo. Mas já é hora de você voltar para a casa. Não podemos continuar com isso.

— Com isso o quê? Isso? — Ela sorriu, levando a mão para entre as suas pernas e envolvendo os dedos ao redor do pau.

De repente, ele agarrou os pulsos dela, levando-os ao peito.

— É, isso. Sério, já é hora. Agora que eu assegurei o domínio, é hora de ir para a cidade. Tenho trabalho a fazer. E você, minha bela megera, tem um negócio do qual cuidar.

Ela suspirou, apoiando a testa na dele. Não era como se não soubesse que o que ele dizia era verdade. A realidade era uma desgraça. Um suspiro profundo escapou dos lábios de Kat quando ela percebeu que ele a mandava para casa.

— Kat, nós dois sentimos saudade do Marcel. Foi difícil para nós. Mas você precisa passar um tempo com o Tristan. Cuidar da sua loja. E quando as coisas se acalmarem, e se você ainda quiser voltar para cá, sabe que sempre será bem-vinda. Mas, por agora, só estamos usando um ao outro. Não é saudável... Para nenhum de nós.

Ela balançou a cabeça, negando.

— Não é como se eu não soubesse que você está certo. É só que... eu sinto tanta saudade dele.

— Eu também, querida, mas essa não é a resposta. — Logan pressionou os lábios na bochecha molhada. — Vai ficar tudo bem. Vá para casa. Console o Tris. Ele precisa de você tanto quanto você precisa dele.

— Quando você vai para a cidade? — Ela ergueu a cabeça quando ele soltou seus braços devagar.

— Hoje à noite. Dimitri e eu vamos daqui a umas horas — informou, com um sorriso amarelo.

— Vou sentir saudade de você. E do Dimitri. — Ela pensou em voz alta, aceitando que sua estada em Nova Orleans tinha chegado ao fim.

Os meses depois da morte do irmão foram horríveis. A única coisa que deixou tudo um pouco mais tolerável foram as noites tórridas que passou com Logan e o beta. Em vez de se abrir ao luto, enterrou os sentimentos lá no fundo. Como irmã do alfa assassinado, decidiu ser forte pela alcateia, por Logan.

— Vou sentir saudade também, mas já é hora. Não é escolha minha, mas é o destino. Preciso seguir em frente pelo bem dos lobos — explicou. — E você precisa deixar o seu irmão ir. Marcel se foi. Você precisa se permitir sofrer. Enquanto ficar aqui, jamais seguirá em frente.

A faixa de aço que envolvia o coração de Kat em pesar se apertou. Lobos não morriam, ainda mais seu forte irmão alfa. Foi como se as palavras de Logan tornassem tudo real. Sabia que ele estava morto, viu baixarem o corpo dele no túmulo, sentia o cheiro dele na terra toda vez que ia dar uma corrida. Ele se foi de verdade.

Sentindo-a mergulhar na própria mente, Logan a puxou para os braços, embalando a cabeça de Kat junto ao peito.

— Tudo bem se deixar levar — sussurrou.

Um arquejo devastado irrompeu do peito da loba antes que ela tivesse a chance de engoli-lo. A onda de tristeza lavou as paredes de sanidade que, com afinco, tentara construir. Cravando os dedos nos ombros dele, soluçou. A angústia de perder o irmão não mais sendo deixada à distância. Deusa, sentia saudade do irmão mais velho. Soube, naquele momento, que por mais que amasse Logan, era de Tristan que ela precisava. Ele era o único que compreenderia a dor lhe rasgando o coração.

Logan abraçou com força a amiga de longa data, dando o máximo de conforto que podia. Ligaria para Tristan essa noite, e ela estaria em casa pela manhã. Os dois precisavam pôr um ponto final naquilo, e fazer Kat encarar a perda era a única forma de começar o processo de cura.

— É isso, Kat. Está tudo bem. Desabafa.

Percebendo o quanto de controle tinha perdido, tentou se afastar dele, que a abraçou com mais força.

— Não se esconda.

— Mas eu não posso… — Ela chorou, querendo, com desespero, curvar-se em uma bola.

— Você não precisa ser a irmã forte do alfa. Sou só eu. E eu sou o alfa que te conforta agora. Amanhã, será o Tris, e tudo ficará bem. Eu prometo.

Propositalmente, ele deixou o poder fluir; ondas de calma emanavam do seu corpo para o dela, envolvendo-a em um amoroso casulo de paz. Recusando-se a permitir que Kat se afastasse, ele a abraçou até que ela, enfim, se acalmou. Enquanto as últimas lágrimas caíam, a loba o olhou, maravilhada, com a compreensão de que o amigo não era mais o beta do irmão. Não, Logan era igual a eles.

O novo alfa vestia o véu da responsabilidade como se estivesse à frente da alcateia a vida toda. Ele tinha lutado com mais de uma dúzia de lobos para ganhar o título, e o conquistou com respeito. Uma espada de dois gumes, amoroso ou letal, a depender da situação, não havia como duvidar do homem que a abraçava. Capaz de aliviar a dor ou de incitá-la, ele forneceria orientação e disciplina aos lobos. Como se tivesse acordado de um longo sono, Katrina olhou nos profundos olhos azuis de Logan, tremendo ao perceber que ele tinha mudado. Ponderado e dominante, um novo lobo tinha nascido. Ele era alfa.

CAPÍTULO DOIS

Logan se sentou na banqueta de couro rachado observando seus lobos celebrarem. Ao beber a cerveja, sorriu para si mesmo, entretido com a peça que a vida tinha lhe pregado. Sentia-se animado por estar de novo no French Quarter. Depois que Marcel morreu, vendeu a casa da alcateia no Garden District, a pedido de Tristan. Ficou entusiasmado por se livrar daquela monstruosidade, considerando a morte que ele tinha causado e o que testemunhou naquela noite desastrosa. De jeito nenhum voltaria a pôr os pés naquele lugar, que dirá manter as atividades da alcateia lá.

Em contraste, sua casa nova lhe acalentava a alma, lembrando-o de suas raízes creole. Recém-reformada, o imóvel era um espelho da sua vida. Muito antes da morte de Marcel, Logan tinha começado a restaurar a mansão do século XIX, que tinha três andares e ficava numa esquina. Mas a nova posição havia acelerado a reforma, assim ele poderia viver na cidade. Por mais que gostasse de correr com os lobos, a comida e a cultura urbana eram uma parte de quem ele era. Por isso tomou providências para que os lobos ficassem em casas geminadas ali na rua.

O único que permitiu viver consigo foi Dimitri. O confortável chalé na propriedade dava aos dois a proximidade e a privacidade de que precisavam. Embora tenha crescido com ele, a conexão entre os dois foi ficando mais forte no último mês. O relacionamento tinha se aprofundado tanto em respeito quanto em confiança. E mesmo que de início Logan tivesse se sentindo estranho por precisar do beta, não demorou muito para aceitar o vínculo. Dividiam mais do que uma casa. Desafios da alcateia. Negócios. Mulheres. A intimidade crescia mais e mais a cada dia, mas Logan tinha parado de questionar a razão. Sabia, por instinto, que era tão natural quanto o nascer do sol.

Depois de voltar para a cidade e parar na garagem, insistiu para que fossem ao Courettes beber e comemorar. Sentia a onda de júbilo que envolvia a alcateia. Eles precisavam de um líder, um que estivesse determinado a enfrentar múltiplos desafios, e ele tinha mostrado que era digno. E, como resultado, precisaria estar ao redor deles.

O Courettes era um estabelecimento despojado e ao ar livre no French Quarter. O que fazia o bar ser único era que, graças a um feitiço de uma bruxa, só os paranormais podiam ver o bar ou entrar nele. Para os humanos, o local parecia uma casa tranquila com janelas de madeira fechadas. Por esta noite ser a comemoração dos acadianos, havia poucos vampiros e bruxas lá. Enquanto a banda de zydeco tocava, os lobos dançavam a sensual batida indígena.

Sentados no bar, Dimitri lançou um olhar questionador para Logan, percebendo que a mente dele estava longe da festa.

— Alfa, o que foi?

— Nada. Só é bom voltar para a casa na cidade. A vida é boa — respondeu Logan, olhando com atenção para as muitas lobas que começaram a tirar as roupas quando a atmosfera ficou um pouco mais aquecida.

— Você foi incrível essa noite. — Dimitri segurou o ombro de Logan. — A alcateia está calma. Enfim acabou.

— É. E fui sincero quanto ao que falei. Estou farto. O próximo desafio terminará em morte — declarou, impassível. Logan já teve o bastante dessa merda. Os acadianos eram dele, e o próximo que começasse uma briga acabaria morto.

— Ah, eu sei. Você deixou perfeitamente claro. Mas foi incrível, cara. — Dimitri riu. — Quando a Kat vai embora?

— Amanhã. — Logan beliscou a ponte do nariz e passou a mão pelo cabelo. — Ela ainda está arrasada por causa do Marcel. Mas, enfim, não é todo dia que a gente perde um irmão. Tristan é o único que pode ajudá-la a se recuperar de verdade. Não é fácil deixar aquela garota ir embora, mas é hora de todos seguirmos em frente. E hoje, meu amigo, é esse dia. — Ele tomou um gole da cerveja.

— Falando em seguir em frente… — Dimitri deu um aceno desinteressado para a ruiva maravilhosa que o olhou de forma sedutora e depois voltou a prestar atenção na banda. Os cachos da cor do fogo iam até o meio das costas, chamando atenção para a cintura fina e os lábios carnudos.

— Ah, sim, Fiona. Ela está atrás de mim há uns dois meses — Logan confessou.

— Surpresa nenhuma, creio eu. — As mulheres vinham rodeando o novo alfa desde o primeiro desafio. Mas, depois da declaração dessa noite,

Dimitri esperava que elas ficassem mais agressivas, sendo mais descaradas ao competirem pela atenção dele. — Para ser sincero, entre a Luci e a Kat, você esteve bastante ocupado. Não posso nem começar a explicar o quanto estou feliz por voltarmos para cá e sairmos daquela mansão.

— É, bem, em breve aquela mansão vai virar um clube. É do Marcel, não minha. E já que ele não está mais aqui, ela pertence à alcateia. Graças a deusa por estarmos de volta à cidade, porque preciso do meu espaço. Sem ofensas, cara. — Logan riu.

— Não me senti ofendido — concordou Dimitri ao erguer o copo. — Vai ser bom morar no chalé. Perto o bastante, mas não em cima de você.

Logan se virou para ele, sorrindo e assentindo. Eles brindaram e beberam.

— Alfa.

Logan virou a cabeça para a voz submissa que cantarolou o seu nome.

— Fiona, tudo bem contigo? Você está linda hoje. — Logan elogiou, e logo ele e Dimitri se levantaram para cumprimentar a loba sedutora.

— Obrigada, senhor. Oi, Dimitri. — Ela sorriu e meneou a cabeça para ele.

— Devo concordar com o nosso alfa, *cher*. Você está linda.

Ela corou em resposta, mas não se afastou.

— É por causa do desafio. Todo mundo consegue sentir. Faz tanto tempo desde que sentimos um pouco de paz... com a morte do Marcel e tudo o mais.

— Que tal uma dança para comemorar? — sugeriu Dimitri, olhando para Logan.

— Com vocês dois? — perguntou, sedutora, tremulando os cílios.

Logan sorriu em resposta, pensando rápido no que diria. Concluiu que uma dança com a lobinha atraente não faria mal. Pegando-a pela mão com delicadeza, conduziu a ruiva até a pista de dança, com Dimitri logo atrás.

Fiona riu baixinho quando Logan a puxou para os braços. A música ficou lenta, e Dimitri foi para trás dela, envolvendo os braços em sua cintura. O trio começou a se mover na pista e a tensão sexual palpável estalava no ar. Imprensada entre dois homens altos e sensuais, alegrou-se por ter conseguido seduzi-los. Queria esses dois há tanto tempo e, ainda assim, essa foi a primeira vez que pode tocá-los com mais intimidade. Ela logo exibiu a garganta, oferecendo ao alfa e ao beta todo o seu ser.

Surpreso pelo gesto de Fiona, tentou ignorar o convite. Mas enquanto ela esfregava a pélvis na dele, ficou difícil não responder. Não estava interessado em levá-la consigo para casa, mas também não queria insultá-la. O beta, por outro lado, pensava bem diferente. Logan observou Dimitri dobrar os joelhos, esfregando a excitação dura no traseiro dela.

— Humm — murmurou, só balançando para frente e para trás, deixando os homens ditarem o ritmo e a direção do encontro erótico.

— Fi, olha o que você está fazendo com o meu beta — Logan sussurrou, no ouvido dela.

— Alfa — ela gemeu, cravando as unhas em seus ombros.

— Acho que ela está gostando da nossa dança — comentou Dimitri, ao deslizar as mãos pela cintura, a ponta dos dedos quase tocando os seios redondos. — Talvez devêssemos continuar em um lugar mais privado?

— Sim — ela arquejou.

Os olhos de Logan encontraram os de Dimitri, em um esforço silencioso para comunicar que estava prestes a ceder, quando percebeu que algo acontecia fora do bar. Não tinha certeza se foi o cheiro do sangue dela ou o vislumbre do longo cabelo louro que chamou a sua atenção. Uma mulher ensanguentada corria pela rua com vampiros em seu encalço. A mulher da sua visão. Mas que porra?

— O que foi? — Dimitri ficou tenso, virando a cabeça para a rua.

— Desculpa, Fi. Vamos ter que deixar para a próxima. — Logan lhe deu um beijo na testa e seguiu para a saída. — D. Lá fora. Agora. Tem alguma coisa acontecendo.

Os pulmões de Wynter queimavam. Ela se curvou para tentar recuperar o fôlego ao se esconder por trás da porta de madeira apodrecida. O coração batia descontroladamente enquanto ela pensava no que fazer. Estava sendo mantida em cativeiro por exatos dois meses e treze dias. A fuga não tinha sido pouca proeza. Com nada além de tempo, planejou-a por dias, até que conseguiu. Usando só um jaleco sujo sobre a calcinha e o sutiã, saiu correndo pela rua. Desorientada, não tinha certeza de para onde eles tinham movido a operação. Uma olhada rápida para as varandas de ferro fundido enfeitadas com samambaias lhe disse que ela estava em Nova Orleans. Balançou a cabeça, em descrença. *Babacas do caralho.* Wynter tinha perdido a conta de quantas vezes a trocaram de lugar. Quando começou a trabalhar para eles, estava em Nova York. Mas depois de descobrir quais eram as intenções do grupo, foi tratada feito carga; vendada, algemada e amordaçada enquanto iam de estado a estado.

Dias infinitos no laboratório levavam a noites sendo sangrada pelos vampiros. Eles não demoraram a aprender, no entanto, que a virologista não podia pensar direito se o cérebro estivesse sem sangue. Mas mesmo depois de pararem de drená-la, a ameaça ainda estava clara e presente. Se atrapalhasse ou discutisse demais, eles a arrastavam pelo chão e cravavam as presas na sua carne como punição. Tanto quanto quisesse manter o nariz enfiado no trabalho, tentando catalogar na mente os protocolos deles, perdia muito tempo. Quase desistiu da esperança de sobreviver, temendo que ninguém fosse atrás dela.

Desesperada, o plano tinha sido fraco, na melhor das hipóteses, mas preferia morrer tentando escapar a ficar aprisionada. Cravar uma estaca no vampiro tinha sido a parte fácil. Encontrar o caminho através dos corredores trancados foi outra história. Mas tinha conseguido.

Ela foi muito engenhosa. Quando o ar fresco lhe atingiu o rosto, o coração disparou, sabendo que estariam no seu encalço. Arriscou olhar para trás; a silhueta escura se aproximava a toda pressa. O coração acelerou de pavor enquanto pensava no que faria a seguir. Se conseguisse desaparecer em uma das inúmeras entradas ao longo da rua, talvez tivesse uma chance. Poderia abrir o portão e trancá-lo às suas costas, pensou. Ou talvez se fosse mais adiante, poderia encontrar a segurança de uma loja ou de um bar que atendesse humanos.

Ofegante, envolveu os dedos ensanguentados nas barras de ferro que levavam a um beco escuro e as sacudiu. Trancadas? Não, precisava abrir a trava enferrujada. Lutou com a coisa enquanto ouvia passos se aproximarem. Os olhos dardejaram para a rua e ela teve um vislumbre de um vampiro se aproximando. Logo voltou a atenção para o portão. Grunhiu, empurrando a barra com o polegar. *Abre, cacete, abre.* Enfim, a trava deslizou para o lado. Foi naquele exato segundo que percebeu que não tinha mais tempo. Um grito horripilante ecoou de seus lábios quando garras já conhecidas cravaram em seu pescoço, girando-a.

— Aonde você pensa que vai? — o vampiro disse entre dentes, segurando-a na parede pela garganta.

Ofegava por ar, mas não perdeu tempo respondendo. Em uma mão, segurava a estaca e, com a outra, continuou tentando abrir o trinco.

— Eu a peguei — ele gritou para o outro bandido cujas presas já salivavam.

Os olhos de Wynter marejaram. Aquele não podia ser o fim. Mesmo já começando a sentir o túnel da inconsciência se aproximar, ela chutou e arquejou em desafio. *Nunca desista.* Eles poderiam levá-la, mas não sem uma boa luta.

— Não — coaxou baixinho. Ele bateu o pulso dela na parede de gesso. A estaca que segurava escapou de seus dedos.

Logan saiu correndo do bar atrás dos dois vampiros bem a tempo de ver que o maior segurava uma humana pelo pescoço. *Por que diabos os vampiros estão atacando um humano? A céu aberto, onde qualquer um poderia ver? Onde estava o Kade?*

Kade Issacson, o líder dos vampiros em Nova Orleans, mataria esses idiotas só por estarem perseguindo um humano, que dirá machucando um. Sem tempo de ligar para ele, Logan se aproximou do vampiro por trás, estendeu a mão para o seu pescoço e o quebrou. Avistou a garota de olhos arregalados, vestida em um jaleco e que tossia tentando respirar. Protetor, puxou-a para si e olhou para Dimitri, que tinha cortado a garganta do outro vampiro.

— Está tudo bem, você está a salvo — Logan a acalmou.

Wynter começou a lutar, chutando e socando o estranho. Perdida no pânico, não ouvia as palavras dele. O medo cresceu assim que sentiu que ele era um lobo. *Não confie em ninguém.*

— Não, me solte! Por favor, não me machuque... Eu não posso... — implorou a moça. Ela não se sentia bem, a mente e o corpo estavam começando a apagar. Se perdesse a consciência, eles a levariam de novo.

— Calma, docinho. Ouça — Logan disse baixinho, recusando-se a soltá-la. — Eu não vou te machucar. — *Que merda havia com os humanos? Ela não entendia que ele estava ajudando?*

Agora que Logan tinha a mulher da sua visão nos braços, não a deixaria simplesmente ir embora. Não podia acreditar que ela estava mesmo em Nova Orleans. A curiosidade levou a melhor ao deixar que os olhos a percorressem. Ela usava um jaleco branco e sujo que estava sem uns botões. Sem sapatos, os pés descalços estavam pretos e sangrando. *O que aconteceu a ela?* Logan podia sentir o calor emanando da pele da garota. Ela parecia quente, quente demais para um humano. Apesar do pânico, a mulher não parecia estar doente.

— Por favor, me deixe ir. Juro que não contarei a ninguém. Por favor. — Ela chorou, lutando com os soluços que ameaçavam subjugá-la.

Wynter olhou para cima, para o lobo atraente que lhe ofereceu ajuda. Mais de um e noventa, cabelos castanho-escuros na altura dos ombros, ele se elevava acima da sua pequena estatura. Usando jeans surrado e camisa preta, os bíceps bem definidos lhe davam a ideia do corpo incrível por debaixo daquelas roupas. Um poder instintivo emanava do cara enquanto ele passava o dedo com cuidado pela sua bochecha. *Alfa.*

Pensou que fosse hiperventilar só de pensar naquilo. Ai, meu Deus, precisava escapar dele. Não podia ter certeza se o cara era ou não seu inimigo. E se fosse, sabia que ele a mataria. Wynter sabia que as alcateias tinham leis. E algumas matavam os intrusos e só faziam perguntas depois. Vendo que não havia como escapar, talvez pudesse convencê-lo de que ela era só uma turista perdida sendo perseguida por vampiros.

— Eu sou uma turista — gaguejou. — Só estou perdida. Se fizer a bondade de me soltar, eu vou voltar para o hotel.

Uma turista? Ela estava louca? Logan podia sentir o cheiro do medo e da mentira. *Talvez ela não estivesse com medo, mas em pânico o bastante para ter perdido o juízo*, pensou.

— Ok, tudo bem, vamos tentar de novo. Não vejo muitos turistas fugindo de vampiros e vestidos como você está agora. Sério, você está a salvo comigo. Mas precisa se acalmar — sugeriu, com uma voz baixa e tranquilizadora. — Vai dar tudo certo. Vamos te levar para se limpar e aí a gente vai bater um papo.

Não queria deixar a mulher ainda mais agitada, mas se ela achava que ia escapar sem contar nada, estava muito enganada. Ele olhou para as cinzas dos dois vampiros que tinham matado. Teria que ter uma conversa séria com o Kade.

— Por favor, senhor — ela continuou a implorar.

Logan foi ficando irritado. Por que estava tentando fazer um humano agir com bom senso ali no meio de um beco sujo? Seria muito mais fácil se pudesse só dar a ordem a ela assim como fazia com os lobos. Deixou um pouco do poder fluir para a mulher até que ela se acalmou em reconhecimento. Ele ergueu uma sobrancelha em surpresa, já que parecia ter funcionado. Não eram todos os humanos que podiam sentir a força sobrenatural que ele exercia. *Intrigante.*

— Ouça, senhorita. Vou repetir só mais uma vez: você está a salvo. Desculpe, mas você sabe que não posso simplesmente te deixar ir embora, não é? Tenho algumas perguntas sobre a merda que acabou de acontecer aqui, e você está em choque. Vamos para casa agora. Vamos sair desse beco.

— Não, não, não. Por favor, só me deixe ir. Eu vou para casa. Eu vou... — Estava prestes a dizer a ele que procuraria a polícia quando viu os vampiros vindo atrás dela. O coração ficou preso na garganta. Não era qualquer vampiro vindo na direção deles. Era ele. O que tinha se alimentado várias vezes dela; o que tinha gostado. As endorfinas inundaram o sistema enfraquecido.

Logan balançou a cabeça. Para seu desgosto, ficou óbvio que ela não entendia que não tinha escolha.

— Mais... mais vampiros — sussurrou, incapaz de afastar o olhar. Apontando para a rua, a garota se agarrou à parede, tentando permanecer de pé.

— Fique aqui — Logan deu a ordem.

Wynter assentiu em silêncio, com total intenção de fugir.

— Ei, D, parece que alguns foliões querem dançar. — Logan virou, disparando rua abaixo para afastar os agressores.

— O que eu posso dizer, alfa? Você é um cara bonitão. Está fazendo muito sucesso hoje — Dimitri fez a piada, enquanto o seguia.

Logan agarrou o vampiro, jogando-o nas janelas de madeira de uma casa. Lascas voaram quando a madeira se partiu em vários pedaços. Arrancando um pedaço da armação, cravou a estaca improvisada nas costas dele.

— Desculpa, parceiro. O cartão de dança está cheio.

Quando o segundo vampiro tentou morder Dimitri, ele o virou de costas, trespassando o sanguessuga com a madeira até ele atingir a calçada. Ficou de pé e limpou os detritos do jeans.

— Puta que pariu. Que merda está acontecendo essa noite? — Dimitri bufou. — Que maluquice do caralho.

— Malditos vampiros. — Logan se ergueu, esquadrinhando a rua e encontrando só o silêncio. — Eles estão fora de controle.

— Kade deve estar amolecendo se está deixando as moscas dele zumbirem nos humanos. Não é bom para os turistas, sabe. — Dimitri riu.

— É, tenho a sensação de que a nossa garota não é uma humana qualquer. Merda. Cadê ela? — perguntou Logan, percebendo que a humana deve ter disparado para um dos quintais. Logan farejou o ar. Os humanos eram tão ingênuos. Era só questão de tempo até encontrá-la. — Você viu para que lado ela correu?

— Não, mas suponho pelo breve chilique que ela deu que a mulher não quer a nossa ajuda — deduziu Dimitri.

— Bem, ela não tem escolha. Eu quero saber exatamente o que estava acontecendo antes de salvarmos aquela bunda bonitinha. Algo não está certo, e eu vou descobrir o que é. — Logan prosseguiu, imerso em pensamentos. — E ela não vai fugir de mim também. Olha, vou me transformar em lobo.

— Quer que eu vá junto?

— Não, volte para a festa. A Fi está esperando. — Agora que tinha a mulher da sua visão nos braços, precisava, mais do que nunca, saber quem ela era. O que ela fazia em Nova Orleans? Por que os vampiros a queriam?

— Tem certeza?

— Tenho sim. Mas me faça um favor? Ligue para o escritório do Kade e informe sobre a breve briga. Eles podem me ligar amanhã. Tenho a má sensação de que isso ainda não acabou.

— Isso mesmo.

— É… só mais uma coisa… as minhas roupas? — Logan sorriu.

— Tudo bem. Tem certeza de que quer fazer isso, cara?

Logan riu, mas não respondeu. Ele se enfiou no beco, longe dos olhos curiosos, e jogou as roupas e as botas para Dimitri. Não que tivesse qualquer problema com a nudez; muito pelo contrário, gostava de ficar nu sempre que tinha a chance. Mas não era comum para Logan virar lobo na cidade, preferindo correr a solta no campo. Essa noite, no entanto, a mulher não lhe deu escolha.

Lembrando-se de que ela estava sem roupas e sapatos, chegou à conclusão de que a garota não podia ter ido longe. Mas para onde um humano fugiria no meio da noite no French Quarter? A Bourbon Street seria a escolha lógica. Mas já que estava do outro lado do bairro, mais perto do rio, ela teria muitos caminhos a percorrer para chegar lá. Às duas da manhã, a maioria das lojas estaria fechada. Mesmo ela não parecendo ser adepta ao vandalismo, poderia tentar invadir uma loja ou uma casa. Mas não parecia provável, dado o medo que a humana estava sentindo, para não mencionar que em breve a garota cairia de exaustão. Lá no portão, ela lutou para ficar de pé. A menina parecia estar doente, traumatizada e desnutrida. Ela não chegaria longe.

Deixando de lado os pensamentos humanos, permitiu que a besta assumisse e fizesse o que fazia de melhor: caçar. O cheiro doce dela permanecia forte na sua memória. Correndo bem rápido, foi ziguezagueando pelas ruas e passarelas. O cheiro ficou mais forte, o lobo ficou excitado. Com a capacidade de correr por quilômetros se fosse necessário, ele foi inflexível em sua busca. Em breve, a presa seria sua.

CAPÍTULO TRÊS

Wynter se escondeu na escuridão, pensando em seu próximo passo. A exaustão assolava o corpo. A falta de comida e de sono combinados com o estresse contínuo estavam cobrando o preço. Desejava se convencer do contrário, mas a mente não estava clara; os seus pensamentos estavam confusos.

Um portão rangendo a alertou de que uma empregada saía de uma das casas por um beco no quintal. Observou enquanto a mulher mais velha olhava ao redor, como se garantindo que ninguém a observava, então digitou um código no alarme. Ao descer a rua, a mulher virou a cabeça, ainda procurando por estranhos, enquanto o portão se fechava devagar às suas costas. O coração de Wynter acelerou. *Uma humana? Ajuda?* Fechou os olhos pelo que pareceu ser só um segundo, mas, quando voltou a abri-los, a senhora tinha desaparecido. O portão, no entanto, estava ligeiramente aberto, como se tivesse sido arrombado. As dobradiças elétricas rangeram em protesto, e logo ficaram em silêncio. Wynter aproveitaria a oportunidade de sair da rua e ir para a segurança de uma casa fechada. Decisão tomada, deslizou, furtiva, entre as grades de ferro.

Pressionou as costas na parede arqueada de pedra, rezando para que ninguém a tivesse visto. Arquejando, pensou no que tinha acontecido perto do bar e xingou a própria indecisão. Por um minuto, chegou mesmo a cogitar se entregar para o alfa forte e quente que a segurava. Com a bochecha em seu peito, ela se permitiu a pequena indulgência de sentir o aroma limpo e apimentado do perfume dele. Com os braços fortes e a voz baixa a envolvendo, não quis nada mais do que se entregar ao homem. Ele era um estranho, mas a força familiar de um alfa a fez lembrar-se de casa.

Mas nada nele era como o alfa dela. Não, algo na presença do cara incitava a consciência que há muito pensava ter desaparecido; talvez algo que não fosse capaz de experimentar. Por ter sido criada por um alfa, garotos não batiam à sua porta. O guardião tinha se certificado disso. Na época da escola, nenhum teve coragem de chamá-la para sair, que dirá tentar lhe dar um beijo. Só quando foi para a faculdade que começou a sair com humanos e fez sexo. Mas, logo que se formou, estava concentrada demais no trabalho para que os homens fossem uma prioridade. Um casinho aqui e ali era tudo o que se permitia, devido o alto risco da sua pesquisa.

Na verdade, nunca teve intimidade com um lobo. Sabia muito bem que acasalar com um nem sempre terminava bem; o guardião a precaveu. Mas o alfa que a salvara tinha mexido com algo na sua libido; aquele breve encontro a fez imaginar se fugir tinha sido a decisão certa. O calor dele combinado com as palavras a excitaram. *Talvez se saísse viva daquela e o guardião aprovasse, entraria em contato com ele mais tarde*, pensou.

Wynter suspirou, percebendo o quanto era ridículo ela estar até mesmo pensando naquele estranho. Dada a terrível situação em que se encontrava, teria sorte se saísse viva da cidade. *Concentre-se, Wynter.* Em silêncio, avançou centímetro a centímetro pelo arco até chegar a um quintal bem grande. Ficou parada, procurando sinais de que havia outras pessoas. Momentos se passaram, e não ouviu nada além da água caindo na fonte de três andares que saudou a sua chegada. Intrépida, avançou devagar pelo caminho de tijolinhos vermelhos. A fraca iluminação de chão reluzia na enorme piscina retangular. Apesar da breve presença da mulher mais velha, não havia luz na mansão e nem na edícula dos fundos.

Wynter se perguntou se alguém vivia ali. É óbvio que se os donos mantinham os funcionários trabalhando à noite, era porque o imóvel estava sendo usado. Ou talvez fosse uma casa de veraneio? De qualquer forma, precisava tentar conseguir ajuda. Mas depois de bater à porta da casa principal e também à da edícula, logo concluiu que o lugar estava vazio. Suspirou de decepção, decidindo esperar até o amanhecer para continuar buscando ajuda. Mesmo não tendo ninguém na casa, ficou grata por não estar mais na rua, mas dentro da segurança de um quintal tranquilo. Pela manhã, daria uma olhada ao redor e procuraria por uma chave escondida ou se conseguiria entrar pela garagem. Se não, tentaria outra casa. Teria mais facilidade circulando durante o dia, já que era uma hora muito mais segura para os humanos. Tudo o que precisava era de um telefone, então poderia ligar para alguém. E estaria em casa em poucas horas.

Outra onda de fadiga lhe percorreu o corpo. Estava tão cansada que pensou que se dormisse umas horas, estaria bem o bastante para continuar. Ao ver umas espreguiçadeiras, arrancou a proteção. Teria amado só desabar em uma delas, mas de jeito nenhum arriscaria ser vista ao relento. Puxando as almofadas, ela se espremeu em um canto entre a fonte e umas samambaias imensas. Colocou a espuma sobre o concreto e rezou para ter a sorte de conseguir evitar os insetos, mas sabia que seria uma ilusão.

Encolhendo-se de lado, deixou escapar um soluço baixinho. *Como eu me meti nessa bagunça?* Pelo menos não estava chovendo, mas podia sentir a temperatura caindo. Sabia que deveria buscar um refúgio melhor, mas estava drenada, dolorida. Fisicamente, não podia seguir em frente. A onda de letargia lhe pesou os membros, e percebeu que não se sentia nada bem. Quando a adrenalina diminuiu, a queimação dentro dela aumentou, alertando-a da febre. *Ah, Deus, não. Isso não pode acontecer agora.*

Uma onda de pânico surgiu quando um lampejo de possibilidades passou pela sua cabeça. Sabia que resistiu em muitas ocasiões. E, em retaliação, eles a mantiveram presa; alimentando-se até que ela perdesse a consciência. Tentou muito se lembrar do que acontecia durante esses apagões. De início, ficou preocupada com estupro, mas não era a deles. Não, ficou óbvio que preferiam dor e intimidação, nada mais. Os vampiros em que confiaram para protegê-la só estiveram interessados em uma coisa: no seu sangue.

Mas por que estava se sentindo tão fraca? Rezou para que fosse só pelo estresse, um resfriado. Um resfriado simples era moleza em comparação ao vírus letal que tinha manuseado no laboratório. Nenhum sintoma do trato respiratório superior se manifestou. Talvez tenha pegado um citomegalovírus. Mesmo que o vírus em que trabalhara só pegasse em *shifters*, suspeitava há meses que outros estavam trabalhando em outros tipos e modificações genéticas direcionadas a vampiros, humanos e outros sobrenaturais que ela nem sequer tinha certeza de que existiam.

Outra lágrima escorreu pelo seu rosto. Wynter desejou nunca ter saído de Nova York. Sentia-se em débito com o guardião, e estava determinada a ajudar a raça dele sobreviver. Ele a salvara anos atrás quando os seus pais morreram. Tinha ficado tão sozinha. Ele foi um guardião amoroso, quem a salvou da devastação que sentiu quando o lar foi deixado em ruínas. Ela fez a única coisa que podia para ajudá-lo, para ajudar a alcateia. Mas, agora que havia escapado, perguntou-se se fez a coisa certa. Tremendo, sentindo-se um fracasso, chorou baixinho até adormecer.

Brilhando de suor, Logan olhou para baixo sem acreditar no local para onde seu lobo o levara. Como um cordeirinho, sua bela adormecida estava entregue a um sono profundo. Depois de notar o portão arrombado, soube como ela entrou no seu quintal. Perguntas giravam por sua cabeça. Ela sabia quem ele era? Foi por isso que veio à sua casa? Mas, se o conhecia, por que fugir? E por que ficaria deitada no chão feito um cachorro dormindo nas sombras? Nada do que havia acontecido naquela noite estava fazendo sentido.

Marcas negras de sangue seco manchavam a pele da garota. O jaleco esfarrapado fazia muito pouco para cobrir as pernas nuas. Arrepios cobriam a pele clara, já que a temperatura tinha caído para dez graus. Sem muita escolha, Logan afastou as plantas e se abaixou até ela. Estendendo a mão para o rosto da moça, segurou a bochecha dela. Droga, a menina estava quente; não só quente, mas ardendo. Estivera certo lá no beco; ela estava doente.

— Ah, docinho, você está pegando fogo. Agora, por que fugiu? E, o mais importante, quem é você? — perguntou a si mesmo em voz alta.

A resposta inconsciente dela foi se encolher ainda mais no colchão improvisado. Rápido, mas gentil, deslizou as mãos pelo corpo minúsculo e a pegou no colo. Logan xingou baixinho, com raiva por a ter deixado mais cedo. Mesmo no calor do momento, o aroma inebriante dela o pegou com a guarda baixa. Congelou, tomando um minuto para se inclinar no pescoço da garota; o cheiro era tão bom. Apesar do sangue e do suor, a essência própria dela se conectou com o seu lobo.

Surpreso e excitado pela reação, balançou a cabeça. O que estava fazendo? Seu maldito lobo precisava se recompor. A mulher estava doente, pelo amor da deusa. Agora não era exatamente a melhor hora para ter uma ereção. Bufou e foi em direção à porta dos fundos. Aquele estava sendo um dia infernal.

Com uma mão, digitou o código de segurança e, desajeitado, inclinou-se até o leitor de retina, tendo o cuidado de não esmagá-la na parede. Quando a tranca clicou, empurrou a porta e entrou em casa. Subiu as escadas correndo e seguiu para o próprio quarto. Era estranho, levar uma mulher desconhecida para o seu santuário, mas havia algo nela que lhe dizia que não era uma ameaça. Suas visões. Ela precisava dele, mas a origem e motivações da mulher continuavam sendo um mistério.

Foi até a cama e se sentou na beirada, ainda embalando a garota. Esperava que ela acabasse acordando com os movimentos descuidados e respondesse as suas perguntas. Mas, fiel à sua sorte naquela noite, ela continuou inconsciente. Pegando o telefone, ligou para o Dimitri.

— Oi — dirigiu-se ao beta. — Escuta, capturei nossa fugitiva. Preciso que você traga a Dana para cá. — Logan olhou para o rosto inocente, perguntando-se em que tipo de confusão a humana tinha se metido.

— Dana? O que houve com ela? — perguntou Dimitri. Se Logan precisava de Dana, ele sabia que a mulher tinha que estar ferida. Dana era meia-irmã de Fiona, uma médica. Por ser uma híbrida, ela decidiu seguir carreira na medicina humana.

— É, a Dana. A menina está doente. E diga a elas para virem o mais rápido possível. Olha, eu tenho que ir. Só venha para cá, tudo bem? — Logan disse a ele, sucinto, e desligou o telefone. A paciência estava se esgotando. Tinha sido um dia longo pra cacete. A essa altura, as coisas pareciam estar piorando, não melhorando.

Sem saber o que fazer, concluiu que um banho frio ajudaria a abaixar a febre. Sabia que ela entraria em pânico se acordasse com um homem nu e desconhecido no chuveiro, mas não tinha muitas opções. Abrindo alguns botões do casaco dela, tirou a peça dos braços. O estômago se apertou de raiva ao ver serem reveladas as marcas de mordidas na pele outrora bonita. Merda, odiava vampiros. Tristan podia ser o melhor amigo de alguns deles, mas ele, não.

Aquelas criaturas podiam agir feito animais. Monstros cruéis e chupadores de sangue que se virariam contra você para conseguir a próxima bebida. Passou os dedos pela meia dúzia de mordidas espalhadas pelo corpo dela, todas em vários estágios de cura. Quem quer que tenha feito aquilo não foi enquanto faziam amor, assegurando-se de que os buracos estivessem limpos e fechados. Em vez disso, parecia que tinham mordido e fugido, como se tivessem infligido dor e deixado-a debilitada de propósito.

Sabia que clubes de alimentação existiam. Alguns humanos e *shifters* gozavam com a dor. Outros gostavam da onda inebriante de um orgasmo induzido por um vampiro. Mas até mesmo nesses lugares havia regras sobre selar as feridas, e eles mantinham um código de conduta estrito. Não, algo nessa situação não se encaixava. Logan não sabia que merda estava acontecendo, mas pretendia se encontrar com Kade assim que possível. Essa merda tinha que acabar agora mesmo. Se houvesse mais pessoas como ela por aí, estariam todos fodidos.

Logan deitou Wynter na cama para que pudesse preparar o banho. Precisava limpá-la e, o mais importante, abaixar a febre. Não parecia certo ela não acordar com toda a comoção que ele estava causando. Mesmo fazendo tempo que não cuidava de um humano doente, sabia que a inconsciência dela podia ser um problema sério. Mas a audição aguçada lhe dizia que a respiração e os batimentos cardíacos estavam normais. Por um breve segundo, pensou que deveria jogá-la num carro e levá-la até o Pronto-socorro. Sob circunstâncias normais, daria mais mérito à possibilidade, mas essa situação fedia à paranormalidade. Ela tinha as respostas para as suas perguntas, e estava determinado a consegui-las. Assim que Dana chegasse, perguntaria se deveria levar a garota para o hospital.

Olhou para a calcinha e o sutiã puídos e pensou em qual seria a melhor forma de dar um banho numa humana assustada. Riu de irritação. *O que poderia dar errado?* Por mais que Logan amasse ficar pelado, e mais ainda com uma mulher, decidiu que seria melhor vestir uma boxer. A última coisa de que precisava era dela pirando, acordando escorregadia e escassamente vestida com um homem nu que ela tinha acabado de conhecer. Pretendia colocá-la na banheira e segurá-la erguida para que ela não deslizasse para baixo da água. Imaginou que dez minutos seriam suficientes para abaixar a febre, pelo menos até Dana chegar lá. Deixaria que ela decidisse o que fazer, então. Por ser um lobo, não tinha nem mesmo um Advil em casa.

Pegou-a no colo e foi para o banheiro. Entrou na água morna e abaixou os dois para que ela o usasse como apoio. Com as costas da garota em seu peito, pegou o sabonete e o espirrou na bucha.

— Certo, querida. Aqui vamos nós — falou baixinho, como se ela o ouvisse. A menina estremeceu, mas não acordou, então ele continuou. — Só vou te limpar um pouco. Olhe só o que fizeram contigo. Não se preocupe; estará curada em poucos dias. O que eu queria saber é como você acabou se metendo com os vampiros.

Logan notou que era incapaz de parar de falar com ela enquanto limpava com cuidado seus braços e rosto. Mesmo se não o estivesse ouvindo, era possível que ela acordasse a qualquer segundo. Queria que ela soubesse que alguém se importava, que estava segura com ele. Lavou-a com gentileza, evitando tocar nos seios. Mas não resistiu em passar as mãos ao redor da cintura, sentindo a suavidade da barriga. Totalmente submerso, deixou a bucha de lado e só a segurou. Pressionando a bochecha na dela, podia sentir a temperatura baixar.

— Isso garota. Você vai se sentir melhor logo, logo. Aí nós vamos nos conhecer — sussurrou.

No silêncio da noite, concentrou-se em ouvir o coração dela. O dele se contorceu em resposta, esperando que a mulher em seus braços se curasse logo. Pensou na porra da visão. Era possível que tenha evitado a morte dela. Salvou-a das garras de um vampiro. Talvez tenha sido o fim de tudo. Mas uma suspeita persistente ainda o incomodava; algo lhe dizia que aquele era só o começo da confusão.

Logan saiu da banheira, pegou uma toalha e secou a mulher com cuidado. A pele se enrugou em resposta ao frio, ainda assim, ela não fez nem menção de acordar. Enquanto Logan rodeava a cama, Dimitri, Fiona e Dana entraram no quarto. Ele flagrou o sorrisinho de Dimitri quando os olhos seguiram para a cueca molhada do alfa.

— O que foi? — Logan perguntou.

— E dizem que o cavalheirismo está morto? Cueca maneira, sua fera sexy — Dimitri o provocou com um erguer de sobrancelhas.

— Vá se foder, D — Logan atirou para Dimitri. Sem perder um segundo, ele se dirigiu a Dana: — Oi, você pode dar uma olhada na garota? Eu a coloquei em uma banheira fria, mas ela ainda está inconsciente.

Dana rodeou a cama e colocou a maleta na mesa de cabeceira.

— Uma humana, hein? Há quanto tempo ela está assim?

— É. Não tenho certeza, mas eu diria que há cerca de quarenta e cinco minutos. Umas horas atrás, ela parecia estar bem. Bem, acordada, de qualquer forma. Quando a toquei mais cedo, pude ver que estava doente, quente. — Logan se despiu e começou a se secar na frente de todo mundo. Confortáveis com a nudez, os outros mal notaram.

Dana continuou o breve exame e verificou os sinais vitais.

— Isso não é nada bom — ela comentou, passando os dedos pelos orifícios de alimentação que crivavam o corpo da moça. — Quem fez isso?

— Não sei. Mas, quando eu descobrir, matarei os responsáveis... se eu já não tiver matado. Dimitri te contou sobre os vampiros no bar?

— Parece uma doença viral. Febre. Privação de sono. Estresse. — Dana apontou para as olheiras de Wynter e as unhas roídas. Ela levou a mão ao nariz e a cheirou. Um olhar de confusão tomou conta dela. — Você não disse que ela era humana?

— Foi, por quê?

— Bem, isso é bem incomum. Diga-me, alfa, que cheiro você sente?

Logan atravessou o quarto e levou o nariz até a suave parte interna do pulso que lhe foi oferecido.

— Ela cheira... cheira. — Ele parou e balançou a cabeça. A boca caiu aberta enquanto tentava processar o que estava acontecendo. — Não. Não,

não é possível. Estou te dizendo, Dana, não é possível, porra.

Incapaz de se deter, ele passou a ponta da língua pela pele dela.

— Não. — Logan ainda se recusava a acreditar.

— Sim, alfa. Ela é uma loba.

— Mas estou te dizendo que quando a vi no beco mais cedo não havia como ela ser uma loba. Acho que conheço um humano quando cheiro um. E mesmo que por alguma minúscula probabilidade o cheiro do sangue do vampiro tenha mascarado sua verdadeira natureza, por que ela não se transformou? Tipo, olhe para todas essas mordidas. Algumas foram feitas há, pelo menos, alguns dias. Ela poderia ter se transformado para curá-las. E aqui está o maior problema que eu vejo com a possibilidade de ela ser uma loba: lobos não ficam doentes. Essa mulher está muito doente. Ela está com febre, pelo amor de Cristo; o tipo de coisa que só se vê em humanos. Isso simplesmente não acontece com lobos. Que merda está acontecendo aqui, Dana? — Logan tinha mudado para a sua voz baixa e dominante de alfa. Todos os lobos olharam para baixo.

Dana respirou fundo e escolheu as palavras com cuidado.

— Alfa, eu não sei o que está acontecendo. Você está certo sob todos os aspectos. Tipo, ela cheira a lobo. Mas está doente, e isso nunca acontece. Olha aqui, essas marcas no pescoço. — Ela apontou uma série de marcas do tamanho de alfinetadas que estavam cicatrizadas; sob o cabelo, elas mal eram visíveis.

— Eu não sei o que é isso. Meio que parece uma arma de choque. Ou talvez... não — ela parou de falar, antes de dizer algo ridículo.

— O quê, Dana?

— É só que meio que parece uma cicatriz de poliomielite. Sabe, dos anos setenta. Ou talvez pode ter sido causado por algum tipo de dispositivos de injeção com várias agulhas — ela sugeriu, com um dar de ombros. — O que quer que tenha feito isso pode estar causando a febre. Mas, se for verdade, nunca vi nada assim. Lobos não ficam doentes.

Logan ficou quieto de preocupação. Lembrou-se da droga *Canis Lupis Inibidor*, que a companheira de Tristan, Kalli, havia criado. Até ouvir falar dela, jamais teria acreditado que alguém poderia tomar uma pílula para disfarçar o próprio lobo. E mesmo aquilo sendo completamente diferente, um lobo ficar doente era algo do que nunca se ouviu falar, a menos que houvesse algum tipo de magia afetando-a que pudesse explicar a doença.

— Poderia ser algum tipo de feitiço? Uma bruxa? — Logan perguntou.

— Talvez. É difícil saber. Mas você disse que a febre estava bem alta quando a encontrou, certo? Acabei de medir a temperatura dela e não está aumentando, o que é uma boa notícia. Essa coisa que está afetando a moça deve estar passando. Se for algum feitiço ou erva medicinal, parece que é de curto prazo. Olha, vou tirar umas amostras de sangue. Vou levar para o laboratório e eu mesma farei a análise, tudo bem?

Fiona se aproximou de Wynter e afastou uma longa mecha de cabelo louro do rosto dela. A mandíbula de Logan contraiu ao ver outro lobo tocando a sua humana. Notando o sinal sutil, ela se afastou da cama e se virou para ele.

— Logan, se isso for magia, eu também nunca vi nada assim. Não quer dizer que as bruxas não estejam sempre tentando inventar poções para irritar *shifters* e vampiros — disse ela, baixinho. — Tipo, você sabe que sempre tem uma meia dúzia que não vale nada. Vou perguntar por aí. Posso também trazer umas ervas medicinais para ela… se ainda estiver enjoada quando acordar.

— Obrigado, Fi. — Logan andou para lá e para cá, pensando no que faria. — Dimitri, ligue para o Jake e para o Zeke. Quero que eles montem uma guarda de perímetro para vigiar a minha casa. Peça a eles para consertarem o maldito portão. Ninguém entra, ninguém sai. Não sei quanto tempo ela vai ficar apagada, mas creio que esse passarinho vai tentar voar da gaiola quando perceber onde está.

— Isso mesmo. — Dimitri fez que sim.

— Dana, odeio perguntar o óbvio, mas o que está acontecendo com ela pode ser uma ameaça para os outros?

— Se é contagioso? Eu diria que não. Não posso ter certeza, mas se surgiu de repente e ela já está se curando, pode até ser algum veneno. Não pensei na possibilidade até agora, mas dadas as marcas no pescoço, está óbvio que ela foi exposta a alguma coisa. Desculpa não poder dizer muito mais — Dana admitiu, em derrota. A médica terminou de tirar o sangue, guardou os tubos de ensaio com cuidado no estojo de transporte e arrumou tudo na maleta.

— Atenção, todos vocês — Logan falou com rispidez. Todos os olhos pousaram em seu olhar severo. — Ninguém mais na alcateia deve saber o que está acontecendo aqui com a garota misteriosa, entendido? Não sei quem essa mulher… essa loba é. Mas algo não se encaixa. E até descobrirmos o que está acontecendo, quero manter em sigilo. É uma ordem direta.

Não toquem no assunto com ninguém. A história por enquanto é que ela foi vítima de um ataque de vampiros e está sob minha proteção, nada mais.

O grupo assentiu em acordo e começaram a ir para a porta. Logan deteve Dana, perguntando em particular se ela podia vestir uma de suas camisas e cuecas na garota. Tão bom quanto foi tê-la em seus braços, parecia errado tocá-la ainda mais. Estava óbvio que ela foi violada pelos vampiros; não estava prestes a se adicionar à lista.

Tinha dúvidas quanto a deixar a menina dormindo em sua cama, mas seu instinto protetor lhe dizia para mantê-la por perto. Ela estava vulnerável e, pelo menos por essa noite, estava sob sua responsabilidade. Não tinha certeza se era o lobo ou a cabeça conduzindo suas ações, mas se sentiu compelido a vigiá-la, a protegê-la. Pela manhã teria bastante tempo para perguntas e abordagens racionais que resolveriam esses enigmas desconcertantes. Por ora, eram só ele e ela descansando, se curando.

Vestido, Logan se deitou ao lado da garota. Virou de lado e apoiou a cabeça na mão. Observou o rosto dela como se memorizasse cada curva do queixo, o volume dos lábios. Algo naquela mulher atraía o seu interesse. Gostaria de pôr a culpa na visão, mas a reação visceral que teve ao cheiro dela o preocupou. Sozinho e feliz há tantos anos, não podia imaginar uma atração tão intensa e instantânea por uma mulher. Apesar de tudo, o cheiro dela era incrivelmente deleitável para o seu lobo. Suspirou. Isso teria que ficar para amanhã. Esperaria ansioso pelo despertar dela, para conseguir respostas e, acima de tudo, conhecer melhor a lobinha na sua cama.

CAPÍTULO QUATRO

— Oi, docinho, pode me ouvir? — Logan acordou ao ouvir um gemido. Mesmo as pálpebras estando abertas, ela não parecia estar se movendo.

Como se um elefante estivesse sentado em seu peito, Wynter se sentia imobilizada, tanto cansada quanto pesada. A cama macia foi o primeiro indício de que não estava mais lá fora. *Onde eu estou? Por favor, Deus, não permita que eles tenham me capturado.* Respirou fundo e forçou a mente a se concentrar. A vista borrada lhe mostrou a imagem difusa de um homem. *Não, não, não.*

— Eu tenho que ir — ela tossiu, tentando se erguer. Sentindo como se pesasse uma tonelada, afastou-se um centímetro do colchão antes de voltar a cair. Lambeu os lábios ressecados; as lágrimas transbordavam de seus olhos.

— Aguenta aí. Você está a salvo. Como está se sentindo? — Logan perguntou, afagando-lhe a bochecha com as costas da mão. Ela se sentia bem mais fresca; a febre havia baixado.

Wynter ouviu o som da voz baixa e familiar a envolvendo como um cobertor quentinho. O homem do beco. Os pensamentos se espalharam como gotas de chuva quando se lembrou do breve encontro. Ele a protegera. Sexy, dominante e todo masculino. Mas, não, ele não era um homem. Ele era um lobo. *Alfa.*

— Eu sou a Wyn. Wynter Ryan. Acho que estou… — Ela fechou os olhos, tentando conectar os acontecimentos. Ela não se sentia bem.

— Doente. Você nos deu um belo susto, mas a febre já abaixou. — Logan terminou a frase por ela. — Espere, vou pegar um pouco de água para você. Já faz algumas horas que você está apagada.

Ele ergueu a mão e pegou a garrafa de água que deixou do seu lado da cama. Desenroscando a tampa, passou um braço por baixo do pescoço dela para apoiar a cabeça. Levando o bico da garrafa aos lábios da garota, observou-a tomar alguns goles. Quase se sentindo como se estivesse alimentando um bebezinho, teve o cuidado de não deixá-la engasgar com líquido de mais.

— Obrigada — sussurrou, ciente de que o homem a segurava. Olhou dentro daqueles hipnotizantes olhos azuis. Os traços bonitos do rosto só foram superados pelo sorrisinho que ele lhe lançava. Estava com medo de que ele a machucasse. Jax a avisara sobre os lobos machos. Mas, em vez de ser agressivo, seu salvador falava com gentileza, cuidando dela como se fosse uma criancinha machucada.

— Precisa de mais alguma coisa? Você devia dormir mais um pouco — sugeriu, mesmo querendo fazer um milhão de perguntas. Relutante, voltou a deitá-la no travesseiro e se afastou.

Na mesma hora, Wynter sentiu falta do calor quando ele tirou o braço do seu pescoço. Mal o conhecia, então por que o breve abraço parecia tão bom? Desviou o olhar, envergonhada com a situação.

— Desculpa. Eu não deveria ter fugido — rogou. — Eu preciso te dizer...

— Shhh... você precisa descansar agora. Amanhã, Wynter. Amanhã a gente conversa, tudo bem? — Logan a tranquilizou. Podia ouvir o coração dela se acelerar; presumiu que por ansiedade. Tentou lhe acalmar os temores. — Só se deite e feche os olhos, lobinha.

— Mas eu não sou — Wynter protestou.

— Olha, nada mais de falar, certo? Você precisa ficar boa. — Logan se afastou de Wynter. Pensamentos lógicos surgiram; deveria deixá-la dormir sozinha, ir trabalhar no escritório. Saiu da cama e apagou as luzes. — Você estará segura aqui. Só descanse.

Quando o quarto ficou escuro, Wynter agarrou o lençol, cheia de medo. Odiou o escuro. Dois meses sem sol causaram isso. A claustrofobia ameaçou sufocá-la. No breu da noite, deixou um soluço baixinho escapar.

— Por favor, por favor, o escuro não. Não vá — ela chorou.

Logan acendeu uma das luzes baixas do corredor e voltou para o lado dela. Deusa, ele sabia que se arrependeria daquilo pela manhã. Foi exatamente assim que acabou com um zoológico quando criança. Como se tivesse encontrado um filhotinho perdido, e já estivesse apegado. Mas sabia que havia algo especial naquela mulher, algo que o impediria de deixá-la partir pela manhã. Aprendeu há muito tempo que não se deve lutar contra a natureza. Suspirou, ciente do que estava prestes a fazer. Indo contra todo o seu bom senso, deitou-se ao lado dela.

— Venha cá, Wynter — ordenou, passando um braço pelos ombros dela.

Deusa todo-poderosa, o corpo pequeno encaixava perfeitamente no seu, e ficou irritado consigo mesmo. Não só tinha deixado Wynter ficar na sua casa, na sua cama, agora também a tinha cálida e convenientemente apoiada em seu peito. Os sonhos não o prepararam para a intensa excitação e possessividade que pareciam estar mostrando a cara feia. Não, não podia deixar isso acontecer. Estabelecer a dominância com a alcateia e assegurar a posição como alfa tinha sido sua prioridade número um. E agora que a conquistara, precisava se concentrar em continuar nutrindo o seu já bem-sucedido empreendimento imobiliário, não em se envolver emocionalmente com uma estranha.

Ao se permitir a indulgência de pressionar o nariz no cabelo dela, sacudiu a cabeça mentalmente. Não sabia nada dessa mulher. Ela parecia humana, mas agora sentia o cheiro distinto de lobo. E se era uma loba, significava que veio de uma alcateia. Pertencia a outro lugar, talvez a outra pessoa. Encolheu-se um pouco com o pensamento de ela ser acasalada. Não, não seria possível. A sensação dela em seus braços era certa demais. Terrivelmente, maravilhosamente perfeita. E completamente errada.

Wynter nunca esteve tão carente e assustada na vida. Mas, naquele momento, a vulnerabilidade superou o bom senso. Uma vozinha na sua cabeça lhe disse que não era certo deixar um estranho segurá-la, confortá-la. Ainda assim, a atração era forte demais para resistir. Certa de que ele era um alfa, não tinha certeza se eram os poderes dele que sentia murmurando em suas veias ou se era a própria excitação, mas o abraço protetor falou com a sua alma, acalmou a sua mente. Cedendo aos desejos dele, aconchegou a cabeça em seu ombro e a mão no peito. *Segura.*

O último pensamento que passou pela sua cabeça era que precisava ligar para casa. Deus, sentia saudade dele. Sem dúvida nenhuma ele estaria em pânico. Amanhã, pensou. Amanhã, eu ligo.

— Jax — murmurou baixinho, antes de se entregar ao sono.

Logan respirou fundo. *Que merda ela acabou de dizer?* Olhou para baixo. Ela estava apagada, mas não havia dúvida do que ela acabou de dizer. Não, não era possível. Jax. A porra do Jax Chandler, o alfa de Nova York. Encontrou-se com ele um punhado de vezes. No que dizia respeito aos negócios, o homem era justo, embora tivesse gosto pelo drama.

A última vez que o viu em Nova Jersey, o cara tinha dado a Tristan uma espécie de "presente". É claro que o "presente" acabou sendo o lobo que estava envolvido na morte de um dos lobos de Tristan. *O que vale é a intenção.* Na realidade, Tristan não poderia ter ficado mais feliz com o presente. Durante o evento, Logan tinha observado Jax, que parecia sentir um prazer perverso ao assistir Tristan atacar e matar o lobo. Lembrava-se muito bem de Jax confortando Tristan depois que ele tirou uma vida, assegurando que ele tinha feito a coisa certa como alfa.

Na época, não pôde entender bem a interação. Mas agora que era alfa, entendia com facilidade o que se passou naquele dia. Jax só estava apoiando Tristan, fazendo-lhe uma oferta de paz depois de ter perseguido a irmã do seu antigo alfa com tanta agressividade. Assim como os líderes dos países, alfas escolhiam outros alfas como aliados ao mesmo tempo em que protegiam a própria alcateia. Logan jamais pensou que seria possível sentir mais respeito por Tristan ou por Jax, mas, agora que era alfa, o relacionamento deles era ainda mais importante.

Será que Wynter pertencia a Jax? Era a companheira dele? Soltou um suspiro, sabendo que não deveria importar. O que era realmente importante era descobrir que merda aconteceu com os vampiros naquele beco e como um lobo podia ficar doente. As duas coisas representavam problemas sérios não só para a espécie, mas para todos os sobrenaturais da região. A merda estava prestes a bater no ventilador.

CAPÍTULO CINCO

Wynter acordou descansada, e completamente sozinha. A luz brilhante do sol se espalhou pelo quarto, e ela bocejou. Depois de meses dormindo no chão, enfim estava em casa na sua cama quente; a sensação era incrível. Fechou os olhos com força, desejando continuar sonhando. Um estranho sexy e misterioso acenou para ela de longe. Podia ver a definição da barriga dele, mas não o rosto. Esforçou-se para ouvir, para correr até ele, para que pudesse ver quem ele era.

— Oi, raio de sol — uma voz de homem a chamou.

Assustada, sentou-se de repente, com os olhos bem abertos. Esquadrinhando o quarto, percebeu que o sonho erótico de ser envolvida nos braços fortes deve ter sido só isso: um sonho. *Onde eu estou?* O pânico tomou conta mais uma vez quando um homem imponente com os antebraços tatuados se aproximou dela. Não o homem dos seus sonhos.

— Não se aproxime — avisou. — Não sei como cheguei aqui, mas estou indo embora. — Saltou da cama, e logo percebeu que estava nua sob a camisa de homem e a cueca boxer. *Ah, Deus.*

— Ouça, *cher*. Ninguém aqui vai te machucar. Fique calma — sugeriu, ao apontar para a penteadeira. Iogurte, granola, frutas e suco estavam numa bandeja. — Agora que você está se sentindo melhor, talvez consiga tomar café da manhã.

Queria negar, mas o estômago doía de fome. Quanto tempo fazia desde que comera como um ser humano normal? Meses? Mas como poderia confiar nesse estranho pairando pelo quarto? Olhou para ele. Lobo, sem dúvida nenhuma. Podia dizer pelos penetrantes olhos verdes. Mas quem era ele? O alfa? Não, ele não era alfa. Esteve com uma alcateia tempo o bastante para dizer que não era ele. Mas o homem de ontem à noite… era real? Agarrou a gola da camisa, puxou-a até o nariz e deu uma boa cheirada. Limpo, masculino, com um toque de perfume. Quase caiu na cama ao sentir o cheiro dele. Suspirou ao fechar os olhos. O macho da noite passada.

Era ele. E o cheiro era tão... bom. Lembranças do que conversaram circularam por sua cabeça. Tinha pedido para ele ficar com ela. E ele ficou. Ele a abraçou. A excitação que sentiu. Ah, Deus. Não, não era possível. Estava tão encrencada. Não, não, não. Jax ia pirar quando a encontrasse.

Dimitri sorriu. *É, isso mesmo, linda. Cheire a camisa.* Mal sabia ela que Logan estava esperando que Dimitri a levasse até ele no centro da cidade. O que foi que se passou entre aqueles dois ontem à noite parece ter mexido com o alfa. Viu quando Logan saiu da mansão logo que amanheceu. Mesmo ele tendo resmungado alguma coisa sobre preparativos para reunião, Dimitri sabia muito bem que o alfa raramente precisava de tempo para preparar qualquer coisa. Ele era o que mais se destacava, tanto mental quanto fisicamente. Ao sair, deu a ordem para Dimitri ficar de olho na lobinha, ver se conseguia fazer a mulher comer e levá-la para o escritório.

Além da diversão, Dimitri gostou de o alfa estar se concentrando em algo que não eram os desafios. E essa bela mocinha estava se provando uma boa distração, ao menos a curto prazo. Mas eles ainda não sabiam quem ela era, o que era uma droga. Se ela pertencesse a outra alcateia, logo a reivindicariam. E, ao que parecia, a garota era uma fugitiva por natureza que não pretendia ficar muito tempo por ali. E também havia a doença misteriosa, inédita entre os lobos. Talvez fosse por isso que Logan estava todo no modo negócios? Ele podia estar pensando que uma atração passageira pela lobinha seria futilidade.

Dimitri olhou para Wynter e concluiu que era melhor seguirem caminho; tossiu para chamar a atenção dela. Precisava que a garota aceitasse o que estava prestes a acontecer. Pensou na melhor abordagem para fazê-la concordar. Decidindo ser gentil em vez de usar a força, abaixou-se para que pudesse falar estando na mesma altura dela, tentando parecer menos intimidante do que sabia que era.

— Está tudo bem, Wynter.

— Você sabe quem eu sou? — perguntou ela, tímida.

— Sei, você falou com o meu alfa ontem à noite. Você está se lembrando, não é? Do cheiro dele?

— Eu... — Ela cheirou o tecido com o aroma divino mais uma vez. Que merda havia de errado com ela? — Eu... eu acho... estou. Mas eu estava doente, não estava?

— Estava sim. Como está se sentindo? — Ele estava preocupado de verdade.

— Bem — mentiu. Fisicamente, ela se sentia bem. Mas, mentalmente, estava aos cacos. Wynter encarou a janela, balançando a cabeça, impotente. Lágrimas transbordavam de seus olhos, e ela afastou o olhar.

Dimitri se sentou na cama ao lado dela e colocou uma mão reconfortante em seu ombro. Por incrível que pareça, ela não o afastou, só permitiu que as lágrimas escorressem pelas bochechas.

— Posso ser antiquado, mas as meninas que conheço e que estão se sentindo bem de verdade não choram, *cher*.

— Vou ficar bem. Só estou sobrecarregada.

Aquilo não estava indo muito bem, pensou Dimitri. Ele se levantou, foi até a penteadeira e serviu um copo de suco de laranja.

— Beba alguma coisa — disse a ela.

Sem forças para discutir, obedeceu e pegou o copo. A polpa doce e ácida tinha o gosto tão bom. Havia tanto tempo que não tomava um suco, o que a fez sentir como se estivesse fazendo algo maravilhosamente normal. Secou as lágrimas com as costas da mão e lançou um sorriso amarelo para ele.

— Isso, garota. Tem certeza de que não quer se deitar? Era para eu te levar para ver o alfa, mas ele não vai querer que você vá, caso não esteja bem.

— Não, sério, eu estou bem. — *Estaria melhor se estivesse em casa.*

Olhou para Dimitri em silenciosa derrota, querendo só poder pegar o próximo voo para fora de Nova Orleans. Mas sabia bem que não deveria tentar fugir de um lobo. Bem, ela costumava saber. Imaginou que a noite de ontem não contava; não estivera pensando com muita clareza. E agora que estava na casa de outra alcateia, talvez na do alfa, não havia como sair sozinha. Tinha que ligar para o Jax.

— Preciso ligar para casa. Posso usar o seu telefone? — perguntou baixinho.

— Desculpa, mas você precisa falar com o alfa primeiro. Não quero declarar o óbvio, mas precisamos saber por que você estava sendo perseguida por vampiros na noite passada. E sobre a febre. O alfa tem muitas perguntas.

— Mas eu tenho que ligar para o Jax — protestou ela. — Tenho que dar o fora daqui.

Dimitri parou de supetão, quase derrubando o copo. *Jax*. Só havia um Jax que ele conhecia: Jax Chandler. Puta merda. Não era de se admirar o Logan estar tão furioso hoje de manhã. Parece que as regras do jogo acabaram de mudar. Tentando esconder a reação, avançou e entregou um iogurte a ela.

— Tenho certeza de que o meu alfa estará em contato com o seu. — Só podia imaginar que ela pertencia à alcateia de Nova York. E ela tinha dormido com o seu alfa. É, aquilo ia ser divertido.

— Ele não é o meu alfa. Bem, ele é, mas... — As palavras foram sumindo quando percebeu que o alfa de Nova Orleans a interrogaria até cansar sobre o que aconteceu.

Mesmo ele tendo sido carinhoso na noite passada, ia querer detalhes sobre a razão de ela estar naquele beco. Mas precisava falar com Jax primeiro. Os olhos dardejaram desafiantes para Dimitri e ela não disse mais nada.

— Ok, lobinha, como quiser.

— Não sou uma loba — afirmou, resoluta, confusa sobre a razão para ele chamá-la assim. Qualquer sobrenatural que se preze poderia dizer que ela era muito humana.

Dimitri riu.

— Bem, aquela febre deve ter te afetado um pouco mais do que pensei. — Ele balançou a cabeça, irritado por ela mentir para ele. Toda a situação estava se transformando em uma porra de uma loucura que ele estava pronto para despejar em cima de outra pessoa. Se era assim que ela ia agir, ele estava pronto para ter uma abordagem mais firme.

— Wynter, vai ser assim. Você precisa comer alguma coisa e aí nós vamos ver o meu alfa. Liguei para uma das lojas mais cedo, e eles entregaram roupas que devem te servir. — Apontou para as muitas bolsas que estavam perto da porta do closet. — Você pode tomar um banho antes de irmos, mas eu gostaria de sair daqui a uma hora. Fui claro?

— Cristalino — resmungou ela, aceitando que não conseguiria ligar para o Jax.

Conhecia bem demais aquele tom condescendente de "faça o que eu digo". Quando decisões precisavam ser tomadas em uma alcateia, a ocasião não era o epítome da democracia. Era o exato oposto, na verdade. E dado que ela nem era parte da alcateia nem uma loba, não tinha muito a dizer quanto ao próprio futuro naquele momento.

Logan soube o exato segundo em que ela entrou no prédio. Ocupando os cinco últimos andares de um arranha-céu reformado na Poydras Street no

Central Business District, ele administrava as operações da alcateia e também os próprios negócios. Segurança de última geração foi instalada por todo o prédio e um elevador privado de alta velocidade saía direto em seu andar. Observou na TV de tela plana enquanto Wynter se espremia no canto do elevador, tentando ficar o mais longe possível de Dimitri. Logan franziu a testa, imaginando o que teria feito a garota se encolher desse jeito. Tinha pedido ao beta para oferecer café da manhã a ela e trazê-la para ele se estivesse se sentindo bem. Mas, obviamente, a manhã não tinha saído conforme o planejado.

Mesmo tendo dito a Dimitri para não tocá-la de forma alguma nem intimidá-la, Logan estava ciente de que a presença do beta não costumava deixar as pessoas à vontade. Só uma olhada para ele faria a maioria dos machos tremer. Dada a presença maciça do homem, ele podia entender a cautela da lobinha. O cara parecia um facínora, mas, na verdade, Dimitri estava mais para o pacificador da alcateia. Claro, ele era quase tão letal quanto Logan nas circunstâncias certas, mas, em geral, levava a vida com calma e bom-humor.

Logan xingou, lembrando-se de como a deixara. Ah, queria muito ter ficado. Mas encorajar a atração misteriosa não ajudaria muito a nenhum deles. Segurá-la, cheirá-la, tinha sido uma imensa tentação. Então, em vez de prolongar a tortura, tomou uma decisão sensata; saiu do quarto antes que fizesse algo de que se arrependesse.

Ouvir o nome do Jax deveria ter sido suficiente para apagar a chama que aquecia a crescente ereção. Mas enquanto os seios suaves pressionavam o seu peito e a mão vagava pelas reentrâncias da sua barriga nua, quase perdeu o controle. Pensamentos eróticos cobriram qualquer preocupação que pudesse ter quanto ao alfa de Nova York. Enquanto ela, inconsciente, colocava a perna sobre a dele ao dormir, esfregando a coxa na sua ereção, ele chegou a imaginar que gozaria na cueca. Então, depois de três horas maldormidas, o aroma inebriante da garota embriagou a sua consciência, e ele caiu fora.

Quase mudou de ideia quanto a lavar o cheiro dela, mas fazer isso clareou muito a sua cabeça. Não só a loba vinha com uma bela de uma bagagem, mas não pertencia a ele e tinha chamado por outro homem. Em que ele estava pensando? Sabia que o melhor para todos seria uma reunião em seu escritório onde poderia usar o verniz profissional como uma máscara. Trataria a interação deles como deveria: apenas negócios. Descobriria quem ela era, a que alcateia pertencia, por que os vampiros estavam atrás dela e como diabos tinha ficado doente.

A solução mais lógica seria magia, decidira. Quanto ao resto, ela deve ter entrado em uma briga com o namorado e decidiu que se divertir um pouco na Big Easy, a bela Nova Orleans, seria imprescindível. De alguma forma ela se envolveu com uns vampiros violentos que decidiram ir um pouco longe demais. Quando chegou ao escritório, tinha a possibilidade mais lógica embrulhada com um laço muito bonito. E sua atração sexual por ela estava muito bem lacrada no mesmo pacote... até aquele momento.

Colado à tela, observou a postura de aversão dela; os olhos disparavam para Dimitri e então voltavam para o chão. Praticamente podia cheirar o medo através da fibra ótica. A garota talvez devesse estar nervosa, mas o medo não era uma emoção que ele pretendia provocar... ainda. Logan não estava com dó, mas, como alfa, faria o necessário para proteger a alcateia. Como Tristan tinha dito em muitas ocasiões, as decisões de um alfa não eram baseadas em popularidade; muito pelo contrário, elas precisavam ser calculadas e implementadas de acordo com o que fosse melhor para o grupo. Não importa o quanto o pau a desejava, a pequena, mas real, possibilidade de ela ser uma ameaça já existia. Até mesmo um canivete podia matar um homem grande se fosse usado direito. Precisava se controlar e focar em conseguir respostas em vez de transar.

Já havia ligado para o Jax, avisado que um dos lobos dele havia se perdido em Nova Orleans. A conversa breve, mas necessária, fez o estômago se contorcer. *Ela não pertence a você.* Só precisava continuar dizendo as palavras a si mesmo. Seria fácil de lembrar, já que era verdade. Por mais estranho que pareça, Jax não a reivindicou na mesma hora, mas avisou que ele ou um dos parceiros pegariam um avião assim que possível para avaliar a situação. Logan achou aquilo interessante por si só. O que havia para avaliar? Um alfa conhecia todos os seus lobos. Mas, bem, depois de se encontrar com Jax algumas vezes, a quedinha que tinha pelo drama tendia a se espalhar por tudo o que o homem fazia.

O sino do elevador o fez respirar fundo. Era isso; hora de respostas. *Hora do show.* Como um reloginho, Jeanette, sua secretária, soou no sistema de comunicação, alertando-o da chegada deles. Jeanette, uma humana, trabalhou para o Marcel por mais de quarenta anos. Ela ficou arrasada pela morte dele, mas aceitou a oferta de Logan para ficar e trabalhar. Era uma profissional admirável, e ele suspeitava que a lealdade dela era quase tão profunda quanto a dos lobos da sua alcateia.

Dimitri bateu uma vez à porta e entrou no escritório, fechando-a às suas costas.

— O que você fez com ela? — Logan acusou, olhando feio para ele.

— Nada, ela está perfeitamente bem. Você a viu. Está alimentada e vestida; bem como você pediu. — Dimitri sorriu e se largou em uma das cadeiras de couro marrom que ficavam diante da mesa de Logan.

— Jura? Então me diga por que ela parece estar assustada pra caralho? — A boca se contraiu em uma linha fina.

Dimitri desviou o olhar para a janela e de volta para o alfa.

— Não foi nada.

— O que não foi nada?

— Eu juro que fui gentil com ela — Dimitri assegurou. — Ela queria ligar para o Jax. Eu disse que não. Não é minha culpa ela ser uma coisinha de nada. E bem, eu sou… eu sou eu. — Ele sorriu torto para Logan.

— Você acha que é engraçado?

— Bem, chefe, devo admitir que é um pouco engraçado. Tipo, qual é. Quando foi a última vez que uma lobinha fez o alfa se arrancar de casa ao raiar do dia? E sob o risco de apontar o óbvio, você ainda parece estar nervosinho.

Logan revirou os olhos, girou na cadeira e olhou a cidade pela janela. Ele respirou fundo e suspirou, frustrado.

— Porra, é, eu estou nervoso. Tente dormir com uma mulher como aquela por umas horas enquanto ela chama por Jax Chandler. Ouvir o nome dele deveria ser o bastante para me fazer tratar a garota como uma freira. E, cara, eu, com certeza, não estava fazendo as minhas preces. É errado pra cacete.

Dimitri riu alto.

— Olha, ela está bem, mas não é sua. E ela pode muito bem estar indo para casa à noite. Entrou em contato com o Jax?

— Sim, liguei para ele. O filho da puta cheio de manha estava fazendo seus malditos joguinhos. Disse que está vindo para "avaliar" a situação. Não a reivindicou na mesma hora, mas também não a negou. Quanto à senhorita Wynter lá fora… tem uma parte de mim que quer ficar com ela. — Logan sorriu para ele como se tivesse descoberto um tesouro.

— Ela não é um cachorrinho perdido, alfa. Você não pode simplesmente "ficar com ela".

— Você ficaria surpreso com o que eu posso fazer quando enfio alguma coisa na cabeça — ponderou.

Estava mesmo pensando em ficar com ela? É, estava. E por que não? Jax não a reivindicou exatamente. Acontece que além das poucas horas se aconchegando como um adolescente excitado com o saco doendo, ele nem sequer a conhecia. Por tudo o que sabia, ela tinha uma personalidade difícil.

— Isso é. Mas, como seu beta, meu conselho é que você vá com calma. — Dimitri balançou a cabeça e riu. Maldito fosse ele se o alfa não estava considerando o inconcebível.

— Eu não irei com calma — frisou Logan. — Faço o que devo fazer. E, nesse momento, pretendo descobrir a verdade. — Ficou de pé, foi até o bar e pegou uma garrafa de água no frigobar. — Aliás, temos uma reunião com o Kade mais tarde no Mordez.

— Mordez, hein? Que delícia, um clube de vampiros — Dimitri disse, cheio de sarcasmo.

— É, você e eu, nós dois. Você sabe como os vampiros são. Não podem se encontrar em escritórios, como pessoas normais. — Ele deu de ombros. — Leve o Zeke e o Jake no caso de haver problemas. Diga para eles ficarem de olho na gente... com discrição. Você sabe o que fazer.

Logan detestava reuniões em clubes de sangue tanto quanto qualquer lobo, mas abriria uma exceção para Kade. Se havia um vampiro em quem confiava pelo menos um pouco, era nele. Logan fazia justiça quando necessário, mas era obrigação de Kade manter o povo dele na linha, não do alfa.

— Pronto — respondeu Dimitri, indo até a porta.

— Vamos colocar o show em movimento, sim? — Logan disse, com um sorriso irônico.

Poucos segundos depois da saída de Dimitri, o anjo louro do alfa apareceu à porta.

Com o coração acelerado, Wynter entrou na sala e olhou para o magnífico estranho que a salvara. Quando os olhos cravaram nos dele, o fôlego ficou preso nos pulmões. Alfa. A palavra ressoou em sua mente como um eco em um vale ao olhar para Logan, que, sentado atrás da mesa, observava com cuidado cada movimento seu. Lembranças dos braços dele ao redor do seu corpo na calada da noite giraram por sua cabeça. O rosto corou com a excitação confusa que sentiu. Embora tentasse muito não encarar, acabou sendo impossível se impedir. O alfa era incrivelmente sexy e bonito, mas tinha uma aparência perigosa à medida que os lábios formavam um sorriso astuto. Vestindo um terno azul-escuro, a postura confiante exalava poder. E sexo. Ficou tensa quando o desejo voltou a chamejar. Não, não, não. Como poderia estar atraída por um alfa? Aquilo não podia acontecer. Jax não ficaria feliz, nem um pouco.

O que havia de errado com ela? Esteve fora de circulação por meses, e já estava pronta para se atirar no primeiro homem a aparecer na sua frente? Concluiu que talvez fossem as drogas que lhe deram. É, tinha que ser isso. Talvez ainda estivesse sentindo os efeitos da doença? Mas ao olhar dentro dos olhos dele, não podia negar o fascínio da poderosa presença. Tentou se livrar da sensação; mas o cérebro lhe disse para ter cautela. Sabia bem que não devia presumir que a beleza de um homem era equivalente à bondade dele. Por experiência própria, aprendeu que os alfas eram sempre encantadores, normalmente bonitos, e extremamente letais.

Respirou fundo, tentando se controlar. *Não pense em como foi se deitar ao lado dele na cama. Você nem o conhece.* Não importa o quanto a libido tinha sido atiçada, precisava se recompor. *Concentre-se*, disse a si mesma. Precisava ligar para o Jax, contar o que sabia para ele e começar a traçar um novo plano. Vestindo uma fachada de indiferença, suspirou.

Com as emoções equivocadas escondidas, abriu os olhos. O alfa lhe lançou um sorriso largo, como se soubesse exatamente em que ela estivera pensando… cada pensamento imundo e lascivo. *Isso não pode estar acontecendo.*

A voz dele a puxou de volta à realidade.

— Sente-se. — Logan apontou para uma das cadeiras diante da mesa.

Não deixou de notar a forma que, submissa, Wynter desviou o olhar ao ouvir as palavras. *Loba, sem dúvida alguma.* Como pôde ter se enganado tanto quando a encontrou no beco ao pensar que ela fosse humana? Sentindo tanto o medo quanto a excitação dela, lutou para permanecer objetivo. O lobo queria atacar a presa que tanto o tentava. Logan lembrou a si mesmo de que não conhecia essa mulher, não importa o quanto ela parecesse deliciosa.

Xingou baixinho quando os olhos vagaram pelo jeans e a blusa rosa-claro que estava desabotoada o bastante para que visse o decote se insinuar. Supôs que Dimitri tinha pedido a Melinda, uma das lobas que possuía várias lojas, para entregar as roupas. Mesmo vestida de forma conservadora, Wynter parecia deliciosamente comestível. Sem maquiagem, ela era uma beleza natural. Embora a pele parecesse pálida, como se tivesse estado protegida do sol, a tez estava clara e iluminada.

Os longos cabelos louros estavam presos em um rabo de cavalo apertado. Os cachos espiralavam em todas as direções e, por um breve segundo, Logan desejou poder puxar o elástico que prendia o cabelo, libertando-o ao vento. Amaria muito enrolar a mão nele enquanto a comia por trás. É, sem dúvida, seria um deleite pecaminoso. Ah, mas agora era hora de negócios. Talvez se a convencesse a ficar, poderia brincar com ela. Mas, por ora, precisava de respostas; respostas que só ela poderia lhe dar.

— Você está a salvo, Wynter. — Logan a observou com interesse enquanto ela se sentava, brincando com os dedos em nervosismo.

Assustada por ouvir o nome sair dos lábios dele, estremeceu na cadeira. Apreensiva, olhava ao redor do escritório enorme, verificando se havia uma rota de fuga.

— Eu… eu sinto muito, alfa — declarou, finalmente olhando para cima.

— Você sabe quem eu sou?

Ela fez que não.

— Não, quer dizer, sim, eu me lembro da noite passada. Obrigada por cuidar de mim — conseguiu dizer.

— Ainda assim, você sabe quem eu sou. Você se dirige a mim como alfa. Consegue sentir, não?

— Consigo — ela concordou baixinho.

— Eu me chamo Logan Reynaud, e sou o alfa dos Lobos Acadianos aqui em Nova Orleans — informou a ela. Mantendo a voz baixa e calma, prosseguiu: — Ouça, Wynter, eu não vou te machucar. Mas preciso de respostas quanto ao que aconteceu ontem à noite, tudo bem? Vamos começar com o que você estava fazendo lá no beco. Por que os vampiros estavam atrás de você? — Ele se recostou na cadeira, descansando as mãos no apoio de braço. Inclinou a cabeça, esperando uma resposta.

— Eu… eles… eu estava sendo mantida presa. — Wynter apertou as coxas com as mãos, tentando relaxar. — Eu estava trabalhando para alguém. Tive um desentendimento com o meu empregador. Os vampiros. Eles não queriam me deixar ir embora. — Ok, aquela era a verdade. Talvez não toda a verdade, mas não havia como ele saber disso.

— Então você estava trabalhando no meio da noite, tentou fugir e eles foram atrás de você? — A melodia no final da frase indicou que estava óbvio que ele não acreditava nela.

— Bem, foi. Por favor, senhor, é complicado.

Senhor, hein? Embora só a menção da palavra já enviasse um jato de sangue para o pau, ele sabia que ela estava tentando esconder informações. Uma lobinha astuta.

— Então, me diga, que tipo de trabalho você faz?

Ela podia dizer que ele não estava engolindo a história. Ah, Deus, queria que Jax estivesse ali para ajudá-la. Wynter sabia que contar mentiras para um alfa costumava ser desastroso. Precisava ser muito cuidadosa. Não minta, mas não conte toda a verdade.

— Eu sou uma pesquisadora. Venho trabalhando há muito tempo em alguns projetos importantíssimos — suspirou ela. — Sei coisas. Eles não queriam que eu fosse embora. E eu fugi. — Pronto, falou. Mais uma vez, tudo verdade... mas não toda ela. As lembranças de ser presa contra a própria vontade lhe provocaram medo. Como se ainda estivesse no laboratório, o sangue pulsou em pânico, e ela lutou para manter a compostura. Puxando as mangas para baixo, tentou esconder as cicatrizes de seu confinamento que ainda estavam nos braços.

— Você estava trabalhando para uma empresa que mantinha os funcionários quase nus e trancados? É isso mesmo? — Enfurecido com a confissão dela, tentou manter a calma. Que tipo de monstro a manteria presa? E o que eles estavam fazendo na sua cidade?

— É — sussurrou ela.

Um leve soluço se alojou em sua garganta. Por que chegou a pensar que poderia trabalhar para aquela empresa? Embora tenha feito para ajudar a alcateia, tinha sido uma idiotice sem tamanho. Os lábios ficaram tensos e ela fingiu admirar a vista de Nova Orleans através dos vidros. *Não chore na frente de um alfa.*

— E torturada? As mordidas. Eu as vi — insistiu ele.

Em vez de responder, ela só assentiu com a cabeça, recusando-se a olhar para ele. O rosto de Wynter empalideceu com a menção das marcas de mordida que lhe cobriam o corpo. O constrangimento tomou conta dela, mesmo sabendo que não merecia aquilo. Puxou as mangas mais uma vez tentando se esconder. A raiva aumentou. Não era da conta dele o que tinha lhe acontecido. Onde estava o Jax, porra?

— Lobinha, não fique com vergonha. Aqueles vampiros... eu os conheço. Eles podem ser cruéis — disse a ela.

Os olhos de Wynter brilharam em confusão. Loba? Por que ele a estava chamando daquilo? As lágrimas ameaçaram escorrer dos olhos já vermelhos. Só precisava ir para casa. Jax ajudaria a consertar as coisas, incluindo a bagunça que a vida havia se tornado.

Logan odiava que eles tivessem feito isso com ela. Podia dizer que ela estava quase perdendo o controle, mas precisava saber o que aconteceu. Lutando com o impulso de envolvê-la em seus braços e oferecer conforto, ele se prendeu à mesa, propositalmente.

— Tudo bem, por que não me conta da magia? Você foi enfeitiçada? Lembra o que aconteceu?

— Que magia? — ela rebateu, perplexa com as perguntas.

Do que ele estava falando?

— Você estava doente na noite passada. Lobos não ficam doentes — lembrou-a.

— É, eu sei — concordou, olhando-o nos olhos. Na verdade, não tinha certeza do que aconteceu. — Lobos não ficam doentes. Mas humanos, ficam. Eu devo ter pegado um resfriado. — Sentindo-se sufocada, Wynter se levantou de repente e foi até a janela do chão ao teto. Uma vez, ela se maravilhou com a vista de Nova York dessa altura. Mas aquela não era Nova York. No momento, só desejava escapar, como se esperasse poder saltar de paraquedas dali do prédio.

— É verdade, Wynter. Mas você não é humana, é? Ontem à noite você estava ardendo em febre. Algo aconteceu. Você precisa me contar o que lembra. Estava envolvida com as bruxas? Me diga, lobinha — perguntou ele, conciso, ficando impaciente com a evasão dela.

— Pare de me chamar assim! — contra-atacou. Era isso. Ela ia mesmo perder o controle. Gritar com um alfa não foi a sua jogada mais inteligente, mas estava descontrolada. Por que não arriscar? Ela se virou para encarar Logan, as costas apoiadas no vidro frio. — Eu não me envolvi com bruxas. Disse que os vampiros estavam me mantendo presa. Não sei por que eu estava doente. Ponto final. Agora preciso ligar para o Jax. E eu não sou um lobo! Não consegue ver que sou humana? Você é um alfa, pelo amor de Deus.

Wynter mal viu acontecer. Logan atravessou a sala em um salto e, quando o corpo tocou o seu, ela arfou. As mãos pressionaram com força o vidro de cada lado da sua cabeça. O aroma masculino flutuou até o seu nariz, e ela lutou contra o instinto de esfregar o rosto no peito dele. *Ah, Deus, o que tinha feito? Como pôde ter sido estúpida ao ponto de desafiar um alfa? Devia estar muito doente mesmo.* Incapaz de falar, ficou imóvel. De início por causa do medo, mas percebeu bem rápido que ele não a estava machucando. A tensão entre os dois se intensificava a cada segundo silencioso que passava. E, então, sentiu-o, o nariz roçando a lateral do seu pescoço. Um breve gemido escapou de seus lábios.

Com o desafio, Logan atravessou a sala, prendendo-a na parede. *Tinha que cheirá-la, prová-la. Por que ela negava o próprio lobo? Por que os joguinhos?* Não queria machucá-la. Ah, não. Se muito, queria dar a ela prazer como ela jamais sentiu. Mas a garota continuava insistindo que era humana. Se ela queria jogar, jogar ele iria. Ela era uma loba, e provaria. Mas quando o aroma doce engolfou os seus sentidos, ele começou a perder o controle. O lobo arranhou a sua alma, implorando para tomar a mulher. Como rosas recém-cortadas, o aroma celestial era familiar e ao mesmo tempo único e desejável; embora a loba dela titubeasse ao alcance, ela estava ali, podia cheirá-la.

Em um esforço para evitar arrebatá-la ali mesmo no escritório, Logan prendeu as mãos com tanta força nas janelas que pensou que as quebraria. Ao som do gemido da garota, atacou a pele sedosa com a língua. Tinha que prová-la. Só uma vez. Ah, porra, não; o lobo queria mais. Com os olhos ferozes, ele trancou os dela, pegando-a pelo braço. Deu um beijo breve na palma da mão de Wynter antes de arrastar a língua pelo pulso até chegar à dobra do cotovelo, soltando um rosnado de satisfação.

O coração de Wynter acelerou quando, com gentileza, ele pegou o braço dela. Estremeceu quando puxou a manga para cima e levou o pulso delicado aos lábios. Molhada de excitação, não podia interromper a conexão com o olhar profundo naqueles olhos hipnotizantes. *Ai, meu Deus. Loba. Humana. Serei o que você quiser que eu seja... só, por favor, me possua.* Wynter pensou que os joelhos fossem ceder, mas ele a tinha presa contra a janela. Perdida no encanto do alfa, respondeu ao mover os quadris em sua dura excitação enquanto ele provava a sua pele.

Logan rosnou quando a necessidade territorial de possuí-la o consumiu. Precisava manter tudo sob controle. *Jax. Maldito e desgraçado Jax.* Só o nome dele deveria ter acabado com aquela ereção furiosa, mas não estava ajudando nem um pouco. Não, ele precisava se separar da garota antes que rasgasse as roupas dela. Fechou os olhos e suspirou, mas não a soltou.

— Loba. — Ele respirou nos cabelos dela.

— O que foi?

— Loba, docinho. Você é toda loba — confirmou ele.

— Não, eu sei que estava doente, mas não pode ser. — Wynter tentou se mover, mas ele envolveu os braços ao redor dela de forma protetora. — Preciso ir a um médico. Por favor, alfa.

Confuso, Logan se afastou só o suficiente para que pudesse olhar para ela. Não tinha certeza da razão para ela estar negando o próprio lobo. Considerando a doença, tentou ser gentil, acalmá-la.

— Wynter — ele disse baixinho, notando que ela tinha apoiado a testa em seu peito. — Olhe para mim.

Wynter obedeceu, levantando a cabeça devagar. Ela estava perplexa. Em um minuto sentiu uma saudável dose de medo e, em um instante, foi sobrepujada por luxúria pelo alfa diante de si. Não o conhecia, mas algo lá no fundo lhe dizia que podia confiar nele. Ele não tinha nada a ganhar dizendo que ela era um lobo. Suspeitou que, de alguma forma, havia se contaminado com o ViroSun. Como, não sabia.

— Olha, não sei o que está acontecendo contigo, mas vamos lidar com isso. E já que, tecnicamente, nós dormimos juntos, acho que você pode me chamar de Logan. — Ele deu uma piscadinha com a intenção de deixá-la à vontade. — Na noite passada, quando você estava inconsciente, pedi a minha médica para te examinar. E antes que pergunte, ela é um híbrido, então sabe sobre lobos e humanos. Mas preciso que você seja honesta comigo. Por que continua negando a sua loba?

Ela suspirou, resignando-se ao fato de que precisava da ajuda dele. Mesmo a sua necessidade de falar com Jax sendo verdadeira, o homem diante dela estava lhe oferecendo uma tábua de salvação e precisava, desesperadamente, agarrar-se a ela se queria ter a mínima chance de manter a sanidade. Tinha que explicar a ele, dizer mais do que lhe aconteceu.

— Nego a minha loba, como você colocou, porque eu não sou uma loba. Sou humana — explicou, colocando a palma das mãos no peito dele. — Por favor, me escute. Juro que sou humana. Nunca na vida me transformei. E não sei por que cheiro a lobo para você. Mas precisa entender, o lugar em que eu trabalhava; eles... eles podiam fazer coisas. Fui forçada a ajudá-los a fazer essas coisas.

— Coisas? Que tipo de coisas? — Logan não gostava da direção que aquilo estava tomando, mas tentou soar encorajador, não irado. Não queria assustá-la mais do que já tinha.

— Eu estava trabalhando em muitas coisas diferentes... vírus, na maior parte. Quando eu me recusava ou criava dificuldades... digamos que há partes do meu trabalho das quais eu não me lembro. Essas pessoas...

elas são más. E capazes de coisas terríveis... coisas que jamais pensei serem possíveis — falou baixinho.

Logan a puxou para os braços e lhe afagou o cabelo.

— Vamos descobrir o que aconteceu — assegurou a ela. Não podia entender como uma humana podia cheirar a lobo, mas, há alguns meses, esteve rodeado por lobos, que, por meio de fármacos, podiam esconder o seu próprio, ficando com cheiro de humanos. Talvez tenham aplicado algo parecido nela? — Preciso saber exatamente no que você estava trabalhando. Parece muito importante se os vampiros estavam dispostos a arriscar irem atrás de você sem nem mesmo disfarçar.

Wynter se desvencilhou dos braços dele e passou os dela em torno de si mesma. Sabia que ele não ia gostar do que estava prestes a dizer. Tanto quanto quisesse contar tudo, sua lealdade era de Jax. Seu alfa tinha o direito de receber primeiro a informação que ela reuniu no cativeiro.

— Eu quero te contar... Mas... não posso — ela disse, baixinho. — Jax. Preciso falar com ele primeiro.

O estômago de Logan contraiu com a menção do alfa de Nova York. Precisava saber.

— Você pertence a ele?

Wynter se virou devagar e fez uma careta de pesar.

— Sim.

Assim que as palavras deixaram os seus lábios, ela desejou, naquele momento, que não fossem verdadeiras. Havia algo em Logan. Queria tanto contar tudo a ele. A atração que sentia pelo lobo bondoso não podia ser negada. Mas devia sua vida e sua lealdade a Jax. Talvez depois de conversar com ele, pudesse explorar os sentimentos que estavam surgindo pelo alfa de Nova Orleans. Mas agora não era hora. Não, por respeito a Jax, precisava falar com ele primeiro.

Logan soltou um suspiro. Precisando pôr distância entre eles, voltou para a mesa e se sentou. Recostou-se e olhou para o teto, tentando se concentrar. Se ela pensava que podia dizer a ele que havia algo nefasto acontecendo na sua cidade e simplesmente ir embora, ela só podia estar delirando. A próxima pergunta que estava prestes a fazer seria vital para decidir como proceder quanto a ela e à investigação.

— Você é companheira dele? — Prendeu o fôlego, esperando a resposta.

Ela congelou. Companheira do Jax? Morava com ele, até mesmo usava o perfume dele. Mas jamais revelou a verdadeira natureza do seu relacionamento com ele a ninguém. Ela e Jax tinham concordado que seria melhor se ela morasse com ele, sem dar maiores detalhes a ninguém. Ele assegurou que seria a única forma de ela estar protegida sob seus cuidados. Apesar de terem concordado com isso no passado, não podia mentir para Logan.

— Não sou companheira dele — respondeu, sem olhá-lo nos olhos. *Por favor, não faça mais perguntas.* — Logan, eu sei que você não me conhece, mas eu imploro. Você sabe como isso funciona. Ele é o meu alfa. No que eu trabalhei... foi com o conhecimento e aprovação do Jax. Eu sabia no que estava me metendo, ou pelo menos pensava que sabia — bufou. *É, eu sabia exatamente o que fazia até não poder mais deixar o complexo e me tornar o jantar dos guardas.* — Preciso falar com o Jax primeiro. É assim que tem que ser. Você conhece o protocolo.

Foda-se o protocolo. Ele queria a porra da verdade. Mas sabia que a garota estava certa. Se ela fosse um dos seus lobos, trabalhando para ele, não teria permissão de discutir os assuntos com outro alfa. Dito isso, Nova Orleans era a sua cidade e se Jax queria respostas, se queria a garota, teria que passar por ele.

Juntando os dedos, ele a prendeu com um olhar severo. Suspeitava, devido ao cuidado com que respondeu, que ela estava escondendo a verdadeira natureza do relacionamento. Agora, por quê? Se era namorada dele, por que não dizer? Talvez porque ele poderia ter trepado com ela em cima daquela mesa dois minutos atrás e ela não estava resistindo nem um pouco. O cheiro da excitação dela era arrasador. Mas se a garota não era companheira do alfa de Nova York, a atração que sentia por outro macho não deveria importar para ela nem para Jax. Não, na verdade, teria sido esperado. Todos os lobos viviam a vida, de forma bem infiel, até encontrarem o companheiro.

Então por que todo o segredo? Intencionalmente, deixou que ela pensasse que vencera aquela rodada de perguntas. Logan estava determinado a influenciá-la a cuspir cada um dos seus segredos, incluindo as fantasias mais perturbadoras. Mas, primeiro, precisava estabelecer umas regras básicas. Ah, sim, regras eram muito divertidas, ainda mais quando era você que as criava.

— Sente-se, Wynter — deu a ordem. Ela obedeceu sem questionar. Ficou evidente para ele que ela estava perto dos lobos há tempo o bastante para entender que era melhor ouvir o alfa. — Até o Jax chegar aqui, você está sob minha proteção. E eu te asseguro que estará a salvo comigo. Mas tenho algumas regras.

Wynter deveria ter sabido o que estava por vir; alfas e suas regras. Era como se estivesse em casa. Por mais estranho que parecesse, sentiu alívio ao saber que, pelo menos por agora, estaria a salvo da ViroSun. Tinha certeza de que eles estavam procurando por ela. Queriam que a pesquisa fosse concluída.

Ao olhar para Logan, ficou surpresa por vê-lo sorrindo. Não pôde resistir a corresponder com um sorrisinho. O que ele estava pensando? As regras, é claro.

— O quê? Alguma graça? — perguntou ela.

— As regras — prosseguiu ele, ignorando a pergunta. Se a garota ia ficar com ele, podia muito bem se divertir com ela até se submeter completamente a ele. Assim que Jax pousasse, planejava ter uma conversa muito longa com ele sobre sua linda lobinha. — Eu não tenho muitas, mas essas duas você deve obedecer sem questionar. Primeiro, você não sairá sozinha da minha casa nem do meu escritório. Nunca. Se por alguma razão eu não estiver disponível, o meu beta, Dimitri, estará. Apesar do que quer que tenha acontecido com você hoje de manhã, ele a protegerá com a própria vida.

— Certo, não sair sozinha… entendi — repetiu, desconfortável com o quanto ficou feliz ao pensar que passaria mais tempo com Logan. A primeira regra não seria difícil de seguir, porque estava com um medo do caramba de que viessem atrás dela de novo.

— A pessoa que te manteve cativa pode decidir voltar a te sequestrar de novo. E eu vou precisar da sua ajuda para descobrir o lugar onde eles a mantiveram da última vez. Suponho que eles já tenham dado no pé, mas depois de falarmos com Kade, vamos verificar.

Ela assentiu.

— Segunda regra. Espero honestidade. Ao te deixar ficar na minha casa, estou assumindo a responsabilidade pela sua segurança com base na pouca informação que tenho. Mas não vou colocar a minha alcateia em risco, você entende?

— Mas eu já te disse que há coisas que não posso te contar — ela o interrompeu.

— Isso. Protocolo. Sei muito bem por que você prefere falar com o seu alfa primeiro. Mas, além desse pormenor, nada de mentiras. Não gosto de joguinhos.

Wynter se eriçou com o tom dele.

— Não estou de joguinho. Você percebe que fui eu quem passou dois meses aprisionada?

— Docinho, eu entendo, mas lembre-se de que é você quem está retendo informações, não eu. Mas não estou preocupado. Muito em breve, estou confiante de que você confiará a mim todos os seus segredos e desejos ocultos — Logan previu, lançando-lhe um sorriso sensual.

— Hum, veremos — comentou ela, correspondendo o sorriso.

Wynter corou, envergonhada pela insinuação. *Desejos.* Fazia séculos desde que transou. Até a noite passada, tinha quase esquecido que era uma mulher. Estar perto de Logan era como passar da seca para uma enchente. Encarou os lábios dele, lembrando-se do jeito suave com que ele beijou o seu pulso e apertou as pernas com força. A dor familiar entre as coxas quase a dominou. Respirando fundo, remexeu-se no assento e cruzou as pernas, tentando, sem sucesso, aliviar a excitação.

Aqueles lábios sensuais dele… na sua pele. Qual seria o sabor daquele homem? Assim que o pensamento surgiu na sua cabeça, ela se retesou. Se não se controlasse, estaria no colo dele em dois segundos, pegando uma porção. Não, precisava se concentrar em outra coisa. *Vírus.* Ah, sim, aquele pensamento arrefeceu o desejo. *Eles viriam atrás dela… cortariam a sua pele, roubariam o seu sangue.* Aquele simples pensamento foi como ter um balde de água fria despejado sobre sua cabeça.

Logan ficou sentado em silêncio, observando a gama de emoções descontroladas passarem pelo rosto da garota. Sua lobinha estava terrivelmente excitada, mas em poucos segundos, ele podia dizer que ela estava pensando em outras coisas, algo assustador, talvez. Melhor mantê-la em alerta. Talvez descobrisse toda a verdade antes de Jax chegar ali. Se conseguisse fazer a garota confiar nele, ela cederia. *Não demoraria muito*, raciocinou.

— Bem, agora que tudo está resolvido… aqui. Ligue para ele. — Pegou o telefone na mesa e o virou para ela. Importava muito pouco se ela falasse com Jax. Tinha que saber que, com a sua excepcional audição, ele seria capaz de ouvir o que ela dizia.

— Posso ligar para o Jax? — perguntou, surpresa por ele dar a permissão para ela ligar para casa.

— Só não demore muito, estou com fome — instruiu. Ele girou a cadeira, concentrando-se na tela do notebook.

— Fome?

— Isso. Hora do almoço. E mesmo que eu ficasse muito satisfeito comendo aqui… só eu e você sozinhos aqui no escritório, suspeito que seria muito mais seguro sairmos para almoçar, se é que você me entende — ele brincou.

— Ah, tá. Almoço. Fora é melhor. — Ela deu um sorrisinho, entendendo o que ele quis dizer.

Balançou a cabeça, tentando ignorar o comentário e começou a discar.

Comer ali… ou comê-la? Se ele insistisse mais, suspeitava de que o deixaria comer onde ou o que ele quisesse. Aquilo a afligiu e excitou. Estava achando difícil raciocinar perto dele enquanto o pensamento dela espalhada sobre a mesa, com Logan se banqueteando, surgia na sua cabeça. Antes que pudesse fantasiar mais, Jax atendeu. A voz do alfa a assustou e acalmou ao mesmo tempo. Os olhos dispararam para Logan ao fazer o contato.

Como suspeitava, Wynter tinha revelado umas poucas pistas durante a breve ligação para Jax. Logan suspeitava de que o alfa de Nova York sabia que ele estava ouvindo e manteve a ligação curta de propósito. Pela breve conversa, Logan não tinha conseguido descobrir qual era o relacionamento deles. Ouviu Jax chamá-la de "princesa". *Amigos próximos, talvez? Amantes?* Ficou frustrado por se importar tanto a ponto de querer saber o que eles tinham. Não deveria importar… mas importava.

Logan estava solteiro há uns bons cem anos, e não estava prestes a arriscar a alcateia por causa de uma mulher. Não é como se não planejasse fazer amor com ela; não, muito pelo contrário. Contanto que ela não fosse companheira do Jax, ela estava disponível. Mas levando em consideração os mistérios da garota, não estava disposto a começar um relacionamento sexual sem completa submissão e revelação.

Apesar da falta de informação trocada na ligação, Logan notou que Wynter estava visivelmente mais relaxada depois de desligar. Supôs que a voz do alfa havia amenizado qualquer apreensão que ela tinha quanto a ele vir buscá-la. Seria uma pena se a garota o deixasse tão rápido, talvez amanhã mesmo, se Jax conseguisse um voo. Decidindo aproveitar o máximo possível da tarde, Logan ficou de pé e, sem dizer nada, conduziu-a para fora do escritório. Assentindo para a secretária e para Dimitri, ele sorriu quando as portas do elevador se abriram.

Ao descerem, Logan olhou para Wynter, imaginando se o segredinho que ela mantinha para si tinha o potencial de destruir a pacífica coexistência que tinha sido cultivada entre os lobos e os vampiros. O extinto lhe dizia que havia muito mais complexidade naquela situação do que compreendia a vã filosofia. Com ou sem a ajuda dela, pretendia arranhar a superfície, talhá-la bem aberta, expondo a organização que a manteve cativa. Estava profundamente perturbado que mesmo uns poucos vampiros foram pegos torturando, menosprezando um humano ou lobo. Como com as baratas, quando você encontrava umas poucas, podia ter certeza de que estava com uma infestação. E ele pretendia fazer um extermínio completo.

CAPÍTULO SEIS

O Directeur observou o alfa conduzindo sua amada *feminine scientifique* em meio à multidão. Como suspeitava, o beta o seguiu assim como alguns outros lobos. O pouco que eles sabiam. Não importa o quanto tentassem, não a manteriam longe dele para sempre. Não, ela era sua para comandar conforme desejasse. A tolinha pensou que poderia escapar ao fugir? Talvez ela tenha conseguido fugir da estrutura física, mas a própria cidade tinha muros. Ela não iria a lugar nenhum sem ele.

O Directeur achou graça de eles pensarem que poderiam evitar o seu toque. Os lobos estúpidos jamais veriam sua bela Stratégie se aproximar. E os vampiros eram arrogantes demais para enxergar a própria fraqueza, que dirá reconhecê-las. Considerou as bruxas. Com certeza pensavam estar acima de tudo isso com seus feitiços e suas poções. Mas elas, também, receberiam o que lhes era devido. Precisava haver limites. Disciplina. Esperou por tempo demais no escanteio.

Quando a Senhora o abordou, ele jurou lealdade. Linda, brilhante e letal, ela era muito superior a qualquer ser que ele já conheceu. E, agora, servia ao lado dela, criando a Stratégie. Precisa admitir que ela estava certa ao escolher a cidade histórica como local principal do ataque. Havia muito mais sobrenaturais no centro de Nova Orleans do que em qualquer outro lugar da Costa Leste.

Na verdade, o Directeur gostava muito de criar. Ele pensava em si mesmo como um artista. Por tempo demais, Kade, Marcel e Ilsbeth, a bruxa, desfrutaram da posse compartilhada da cidade dele. A paciência estava encurtando enquanto cultivava a pintura de uma Nova Orleans a frente do seu tempo. Sob sua direção, ele transformaria a cidade na vanguarda da supremacia sobrenatural. Logo arrastaria seu imenso pincel de destruição por ali, até cobrir cada superfície com cal. Então pintaria sua obra-prima.

O pau ficou duro só de imaginar sua coroação. Respirando fundo, enfiou-se em um beco para se ajustar. Desejava que houvesse tempo para aliviar a pressão, mas precisava se concentrar na tarefa que tinha em mãos.

A cadelinha. É, era por isso que estava ali. Para manter vigília. Em breve, aproveitaria a oportunidade para capturá-la.

Notando como a rodeavam, ficou óbvio que o alfa estava ciente da preciosidade da sua mercadoria. De fato, pensavam que podiam protegê-la até mesmo na rua? *Interessante*, pensou. Oras, por que o alfa tomaria tal gosto pela *scientifique*? Talvez ela tenha dito a ele em que estava trabalhando? E, a essa altura, a doença dela já teria se estabelecido, enraizando-se em seu DNA. Uma loba afirmando ser humana? Nunca se ouviu falar; ele pensaria que ela era louca. E a história sobre os vírus? Bem, ela poderia ter estado trabalhando para qualquer um no país. Jamais encontrariam o laboratório, e a mulher sabia. É claro que ele foi mudado de lugar. A *scientifique* conhecia os métodos e procedimentos deles. Qualquer violação de segurança justificava a realocação. Mudavam-se com frequência, nunca ficando numa casa ou numa cidade por muito tempo. Não podiam arriscar serem descobertos.

Ela riu de algo que o alfa disse, e o Directeur ferveu de raiva. A mulher sabia que seu sangue era dele. O prazer e a dor eram dele também. Respirando fundo, sorriu para o velho tocando trompete e jogou vinte dólares na jarra de plástico. Ficou a míseros quinze metros do alfa e, como sempre, passou despercebido. Tão perfeita era sua posição na sociedade de Nova Orleans que jamais suspeitariam dele. Deliciosamente ignorado, ele se sentou no bar do French Market e flertou descaradamente com a bela atendente. Roubou um olhar quando a *scientifique* corou. Como a vadiazinha se atrevia a paquerar o alfa?

O Directeur riu alto, observando enquanto sua *feminine scientifique* se levantava para ir embora com o alfa. Em silêncio, jurou infligir a mais severa das punições nela. A traição feriu o seu escuro e frio coração. Não só a mulher mentira quando começou a trabalhar, agora aparecia estar encantada pelo Reynaud, jogando-se em cima dele. Talvez a chicoteasse impiedosamente, sugando e fodendo essa puta antes de colocar os pezinhos bonitos dela no laboratório, onde a garota pertencia. Ah, queria ele poder fazer tudo isso e mais, mas a Senhora jamais permitiria. Não, a Senhora era muito mais disciplinada do que qualquer um que ele já conheceu. O trabalho vinha antes dos desejos mundanos, sem dúvida.

Sem problema, ele esperaria. Em breve, ela terminaria o projeto, tão perfeito conforme o esperado. Então ele a teria todinha para si como a recompensa que merecia. A Senhora lhe daria permissão quando isso acontecesse. Desde que ele não matasse a *scientifique*, a Senhora o deixaria brincar com o seu brinquedo. Com o alfa fora de vista, o Directeur tomou a decisão de ficar no pitoresco café. Revigorado pela sua exploração, escapuliu pela entrada dos fundos e foi até a cozinha em busca da sua atendente. Como sempre, os dóceis humanos jamais o sentiam se aproximar. Com a mão sobre a boca da mulher, ninguém ouviu os gritos abafados enquanto suas presas cravavam no pescoço dela.

CAPÍTULO SETE

— Ela está mentindo — Logan comentou, observando Wynter atravessar a porta de correr de vidro. As pernas macias e flexíveis saltaram nas águas azuis da piscina. Desejou poder ver mais dela, mas a garota fez questão de usar aquela maldita saída de praia. O tecido rosa e fino esticado em seus peitos; os mamilos eretos pressionados nos pequenos triângulos pretos da parte de cima do biquíni.

— Está. — Dimitri estalou uma batata chips na boca, admirando a fauna feminina que recentemente tinha sido adicionada ao quintal.

— Ela não vai me dizer tudo que preciso saber.

— Não é nenhuma surpresa. — Ele mastigou outra batata, incapaz de afastar o olhar.

— Eu deveria mandar a garota ficar com a Fiona.

— Com certeza.

— Mas olha essas pernas — Logan rosnou.

— É verdade.

— E os peitos. São tão, tão… perfeitos.

— Para cacete — Dimitri concordou, observando-a tomar sol.

Logan olhou feio para ele.

— Meus peitos.

— Como quiser, alfa. — Ele sorriu e ergueu uma sobrancelha. Não queria estourar a bolha de Logan, mas os dois sabiam que ela era do Jax. — Então por que você está aqui e ela está lá fora?

— D, não me entenda mal. Eu sei que não deveria querer essa garota. Mas tem algo nela. Não sei dizer o que é. — Logan ignorou a pergunta e tomou um gole do chá gelado. Queria mesmo que ela não o fascinasse tanto; as coisas seriam bem mais fáceis. Ele suspirou. — Ela é só… Bem, eu não sei. Eu só a quero.

— E o problema é?

— Tecnicamente, ela é do Jax — explicou, ajustando a crescente ereção. Observou com muita expectativa enquanto, devagar, ela empurrava o tecido transparente, revelando o umbigo. A garota estava acabando com ele.

— Acasalada?

— Não.

— Mais uma vez... o problema é? — Droga, o alfa estava em sérios apuros se essa criatura o tinha envolvido desse jeito. Achando graça da situação, ele sorriu.

— É complicado... aff, olha só para ela! Só tire essa coisa rosa logo — rosnou Logan, enquanto ela brincava com a barra.

— Não consigo parar de olhar. E qual é a complicação? Ela é, hum, uma loba; eu acho. De qualquer forma, não importa, cara. Ela, com certeza é toda feminina.

— Eu te disse. O Jax não a reivindicou, mas ela me disse que pertence a ele. Ela é leal ao cara — desabafou.

— De que forma ela pertence a ele exatamente? Você sabe que não importa de verdade... a não ser pelo protocolo. Se eles não estão acasalados, então é escolha da dama quando se trata de sexo — Dimitri lhe lembrou. — O que mais?

— Segredos. Não gosto disso.

— Mas gosta dela?

— Eu disse que era complicado. — Logan deu de ombros.

— Não há nada de complicado naquelas pernas. — Dimitri riu. — Nada mesmo. Aposto que são bem flexíveis.

Logan rosnou em resposta.

— Só dizendo.

— Ser alfa não é sempre fácil, sabe. Pode ser bem difícil, na verdade — comentou Logan.

— Às vezes, quando as coisas são difíceis, pode ser muito bom. — Ele agitou as sobrancelhas para Logan.

— Bela boca, D. — O frustrado alfa começou a se despir na frente dele. — Vou dar uma olhada nela.

— E você está aqui comigo por que mesmo? — Deixou a pergunta em aberto, cansado de esperar a resposta de Logan.

— Porque, meu beta, estamos deixando a moça relaxar. Construindo confiança — explicou ele. — E, então, meu amigo, depois disso, vai ser hora de arrancar a verdade da nossa convidada.

— Estou vendo. E como você pretende fazer isso? — Dimitri olhou mais uma vez, admirando a bela loba descansando no pátio.

— Aguarde e verá — Logan disse a ele, jogando a camisa e a calça no sofá.

— É, tudo bem, alfa — Dimitri riu. Supôs que se alguém podia assumir o controle da situação, esse alguém era o Logan, mesmo que implicasse se aproximar e se envolver.

Dimitri admirava a forma com que o alfa empunhava o charme e a confiança como uma espada. Até mesmo durante as situações mais tensas, o lobo nunca perdia a calma. Caramba, o alfa com certeza tinha umas cartas na manga, e concluiu que talvez pudesse aprender alguns truques com o mestre. Dimitri riu ao observar Logan passar pela porta, nu em pelo. Desse certo ou não, seria divertido.

Nervosa, Wynter puxou o traje de banho que tinha pegado emprestado na casa da piscina. Que homem mantinha um estoque de biquíni, afinal? Um mulherengo. Um alfa mulherengo e sexy pra caralho. Um com os olhos mais azuis que ela já viu e uma personalidade descontraída que a fez querer se aninhar no colo dele e ronronar feito uma gatinha. Ela suspirou, supondo que não deveria se deixar levar. Aquilo era temporário. Assim que Jax chegasse, ela sabia que seria levada para Nova York e voltaria para a realidade. Amava a vida urbana na Big Apple, mas não podia deixar de notar o quanto o exótico French Quarter parecia falar com a sua alma. Quando voltaram do almoço, ficou surpresa ao ver como o quintal dele era bonito à luz do dia. Complementado com samambaias, flores, fontes, piscina e hidromassagem, todo o lugar gritava descanso.

O cativeiro a deixou pálida e claustrofóbica, então a luz do sol trouxe de volta uma sensação de vitalidade para o seu coração. Logan deve ter sentido o seu anseio quando sugeriu que ela fosse nadar. Desejou ser mais forte para recusar o presente, mas não era. Quase saltitou de animação, aceitou a oferta de bom grado e ficou mais deleitada quando ele lhe ofereceu um traje de banho. Supunha que o homem nadasse nu, sendo o lobo que era. Mas sendo muito humana, ou ao menos pensava que fosse, o biquíni veio a calhar.

Wynter jurava que podia sentir as células do corpo se curando enquanto se estendia ao sol da tarde. A água fresca da piscina espirrava em seus pés oferecendo um complemento às pedras abaixo da toalha que emanava calor para as suas costas. *Talvez não fosse o paraíso, mas algo muito perto disso*, pensou.

Enquanto aproveitava o sol, os pensamentos vagaram para a conversa que teve com Logan no almoço. É certo que estava com medo de ficar a céu aberto, onde poderiam encontrá-la, mas Logan lhe assegurou de que estava segura com ele. Cada vez que olhava ao redor com nervosismo, ele colocava uma mão tranquilizadora no seu ombro, lembrando-a de que não estava mais sozinha, que estava protegida. Nenhuma vez ele chegou a erguer a voz ou a fez sentir como se tivesse feito algo errado. Mesmo sabendo que ela não contou a história toda, ele não a pressionou. Em vez disso, manteve a conversa leve, perguntando para qual faculdade ela foi, as cores, comida e filmes de que mais gostava. *Bonequinha de Luxo*, disse a ele. E ele não riu, mas perguntou se gostaria se assistir com ele depois que todo esse drama tivesse acabado.

Se não soubesse, teria pensado que estava em um primeiro encontro. Riu consigo mesma, percebendo a loucura que era. Mas não podia negar a atração que sentia pelo lobo. Logan era, sem dúvida, o homem mais carismático que já conheceu. Seguro e bem-humorado, parecia encarar a vida com uma confiança descontraída. Ainda assim, não era arrogante nem exigente. Estava achando difícil se livrar da reação do seu corpo de quando ele a provou no escritório. Queria que o homem tivesse ido mais longe, mas ele não foi. Manteve-a na borda da tensão sexual a tarde toda, e ela se viu esperando que ele a tocasse de novo, que a beijasse.

Wynter gemeu com o pensamento. Jax a mataria. Mesmo que de vez em quando achasse um lobo atraente, o guardião teria ficado louco se ela pedisse para sair com alguém da alcateia dele. Se ele soubesse os pensamentos lascivos que brincavam pela sua cabeça, teria um ataque. Ela o amava tanto, mas, como Logan perguntou de forma incisiva, ele não era o seu companheiro. Jax tinha que saber que ela não poderia morar com ele a vida toda. Ainda assim, devia a ele lealdade e respeito. Ela tinha se comprometido a seguir até o fim com a missão. E, embora não estivesse mais trabalhando no laboratório, também não havia terminado.

Os pensamentos voltaram para Logan, e ela sorriu. Ele estava incrivelmente dominante e sexy no terno que usou mais cedo. E na noite anterior, quando a segurou com tanto cuidado, se perguntou como seria se ela passasse as mãos por toda aquela pele. A possibilidade de que talvez pudesse ter um relacionamento com o homem a deixou animada; mesmo se fosse só uma fantasia. Talvez depois que a bagunça com a ViroSun fosse esclarecida, poderia voltar para Nova Orleans. Repreendeu-se por ter criado esperanças; era muito pouco provável que Jax fosse simplesmente acatar o seu desejo de ver Logan de novo. Com ela sendo humana, o alfa de Nova York não ia nem querer ouvir. Tinha que dar um jeito de convencê-lo de que a decisão era dela, mas sabia que não seria fácil.

Logan saiu da casa sem fazer barulho. Embora se orgulhasse de saber como se mover de forma furtiva na mais perigosa das situações, esperava que ela fosse sentir o seu cheiro. Ainda assim, Wynter parecia alheia à sua aproximação. Parecia estranho ela nem mesmo notar. A maioria dos lobos teria reagido no mesmo instante. Devagar, ele entrou na água, sem nunca tirar os olhos dela. Podia ouvir, pelas batidas do coração, que a garota não estava dormindo; sonhando acordada, talvez? Hora de acordar a sua lobinha.

Wynter se assustou com o chapinhar. Ela logo se apoiou nos cotovelos e olhou ao redor, mas não viu ninguém. Bem quando estava prestes a se reclinar, teve a visão mais gloriosa da vida. *Ai. Meu. Deus. Logan.* Diante dos seus olhos, estava um corpo musculoso e bronzeado de um metro e noventa e cinco saindo da água como um delicioso deus grego molhado. Atordoada e fascinada, observou as gotas de água escorreram pela pele macia. Incapaz de controlar o impulso, os olhos vagaram pelo corpo úmido, indo dos ombros largos e musculosos até as reentrâncias da barriga. A mais tênue camada de pelos foi descendo pela água, onde ela tinha certeza de que o encontraria nu.

Logan gargalhou da sua reação, chamando sua atenção de volta para o rosto. Ele balançou o cabelo desgrenhado e a água espirrou em suas pernas. Ela se encolheu um pouco, mas não afastou o olhar. Ele era simplesmente o homem mais magnífico que já viu. Na mesma hora, juntou as pernas quando o desejo correu para o ventre. Não precisava de um especialista para lhe dizer que o tubarão na água estava faminto. Sabia que ele era perigoso, que estava faminto pela próxima refeição. E, ah, como queria ser mordida. Sem saber o que dizer, ela sorriu também, esperando que ele falasse.

Logan a observou comendo-o com os olhos e tentou muito ignorar os sinais da excitação dela. Achou graça de ela ter fechado as pernas num esforço para manter a compostura. *Ah, sim, lobinha, o alfa sabe o que você quer, mas você vai dar para mim? Vamos ver até onde isso vai nos levar.* Sorrindo, ele se aproximou lenta e suavemente, fazendo-a imaginar o que ele faria em seguida.

Gostou de mantê-la em alerta. E agora que a garota teve tempo de relaxar, de ser acalentada em uma falsa sensação de segurança, pretendia tirar vantagem. O pau se contorceu. Perguntou-se, no entanto, quem tiraria vantagem de quem. Quanto mais perto chegava da lobinha, mais difícil era se impedir de arrancar as roupas dela e se afundar em seu doce calor.

Precisando tocá-la, apoiou as mãos em seus joelhos. Ela não fez nada para impedi-lo. Podia quase sentir a eletricidade chiar quando as mãos frias tocaram a pele quente.

— Ah — ela gemeu, não era bem um protesto.

— Aproveitando o sol? — perguntou Logan, baixinho. As mãos seguraram o joelho com força, sem se moverem.

— Isso. É tão gostoso. O sol… eu precisava disso.

— Vejo que encontrou os trajes de banho que a Fi trouxe para você — ele reconheceu. Fez os arranjos para que as roupas fossem enviadas enquanto almoçavam.

— Obrigada. Agradeço de verdade por tudo o que você tem feito. Não sei como poderei retribuir a sua ajuda. — *Ah, então foi daí que todos os trajes novos vieram.* Wynter sabia que era bobagem, mas sentiu-se aliviada por saber que ele tinha comprado os biquínis só para ela.

— Só te mostrando um pouco da hospitalidade sulista, nada mais. Tenho muitas coisas para te mostrar, para ser sincero. — Ele riu.

— Aposto que sim — flertou ela. — E algo me diz que eu vou gostar muito de ver essas coisas.

— Bem, tenho certeza de que poderá ser providenciado depois que resolvermos nossos assuntos.

— Sim, isso mesmo. — A referência aos assuntos entorpeceu a dor entre suas pernas de forma considerável. Como pôde esquecer?

— Recebi uma mensagem do Jax — o alfa mencionou, desinteressado. — Ele não vai poder vir essa noite. Parece que chegará de manhã bem cedinho.

— Por que não? — perguntou, preocupada por ele não vir pegá-la. Ela estava prestes a se levantar, mas Logan a segurou, colocando as mãos no alto das suas coxas.

— Neve. O aeroporto está fechado. Ninguém entra, ninguém sai — explicou, com a voz tranquila. — Mas não se preocupe; eu disse a ele que vou cuidar bem de você.

— Tenho certeza de que vai — Wynter respondeu, sarcástica. *E ela não ia amar?* Pensou.

Ele deu um sorriso largo. A verdade era que não estava nem um pouco chateado com o atraso de Jax. Aquilo lhe dava mais tempo de conhecer Wynter e, quem sabe, descobrir os segredos que ela guardava.

— Nesse meio tempo, nós nos encontraremos com alguns vampiros essa noite.

O rosto dela empalideceu de medo. Cedo demais. Eles a levariam. Por mais que quisesse confiar em Logan, de jeito nenhum se aproximaria de outro vampiro.

— Ei. Está tudo bem — ele falou baixinho, acariciando-lhe a pele. — Vamos lá, olhe para mim, Wynter.

Ela obedeceu, olhando-o nos olhos. Mais uma vez, as lágrimas ameaçaram cair.

— Você não sabe... o que eles fizeram. Não posso voltar.

— Eu disse que você está a salvo comigo. Ninguém vai te pegar enquanto estiver sob minha proteção. Entendeu? — perguntou, cheio de calma. *O que fizeram com ela?* Ele tinha visto as marcas de mordida, mas não tinha ido mais longe. Uma expressão séria tomou conta de seu rosto. — Eu nunca te colocaria em perigo. Nunca.

Uma lágrima escorreu pelo rosto enquanto ela lutava para manter contato com o poderoso alfa. Queria confiar nele, mas era difícil demais depois de tudo o que aconteceu.

— Ouça, docinho, não sei o que aconteceu contigo... o que eles fizeram, mas prometo deter o que estiver acontecendo. Você se lembra? — Ele tinha que perguntar. Com a voz baixa e suave, ele prosseguiu, tentando ser o mais inofensivo possível: — Você pode me contar... o que fizeram contigo. As marcas de mordida... eu as vi. A maioria estava nos seus braços, mas havia umas poucas nas suas pernas... nas coxas.

Wynter fechou os olhos e, então, abriu-os devagar. Pensou muito nos períodos em que ficou inconsciente.

— Eu não fui estuprada — afirmou, com certeza. — Isso é algo que eu saberia. Mas alguma outra coisa...

Ela tinha sido violada. Sangrada. Infectada. Olhou para longe dele, envergonhada por ter que falar disso.

Logan esperou que ela terminasse. Queria abraçá-la, escondê-la para que ninguém voltasse a feri-la, mas precisava que ela se abrisse com ele.

— Houve vezes no início... os guardas... eles se alimentavam de mim. Eu estava consciente. Mas então eles pararam porque a perda de sangue fazia ser difícil para que eu trabalhasse... eu não conseguia pensar direito. Por fim, concluíram que isso estava atrasando o meu progresso — ela se lembrou com desgosto. — Então eles pararam... na maior parte. Se eu me recusasse a trabalhar, eles me atacavam... me jogavam na cama... as presas. — Ela esfregou os braços, revivendo a dor.

Logan tentou se acalmar. Detestava os demônios sugadores de sangue que conheceu ao longo dos anos. Sim, a maior parte dos vampiros estava bem integrada à sociedade. Mas alguns deles patinavam no limite da moralidade, frequentemente justificando a tortura que infligiam às próprias vítimas. Voltou a se concentrar em Wynter, absorvendo cada detalhe que ela compartilhava.

— O ponto principal é que estão faltando períodos de tempo. Eu não me lembro. Eles me sangraram? Sim. Eles me infectaram com alguma coisa... me transformaram? Eu era humana. Agora, olhe para mim — ela implorou. — Não sei o que fizeram... eu não sei o que sou... não sei... — As palavras foram esvanecendo enquanto ela balançava a cabeça, frustrada.

— Sinto muito — Logan disse, sincero. — Também não sei o que fizeram contigo, mas prometo que vamos descobrir.

— Eu não sei, Logan. Essa era a minha responsabilidade. E eu pisei na bola — confessou ela.

— Nesse momento, você está a salvo. E nós vamos resolver as coisas. Agora, é claro, seria muito mais fácil se você me contasse tudo, mas já entendi que você precisa de tempo com o Jax. Eu posso ser novo nessa coisa de alfa, mas te garanto que sou lobo há muito tempo. Conheço o protocolo. Eu o vivo e respiro há mais de cem anos. A última coisa que quero é que você se encrenque com o seu alfa. Nesse meio tempo, nós nos encontraremos com o Kade Issacson essa noite. Sim, ele é um vampiro. E por mais difícil que seja de acreditar, ele é um dos mocinhos. Detesto te arrastar para lá comigo, mas não posso te deixar sozinha, e isso não pode esperar.

Wynter franziu os lábios, incerta de que qualquer vampiro poderia ser algo que não cruel. Mas queria confiar nele.

— Tem certeza? Tem certeza de que os vampiros não vão me atacar?

Logan riu.

— Questionando o alfa, hein? Parece que vamos ter que trabalhar nessas suas habilidades de viver em alcateia.

Wynter deu um sorrisinho em resposta.

— Rá, rá. Lobo engraçado.

— E você também é uma loba.

— É o que você diz.

— E é o que importa. Olha, quero te contar uma história.

— Uma história, é?

— Isso. Uma história — confirmou ele. — Há alguns meses lá na Filadélfia, o meu alfa conheceu a companheira, a Kalli. O interessante sobre a

Kalli é que ela é uma bela híbrida, mas, houve uma época em que ela negou a própria loba. E, no processo, inventou um remédio sórdido que mascarava o cheiro dela e a impedia de se transformar.

— Então, se ela tomasse esse remédio, você pensaria que ela era humana?

— Isso mesmo. — Logan deixou as mãos vagarem pelas panturrilhas dela enquanto falava. Deusa, a sensação dela era tão boa.

— E você acha que é o que está acontecendo comigo? Que talvez eles tenham me drogado?

— Bem, se você era humana e agora é uma loba, eles fizeram alguma coisa. Uma droga? Talvez. A droga que ela criou? Não. Mas o meu ponto é que sempre há coisas nesse mundo que não entendemos. As pessoas sempre vão ultrapassar a barreira do que pensam ser possível. Biologia. Natureza. Estão sempre mudando. Devagar, mas mudando. E como a Kalli, sobrenaturais e humanos estavam encontrando formas de acelerar o processo mesmo se não fosse a coisa certa a se fazer.

Se ao menos você soubesse, ela pensou, sentindo culpa.

— Sou alfa por uma razão, Wynter. Como o Jax, já faz muito tempo que estou por aqui. Não vou adoçar o que sinto, o que sei. Você pode ter sido humana quando começou, mas posso afirmar com certeza que é uma loba agora. Não sei como fizeram isso ou o porquê, mas é quem você é.

Wynter desviou o olhar, recusando-se a reconhecer verbalmente o que ele estava dizendo. Lá no fundo, sabia que ele estava certo. Sua recuperação, desde aquela manhã, foi acelerada, desviando-se muito do que seria considerado normal para um humano. Estava se sentindo bem. Não, não só bem, mas excelente. Como cientista, ela sabia que não havia uma lógica que explicasse o fato. Depois de ter sido mordida e caçada, deveria ter levado dias para ela se recuperar.

— Olhe para a sua pele — ele incitou, esfregando as mãos pelas canelas dela até chegar às coxas. Repousando-as com cuidado nos joelhos, ele as abriu e avançou na direção dela até que a parte interna das coxas o envolvesse. As pontas dos dedos provocaram as tirinhas que mal seguravam a calcinha do biquíni. *Ah, enfim consegui sua atenção*, pensou, achando graça.

Wynter mal tinha ouvido as palavras de Logan quando o sentiu abrir as suas pernas. À intrusão, voltou a olhá-lo nos olhos, sem se mover, mas só observando-o passar a palma das mãos pelo alto das suas coxas até chegar aos quadris. Não tentou detê-lo; queria as mãos dele na sua pele. Os olhos fixaram nas mãos grandes e fortes que deslizavam pelo seu corpo, incendiando a sua excitação. *O que ele estava dizendo? Algo sobre a sua pele?*

— É isso — ouviu-o dizer. — Olhe a sua pele. Está curada.

As marcas de mordida tinham sarado. Pontinhos rosados eram as únicas evidências de que algo lhe aconteceu.

— Eu sei. Eu sinto — confessou.

— É, eu sei que você sente. Sei que está assustada. Mas vai ficar tudo bem. Me diga, o que sabe sobre ser um lobo? — As mãos continuaram vagando para cima. Deusa, as pernas dela eram tão macias e sedosas, imploravam para serem tocadas. Ele continuou, empurrando o tecido rosa para cima.

Erguendo os braços, Wynter deixou que ele removesse a barreira fina que lhe cobria a pele. Parte dela queria isso, ele. Mais, ansiava desnudar o corpo e a alma para esse homem, odiava guardar segredos do alfa que procurou ajudá-la. Ele jogou o tecido de lado, e ela arfou quando ele a puxou para a água junto a ele. A barriga lisa encontrou os músculos duros do abdômen, e ela achou mesmo que talvez fosse desmaiar com o impulso.

— Eu... eu cresci rodeada por uma alcateia — confessou.

Logan roçou os lábios no seu cabelo, resistindo ao impulso de beijá-la. Devagar, pegou-a nos braços, deixando-a flutuar na superfície. Sustentou o olhar dele, sem enxergar mais nada que não fosse ele.

— Solte-se, Wynter. Confia em mim? — Sorriu para ela.

Foi incapaz de resistir. Sem ter ideia do que ele estava fazendo, ela cedeu aos próprios desejos.

— Confio.

— Relaxa. Se solte. Prometo te manter a salvo.

Wynter se obrigou a relaxar naqueles braços incrivelmente fortes. E mesmo sabendo que não deveria deixar um lobo tocá-la, deleitou-se na experiência de confiar nele. Ao fechar os olhos e ser envolvida pela água fresca, cada nervo acendeu com necessidade. Apesar do calor, abriu as mãos, as coxas, até estar completamente relaxada. E, o tempo todo, ele nunca a soltou. Logan ajustou a posição, apoiando com cuidado suas costas e o traseiro com as mãos.

— Pronto. Você é tão linda. Tão calma e está em paz — ele sussurrou baixinho. — Assim, vamos falar dos lobos. Me conte sobre a sua alcateia, o que você sabe?

— Cresci rodeada por lobos. Meus pais trabalhavam para a alcateia... para o Jax. Eu... eu não tinha autorização para me aproximar deles até ficar mais velha. Eles tinham medo de que eu me machucasse, mas sabia que isso jamais aconteceria. Minha amiga, a Mika. Ela é uma loba — ela revelou, com orgulho.

— Certo, então nosso comportamento. Hábitos. Você deve ter visto alguma coisa. — Logan observou os lábios macios e rosados se abrirem em um sorriso largo ao ouvir as palavras.

— Ah, sim. Lobos. Bem, vocês gostam de correr à lua cheia. Nunca consegui ver, mas eu sei.

— É verdade. O que mais?

— Lobos são competitivos. A Mika é uma alfa. Odeia perder para mim no tênis. — Ela riu, lembrando-se da última partida. — Ela quebra algumas raquetes. Na verdade, é meio engraçado. É bom ela ganhar bastante dinheiro trabalhando naquele escritório de advogados.

Logan balançou a cabeça ao pensar naquilo.

— Parece uma maravilha.

— Ela é legal, só tem o pavio um pouco curto. Nunca comigo, no entanto. Ela fica brava consigo mesma. O que leva à minha próxima observação — prosseguiu ela. — Lealdade. Lobos são muito leais aos amigos, à alcateia.

— Está certo. Olha, essa coisa de lobo vai ser fácil para você. — Ele a notou fazer careta ao ouvir o comentário. E continuou insistindo, distraindo-a dos pensamentos. — O que mais?

Wynter tentou manter a expressão impassível quando uma ideia pipocou em sua cabeça. Considerando que um lobo gostoso para caramba a segurava de encontro à pele nua, concluiu que deveria ter sido a primeira coisa a dizer a ele.

— Vamos lá. Não pode ser tão ruim assim — comentou Logan quando ela hesitou.

— Nudez. — Os olhos dela se abriram e encontraram os dele. Ela riu. — Eles amam ficar nus.

— Sim, nós amamos. Roupas são muito restritivas. Superestimadas.

— Posso ver que você vive de acordo com o que prega.

— E como você se sente quanto a isso? Fica envergonhada? — ele indagou, enquanto os dedos vagavam pelas cordinhas amarradas às suas costas.

— Não sei como me sinto. Tipo, não é como se eu tivesse permissão para correr nua por aí. Eu só sabia que eles corriam. Jax enlouqueceria se eu fizesse igual. Não é justo, na verdade. Dois pesos, duas medidas, suponho. Pode acreditar; acho que a alcateia inteira ia pirar se eu decidisse me juntar a eles.

— Entendo que esteja preocupada com o que a alcateia pensaria, mas e como você se sentiria? — Ele puxou as cordinhas, desfazendo o laço. Elas flutuaram na água, não mais atadas.

Wynter sentiu os dedos dele se moverem nas suas costas. Era como se pudesse sentir de verdade o frescor envolver a pele que tinha estado coberta pela tirinha. Tendo diminuído a tensão, a parte de cima flutuava em seus seios, mas não se afastava.

— Eu acho… eu acho que seria libertador — sussurrou ela, ciente da mensagem que estava passando. Ah, Deus, ela o desejava.

— Tem certeza? — ele perguntou, buscando aprovação. Os dedos viajaram até o pescoço dela, desfazendo o último laço que estava preso em seu pescoço.

— Tenho — ela ofegou. — Tenho sim. Por favor. — Ela soltou um leve arquejo quando ele puxou a cordinha e o tecido fino flutuou para longe. Os mamilos enrijeceram ao pensar em Logan a vendo assim.

Logan não achava que o pau pudesse ficar mais duro, mas estava errado. A visão dos seios lindos e perfeitos quase o fez derrubá-la. Passou os dedos pelo cabelo molhado da lobinha e, devagar, arrastou-os pela garganta. Deslizando-os pelo vale entre os seios, parou para descansar a palma da mão na barriga dela.

— Você é incrível. Tão, tão linda, Wynter.

Não podia afastar o olhar do rosto dela. A garota lutava com a própria excitação. E, egoísta, pensou se deveria fazer amor com ela bem ali na piscina. Mas a mulher precisava aprender com ele, não só o prazer, mas o que significaria para ela ser uma loba.

— Logan, por favor — gemeu, fechando os olhos.

— Respire, linda. Você está indo muito bem. Relaxe. Está quase nua — ele brincou.

— Quase — ela concordou, abriu os olhos e lhe lançou um sorriso sensual.

— Tem certeza? Assim que você vira lobo, não há como voltar atrás.

— Tenho, pare de me provocar — rogou ela. Queria os dedos dele nela, dentro dela. O que ele estava fazendo?

Com imensa contenção, Logan deslizou os dedos na lateral da calcinha do biquíni, roçando os seus quadris bem de levinho. Sem esforço, ele puxou as cordinhas de uma lateral, depois da outra. Quando a calcinha saiu flutuando, não houve mais barreira entre eles. *Deusa todo-poderosa, a mulher era um primor.* Queria tanto possuí-la. Pela reação dela, sabia que seria fácil. Assistiu o peito da lobinha subir e descer na expectativa pelo seu toque. Mas, naquele momento, ele tinha certeza de que jamais se satisfaria com só uma parte dela. Precisava da verdade. Ansiava por ela.

Sobrecarregada de tesão, Wynter gemeu alto em protesto quando ele afastou as mãos. Por que não a estava tocando? Não a achava desejável? *Ah, Deus, ela estava nua numa piscina com o alfa de Nova Orleans. Jax ia surtar se descobrisse.* O coração começou a acelerar com temor.

— Lobinha, você precisa parar de pensar demais. Deite-se e relaxe na água. Eu estou te segurando agora. Só escute a minha voz — Logan disse a ela. A paciência era muito mais forte que a libido. Queria trepar com ela, mas seria em seus termos, não nos dela. — Isso, só respire... inspire, expire. Ouça os sons à sua volta. Sinta os cheiros no ar. Em breve, lobinha, você nascerá em sua nova vida.

A obediência a ele veio com naturalidade quando ela se forçou a ouvir a voz tranquila. Apesar da água em seus ouvidos, os sons ficaram mais altos. Quanto mais se concentrava, mais ouvia. Música tocava à distância. A buzina de um carro soou. Passos ecoaram no pavimento, aproximando-se mais e mais. Os olhos de Wynter lampejaram para os de Logan e, rápida, virou a cabeça, buscando a fonte. Dimitri. As bochechas queimaram de vergonha.

— Por favor — falou baixinho, tentando se sentar e se cobrir. Logan passou uma mão tranquilizante por seu cabelo e os olhos capturaram os dele.

— Está tudo bem. Estou aqui contigo, linda. Segurando você. Protegendo você. É só o Dimitri. Ele é um lobo. E pela forma como está te olhando, eu diria que ele concorda que você é tão incrível quanto eu penso que seja.

— Mas eu... eu... não sei — protestou ela.

Logan acenou com a cabeça para Dimitri, que continuou andando até entrar em casa.

— Qualquer coisa que sinta é natural. Até mesmo o tesão, é o que nós somos.

Wynter não queria falar sobre o que sentia; era errado, sujo. Estava com tanto tesão; deve ter sido por isso que ficou tão excitada quando Dimitri olhou para a sua nudez. Não estava atraída por ele de verdade, mas ainda assim reagiu. E Logan, ele só a deixou louca de desejo. Pele na pele, a proximidade com ele sobrecarregou os seus sentidos. A boceta doía por ele, ainda assim, o homem não tentou beijá-la nem tocá-la nem uma vez. Lutou para encontrar as palavras e dizer como se sentia.

— Por favor, Logan — gemeu. — Isso é... eu estou tão... eu sinto...

Logan sabia exatamente como ela se sentia, e ele sentia o mesmo. Levou a mão ao corpo dela e acariciou os seios escorregadios, finalmente cedendo à tentação. O pau latejava, implorando para estar dentro dela ao observá-la se contorcer em suas mãos. Ela gemeu em resposta, e ele deslizou a mão por cima do peito, descansando-a na bochecha. Passando o polegar pelo lugar que os lábios dela se encontravam, ela os abriu ao seu toque, permitindo que o dedo entrasse. Envolveu os lábios ao redor dele como se o que estivesse chupando fosse o pau. *Porra, ela o estava levando ao limite.* Logan respirou fundo com a sensação do sexo oral simulado em sua mão. Puxou o dedo e espalhou a umidade no lábio inferior dela.

— Do que você precisa, Wynter? — Sabia que não deveria tocá-la, mas deusa; ela era tão responsiva.

Os olhos de Wynter se abriram, encontrando os seus.

— Eu preciso de você — sussurrou ela.

Mal audível aos ouvidos humanos, as palavras suaves foram tudo do que precisou para agir. Deslizando a mão para embalá-la pela nuca, trouxe-a para si e a beijou. A água escorreu para baixo quando ele a puxou com força para si, levando os lábios ávidos aos dela.

Erguendo-se, Wynter encontrou os lábios de Logan na mesma hora, envolvendo as pernas ao redor da cintura dele. Quando a língua dele empurrou na dela, ela pensou que derreteria. Como uma mola encolhida que acabou de ser esticada, toda a energia dela foi liberada naquele abraço. As mãos acariciaram o cabelo úmido do alfa. Agarrando-se a ele, não quis que o cara a soltasse nunca mais. Contorceu o monte escorregadio no abdômen dele, incapaz de conseguir a fricção que buscava. Mas o sabor dele teria que saciá-la por enquanto, porque o homem ainda não a tocara lá. Então só se deixou levar, aceitando o que fosse que ele lhe desse.

Quando sentiu a primeira prova dela, Logan pressionou Wynter na lateral da piscina. Ela tinha gosto do mais doce dos pêssegos, totalmente madura para ele. Correspondeu ao beijo com fome, não com medo, dando e recebendo. Não podia se lembrar da última vez que sentiu uma conexão tão instintiva com uma mulher. Era como se a energia estivesse sendo vertida em suas veias, afiando todos os seus sentidos. Logan aprofundou o beijo, mal capaz de deter o impulso de agarrar o pau e enfiá-lo profundamente dentro dela. Podia sentir as dobras inchadas lá embaixo, contorcendo-se no pequeno ninho de pelos sobre a sua carne rígida. Seria tão fácil escorregar em seu calor. Mas jurou que não a possuiria assim na piscina. Não, quando a possuísse pela primeira vez, não haveria segredos entre eles. Ela teria que estar tão nua emocionalmente quanto estava fisicamente.

Uma campainha soou de longe enquanto ela envolvia os dedos pequenos ao redor do seu pau.

— Porra — rosnou, ao sentir o toque. *Era uma lobinha veloz*, pensou. Estava tão bom, mas aquilo não ia acontecer naquele momento. Agarrou o pulso dela, levando-o logo ao peito e colocou a mão aberta ali.

A descarga de desejo fluiu pelo corpo de Wynter. Cansou de esperar. A vida toda esteve esperando por alguma coisa, por alguém que a fizesse se sentir assim. Era como se estivesse vindo à vida pela primeira vez. Animalesca. Devassa. Livre. Não podia ter o bastante de Logan. Enquanto ele a beijava, deixou o instinto assumir; levando a mão entre as próprias pernas, encontrou a excitação dura dele. Pareceu enorme contra os seus dedos. Querendo muito dar prazer a ele, acariciou-o de cima para baixo até que ele suspirou um gemido em sua boca. Sentiu o aperto firme como um grilhão ao redor do dela, negando acesso. *Por quê? Por que ele estava parando?* Não, aquilo não podia estar acontecendo.

E quando os lábios se afastaram dos dela, Wynter caiu para frente, tentando, com desespero, recuperar o fôlego, a sanidade. Ah, Deus, ela havia feito algo errado, tinha certeza. Mas ela nem se importava. Só queria, ansiava. Logan a fez sentir, e ela não queria voltar a ser quem era.

As testas se pressionaram, o coração batendo frenético por causa do encontro. Devagar, ambos abriram os olhos, arfando. Sentindo que havia visitantes, Logan recuou.

— Wynter — ele suspirou.

Como ele conseguiu ter controle o suficiente para tirar a mão dela do seu pau estava além da sua compreensão. Pensou mesmo que teria que enfiar o pau num balde de gelo depois daquele amasso. Tão doloroso quanto fosse, aquela não era a hora nem o lugar para a primeira vez deles. Mas depois daquele beijo, de uma coisa ele tinha certeza, planejava fazer amor com ela por muito tempo e com bastante ímpeto assim que ela revelasse o que fazia em Nova Orleans.

— Logan, eu... eu sinto muito... eu não deveria. — *Eu sinto muito? Não, eu não sinto.*

— Não, não minta, linda. Lembre-se das regras — lembrou a ela com um beijo breve.

Ela riu, ainda agarrada a ele, os olhos a meros centímetros um do outro.

— Tudo bem, não estou arrependida — confessou.

Antes que ela soubesse o que acontecia, as mãos de Logan estavam na sua cintura, içando-a sentada até a beira da piscina. Sem tirar os olhos dos dela, puxou uma toalha aquecida pelo sol e a cobriu.

— Obrigada — Wynter respondeu baixinho, meio abalada pelo beijo.

— De nada. — Logan sorriu, então olhou para trás. *Companhia.*

Vozes femininas agitaram a sua conexão com Logan, atraindo-a para as duas mulheres que estavam obviamente observando a interação deles. Dimitri pegou a ruiva e a beijou na boca. Claro, eles eram mais que amigos. A outra, usando uma saia lápis preta e uma blusa vermelha, com o cabelo longo e preto com franja, encarou Wynter. *Muito gótica*, notou a cientista, imaginando se elas também eram lobas. Uma mão no joelho chamou a sua atenção de volta para Logan.

— Por que você não vai lá para cima descansar um pouco? Fiona... — Logan fez sinal para a ruiva, que parecia uma criancinha com a saia plissada e o cabelo cacheado indomado. — Ela vai ter ajudar a se acomodar.

A sobrancelha de Wynter franziu à sugestão.

— Ei, confie em mim, a Fi é legal. Ela estava aqui ontem à noite. Ela não vai te machucar. Você vai ver. Vai dar tudo certo... agora vá. Te vejo daqui a umas horas — prometeu, e nadou para cumprimentar as visitas.

O ciúme queimou em seu ventre ao assisti-lo emergir da água, sair da piscina, a pura masculinidade à mostra para quem quisesse ver. Para a sua consternação, ambas as mulheres voltaram a atenção para aquele corpo incrível, deixando os olhos vagarem por ele. *Quem não olharia?* O homem era totalmente confiante, bonito e tão, tão alfa. É claro, ele tinha que ter mulheres perseguindo-o a torto e a direito.

Naquele exato segundo, a realidade desabou sobre ela. Não estava em um conto de fadas onde a mocinha acabava com o príncipe, estava envolvida num problema sério com uma organização importante que planejava arrastá-la de volta para o laboratório para terminar a abominação que tinha começado. E o belo alfa em quem estava se atirando cinco minutos atrás só queria a informação que ela guardava para que pudesse proteger a alcateia, para não mencionar a probabilidade de ter uma cadela diferente aquecendo a cama dele todas as noites.

Ao se levantar, captou um vislumbre dele envolvendo uma toalha ao redor da cintura. O tecido tinha formado uma tenda, mal ficou presa. Como um golpe na boca do estômago, observou enquanto ele puxava a Garota Gótica e a abraçava. A ereção que ela deu a ele estava tocando outra mulher, e aquilo a enojou até a alma. Virando a cabeça, pegou a saída de praia e se levantou. O biquíni parecia ter ido parar no fundo da piscina, e ela não tinha intenção de ir atrás dele. Inaudível aos outros, podia jurar ter ouvido alguém rosnar. *Foi ela?*

Essa coisa de lobo estava começando a dar nos nervos. *Tinha mesmo um animal dentro dela?* Em vez de se deixar levar pelo medo, respirou fundo, fechou os olhos e tentou imaginar um lobo, a sua loba. *Cadê você?* Wynter não viu nada e bufou de frustração. Se era uma loba, era só questão de tempo até se transformar. A amiga tinha contado como funcionava. Em algum lugar dentro dela espreitava a besta que viria à tona, e não havia nada que pudesse fazer. O lobo era parte do humano e vice-versa.

De qualquer forma, estava desgostosa consigo mesma e com Logan. Desorientada e confusa, não entendia o que acabou de acontecer. Wynter podia jurar que havia sentido algo emocional entre eles lá na piscina, algo além de luxúria. Mas agora? Agora ele parecia muito contente ao esfregar a evidência da excitação naquela desconhecida bem na sua frente. Fortaleceu os nervos, fingindo indiferença e, casual, foi até o grupo. *Que comece a diversão.*

Puxando a toalha com força ao redor do corpo, cada músculo ficou tenso enquanto se aproximava. Determinada a não vacilar, tentou ignorar os sentimentos. Os olhos dispararam para Logan mais uma vez. Não mais abraçados, a Garota Gótica o pegou pelo rosto, arrastando uma unha vermelho-sangue pela bochecha dele. Eles pareciam estar tendo uma conversa intensa, e se perguntou se seriam amantes.

— Oi. Está se sentindo melhor? — Wynter ouviu a ruiva perguntar.

Afastando os olhos de Logan e da outra, deu um sorriso contrito para a mulher.

— Estou muito melhor. Fiona?

— Sim — ela segurou uma das mãos de Wynter, dando um rápido aperto. Ela segurava umas sacolas de compras bem grandes. — Bom te ver melhor. Ficamos preocupados contigo ontem à noite. Você estava tão doente, mas agora dá para ver que está tudo bem.

Bem? Jura? Não tão bem assim. Nem de perto, pensou Wynter.

Antes de ter a chance de responder a Fiona, olhou para cima, para Dimitri, que lhe deu um sorriso cálido, mas astuto.

— Parece que você tomou um pouco de sol. Gostou de nadar?

Tentou muito não revirar os olhos para a pergunta superinteligente e acabou dando um sorriso indiferente.

— Nadar. É. Foi ótimo *nadar*. *Nadar* é incrível — concordou, balançando a cabeça. Era assim que os lobos chamavam isso agora? Nadar equivalia a se contorcer nua contra o alfa mais gostoso que já viu na vida? Aqueles lobos pareciam se virar muito bem com os eufemismos.

Dimitri riu com vontade da resposta irritada da lobinha. Ela parecia mesmo estar ficando envolvida com o seu alfa. E, agora, o comportamento estava beirando a agressividade. Era quase como se fosse território dela. Interessante.

— Deixe-a em paz, Dimitri — Fiona disse, com um leve tapinha no ombro dele. — Vamos lá, tenho certeza de que o nado estava ótimo antes de chegarmos. Está pronta para se acomodar no quarto?

— Com certeza — Wynter respondeu, com um tom praticamente profissional.

Como se compelida, não podia afastar os olhos de Logan enquanto a Garota Gótica continuava arrastando as garras pelos ombros nus dele, apoiando a palma da mão no peito. Uma raiva escaldante explodiu de dentro dela e, antes que percebesse o que estava fazendo, se viu andando. Apertando com facilidade o corpo pequeno e forte entre o de Logan e o da Garota Gótica, ela envolveu os braços ao redor da cintura do alfa e o beijou.

Logan estava discutindo com Luci de novo. Tinha a intenção de apresentar as mulheres, mas a discussão se tornou uma prioridade quando ela insistiu que tinha direito de ficar com o alfa, de ficar com ele na casa no French Quarter. Explicou que não havia como ela morar com ele. A mulher tinha que ficar em um dos apartamentos da alcateia. Ainda assim, abraçou-a com a cordialidade de sempre, sabendo que Wynter estaria observando. Claro, sentia algo forte por Wynter e pretendia explorar ainda mais o relacionamento deles. Mas ainda não confiava nela, e era melhor conduzir os negócios como sempre conduzia. E Luci era "negócios".

Um milésimo de segundo passou antes que percebesse o que estava acontecendo. Um minuto Wynter estava conversando com Fiona e com Dimitri e, no seguinte, ela partiu para cima dele como uma leoa à espreita. Quando os olhos se fixaram nos dela, logo percebeu que, em uma inversão de papéis, ele era agora a presa. Wynter empurrou Luci para o lado e se jogou nele, tomando seus lábios de forma possessiva. Deu as boas-vindas à calidez da língua dela disparando na sua boca. Quase esqueceu que tinham público, dando um belo show para os membros da alcateia. Nunca na vida uma fêmea demonstrou esse tipo de comportamento de alfa, toda dominante para cima dele. E caramba se aquilo não o excitou ainda mais. Sabia que era melhor se afastar, dizer que não, ainda mais por ela ter tomado a atitude diante da alcateia, mas o sabor doce cativou os seus sentidos. Vacilar entre levá-la para o quarto e afastá-la se mostrou desnecessário quando, sem qualquer aviso, ela o soltou. Foi a garota quem recuou, ainda ficando entre ele e Luci, olhando dentro dos seus olhos.

— Obrigada pela *nadada*, docinho — ela ronronou, fuzilando-o com um olhar que misturava tanto luxúria quanto raiva. — Até de noite.

Aquilo ensinaria uma lição a ele, pensou, ao passar por Logan. Lembrando-se exatamente da mulher determinada que era, não havia homem na face dessa Terra que a despiria, apalparia e beijaria até levá-la à loucura e então se esfregaria em outra mulher dois minutos depois. Nem fodendo. Enquanto ficasse na alcateia dele, podia tanto ser um capacho ou assumir o papel como fêmea alfa. Passou a vida inteira ouvindo o que as outras pessoas pensavam que era melhor para ela, e já passou da hora de se impor.

Se Logan queria a Garota Gótica, que ficasse com ela, mas maldita fosse Wynter se permitisse que ele a acariciasse com o "pau duro" dela. Não, aquela era a sua ereção; ela a causara nele. Supunha que deveria estar envergonhada, mas, ao abrir a porta de vidro, estava pouco se lixando. Que ele ficasse pensando no beijo, porque aquele podia muito bem ser o último que daria nela se pensasse que poderia usá-la desse jeito. Mas não ia mesmo.

Ao observar Fiona entrar na casa atrás de Wynter, Logan olhou para o beta com descrença por causa do que tinha acabado de acontecer. Dimitri deu um sorriso de orelha a orelha, tendo gostado muito da proeza. Luci, por outro lado, fervilhou, cruzou os braços; obviamente irritada que outra mulher, que não ela, estava morando com o alfa.

Logan balançou a cabeça.

— D, acomode a Luci, sim? Tenho assuntos a resolver.

— É, aposto que tem, alfa. — Dimitri riu, virando Luci para o portão.

— Não é engraçado.

— Boa sorte aí — adicionou, incapaz de resistir a provocar o alfa. Seria divertido assistir ao Logan lidar com a nova fêmea.

— É, está certo. — Logan deu as costas para Dimitri e foi para casa.

Ao entrar, inclinou a mão para o alto, dando um aceno. O beta era hilário pra caralho. E correto. Algo lá no fundo da sua mente lhe dizia que precisaria de muito mais do que sorte para lidar com a sua lobinha. Ah, sim, a exibição territorial tinha sido intrigante, sem dúvida. A levar pelo comportamento dela, mal podia esperar para ver a loba e, no final das contas, a submissão da dama seria o maior prêmio que já conquistou.

CAPÍTULO OITO

Enquanto Wynter voava para a casa de Logan como um morcego saído do inferno, ocorreu-lhe que não tinha ideia de para onde estava indo. Estava com tanta raiva, ciúme, se admitisse, que tinha que sair de perto dele e daquela sua mulher melosa. Com o beijo do alfa ainda queimando em seus lábios e a adrenalina bombeando nas veias, finalmente parou quando chegou ao vestíbulo. Levou os dedos à testa e respirou fundo, tentando entender o que tinha acabado de acontecer. *Por que sentiu que depois de dar um beijo em Logan agora tinha o direito de arrancar o rosto daquela mulher como se fosse um animal com raiva? Para onde estava indo?*

Ao olhar ao redor, ficou impressionada com a elegância discreta da casa de Logan. Notou que alguém tinha tomado muito cuidado ao restaurar os quartos meticulosamente arrumados. Molduras ornamentadas em forma de coroa cobriam cada faceta do teto. A tinta de cor creme complementava as paredes marrom acinzentadas e as tábuas corridas de cerejeira. Sobre uma mesa redonda de mármore havia um vaso de lírios asiáticos misturados com galhos de salgueiro. O aroma sedutor das flores impregnava o ar. Quando teve um vislumbre da sala de estar, admirou o intricado padrão dos tapetes orientais e das poltronas antigas. Era um grande contraste com a modernidade da sala em que entrou quando chegou à casa.

Os olhos varreram a magnífica escada curva de mogno, e concluiu que o quarto de Logan ficava lá em cima. Mesmo que jamais se esquecesse da forma com que ele a abraçou naquela noite e, é claro, a estranha interação que teve com Dimitri, mal teve tempo de reparar onde tinha estado. Incapaz de se lembrar da decoração, imaginou se algum dia voltaria a ver o quarto dele. Depois da exibição de agressividade no quintal, não tinha certeza do que fazer.

O rosto queimou ao se lembrar do que aconteceu na piscina. Sentiu-se animalesca, incapaz de ficar satisfeita do homem. Quando ele se afastou e tocou aquela desconhecida, ela ficou com raiva. Mas tinha parecido mais que isso. Era como se precisasse reivindicar o seu direito, deixar os outros saberem que ele era dela. Nunca foi do tipo ciumenta, mas, bem, nunca conheceu um homem como Logan. Era bobo, sabia. Em nenhum universo ele era dela nem ela pertencia a ele. Concluiu que deviam ser as mudanças na química do corpo. Se a mudança a nível celular podia intensificar os sentidos, era muito razoável que as emoções também aumentassem.

A voz de Fiona a tirou de seus devaneios, trazendo-a de volta ao fato de que estava imóvel feito uma estátua ali no vestíbulo.

— Wynter, espera — Fiona disse, achando um pouco de graça do seu comportamento. Ela colocou uma mão reconfortante em seu ombro. — Você está bem?

— Sim, estou — assegurou à jovem.

— Bem, preciso dizer que nunca vi algo tão excitante. Tipo, caramba, garota. Possessiva demais? — ela riu.

— Eu não sei do que você está falando. Eu só... acho que não estou agindo como eu mesma — Wynter admitiu, acanhada, envergonhada por seu comportamento no jardim.

— Bem, a Luci não vai cruzar o seu caminho tão cedo, isso posso garantir. Agora, vamos. — Fiona começou a subir a escada. — Lugar bacana, hein?

Sim, era. Perguntou-se como Fiona conhecia a mansão de Logan tão bem. Outra de suas mulheres, supôs. Resignada com o fato de que ainda precisava da proteção de Logan, Wynter a seguiu, obediente.

— Sim, é lindo. Nunca vi nada do tipo — respondeu Wynter. Podia mesmo sentir a história escorrendo pelas paredes e se perguntou quem tinha morado na casa ao longo dos anos e quão antiga ela era.

— Ele a está reformando há um bom tempo. Mas desde que se tornou o alfa, acelerou o trabalho.

Fiona abriu uma pesada porta de madeira.

— Aqui estamos. Você ficará aqui no "quarto rosa". O de Logan fica mais abaixo no corredor, caso se sinta sozinha. — Ela deu uma piscadinha. — Esse é o quarto de hóspedes que ele mais gosta, sabe. Acho que diz "feminino, mas rico".

Wynter se maravilhou com as paredes cor-de-rosa decoradas com molduras douradas. Uma espreguiçadeira de armação curva e dourada com travesseiros creme tomava o espaço central. Uma colcha linda adornada com rosas vermelhas e rosadas trazia vida à peça. Um delicado lustre de cristal pendia acima.

— É uma coisinha, não é? — perguntou Fiona, abrindo as portas do closet enorme. — Então, aqui vamos nós. Enquanto vocês estavam fora, abasteci a cômoda e o closet com algumas roupas. Dimitri disse que as de hoje de manhã serviram bem, então comprei mais coisas... sapatos, tudo de qualidade.

— Você não deveria ter se dado tanto trabalho. Não vou ficar muito tempo por aqui — insistiu Wynter, com plena certeza de que iria embora em breve.

— Logan quer que você fique confortável e, além do mais, vocês vão sair hoje à noite — lembrou a ela.

Wynter mordeu o lábio, sentindo-se mortificada pelo que havia dito na piscina. Planejando passar o resto do tempo sozinha, esperando pelo Jax, esqueceu-se de que Logan disse que se encontrariam com alguém mais tarde.

— É, acho que vou. — Wynter se virou para Fiona, que estava pronta para sair.

— Não se preocupe, vai ficar tudo bem — Fiona afirmou, cheia de confiança.

— Ei, só quero agradecer por tudo. Sei que eu estava muito doente ontem à noite. Vocês me ajudaram, e tenho consciência de que não tinham a obrigação. Obrigada.

Wynter nem sequer conhecia essas pessoas e elas a estavam ajudando. Verdade, estava tentando ajudar a raça deles, mas eles não tinham ideia do que ela havia feito ou de quem era. Ainda assim, estavam tratando-na com respeito e bondade, apesar de ela não ter sido nada sincera. Em vez de atirá-la na rua, eles a alimentaram, lhe deram roupas, cuidaram das suas necessidades médicas.

Fiona sorriu.

— Sério, não foi incômodo nenhum. Todos nós precisamos de ajuda de vez em quando. — Ela se virou para sair, mas hesitou. — A propósito, não sei se Logan teve a chance de te dizer, mas a minha irmã, Dana, a médica que te atendeu ontem à noite, ficou presa no hospital hoje. Sei que ela fez alguns testes, mas, antes que pergunte, não sei de nada. Ela deve passar aqui amanhã ou ligar à noite.

— Obrigada, agradeço de coração. As pessoas... não fazem essas coisas — disse, como se estivesse imersa em pensamentos.

Quando Fiona acenou se despedindo, Wynter pensou no que Jax havia feito por ela. Salvou-a de uma vida no acolhimento familiar. Ele poderia ter lhe dado às costas quando quisesse, mas nunca fez isso. Talvez fosse coisa dos lobos e da sua lealdade eterna? Os pais tinham sido leais a ele, e ele, em troca, foi leal a eles ao ficar com ela, ao protegê-la.

Queria tanto dizer a Logan tudo que sabia, mas era Jax que merecia a sua lealdade. Quando falou com ele ao telefone, o guardião mal fez menção ao seu trabalho. Só quis saber se ela estava bem e se Logan a estava tratando bem. Se tivesse perguntado o que aconteceu nos últimos dois meses, teria contado tudo a ele, apesar de Logan estar ouvindo. Supôs que fazer isso seria justo. Mas contar a Logan, revelar tudo pelo que ela e Jax trabalharam, sem a permissão dele, não podia se obrigar a isso. Com ou sem lascívia, Logan era só uma distração temporária em sua vida entediante.

Apesar de todos esses pensamentos excessivamente racionais, não pôde parar de pensar nele. Depois de ver a forma com que ele tocou a Garota Gótica, abraçou-a, permitiu que ela continuasse tocando-o logo depois de ter sido tão íntimo com ela... a experiência a partiu ao meio. Não conseguia entender os sentimentos, porque nunca na vida sentiu uma atração tão intensa por um homem. Mesmo se fosse capaz de compreender as ramificações biológicas das suas mudanças, não podia negar a perda de controle quando se tratava do que sentia pelo alfa. Era como se os fios da conexão incipiente entre eles estivessem se desenvolvendo, entrelaçando-se e fortalecendo a cada segundo que passavam juntos. E, quanto a Wynter, a experiência a lançou em águas desconhecidas.

Depois de um longo banho, Wynter controlou as emoções, comprometida a passar a noite com Logan sem intercorrências. Mas ao descer as escadas, o frio começou a invadir a barriga ao esperar, nervosa, a reação dele ao seu comportamento de mais cedo. Alfas podiam ser imprevisíveis, e ela não estava certa de como ele abordaria a interrupção da conversa com a Garota Gótica. Já foi ruim ela ter sido tão agressiva, não permitindo que ele visse um membro da alcateia. Mas foi o beijo que plantou nele que a deixou preocupada de verdade. Tinha sido um beijo possessivo do tipo "tire a porra das mãos do meu macho". Sabia que a intenção não passaria despercebida para Logan e esperava totalmente que ele chamasse sua atenção por causa da atitude.

As garras da sua emergente loba fincaram na sua mente, e não tinha mais certeza se queria que ele deixasse a mensagem para lá. Não, ficou óbvio que a sua loba estava apostando em algum tipo de reivindicação. Infelizmente, a parte humana, e lógica, dela parecia ter tirado férias. Dividida entre se agarrar aos fios de humanidade ou abrir mão de tudo, ceder aos desejos indomáveis, não podia decidir se o que tinha feito era errado ou só uma parte natural do que estava se tornando.

Então, quando Wynter chegou ao patamar das escadas, manteve os olhos abaixados em submissão. Lançou um olhar fugaz para Logan, que estava fabulosamente lindo e com o seu ar de perigo de sempre. O cabelo molhado foi muito bem penteado, e ele tinha um cheiro apimentado delicioso e masculino. Usava uma camisa social branca imaculada com as mangas dobradas e calça preta. Jurou que a calcinha ficou molhada nos segundos em que ficou na presença dele. Era ridículo, sabia. Como uma adolescente com uma quedinha pelo quarterback, tentou, desesperadamente, esconder o tesão. Mas não importava o quanto tentasse banir os pensamentos carnais para os recônditos do cérebro, parecia que não podia controlar a reação visceral que tinha a esse homem.

Logan a observou com atenção enquanto Wynter descia os degraus devagar e com graciosidade. Totalmente deslumbrante, ela usava um vestidinho preto e justo que abraçava as suas curvas. As mangas estilo cigana acentuavam os braços recém-bronzeados e formavam um v perfeito no vale entre os seios, revelando o decote. Sexy e resplandecente, ela corou sob o seu olhar. A experiência com alcateia ficou aparente quando a lobinha submissa olhou para baixo. Logan sorriu; ela não tinha ideia do quanto era linda.

Ficou pensando naquele beijo a tarde toda. Mesmo tendo a intenção de deixar pra lá, recusando-se a abordar o assunto no jantar, não tinha esquecido. Numa demonstração de dominância, ela mostrou a tendência de alfa que tinha. A forma com que tirou Luci do caminho, e em seguida lhe deu aquele beijo marcante, deixou-o tanto surpreendido quanto maravilhado. Por um lado, ele gostou muito porque ela o escolheu, e ele a desejava intensamente. Por outro, não estava procurando por uma companheira e não queria magoá-la. Mas, inferno, a forma como ela respondeu ao seu toque na piscina foi inesquecível, sem sombra de dúvida.

Durante o jantar, Logan se viu encantando pelo humor sagaz e pela inteligência da moça. Ficou claro para ele que ela foi tão bem ensinada que evitou até mesmo de falar da carreira. Sabia que estava diretamente ligada aos segredos, a razão para ela estar em Nova Orleans. Mas a conversa leve lhe permitiu conhecê-la melhor, sem que ela se preocupasse com as suas expectativas.

Um olhar aqui e ali, flertes e rubores mexeram com sua atração por ela. Embora a tensão sexual entre eles pendesse como um fio elétrico esticado em meio a uma tempestade, só esperando para explodir, decidiu não arrebentá-lo durante a refeição. Um olhar ou outro para Dimitri lhe disse que o beta estava bem ciente da crescente conexão. A troca fácil entre ele, ela e Dimitri fluiu com naturalidade, deixando-os muito à vontade. Perguntou-se se algum dia seria capaz de compartilhá-la como tinha feito com outras mulheres, porém duvidava muito.

Surpresa com a conversa descontraída e a não-menção do incidente na piscina, Wynter relaxou, conhecendo melhor tanto Logan quanto Dimitri. Como Logan, o beta irradiava uma sensualidade letal que atraía as mulheres como abelhas para o mel. Desde a hostess à garçonete, as mulheres flertavam sem pudor com os dois. Controlar o ciúme não foi tão fácil quanto esperava, mas conseguiu manter o controle. Enquanto "Kitty", a atendente, babava em Logan, Wynter, em silêncio, recitava a tabela periódica. *Tem que amar muito a ciência*. O que ajudou um pouco a manter a mente longe dessa necessidade pouco característica de estrangular a garçonete.

Depois de um jantar espetacular com Logan e Dimitri, Wynter relaxou, esquecendo-se de para onde estavam indo. No entanto, logo que chegaram ao clube dos vampiros, o coração disparou no minuto em que saiu do carro. Mesmo o alfa e o beta tendo lhe garantido que estaria segura com eles, as sementes de dúvida fincaram raízes. E se um dos seus antigos guardas frequentasse o lugar? E se Kade não acreditasse nela? E se fosse uma armadilha? *Confie em mim*, ele lhe dissera. Queria tanto ouvir as palavras tranquilizantes do alfa presunçoso. Ciente de que não tinha escolha no assunto, Wynter envolveu com força o braço de Logan, prendendo o fôlego enquanto as portas se abriam.

Quando entraram no Mordez, o pau de Logan estava mais uma vez dolorosamente duro. Xingou baixinho ao pensar na meia dúzia de formas que gostaria de dar prazer a essa mulher diabolicamente doce cujas pernas nuas roçaram a sua o caminho todo desde o restaurante até o clube. Quando ela levou a mão ao seu braço e soltou um riso nervoso, concluiu que ela não tinha ideia do que causava nele.

Reunindo os pensamentos, ele se concentrou na tarefa em mãos. Ao final da noite, esperava que a situação com os vampiros estivesse muito bem resolvida, embora soubesse por experiência que as coisas raramente eram fáceis. Entrando no personagem, ele passou um braço protetor ao redor de Wynter e acenou para Dimitri. Hora da ação.

A porta do Mordez se abriu, e Logan a guiou até o paraíso das trevas. Um homem mais velho usando um smoking correu até eles no mesmo minuto.

— Sr. Reynaud, por favor, entre. Estamos tão honrados por recebermos a sua visita essa noite — o homem se desfez em palavras.

Logan o cumprimentou com um breve aceno de cabeça, mantendo Wynter segura ao seu lado. Dimitri foi para o outro lado dela, assim a mulher ficou eficientemente rodeada pelos dois lobos grandes.

— Irão ao teatro essa noite? Charlotte está prestes a subir no palco. Ou, caso prefiram, a sala Cleretti importou recentemente o mais maravilhoso, e muito raro, Barolo italiano. Deveriam experimentar. Quanto às outras salas. — Ele tossiu, olhou para Wynter e farejou o ar. O homem lançou a Logan um olhar compreensivo antes de continuar: — Nossa sala privada. Os shows lá começam bem mais tarde. Será um prazer lhe reservar um assento, mas, dada a sua companhia, talvez seja melhor dizer que pode não ser apropriado... para a sua convidada.

Wynter estremeceu; um arrepio se instalou na sua pele enquanto o homem falava com Logan, como se ela não estivesse ali. A forma como ele a olhou, mesmo que só por um segundo, deixou-a nauseada. Vampiros. Lembrava-se muito bem da fome no olhar deles e do dilatar das narinas pouco antes de a dor surgir. Ela se encolheu. Ele a olhava como se a medisse, como faria com a taça do vinho que tinha acabado de mencionar.

— O teatro está ótimo por hora. Vamos nos encontrar com o Kade Issacson mais tarde. Chegamos um pouco cedo — Logan explicou, sem nem pestanejar. — Por favor, assegure a nossa privacidade.

— Sim, senhor. Suas necessidades são a nossa prioridade mais importante — assegurou ao alfa. Lançando um olhar fugaz para Wynter, ele lambeu os lábios, mas se afastou rapidamente. — Por favor, por aqui.

Wynter notou o lobby escuro e pensou que se a intenção deles fosse assustar as pessoas para que não entrassem, mantendo o lugar exclusivo, eles com certeza fizeram um bom trabalho. A claridade das velas provia a pouca iluminação no saguão de pedra. A batida suave do jazz se espalhava pelo espaço pequeno e ela detectou o leve cheiro do mofo. Supôs que os proprietários do clube preferiram uma decoração antiga e pitoresca, congruente com a história da cidade. No entanto, na sua opinião, a vibe era bem assustadora. Olhou para o *maître* mais velho, que tinha estado falando com Logan, e teve um vislumbre de seus caninos afiados. Ele piscou para ela antes de empurrar a cortina para o lado. Segurando Logan com um pouco mais de força, firmou posição.

Tanto Logan quanto Dimitri pareciam mais altos para ela, a atitude indiferente e letal. Os lábios deles estavam apertados e a expressão projetava dominância. Bem distante do seu acompanhante simpático do jantar, uma criatura perigosa tinha substituído Logan. Como lobo, aquela era a sua verdadeira natureza. Wynter tomou nota do comportamento, prometendo jamais esquecer o que e quem ele era.

Emergindo do corredor claustrofóbico, ficou impressionada com o luxo da sala em que entraram. Reminiscente de um café-teatro dos anos de 1940, o local parecia capaz de comportar pelo menos cinquenta clientes, todos confortavelmente sentados nas fileiras de cabines semicirculares com o clássico estofamento de veludo vermelho. A luz das pequenas velas votivas nas mesas refletia nas paredes de gesso enegrecido. O palco escuro estava assustadoramente vazio, esperando sua estrela.

Enquanto Wynter escorregava no assento, respirou aliviada quando Logan e Dimitri a flanquearam. Eles se elevavam acima da sua pequena estatura, e se sentiu segura entre os dois. Profundamente fascinada por um lugar desses ainda existir, os olhos vagaram para o imenso lustre de cristal que se pendurava de forma precária no teto oval. As mesas estavam dispostas em uma curva para que todos tivessem uma boa vista do palco. Wynter olhou para os clientes sentados perto deles e que estavam rindo e bebendo. Em seu ambiente, eles pareciam quase humanos, até que teve um vislumbre de uma presa.

Logan deve ter sentido o seu desconforto, porque colocou a mão na sua coxa e a apertou. Olhou-o, notando que seu rosto tinha suavizado. Deus, o homem a estava matando por dentro. Protetor e letal a amoroso em sessenta segundos, cada faceta dele a intrigava, fazendo-a querê-lo ainda mais.

— Está tudo bem, Wynter? — Logan perguntou, baixinho.

— Hum, sim, obrigada — murmurou, sem perceber que prendia a respiração. Ao falar, o olhar vagou para um par de amantes. Mesmo não podendo ver rostos, podia ver com nitidez os rastros de sangue correndo pelo vestido de costas nuas.

— Você está tremendo. Olhe para mim — Logan instruiu, observando a forma natural com que ela obedeceu. — Você está segura. Não está no laboratório. Eu prometi, não vai te acontecer nada que você não queira.

— O que isso deve significar? — respondeu, indignada. Ele estava insinuando que ela queria ser mordida?

— Olhe ao redor, docinho. Esse lugar é um parquinho das trevas onde as pessoas vivem suas fantasias. Só acontece que esse aqui é administrado por vampiros. Mas os lobos também os têm. Viemos aqui para vermos e sermos vistos, para brincar com os outros e eles brincarem com a gente. Os vampiros vêm pelo sangue. E os *shifters*, as bruxas e os humanos vêm por razões diferentes. Alguns querem uma experiência selvagem, alguns querem ser mordidos, alguns querem sexo. Lugares como esse atendem a uma necessidade — Logan disse com naturalidade. — Na Filadélfia, o Tristan cuida de um clube de luxo parecido com esse aqui. Eu diria que é de natureza mais urbana, mas a função é basicamente a mesma.

— Você vem a esses lugares com frequência? — *Por favor, diga que não. Por favor, diga que não.* Não podia acreditar no que ele estava lhe contando. Por que ele ia querer passar tempo com os vampiros?

— Eu costumava ajudar a administrar o clube da Filadélfia, mas isso aqui é tenebroso demais para o meu gosto. — Logan parou de falar por um momento quando a garçonete veio até a mesa deles. Sem dizer uma palavra, serviu champanhe nas taças com muita eficiência. Colocando a garrafa no balde de gelo, ela se apressou a sair. Logan entregou uma taça a Wynter e prosseguiu: — Como eu dizia, esse clube pode ser bem perigoso se você não sabe no que está se metendo. Claro, como no clube do Tristan, espero que haja segurança reforçada. Dito isso, não significa que as pessoas não acabem machucadas.

Logan não queria assustar a sua lobinha. Só desejava dar a ela o conhecimento do que existia no seu mundo. Nem o bem nem o mal, a cidade era utilizada por ambos, dependendo das intenções de cada um. O véu que separava o plano dos sobrenaturais e dos humanos era extraordinariamente fino na Big Easy. Era fácil arranjar encrenca quando não se sabia o que estava fazendo. Decidindo mudar o foco, trocou o assunto. Sabia que nenhum deles a faria parar de pensar nos vampiros.

— Então, Wynter, importa-se de explicar o que aconteceu na piscina hoje? — Ele olhou para Dimitri, que deu um sorrisinho, e voltou o olhar para ela.

Wynter quase se engasgou com o champanhe. Mas que diabos? De onde veio aquilo? Ele tinha esperado a noite toda para pegá-la com a guarda baixa? Logan era confiante demais. *Mas dois podem jogar esse jogo*, pensou. Esquecendo-se da regra de "nada de joguinhos" na qual ele insistiu, ela se jogou na resposta, que responderia à pergunta dele com outra.

— O que quer dizer, alfa? — Ela bateu os cílios para ele, então sorriu para Dimitri.

— Qual é, você pareceu bem aborrecida comigo, ficando toda gostosa e, bem, mais gostosa ainda. E aquele beijo... ao lado da piscina... na frente de todo mundo. Humm?

— Ah, você está falando do beijo que me deu na piscina? Aquele? Creio que todo mundo viu aquele. Ou seria do beijo que você deu na outra mulher que foi até a piscina? Sabe, o que você deu nela enquanto ainda exibia a... — Ela fez uma pausa, fingindo parar para pensar num assunto bem sério e então o prendeu com o olhar. — Como posso dizer? O beijo que você deu nela, usando a tenda de toalha que eu te dei?

Mais champanhe, por favor... agora. Wynter jurava que a pressão sanguínea tinha subido vinte pontos só por pensar no acontecido. Poucas horas atrás, dissera a si mesma para bancar a desinteressada, mas o plano não parecia estar funcionando como imaginara.

Dimitri riu alto da resposta dela. O alfa passaria um aperto, isso é certo.

Logan sorriu. Deveria ter pensado melhor quando foi beijar Luci com uma ereção do tamanho do Monte Everest. Mas, na verdade, tinha sido só um beijinho de oi na bochecha.

— Minha lobinha está com ciúme? Você parece bastante... como posso dizer? Irritada comigo — pensou em voz alta, tomando um gole da bebida.

— Não há nada do que ter ciúme. Isso... essa coisa entre nós — ela corou de vergonha — é só... é só uma reação química causada pelo que for que eles me deram... no que eles me transformaram.

— Uma loba. Pode dizer.

— Tudo bem. Sim, nessa coisa de lobo. Tenho certeza de que vai passar. Além do mais, não tenho nenhum direito sobre você. — Ela afastou o olhar e encarou as borbulhas da taça.

— Concordo. Você não tem nenhum direito sobre mim. Acabamos de nos conhecer, afinal de contas. Além do mais, você ainda nem se transformou — provocou, num esforço de testar a reação dela ao concordar que ele não lhe pertencia. Uma onda de prazer tocou o seu coração quando os olhos dela acenderam de raiva. Talvez a garota não tivesse acreditado nas próprias palavras? Ela não gostou nem um pouco de quando ele as repetiu.

— E você também não tem direito sobre mim — afirmou ela, cheia de sarcasmo, recuperando-se rapidamente. — Eu não pertenço a você.

Por que aquilo doeu, ele não soube dizer. Era a verdade irrefutável. E aquela era a raiz do problema. Parte dele a desejava; não só na cama, mas queria que ela pertencesse a ele e à sua alcateia.

— Então você acredita de verdade que tudo o que aconteceu na piscina hoje foi só um efeito colateral de você estar se transformando num lobo? Hormônios? É isso o que está dizendo? — pressionou.

— Quem era ela, a propósito? — Wynter ignorou completamente a pergunta. Precisava saber se havia outra pessoa na vida dele. — A garota da piscina? É sua namorada?

— Luci?

— Isso. Sabe, a mulher se esfregando em você, babando feito um São Bernardo no calor. — Ah, ótimo, ela desceu ao nível dos insultos. Foda-se. Já estava com um pé lá; podia muito bem terminar de pular.

Logan riu. Cara, ela estava com muito ciúme. E por que ele parecia estar gostando tanto?

— Luci era namorada do Marcel — explicou, tentando escolher as palavras com cuidado. Ele tinha certeza absoluta de que ela não ia gostar muito do resto da explicação. — Permiti que ela morasse comigo na mansão do Marcel no *bayou*. Sabe, enquanto eu estava ocupado estabelecendo a minha posição.

Deliberadamente, Wynter fechou e abriu os olhos, demorando para processar o que ele tinha acabado de dizer. *Ele não acabou de dizer o que eu penso que ele disse.*

— Então, você está morando com ela? — *Perfeito. Sou mesmo uma idiota.*

— Não, eu disse que ela *estava* morando comigo… no passado. E foi só porque ela já morava na mansão, e eu não queria chutar a garota para a sarjeta.

— Um humanitário? Aposto que foi difícil — ela se demorou.

— Bem, com Kat lá, eu…

— Quem é Kat? — A situação só melhorava.

— É a irmã do Tristan. Mas não era… — Ele queria dizer que não era nem de perto o que sentia por ela, mas mordeu a língua. — Não era o que você está pensando, Wynter. — Os olhos de Logan ficaram tristes e a voz vacilou um pouco quando as emoções da morte de Marcel o percorreram de forma inesperada. Fazia só uns poucos meses e ainda era difícil aceitar que ele estava morto.

— O Marcel era meu amigo, meu mentor. E foi meu alfa uma vez. Ele foi assassinado uns meses atrás. Foi difícil para todo mundo, mas Katrina e eu… só estávamos tentando sobreviver. Eu prometi a ele.

— Prometeu o que a ele?

— Que assumiria o seu lugar. — Logan tomou o resto do que estava em seu copo e se acomodou. Isso estava longe de ser o que planejou discutir com Wynter essa noite. Essa conversa acabou.

Wynter viu a tristeza nos olhos de Logan e reconheceu a dor bem demais. A dor de perder alguém que você amava jamais poderia ser apagada ou desfeita. Verdade, ela diminuía com o tempo, mas quando se perdia alguém próximo, uma parte do coração e da mente nunca mais era a mesma. Ela percebeu que não fazia muito tempo que Logan era alfa e se perguntou como ele estava lidando com isso. Como humana passando muito do tempo observando o Jax, jamais teria imaginado que Logan havia acabado de assumir a alcateia. Ele parecia um líder nato. Ainda assim, o que quer que ele tenha feito nesses últimos meses deve ter causado um grande impacto físico e emocional nele.

Mesmo havendo uma parte sua que odiava ele ter dormido com outras mulheres, a parte racional do seu cérebro enfim ganhou a batalha. Jurava que era a maldita loba deixando-a com tanto ciúme. É claro, ele teve outras mulheres e, no momento, ela não se importava. Só queria tomar a dor dele, aliviar o sofrimento. Wynter lhe estendeu a mão, colocando-a com amor sobre sua bochecha e olhando dentro dos olhos dele.

— Sinto muito — sussurrou. — Sinto muito pela sua perda. Eu sei… sei como é. Garanto que melhorará um dia.

Com aquelas palavras, quis desabar e chorar, abrir-se para ele, contar sobre os pais, tudo o que tinha acontecido com o Jax. Tinha estado tão assustada e sozinha, perdida para o mundo. Mas não podia contar a ele. Levaria a outras perguntas; perguntas que não estava pronta para responder.

Logan envolveu as mãos ao redor do seu pulso, segurando sua mão junto ao rosto. Os olhos se fixaram aos dela em uma encarada ardente.

Qualquer raiva que estivesse guardando por causa da Luci e da Kat desapareceu. Essa mulher, uma completa estranha, se importava de verdade se ele estava sofrendo por causa da morte do Marcel. Almas gêmeas, ambos tinham vivenciado perdas grandes nas mãos da morte. O coração se apertou. Queria que pudessem se esquecer desse encontro com Kade e ir para casa, para ficarem sozinhos. Logan olhou para baixo; mirando os lábios macios e deleitáveis. *Por que desejava tanto essa mulher?*

A conexão foi quebrada quando um holofote inundou o palco e a melodia cadenciada preencheu o salão. Wynter olhou para lá, e tentou puxar a mão, mas ele guiou a palma para a sua coxa. Logan não queria que o que tinham acabado de compartilhar terminasse. Como se ela firmasse seus pés na terra, o toque da mão, mesmo leve, alimentou o fogo em seu coração.

Wynter pensou no quão precariamente perto do perigo estava. Mesmo que de início tenha ficado preocupada com os vampiros, Logan mudou o assunto e agora tudo em que podia pensar era nele e nos próprios sentimentos que estavam saindo de controle. Rogou para que fosse só química. Lá no fundo, entretanto, suspeitava que os sentimentos fossem verdadeiros, e aquilo a assustava até a morte.

Os pensamentos foram interrompidos quando a música da banda explodiu nos alto-falantes ao redor. Uma dançarina burlesca de salto alto empinou-se de forma sedutora no palco ao dançar. Muito linda, com curvas generosas, a morena deslizou uma perna para o lado bem devagar e então girou os pulsos; as mãos graciosas fluíram como fitas para a ribalta. Abrindo o leque vermelho de penas de avestruz com um movimento do pulso, ela escondeu o corpo com uma piscadela. Passando-o por cima e ao redor, ela continuou a provocar a audiência ao acariciar a plumagem para cima e para baixo do corpo.

Brincando e provocando, ela flertou enquanto, uma a uma, removia as luvas com habilidade. Um homem assoviou quando ela as jogou para os clientes da primeira fila. Virando de costas, tirou o sutiã com destreza, nunca mostrando os seios. Ela girou e girou a peça e a atirou pelo recinto. Embora as penas roçassem artisticamente a pele pálida, revelando pouco, a exibição erótica cativou o público. A dançarina se inclinou, balançando o traseiro e incentivando os assovios da plateia.

O balançar hipnotizante dos quadris de um lado para o outro era lento e sensual. Enquanto a expectativa aumentava para a grande revelação, Wynter olhou para Logan e para Dimitri, que, por incrível que pareça, não estavam assistindo ao espetáculo. Em vez disso, ambos a encaravam com atenção, e ela corou. Lançando aos dois um sorriso sem graça, voltou a olhar para o palco bem a tempo de ver a mulher erguer o leque sobre a cabeça. Fazendo uma pose, ela, orgulhosamente, exibiu os tapa mamilos vermelhos e brilhantes e a calcinha que combinava à perfeição para todo mundo admirar. Frenético, o público aplaudiu em agradecimento enquanto ela fazia uma reverência.

Wynter nunca antes tinha visto uma mulher fazer strip-tease, e achou a experiência tanto excitante quanto erótica. A dança artística parecia causar o mesmo efeito na plateia, pois notou vários casais começando a se tocar intimamente e a se beijar em resposta. Enquanto a dançarina saía saltitando do palco, Wynter sentiu um puxão no pulso.

— Gostou do show? — Logan indagou com um sorriso. A julgar pelas batidas do coração dela, ele sabia que sim.

— Sim. Nunca vi um espetáculo burlesco antes. Ela estava incrível. — Wynter flagrou Dimitri e Logan erguendo as sobrancelhas um para o outro. — O quê? Não posso admirar a arte?

— Só acho interessante você ter passado tanto tempo em uma alcateia e nunca ter sido exposta à nudez — comentou Logan. Não conseguia entender por que Jax a mantinha tão isolada dos seus lobos.

— Ela não pareceu ter problema com isso hoje à tarde — brincou Dimitri.

As bochechas de Wynter queimaram e Logan riu.

— Não, meu amigo, ela não teve. E devo dizer que gostei muito dela daquele jeito.

Wynter estava prestes a reclamar e dizer aos dois que não foi ideia dela ficar pelada na piscina, quando o *maître* de antes veio correndo até Logan. Com eficiência, ele acompanhou o grupo para fora do teatro até uma área diferente do clube. Dentro de minutos, estavam acomodados. A pequena mesa redonda mal tinha espaço suficiente para as taças, mas dava a eles uma excelente vista do recinto, incluindo o bar e a pista de dança adjacente.

Mesas espalhadas preenchiam o lounge, deixando só uma área pequena ao redor dos bancos do balcão para os clientes ficarem em pé. O piso em tabuleiro de xadrez e as paredes pretas enfeitadas com lanternas a gás lhe lembravam da natureza sombria do local. Um longo balcão cor de cobre percorria toda a parede e lá estavam homens e mulheres esperando bebidas. Vários tubos de ensaio cheio de algo vermelho-escuro descia do teto indo até a chopeira. *Vinho? Sangue?* Não poderia dizer sem se aproximar mais e não havia como isso acontecer.

Sentada entre Logan e Dimitri, ela se sentia segura, mas curiosa.

— Qual é a dos tubos? — sussurrou. — Por favor, diga que é vinho.

Logan abaixou a voz.

— É sangue. Eles servem de muitas formas. Normalmente, os vampiros preferem doadores vivos, mas isso aqui é mais uma sala de espera, por assim dizer. Quando estão prontos, os doadores podem ir para os quartos privativos. A discoteca também tem umas áreas semiprivativas. A alimentação acontece em qualquer lugar aqui... até mesmo em público.

Os olhos de Wynter se arregalaram e a boca se apertou em surpresa, e Dimitri aproveitou para explicar mais.

— As pessoas que vêm a esses clubes... gostam — disse a ela.

— Gostam de ser mordidas? Aqui? — Ouviu dizer que era verdade, mas jamais tocou no assunto com alguém que pudesse confirmar os rumores.

— Não é como se eu fizesse isso, mas, bem, não julgo. Todo mundo procura por alguma coisa. Humanos, lobos, bruxas, vampiros, estão todos aqui para um pouco de safadeza. Alimentação em público. Até mesmo sexo em público. Você encontra *voyeurs*, exibicionistas e tudo o que existe entre eles — adicionou Logan. — Estou surpreso por você nunca ter ido a um clube desses em Nova York. Tipo, não há dúvida de que esse lugar é um pouco mais barra pesada que a maioria, mas é só porque são os vampiros que o administram.

— É, eles não se importam de empurrar o limite do que é inaceitável, o que não é muito. É meio que pode tudo — Dimitri apontou. — Na verdade, estou surpreso por Kade vir aqui. Eu não achava que ele estava nessa, mas vai saber.

— Acho que fui protegida. Mas o Jax nunca vai a lugares assim. — Claro, ela foi poupada da nudez, mas nunca imaginou que esses clubes fossem algo corriqueiro na vida de Jax ou de qualquer um da alcateia, diga-se de passagem.

— Confie em mim, Wyn. Até mesmo o todo poderoso Jax Chandler já esteve em um clube como esse. Ele é o alfa de Nova York. O cara pode não gostar de ser mordido, porém, assim, nunca se sabe — Logan bufou. — Mas sexo? Ver e ser visto? Ah, ele vai. E se você acha que não... bem, então talvez você não o conheça tão bem quanto pensa.

Logan mediu as reações e comentários dela sobre o clube, e passou por sua cabeça que, mesmo sendo adulta, a garota não tinha sido exposta a nada, nada da cultura sobrenatural. Um sussurro de inocência envolvia as palavras dela, e não pôde deixar de desejar que fosse ele que a ajudasse a aprender.

— Só porque eu moro com o Jax não quer dizer que ele me conta tudo. — Wynter brincou com as mãos, refletindo sobre a própria ignorância. Ela sabia que vinha sendo mantida no escuro. Os pais tinham insistido e, quando eles morreram, Jax continuou com o ardil. Sentia-se uma idiota, vivendo com o alfa, e ainda inexperiente quanto ao jeito dos lobos. — Ele é um lobo. Eu sou só uma humana. Nós dois somos muitos ocupados.

— O que você quer dizer com só uma humana? — Logan perguntou. Seria interessante quando sua lobinha se transformasse. Enfim seria real para ela.

Wynter estava prestes a tentar dar uma resposta atravessada para a pergunta, mas notou que Logan e Dimitri ficaram em alerta, os dois apoiando a mão possessivamente nas suas coxas. Por mais que desejasse pensar em como se sentia por ter dois homens tocando-a de uma vez só e, por incrível que pareça, queria mesmo, ficou mais curiosa quanto ao espetáculo lá do outro lado que tinha chamado a atenção dos homens. Semicerrou os olhos, tentando ver na luz difusa do ambiente e desejando que quaisquer poderes sobrenaturais dos lobos que ela podia ter se aplicasse também aos olhos. Não demorou muito para ela ver algo que prendeu a sua atenção.

Uma mulher com cabelos negros longos e esvoaçantes contorcendo-se no colo de um homem. O rosto dele estava completamente enterrado no pescoço dela enquanto ela quicava, ficou claro que estavam transando. A saia longa e leve cobria qualquer evidência do ato, mas o movimento revelador dos quadris contra os dele deixava poucas dúvidas quanto ao que estavam fazendo. Surpreendentemente excitada pelo que via, observou com atenção enquanto o homem e a mulher gemiam em êxtase. Sangue escorreu pelo pescoço dela, e o homem ergueu a cabeça devagar. Wynter arfou quando os olhos do vampiro se abriram e fixaram-se nos dela.

CAPÍTULO NOVE

O vampiro lambeu os lábios cheios de sangue e então sorriu para ela. E foi naquele exato momento que o reconheceu. Monsieur Devereoux, de Nova York. *Um dos benfeitores mais influentes da universidade era um vampiro? O que ele estava fazendo naquele clube? Ai, meu Deus.*

A mente se descontrolou, e ela lutou para se recompor. Como poderia falar com Monsieur Devereoux logo depois que o assistiu fazendo sexo? Wynter achou difícil afastar o olhar. E, ai, meu bom Senhor, ele sabia que ela estava assistindo. Não só sabia, como gostou e ainda sorriu para ela. O coração batia freneticamente enquanto Léopold atravessou a sala. Tentou olhar para outro lado; mal podia acreditar no que estava acontecendo. Logan descobriria e ela seria obrigada a contar tudo a ele.

Usando um estiloso terno preto, Léopold Devereoux parecia tão jovial quanto se lembrava. O cabelo penteado à perfeição acentuava a aparência de modelo e o corpo musculoso e flexível. Como se tivesse saído de uma capa de revista, o homem era excepcionalmente lindo. Mas, naquela noite, havia algo diferente nele, um perigo transcendental adicionado à sua presença. Todas as cabeças se viraram para olhá-lo enquanto ele vinha em direção à mesa, e ela quase se esqueceu de onde estava até o homem parar diante deles e estender a mão para ela. Wynter o ouviu se dirigir a ela e engoliu o nó que se alojou em sua garganta. Ao fazer isso, deu um breve aceno de cabeça para Logan e Dimitri, que se postaram protetores ao seu lado. Claramente irritados com o desenrolar, os homens olharam feio para ele.

— É um prazer vê-la de novo, Dra. Ryan. — Léopold inclinou ligeiramente a cabeça, sem tirar os olhos dos dela. Wynter lutou para responder quando o choque por ouvir o familiar sotaque francês trouxe à tona a realidade de que ele era quem ela pensou que ele fosse. O tempo parou enquanto o olhava com descrença. Tinha acabado de assistir, como uma *voyeur*, enquanto ele fazia amor de forma discreta, mas escancarada, com a mulher que estava em seu colo.

— Monsieur Devereoux. Ora, olá. Muito bom vê-lo de novo — ela conseguiu dizer, com uma tossida. *O que mais deveria dizer? Obrigada por me deixar assistir a você transando. E, ah, a propósito, você é um vampiro?* Cavou fundo para encontrar as palavras diplomáticas e apropriadas que pareciam ter lhe abandonado. — Estou surpresa por vê-lo aqui. Está passando o inverno em Nova Orleans?

Léopold pegou sua mão com gentileza antes de pressionar os lábios frios na sua pele. Logan rosnou em resposta, e ele logo soltou a sua mão. O vampiro lançou um olhar confuso para Wynter, sentindo a mudança. *Loba? Ora, como aquilo aconteceu quando ela tinha sido obviamente humana? E onde estava o sempre possessivo Jax? Tinha deixado sua humanazinha solta por aí brincando com lobos desconhecidos? Muito interessante, de fato.* Achando graça, ele sorriu para o trio e se dirigiu a Wynter.

— Eu poderia dizer o mesmo de você. Os invernos em Nova York podem ser frios, não? E posso ver que você se juntou a um novo alfa. Humm — observou Léopold e meneou a cabeça para Logan. — Monsieur Reynaud. Encontramo-nos novamente.

— Monsieur Devereoux — Logan o cumprimentou sem exprimir emoção. — Esse é o meu beta, Dimitri. Por favor, me chame de Logan. — Relutante, ele fez sinal para o outro se sentar.

— Logan será. — Léopold pegou uma cadeira na mesa ao lado e se sentou. Ele cruzou as pernas e tirou um fiapo da calça.

Desde o minuto que Logan viu Devereoux, ele soube que a noite estava condenada. A última vez que viu o poderoso vampiro tinha sido na Filadélfia. E mesmo que Léopold tenha sido útil ao localizar a companheira do seu antigo alfa, não era segredo nenhum que o vampiro era extraordinariamente perigoso. Onde diabos estava o Kade? Por que ele tinha mandado seu criador para se encontrar com eles? E qual era a exata conexão de Wynter com o vampiro mais letal da costa leste?

Quando Léopold beijou a mão dela, ele quase perdeu as estribeiras. Decidiu naquele minuto que teria uma conversinha com a Srta. Ryan ou com a Sr. Ryan ou quem quer que fosse ela assim que saíssem dali, porque estava cansado das malditas mentiras. Protocolo ou não, estava farto de todos esses segredos. Nem que tivesse que ligar para o próprio Jax essa noite, descobriria a verdade. Nesse meio tempo, teria que lidar com Devereoux.

— Onde está o Kade? — Logan questionou, mas foi interrompido por Wynter.

— Ele não é o meu alfa, Monsieur Devereoux — ela corrigiu Léopold. — E, por favor, me chame de Wynter.

Logan lançou um olhar severo para ela. *Que merda a garota estava fazendo? Ela queria morrer?* Uma loba não passava despercebida no meio de um bar de vampiros em que estava sem o alfa, ainda mais na cidade dele. Um lobo solitário era um lobo vulnerável. Cada instinto protetor lhe disse para jogá-la no ombro e arrastá-la para a casa.

— Por favor, perdoe a ignorância dela. Wynter está sob minha proteção — Logan explicou a Léopold e, então, lançou um olhar firme para Wynter. — Então, até o Jax chegar aqui, você é minha. — *Minha.* Ele sabia como estava usando o termo, e não era como se ela fosse a sua companheira. Mas, lá no fundo, a ideia vacilou brevemente, e ficou aborrecido que tenha chegado a pensar que seguiria por esse caminho.

Dimitri o olhou com surpresa. Ouvir o alfa ser todo territorial e chamar uma mulher de sua não era comum, ainda mais considerando a conversa que acabaram de ter no teatro. Até o momento, a noite não estava saindo conforme o esperado. Preparou-se para mais surpresas, medindo o vampiro à mesa deles.

Wynter prendeu o fôlego por um minuto, controlando a raiva. *Por que Logan estava dizendo que ela era dele?* Jax sempre deixou explícito que ela pertencia a ele, à alcateia. Não importa que sentimentos estava começando a ter por Logan, não poderia ser de outro jeito.

— Não, Logan — argumentou ela. Precisava explicar a situação para Léopold. Não podia permitir que ele fosse correndo para Jax, espalhando a informação equivocada de que ela agora pertencia a Logan. Não, aquilo não podia acontecer. Jax ficaria possesso, sem sombra de dúvida. — Embora seja verdade que estou sob a proteção dele, não pertenço a ele.

— Ah, parece que a *mademoiselle* não pode decidir ao lugar que pertence, alfa. Talvez ela precise aprender as regras dos lobos, não? — Léopold riu, bem ciente das implicações daquela conversa.

— Wynter, quanto a isso, Léopold está certo. Olhe ao redor. Nesse clube, acontece de tudo. Ao entrar, o seu consentimento está garantido. Se você não pertencesse a mim, estaria livre para ser tomada. Essa é a minha cidade e, pelo menos por essa noite, você é minha. Ninguém te tocará sem a minha permissão. E isso não vai acontecer. Agora me conte como vocês se conhecem — ordenou ele.

Wynter ficou quieta ao ouvir as palavras. Era verdade? Se ele não a reivindicasse como sua, qualquer um naquele lugar poderia vir atrás dela? Deus, odiava aquele clube. Ótimo, agora Logan estava bravo com ela, o que fez o seu estômago embrulhar. Não teve a intenção de deixá-lo bravo. Na verdade, ela se viu querendo agradá-lo. Ele foi tão gentil com ela, e não era assim que pretendia retribuir. Na verdade, parte sua queria pertencer a ele. Mas, depois da conversa, entendeu que não tinha nenhum direito sobre o alfa. Suspirou em derrota. Olhando ao redor, percebeu que ele estava certo. Que bem faria declarar que pertencia a Jax, ou pior, fingir que era uma mulher sozinha? Perigoso demais.

— Wynter. Explique. Agora. — Ouviu Logan dizer. Talvez não fosse assim que havia imaginado contar a Logan, mas, a essa altura, não tinha escolha a não ser contar a verdade... ao menos mais uma parte, de qualquer forma. Sem saber o que Léopold diria a ele, percebeu que seria melhor se ficasse sabendo por ela.

— Nós... nos conhecemos em um baile de caridade — gaguejou. — Veja bem, eu costumava dar aulas, era pesquisa, na maior parte do tempo. Virologia. Teve uma arrecadação de fundos no Guggenheim.

— A Dra. Ryan fez um discurso magnífico sobre as implicações das infecções virais transespécies. Bem interessante. E como está a Participante X? Seu estudo de caso?

— Bem, não a vejo há alguns meses — Wynter disse, com tristeza. Emma, a irmã da Mika, sua melhor amiga. A garotinha foi a razão para ela ter estudado virologia e decidido trabalhar para a ViroSun.

— Uma pena, não? Veja bem, alfa, a Participante X era um híbrido. Embora, se eu bem me lembre, você não especificou que tipo de *shifter*, só que ela era criança.

— Bem, foi. Ela é uma adolescente agora.

— Híbridos não ficam doentes. O que houve com ela? — Logan perguntou.

— Hum, é complicado. É uma doença de longo prazo e que pode ser fatal, infelizmente — Wynter comentou, tentando se esquivar das perguntas dele. Esqueceu-se de especificar que conhecia a Participante X e que ela tinha uma infecção viral. — Então, foi assim que nos conhecemos. Monsieur Devereoux fez doações muito generosas para a escola, ajudando a financiar a nossa pesquisa.

A doença de Emma tinha sido o catalisador para Wynter optar pela virologia. No início, suspeitou que fosse leucemia. Mas, ao contrário da leucemia humana, que podia ser tratada, às vezes até entrar em remissão, essa leucemia lupina estava na natureza. E, como a leucemia felina, suspeitava que pudesse acabar sendo fatal. A dificuldade residia no fato de que os *shifters*, até mesmos os híbridos, eram, supostamente, imunes a vírus.

Odiava mentir para Logan. Era errado, e sabia. Mas prometeu ao Jax que manteria tudo confidencial. Até onde sabia, só Jax e o beta sabiam do vírus. Mas Logan também merecia saber. Aquela era a cidade dele, e ele se colocou em perigo ao matar os vampiros que a atacaram. Aquilo estava longe de terminar, e ela sabia disso. Eles tinham vindo ao seu socorro. E ela suspeitava de que a alcateia dele estaria em perigo porque ele a tinha resgatado e colocado sob sua proteção. Seu coração doeu. Não podia aguentar a culpa. Decidiu, naquele momento, que se Jax não chegasse a Nova Orleans de manhã, ela ligaria e pediria permissão para contar tudo a Logan.

Logan ficou tenso ao ouvir Wynter explicar como conheceu Devereoux. A história de como se conheceram parecia factível, mas podia dizer que ela ainda estava retendo a verdade. Quando a garota terminou de falar da menina doente, notou que ela se retirou por completo da conversa. A loba usou a tristeza como uma máscara enquanto encarava a bebida. Era como se segurasse o peso do mundo nas costas. Quem fosse o híbrido em questão, Wynter devia conhecê-la. Não era só um estudo; não, era pessoal. E assim como Wynter estava doente quando a conheceu, não fazia sentido um híbrido contrair uma doença. Exatamente em que ela estava trabalhando em Nova Orleans? Estava prestes a investigar mais quando Devereoux interrompeu sua linha de pensamento.

— E, respondendo a sua outra pergunta, Kade está fora do país. E o Luca está com ele. Negócios. Peço desculpas pela surpresa. Mas prefiro não ter toda a cidade em alerta por causa da ausência dele — Léopold elucidou, com ar de arrogância.

Logan só assentiu, sem saber se acreditava na história. Não confiava no vampiro para além do estritamente necessário. A maldita secretária de Kade sabia que a reunião era importante, e ela mentiu. *Parecia que mentir era normal no que dizia respeito aos vampiros*, pensou.

Sem causar alarde, dois vampiros enormes apareceram por trás de Léopold. Eles mostraram as presas para Wynter, e a cientista se perguntou se fizeram aquilo para intimidá-la. Ou talvez estivessem se preparando para se alimentar? Ela recuou o máximo que a cadeira permitia.

Imperturbável com a presença deles, Léopold, alegre, apresentou os dois.

— Perdoem os meus modos. Esses são dois dos homens de Kade. Étienne e Xavier.

Étienne, um vampiro jovem e louro, parecendo ter vinte e poucos anos, lançou a Wynter um sorriso frio que não alcançou os olhos. Não querendo ser mal-educada, ela conseguiu retribuir o sorriso. Olhou para o mais velho, o excepcionalmente forte Xavier. Pareceu a Wynter que Logan talvez o conhecesse, já que o cumprimentou com um aperto de mão.

— Vão se alimentar. Ainda tenho negócios a tratar com o alfa — Léopold deu a ordem com um aceno de mão. Os vampiros sumiram de vista em segundos. — Bem, onde eu estava? *Oui*, nossa reunião. Então, ao que parece, houve alguma briga. Algo com vampiros? Confesso que não me pareceu incomum, mas em que posso ajudar?

— Por mais que eu prefira falar com o Kade, já que ele te deixou no comando, então, infelizmente, preciso te passar a informação — Logan começou, o tom baixo emanando raiva. — Na noite passada, estávamos em um bar *shifter* perto da Decatur quando quatro vampiros atacaram a Wynter.

Léopold fechou a cara. Ele gostava bastante da bela doutora e não ia querer que nada acontecesse a ela, para não mencionar que ele e Jax eram velhos amigos.

— Vou direto ao ponto. Wynter foi mantida em cativeiro pelo empregador e nos disse que a organização vem usando vampiros como guardas. Fizeram poucas e boas com ela. Mordidas, alimentação. O de sempre — Logan disse a ele, com um contrair na mandíbula. As sobrancelhas franziram de raiva ao pensar no que fizeram com a garota. — Ela escapou e, na fuga, nós lutamos e acabamos cravando estacas em alguns deles. Agora, tenho certeza de que você sabe como isso funciona. Sob circunstâncias normais, prenderíamos os agressores e os entregaríamos ao Kade. Mas, na noite passada, eu não tive escolha.

— *Oui*, entendo — respondeu Léopold, passando o dedo pela borda da taça que estava sobre a mesa. A voz dele carregava certa raiva, mesmo o comportamento estando controlado. — Isso não é aceitável… de forma alguma.

— O que me traz a você. Primeiro, é provável que a operação ainda esteja na cidade. Mas minha preocupação imediata é com a segurança de Wynter. Ela estava trabalhando para eles, e é provável que voltem para pegá-la. Seria bom se soubéssemos se os vampiros pertencem ao Kade.

— Posso te assegurar que todos nas linhas de Kade são muito bem contados. Então, ou esses vampiros são de fora da cidade — Léopold fez uma pausa, como se estivesse imerso em pensamentos —, ou alguém da linhagem de Kade está fazendo filhos sem reportá-los, o que, como você sabe, seria uma grande ofensa. Uma que geralmente termina em morte. Agora que trouxe o assunto à minha atenção, certamente cuidarei dele.

— Você também deveria estar ciente de que o Jax está vindo para Nova Orleans. Ele está atrasado por causa da neve, mas chegará em breve. E, até lá, espero que tenhamos mais informações — Logan o cercou. Não queria revelar que Wynter não tinha contado tudo. E, para ser sincero, mesmo se tivesse, não sabia se compartilharia com Devereoux. É, ficava grato pela ajuda, mas, no fim das contas, não confiava nele.

— Estou vendo. Terminamos, então? — O humor sombrio de Léopold pareceu se transformar mais uma vez no tom brincalhão.

— Terminamos — Logan confirmou, notando que Wynter ainda parecia indiferente. Queria levá-la para casa o mais rápido possível e forçá-la a dizer exatamente o que estava fazendo em Nova Orleans. E queria cada mínimo detalhe, nada mais de meias-verdades.

— Uma dança, então, boneca? Venha, já faz um bom tempo — Léopold perguntou, com inocência, erguendo uma sobrancelha para Wynter. Ao sentir a hesitação dela, olhou para Logan, pedindo permissão. — Você permite, alfa?

Logan azedou ao pensar em qualquer outro homem pondo as mãos nela. Mas diria não ao filho da puta de cuja ajuda precisava? Pensou sério no assunto. Afinal de contas, Wynter conhecia Devereoux e não parecia ter medo dele. Se muito, ela foi excessivamente amigável com o homem; e não tinha negado o convite de cara. Com uma postura desinteressada, ele olhou para ela, que parecia um animal acuado. Perguntou-se se ela estava atraída por Léopold. Quão bem eles se conheciam? Uma onda de ciúme se ergueu, mas ele logo segurou as rédeas dos próprios sentimentos.

Porra, ela o estava levando à loucura. Tinha dito mais cedo, com todas as palavras, que não pertenciam um ao outro e, então, quando pressionado por Léopold, ele deu um giro de cento e oitenta graus e admitiu, publicamente, que ela lhe pertencia. Mesmo tendo dito para protegê-la, o coração estava começando a acreditar que era verdade. E o pau, bem, o pau já a reivindicara.

Deixando o ego de lado, Logan decidiu permitir uma dança. Uma dança. Era tudo com o que poderia lidar. E era melhor Léopold manter as malditas mãos para si mesmo.

— Wynter, uma dança? — perguntou Logan, sufocando o ciúme que lhe apertava o peito.

Wynter o olhou com surpresa. Dançar com Léopold? Um vampiro? O instinto dizia que não, mas a mente dizia que estava sendo boba. Não importava o que acabou de vê-lo fazer no clube, tinha sido só sexo. Ele não havia mostrado qualquer inclinação para a violência. Além do mais, ele conhecia o Jax.

— Você estará segura e, lembre-se, pertence a mim — declarou ele, com confiança, os olhos fixos em Devereoux.

— Eu… hum… é claro… sim — aceitou, não querendo insultar Léopold. Mesmo estando nervosa, o vampiro deu um apoio imenso para o seu departamento na universidade. Mas ao se levantar para pegar a mão dele, desejou que tivesse sido Logan que a tivesse chamado para dançar.

CAPÍTULO DEZ

Assim que pisou na pista de dança, Wynter se arrependeu de ter saído do lado de Logan. O cheiro de sangue, suor e sexo permeava a sala. Um mar de corpos ondulantes, em vários estágios de nudez, dançava ao seu redor. A separação pareceu antinatural e o pânico veio com tudo; jamais deveria ter aceitado essa dança.

Wynter arfou quando Léopold a puxou com força contra si. Frenética, girou o pescoço, buscando Logan. Léopold os girou em um círculo, e a cientista captou um vislumbre do alfa olhando para ela. Relaxou visivelmente quando o viu. De forma abrupta, Léopold reduziu a velocidade do movimento. Com os lábios a centímetros de seu ouvido, ele falou baixinho, íntimo demais para o conforto da moça:

— Em que bagunça você se meteu, pelo que entendi. Agora, me diga, minha doce doutora. Por que mentiu para o alfa? *Ma chère*, não é uma atitude sábia — aconselhou.

— Eu não menti. Precisa entender, monsieur, que tenho que seguir o protocolo. Jax é o meu alfa — explicou, ofegante, surpresa consigo mesma por revelar o detalhe para Léopold.

— Ah, mas você mentiu. Pode ter feito o seu lar com Jax no passado, mas posso te assegurar que agora pertence ao Logan — ele discursou, embora estivesse satisfeito com a sinceridade dela. Léopold pressionou o nariz em seu pescoço e cheirou. Wynter se encolheu. Ele riu e a girou uma vez mais. — E o seu cheiro... não parece possível, mesmo para alguém tão velho quanto eu, mas você é mesmo uma loba. Confesso que não sei se devo te parabenizar ou me desculpar por esse acontecimento incomum.

— O alfa é totalmente solteiro. Deve ser uma paixão passageira. De qualquer forma, não importa. Não posso pertencer a ele... Ele só está me protegendo. Quanto a ser uma loba, fizeram algo comigo. Não sei se é permanente. Ainda não me transformei — Wynter se viu confessando com o vampiro, apesar da forma com que ele invadia o seu senso de privacidade.

Havia algo cativante em Léopold. Quando o conheceu, ele pareceu um homem de bom coração, um doador generoso. Interessou-se muito pelos seus projetos. Mas, essa noite, o homem a manteve fora do prumo, suspeitava que de propósito, e se perguntou qual seria o próximo passo dele. A forma como tinha cheirado a sua pele e rido da sua reação foi muito perturbadora, ainda assim, ele falou com ela como um homem que se preocupava com o seu futuro. O que tanto a intrigou quanto afligiu.

— Mesmo nas noites mais claras, às vezes não vemos as estrelas que mais brilham. Se você se recusa a imaginar as possibilidades, as constelações passarão despercebidas. Liberte-se dessas amarras. O seu alfa anseia por você, mas não sabe quem você é para ele — observou Léopold. Que irônico era isso de que dois corações poderiam se encontrar e não saber que eram companheiros. Viu acontecer muitas vezes e sempre achou trágico o quanto o destino podia ser cruel e maravilhoso.

— Anseio e amor são coisas diferentes. Não sei o que sou para ele. Ele sente responsabilidade porque me resgatou — especulou ela, envolvida naquela curiosa discussão com Léopold. — Além do mais, nessas últimas semanas, perdi a noção de quem eu sou, infelizmente.

— Ah, *oui*, cambada de nojentos, esses que te capturaram. Parece que foi horrível. Não posso começar a expressar o quanto sinto muito pelo que aconteceu. Mas você está prestes a renascer, não? Ouça-me. O seu destino é com o alfa. Não deve lutar contra isso, boneca. Algumas coisas são para ser.

— Você é um romântico? — declarou, surpresa.

— Às vezes, sim. Às vezes, não. Prefiro me ver como um realista. Apesar de todo o tempo que vivi, há algumas coisas que fogem ao meu controle.

Wynter não disse nada ao ter um vislumbre de Logan empurrando o braço de Dimitri para longe, como se estivesse sendo contido. O fôlego ficou preso quando o viu se aproximar com ferocidade no olhar. Mas que diabos?

— O seu alfa está vindo atrás de você, não? A natureza possessiva não pode aceitar as mãos de outro sobre a sua pessoa sendo você uma loba sem marca. Gosta de experiências, não gosta? — Léopold observou, dando um beijo despreocupado em seu ombro. Estava gostando demais daquilo, mas provou o seu ponto, no entanto.

— É um teste? — ela vociferou, tentando se afastar. O que ele estava fazendo ao beijá-la daquele jeito? O coração bateu descontrolado ao ver Logan vindo direto para ele.

— Você sente também, não sente? A sua loba anseia por ele — o vampiro sussurrou em seu ouvido, puxando-a para mais perto do corpo. Ele parou de dançar, mantendo-a parada, e prosseguiu: — E ele não pode resistir às exigências da própria besta.

Wynter recuou da intimidade que Léopold estava forçando. O fôlego quente em seu pescoço lhe deu calafrios. Quando virou a cabeça para olhar para ela, notou que as presas dele tinham descido. *Vampiro.* À beira da histeria, o estômago embrulhou. Chocada e desorientada, tropeçou para trás quando ele a libertou. A música girava na sua cabeça. Léopold ficou rindo, depois se curvou na sua direção, dobrou o braço nas costas e estendeu a outra mão para ela, como se fosse algum membro da realeza medieval. Um grito borbulhou em sua garganta, mas não foi capaz de emitir som algum.

Antes que percebesse o que estava acontecendo, Logan a abraçou. Afoita, Wynter se envolveu no alfa. A compreensão do que Léopold tinha dito bateu na sua consciência. *Logan era o seu alfa.* Não tinha certeza de como sabia que a criatura existia, mas, lá na mente, sua loba soltou um grito torturado. O cheiro de Logan envolveu o seu ser, e tanto a sua psiquê humana quanto a animal aceitaram a segurança da presença dele.

— Logan. — Wynter tentou alcançar as palavras, mas elas pareciam fora de alcance. Precisava contar a ele tudo sobre Emma, o contágio e, que Deus a ajude, o que sentia por ele. Alívio e luxúria a varreram quando ele a pressionou junto ao peito.

— Nunca mais — ele prometeu. Indo contra o seu instinto, permitiu que ela dançasse com Léopold. Mas, no segundo em que o vampiro a tocara, seu lobo arranhou para sair feito um maníaco. A necessidade de marcar Wynter o esmagou. Não era prudente nem lógico, sabia. Só se conheciam há um dia. Nem sequer tinham feito amor ainda. Nada disso fazia qualquer sentido, mas seu lobo precisava dessa mulher. Logan precisava tê-la agora. Publicamente. Reivindicá-la.

— Não me solte — ela implorou. Dançar com Léopold tinha feito qualquer instinto animal dela vir à tona. Parecia errado, terrivelmente errado. E agora que tinha Logan de novo nos braços, não ia desperdiçar nem mais um segundo da sua vida sentindo medo. Logan era o seu alfa. Contaria tudo a ele e, mais tarde, imploraria para que Jax a perdoasse.

— Vou te tomar agora, Wynter. Por favor, não se negue a mim — ele rosnou.

— Mas precisamos conversar... preciso te contar...

A música retumbava em uma batida erótica, e ela sentiu o comprimento duro dele na barriga. Tentou lutar com o desejo, ser a pessoa sensata que sempre foi. A velha Wynter teria saído do clube. Ainda assim, ela não era mais a pessoa que um dia foi, tudo o que queria era ele, mais do que a qualquer um na sua vida. Ansiava por seus lábios na pele dele, envolvidos ao redor do seu pau. Entregar-se tanto aos próprios anseios quanto aos desejos dele, daria tudo, sem nem questionar.

— Conversamos mais tarde. Vamos para ali. Agora — ele instruiu, puxando-a em direção ao sofá que estava de alguma forma escondido atrás da cortina vermelha translúcida que ia do chão ao teto.

Empurrando-a até a pequena alcova, Logan não pôde esperar mais. Conduzido pela fagulha de excitação que viu nos olhos dela, soube que Wynter queria aquilo tanto quanto ele. Passando os dedos pelos cabelos dela, ele a beijou. Um beijo faminto e desesperado. Empurrou a língua no calor de sua boca, sugando e provando, incitado pela intensidade selvagem com que ela respondia ao beijo.

Para lá de excitada, Wynter percorreu o corpo de Logan cheia de lascívia, agarrando a frente da camisa dele e arrancando-a de dentro da calça. Gemeu alto, passando as palmas pelo abdômen nu e definido. A boceta doía de necessidade; queria aquele homem naquele momento. Como se pressentisse o que ela pensava, Logan a agarrou pelo traseiro, ergueu-a para que ela pudesse passar as pernas ao seu redor. Contorcendo a pélvis para cima e para baixo na ereção dura feito pedra, ela arfou de prazer quando os fios do orgasmo foram se construindo.

Ficando de pé, Logan continuou a assaltar a sua boca enquanto abria as costas do seu vestido. Puxando a manga para baixo, ele expôs o seio que era tão espetacular quanto lembrava por causa da piscina. *Sem sutiã? Ela era um pouco selvagem, afinal.* Afastou a boca da dela, e capturou o mamilo com os lábios. Como um homem faminto, atacou-o até virar um pontinho firme, deixando os dedos roçaram no bico.

— Seus seios, deusa, eles são deliciosos — grunhiu.

— Me come — ela suspirou, enquanto ele a colocava de costas no sofá.

Logan caiu de joelhos diante dela, sem nunca romper contato visual. Brusco, empurrou o vestido para cima. Ela ouviu um rasgo e percebeu que tinha sido a calcinha. Wynter o sentiu abrir os seus joelhos, os lábios na parte interna da coxa. Com a mão de Logan entre as suas pernas, considerou brevemente os arredores. Os penduricalhos davam uma falsa sensação de privacidade enquanto ela notava Dimitri do outro lado da sala. *Ele os assistia?* Mal reconhecendo onde estava, a besta assumiu, sem se importar com quem os via. O animal nela queria que todos vissem, que soubessem que ele era dela. Pela primeira vez na vida, descartou todas as suas ideias pré-concebidas sobre o que era certo e errado no sexo. Quaisquer dúvidas desapareceram quando a língua de Logan varreu as suas dobras molhadas. A única coisa que importava era ele. Balançando os quadris para cima, cravou a boca dele na sua boceta. Afundou os dedos em seus cabelos, puxando-o para si.

Logan deslizou dois dedos entre o seu sexo, rodeando o clitóris. Apertando-os com cuidado, o broto minúsculo se projetou, e ele passou a língua levemente ao redor. Fazendo um vibrato na sua pele, o cara riu um pouco quando ela se empurrou para ele, puxando o seu cabelo. Ah, sim, a lobinha estava amando, e ele não podia ter o bastante da essência dela. Ergueu a cabeça de leve para observar sua reação e lhe lambeu os lábios.

— Você tem um gosto tão bom, docinho.

— Por favor — ela gemeu, precisando de mais contato.

— Pronto. Me diga, Wyn. — Os dedos deslizaram pela umidade e provocaram a entrada.

— Eu preciso… eu preciso. Me come. Por favor.

Logan riu, pressionando devagar dois dedos longos na sua boceta úmida e apertada. Entrando e saindo com eles, aumentando aos poucos a pressão e o ritmo, observou enquanto ela acompanhava o movimento com os quadris.

Wynter abriu os olhos, as pálpebras pesadas, concentrando-se enquanto ele empurrava os dedos dentro dela. Logan sorriu bem antes de tirar completamente os dedos e enfiar um dentro da boca, provando-a. Devagar, ele o tirou dos lábios e voltou a enfiá-los nela. O corpo arqueou enquanto ela gritava em êxtase. Nunca na vida ninguém a levou a uma loucura tão deliciosa.

— É isso, linda, fode a minha mão — ele a encorajou. Precisando de mais daquela boceta molhada, esmagou os lábios no clitóris. Fez amor com ela com a boca, passando a língua sobre a pérola inchada. Enquanto chupava com vontade, sugando, a lobinha começou a estremecer.

Entre os dedos e os lábios quentes, o corpo de Wynter pegou fogo. As sensações de prazer e dor a embalaram até chegar ao clímax enquanto Logan atacava a pele sensível. Gritou o nome dele de novo e de novo, jogando a cabeça de um lado para o outro. Cada centímetro da sua pele formigava. Mas ele não lhe deu descanso.

Em questão de segundos, retirou a boca, ergueu-se acima dela e atacou a sua. Provar-se nos lábios dele levou a uma loucura erótica. Os dedos continuavam entrando e saindo, levando-a a um segundo orgasmo.

— Logan — choramingou nos lábios dele.

Pressionando a testa na dela, Logan se afastou. *Porra, ele perdeu mesmo o controle.* Os olhos cor de mel ainda estavam fixos nos lábios dele, e o alfa lutou para resistir ao verdadeiro desejo. Queria enfiar o pau profundamente naquele sexo gostoso, esperando a melhor experiência da sua vida. Mas, caramba, ele tinha feito aquilo com ela no clube. Era tão diferente de como havia imaginado que fariam amor pela primeira vez. Precisava levá-la para casa agora, para a sua cama.

O celular tocou no seu bolso, mas ele o ignorou. Segurando-a pela bochecha, empurrou o vestido para baixo com cuidado, para que ela não estivesse mais exposta.

— Casa… vamos para casa — sugeriu com a voz tensa.

Wynter simplesmente assentiu, puxando o vestido. *Que merda ela tinha acabado de fazer? Ah, certo, só deixou o alfa de Nova Orleans chupá-la bem ali no clube, enquanto outras pessoas assistiam.* Tudo bem, não foi a ideia mais brilhante que já teve, mas ao ajeitar as roupas, percebeu que não se importa o mínimo. A única coisa em sua mente era voltar para casa assim que possível para que pudessem fazer amor a noite toda.

Logan fechou os olhos e ajustou o pau duro. Droga, estava doendo. Mas não tinha dor suficiente que o levaria a transar com ela naquele lugar. Tinha perdido o controle momentaneamente, cedendo à tentação. E o sabor dela era doce demais. Mas o que lhe surpreendeu mais foi o quanto ela havia sido receptiva e sensível ao seu toque. Mal podia esperar para levá-la para casa.

O telefone tocou de novo, e ele olhou a mensagem. Era de Fiona, e dizia:

> **Alfa, preciso de você na casa de Dana o mais rápido possível. Depressa.**

Mas que diabos? O beta lhe lançou um olhar preocupado, e ele soube que não era bom.

Logan abriu a cortina e gritou para Dimitri acima da algazarra.

— A Fi precisa de nós. Vamos pegar um táxi.

Atravessaram a multidão, saindo rapidamente do clube. Mantendo

Wynter ao seu lado, ele a guiou protetoramente até estarem do lado de fora. Dimitri abriu a porta do carro. Wynter saltou no banco de trás, confusa com a urgência. Logan entrou logo depois e Dimitri disparou.

— O que aconteceu? — perguntou ela. — Está tudo bem?

Logan ergueu a mão para silenciá-la, levando o telefone ao ouvido.

— Fi, o que está acontecendo? — Logan perguntou com um tom dominante que disse a Wynter que o assunto era mortalmente sério. O rosto dele se turvou, e ela soube, naquele instante, que algo muito, muito, muito ruim havia acontecido.

CAPÍTULO ONZE

O Directeur fez cara feia ao sair do clube. Por estar escondido aos olhos de todos, ela nem o notou. Tinha aguardado pacientemente nas sombras, esperando pela oportunidade que não chegou. "Coisas boas acontecem aos que esperam" era o seu lema. Só um minúsculo descuido, e ela voltaria para os seus braços, e a essência dela para as suas veias. O estratagema funcionou à perfeição por dois meses. A garota nunca soube que ele estava bebendo o sangue dela. Até mesmo escondeu esse prazer proibido da Senhora. Não, ela não ficaria feliz.

Enquanto a noite se passava, os cães de guarda não saíram do lado dela. Irritado por não poder capturá-la, foi forçado a interpretar o seu papel. Sempre disse à mãe que deveria ter sido ator. Pois quando os vira-latas tocaram a sua propriedade, ele permaneceu à distância, fervilhando aos poucos. Como magma borbulhando e se expandindo no centro da terra, a raiva queimava lá no fundo. Em algum momento, ele a deixaria fluir feito lava, destruindo tudo em seu rastro.

O Directeur cuspiu na calçada, forçado a sair do clube. O anseio de roubá-la era imenso, mas a Senhora o convocara. A Senhora tinha que ser obedecida. Ela o recompensaria, sabia. Ainda assim, ele mal conseguiu impedir que as mãos trêmulas estrangulassem a cadelinha por tocar o alfa. A retribuição era o seu único consolo. Em breve, ele a puniria pelas indiscrições.

O vulcão ribombou. As laterais estalaram, o mal se infiltrou em direção à superfície. Era hora de liberar o veemente vapor da ira que encontraria o seu beijo fatal. Um sacrifício voluntário saciaria a sua vontade de matar, por agora.

Dana estava morta. Fiona chorava histericamente, explicando como ela e Luci a encontraram espalhada na cama. A palavra "sangue" foi citada, e Logan esperava uma cena pavorosa. Depois de terminar de falar com ela, desligou e entregou o telefone para Dimitri.

— Talvez Wynter devesse ficar aqui fora — Dimitri sugeriu.

— Não — respondeu ele, resoluto. — Ela vai embora em breve. E ela é minha.

— Tudo bem, então — Dimitri concordou ao sair do táxi.

Achou interessante observar a reação de Logan a Wynter. Sempre o surpreendia o fato de os companheiros machos serem os últimos a saberem. Frequentemente alternavam entre a negação total e em bater no peito feito gorilas firmando terreno antes de aceitar e se entregar ao fato de que tinham encontrado a companheira. Nesse meio tempo, imaginou que o acontecido renderia umas conversas interessantes.

Enquanto subiam correndo os degraus que levavam ao apartamento de Dana na Magazine Street, Wynter olhou ao redor, notando que o bairro era bem cuidado e movimentado. Lojas de roupas femininas, antiquários e restaurantes salpicavam a rua. Casas grandes com colunatas em estilo grego e os coloridos chalés vitorianos espalhavam-se pelo bairro. Um café chique e movimentado do outro lado da rua fervilhava de clientes e servia drinques num tiki bar na calçada. Não sabia o que aconteceu a Dana, mas se ela tiver sido assassinada, o atacante deve ter se infiltrado ali e cometido o crime em silêncio.

Ao entrarem no apartamento, nada parecia fora do lugar. Muito bem decorado em uma mistura eclética de peças antigas e modernas, o lugar estava limpo e arrumado. Assim que Fiona os viu entrar, correu para os braços de Dimitri. Luci estava sentada feito uma estátua, e a encarava com ódio.

— Onde ela está? — Logan perguntou, com voz de autoridade.

— Aqui — chorou Fiona. — No quarto. Simplesmente não sei quem poderia fazer algo assim. Nós íamos sair para dançar hoje. Mas a encontramos… assim. Como podem ter feito algo tão horrível?

Wynter arfou baixinho ao chegarem ao quarto pequeno, temendo o que encontrariam. Agarrou-se ao braço de Logan e reparou a cena; ele tocou a sua mão rapidamente. A decoração *shabby chic* branca estava banhada em sangue. O corpo de Dana estava posicionado de um jeito desajeitado na cama, ela parecia uma marionete. Usando nada além de um sutiã roxo e calcinha combinando, a pele acinzentada estava sarapintada com marcas de mordida. *Vampiro.*

Wynter se viu caminhando em direção ao corpo, tanto atraída quanto horrorizada pelas mordidas. Um corte profundo no tórax de Dana expunha a coluna. Como pesquisadora, não era como se nunca tivesse visto um cadáver, mas nunca na vida viu um dizimado a esse ponto. Os olhos vagaram pela tez pálida e marcada e pelas letras que tinham sido rabiscadas na pele. Os monstros deixaram a mensagem: *SCIENTIFIQUE.* Cientista. Ninguém mais a chamava assim; tinha que ser ele. Ele se dirigira a ela assim a cada mensagem que lhe enviava no cativeiro. Nunca viu seu rosto, conhecia-o apenas como Diretor Tartarus. Sentiu um calafrio.

Por que eles iriam atrás da médica? Logan disse que ela tinha pegado amostras de sangue. Foi por isso que foram atrás de Dana? Para pegar o seu sangue? Ou esconder os resultados? Mas por que não a pegaram? Então ocorrera a Wynter que ela tinha estado com Logan o tempo todo. Talvez estivessem com medo do alfa. A mente girava, e considerou uma possibilidade muito pior que a mensagem sinistra. Se tinham mudado o seu DNA para que se tornasse uma loba, podem ter causado a morte de Dana ao dar o vírus a ela. Eles tinham acesso a um sem-número de doenças altamente contagiosas. E embora não tivessem aperfeiçoado um vírus que atingisse os lobos, Emma, um híbrido, estava doente. E, assim como Emma, Dana também era híbrida. Em pânico, tentou chamar a atenção de Logan enquanto ele se ajoelhava ao lado da cama com Fiona, que chorava descontroladamente.

— Alguém tocou no corpo? — ela perguntou, colocando a mão no ombro de Logan.

— Ela não é um corpo! — Luci gritou para Wynter. — Ela é nossa amiga. E é irmã da Fi.

Logan virou a cabeça, e rosnou um aviso para Luci.

Apensar do ataque, Wynter insistiu.

— Alguém tocou no corpo?

— Não, ninguém tocou o corpo. Ok? — Luci respondeu, mordaz. — Alguém pode me responder que merda ela está fazendo aqui?

— Logan, precisamos tirar todo mundo desse quarto — ela falou baixinho.

Ele olhou para Wynter por sobre o ombro, sem saber a razão para ela estar agindo tão estranho.

— Por favor, você pode nos dar só um minuto? A Fi acabou de perder a irmã — rogou ele.

— Eu sei, e sinto muito, mas Logan, essa mensagem... é para mim — explicou com um olhar suplicante.

— Para fora, todo mundo — ele deu a ordem. *Mas que porra?*

— Mas, alfa, por favor. — Fiona chorou. — Eu preciso ficar com ela.

Logan abraçou Fiona junto ao peito. Wynter virou a cabeça com a visão, repreendendo a pontada de ciúme descabido que vibrou em seu peito.

— Tudo bem, Fi. Vou sair logo. Luci, fique com ela. Dimitri, fique. Quero você presente.

Luci fez uma careta ameaçadora para Wynter ao sair do quarto. Assim que a porta se fechou, Logan se virou para ela.

— Que merda você está fazendo, Wynter?

— Eles sabem que eu estou contigo. As pessoas que me levaram — explicou ela, aproximando-se do corpo com cuidado.

— Tenho certeza de que quem te sequestrou sabe que você está comigo. Não é como se tivéssemos tentado esconder. Percorremos a cidade toda hoje.

— É uma mensagem. — Ela apontou para a barriga de Dana. — *Scientifique*. Sou eu. Não, quer dizer, era assim que ele me chamava.

— Quem te chamava disso?

— Ele. A pessoa que me manteve em cativeiro. Nunca o vi — Wynter relatou, com medo nos olhos. Logan não afastou o olhar enquanto ela prosseguia: — Diretor Tartarus. Eu só me comunicava com ele por e-mail. E, às vezes, por mensagens de texto antes de me prenderem. Mas, assim que fui capturada, um guarda me trazia um pen drive com um único arquivo de texto todas as manhãs. Era sempre um com algo parecido com uma carta… com instruções dele. Ao final do dia, eu recebia a ordem de salvar os resultado no pen drive e entregá-lo de novo ao guarda. Era a única comunicação que eu mantinha com ele.

— Tartarus. Muito engraçado — Dimitri bufou.

— O que foi? — Wynter perguntou, ao se ajoelhar ao lado da cama, olhando para a pele de Dana com cuidado.

— Tartarus. Mitologia grega. O lugar para onde os deuses eram enviados para serem punidos — explicou Logan.

— Uma punição digna do crime cometido — adicionou Dimitri.

Logan observou Wynter remover a cúpula do abajur ao lado da cama, pegá-lo e iluminar o olhar sem alma de Dana.

— O que você está fazendo?

— Para ser sincera — suspirou. — Só preciso me certificar de que ela não estava doente. Quer dizer, Tartarus conhece doenças. A empresa para a qual eu trabalhava… tinha acesso a todo tipo de vírus. E mesmo você me dizendo que ela era uma loba, ela era um híbrido… — *Como a Emma.* — Preciso ver por mim mesma. Pelo que posso dizer, não há qualquer sinal de doenças. Sem icterícia, lesões, perda de peso. E se a viu ontem à noite e ela estava saudável… então é improvável. Mas as marcas de mordida. Quem fez isso a torturou. Ela morreu por causa da perda de sangue quando cortaram a garganta.

Assim como viu acontecer a Wynter em seu sonho, Logan pensou. Mas ele sabia que não era o rosto de Dana na sua visão.

— Ela o conhecia. Bem ou mal. Mas o conhecia — Logan disse, de braços cruzados.

— O que te fez concluir isso?

— Maquiagem. Cabelo arrumado. A calcinha e o sutiã.

— Concordo quanto à lingerie, mas ela ia sair com a Fiona e a Luci. Talvez estivesse esperando que algo acontecesse — disse Wynter, bancando a advogada do diabo.

— Ou talvez ela planejasse encontrá-lo aqui? Olhe ao redor. Não há sinal de luta. Ele mirou nela para atingir em você. Mas a verdade é que ele talvez a conhecesse. — O pensamento de que Dana talvez conhecesse o agressor o incomodou. Interrogaria as meninas e veria se elas sabiam algo sobre com quem Dana estava saindo. — Mesmo se ele não a conhecesse, vampiros podem ser muito persuasivos.

— Logan. Não sei se você pretende chamar a polícia ou cuidar você mesmo do assunto, mas em qualquer caso, o corpo…

— O que você não está me contando, Wyn?

Wynter balançou a cabeça. Era agora ou nunca. Diria a verdade a ele.

— Emma.

— Oi? — Confuso, Logan ergueu uma sobrancelha para ela.

— Emma. A menina que Léopold mencionou. A Participante X. Sobre quem falei no evento de caridade. Ela não é só um estudo de caso. Ela faz parte da alcateia do Jax. Um híbrido. E está muito, muito doente. — Pensar em Emma fez Wynter quer se encolher. A menina ia morrer, e ela não tinha encontrado a cura.

— É, você disse no jantar, mas o que isso tem a ver com a Dana?

— Logan, a Emma morrerá em breve se eu não encontrar a cura. E não é só porque ela está doente, é *o que* a deixou doente. Um vírus. Você não pode contar a ninguém o que estou prestes a revelar — rogou. Coçando os cílios, ela respirou fundo e expirou, balançando a cabeça. — Sabe, a minha amiga, a Mika, sobre quem eu falei; a Emma é irmã dela. Os médicos dela concordaram que a doença foi causada por uma infeção, mas não conseguiram explicar direito. Bem, híbridos não ficam doentes, que dirá com doenças terminais. Não fazia sentido. Jax ficou preocupado que se a notícia sobre a saúde dela se espalhasse, os lobos dele entrariam em pânico. Então os pais a levaram para a casa dele no campo, onde a menina recebe cuidados vinte e quatro horas por dia. Eu tinha que fazer alguma coisa para ajudá-la. Então mudei a minha especialização e comecei a estudar virologia. Durante o doutorado, finalmente isolei o vírus, parecia familiar. Eu deveria ter sabido. — Ela começou a andar para lá e para cá.

"Não era um vírus natural para lobos nem humanos, mas compartilhava traços visíveis com outros vírus conhecidos. Mas com o que mais se parecia era com o vírus da leucemia felina; e, é claro, esse retrovírus tem um desfecho ruim. Mas não era uma correspondência exata. E, como sabemos, lobos são imunes às doenças humanas e lupinas, assim como à maior parte de outras causas comuns de letalidade. E embora seja verdade que vírus sofrem mutação e se adaptam ao ambiente para sobreviver, é um ponto discutível. Eu venho investigando, tentando descobrir se talvez alguém tenha dado esse vírus a ela. Ou o criado de alguma forma, manipulado, talvez utilizando sangue *shifter*."

Enquanto Logan ouvia, pensou que não importa o quanto a atração que sentia por ela fosse forte, não a conhecia nem um pouco. A forma como a mulher falava era formal e direta, como uma médica, mas detectou a dor que ela tentava esconder. Como suspeitava, o caso era pessoal. E ela havia se metido nessa confusão por causa da irmã da amiga? Quem faz uma coisa dessas? Lobos. Eles tinham uma lealdade que corria tão fundo quanto um abismo. Mas ela tinha sido uma humana vivendo com um alfa. Por que arriscaria a própria vida para salvar um híbrido? Por que ainda morava com o alfa? Quem era a mulher com quem quase fez amor há uma hora? Tantas perguntas, e tão poucas respostas.

Logan apertou a ponte do nariz, tentando afastar os pensamentos dispersos. Precisava se concentrar. Ficando impaciente, suspirou. Uma hora atrás, esteve pronto para reivindicar esta mulher diante de todo mundo. Claro, talvez tenha sido uma insanidade temporária causada por ciúme e luxúria, mas, ainda assim, não negava o que aconteceu. Agora, enquanto estava diante dele, ela não era mais a mulher vulnerável que teve nos braços. Não, essa pessoa era alguém de quem ele não conhecia nada, nada.

Uma pesquisadora que estava metida até os cabelos em algo bem sério. E um dos seus lobos morreu como resultado

— Vá direto ao ponto, doutora — avisou, impassível.

— Quando me ofereceram a bolsa na ViroSun, eu deveria ter suspeitado que havia algo errado. Eles são uma das dez melhores empresas de virologia do país, conhecidos pelo trabalho de vanguarda com a próxima geração de antivirais e vacinas. Eu tinha acabado de concluir o doutorado, então por que me procuraram? Pensei que fosse por causa do meu relacionamento com o Jax, mas foi por causa da Emma. Eles queriam o meu conhecimento sobre ela e o vírus. Cometi o erro de trazer amostras do sangue da menina para o meu laboratório. Eu tinha que saber se ela foi infectada de forma intencional; eles tinham todos os equipamentos ultramodernos de que eu precisava para encontrar uma forma de salvá-la — disse ela, baixinho. A tristeza envolvia as palavras, e ela tentou não chorar. Nunca deveria ter aceitado aquele trabalho. Deveria ter ouvido o instinto e recusado a oferta tentadora.

"Pouco depois de eu começar, eles foram me sondando aos poucos tentando conseguir informações sobre a Emma... a minha Participante X. Eu tinha feito palestras, então conheciam o caso. Mas eu podia dizer que eles sabiam exatamente quem ela era. Um dia, alguém usou o nome dela. Mais tarde, no mesmo dia, tentei pegar todos os dados para entregar ao Jax. Eu ia embora. E esse foi o dia em que me trancaram no laboratório. E eu pensei 'como isso aconteceu'? Eu estava trabalhando em um prédio comercial imenso. Não sei como conseguiram. Eles simplesmente me trancaram e, no dia seguinte, me tiraram de lá e pegamos a estrada. Eu nunca sabia onde estava. Era sempre eu em um laboratório improvisado com os vampiros."

Wynter se arrependeu da decisão de levar os dados. Deveria ter só atravessado a porta naquele dia e ido atrás do Jax. Eles deviam estar monitorando-a pelas câmeras, sabiam o que ela estava fazendo com os arquivos. Esfregou os olhos, encarou o teto e depois Logan.

— E eu tenho que te dizer, Logan; eu estava perto de descobrir a causa do vírus, como ele funcionava. Mas eles ainda não têm o que querem. Não está acabado. A parte assustadora é que já faz um tempo que suspeito de que eles querem fazer o vírus portável, para que possa ser usado... em híbridos primeiro e, com o tempo, nos lobos. Você precisa saber que mesmo que não tenham a mim, eles têm os dados. Não entendo por que ainda me querem. Não faz sentido. Eu já disse quase tudo o que sabia sobre Emma.

Eles poderiam achar outro cientista para trabalhar na pesquisa, mas isso — ela apontou para o sangue salpicado e as palavras escritas no corpo. — Isso me diz que eles não vão me esquecer. Não sei a razão. Sinto muito por terem matado a Dana. Desculpa por não ter te contado tudo. Eu queria muito contar, mas…

Logan já tinha ouvido o bastante.

— É. Eu sei, o protocolo. Que monte de merda, doutora. Eu te aceitei na minha casa, e você não achou que me devia a decência de dizer que andou trabalhando em um vírus que tinha a capacidade de matar lobos? Porra — rosnou ele, balançando a cabeça.

Não queria cair matando em cima dela, mas estava para lá de frustrado. Sério? Um vírus que ataca lobos? Uma empresa querendo tirar partido do vírus? O que ela dizia não parecia possível. O que havia no divino Jax Chandler que a fez manter aquilo em segredo?

— Mas eles ainda não podem. Eu te falei, é por isso que me querem. Sinto muito — sussurrou.

Não havia mais nada que pudesse dizer. Era irônico que nos últimos cinco anos não tenha feito nada além de devotar a vida à pesquisa, tudo em nome da proteção dos lobos, e não estava nem perto de ajudar Emma. Para completar, havia aberto o corpo e o coração para um alfa incrível, um que estava muito bravo com ela no momento. Foi uma tola por ter pensado, sequer por um minuto, que ele entenderia. Quando os pensamentos viraram para Jax, ficou quase aliviada. Se ele descobrisse o que ela fez com Logan, ficaria bravo com ela também. O coração se partiu, porque não havia dúvida do que sentiu por ele mais cedo. Esteve disposta a se entregar a ele de cada forma possível, e aquilo não poderia ter parecido mais certo. Estar nos braços dele, pertencer a ele. Ele era o seu alfa.

Mas talvez tenha sido a loba que o reivindicara como alfa? Toda a sua parte humana, naquele momento, duvidava dos próprios sentimentos. A expressão de decepção de Logan não deixava espaço para interpretações erradas. Ele não a queria ali com ele ou os seus lobos. Agora que sabia a verdade sobre o que acontecia na ViroSun e o porquê de ela ter sido aprisionada, ele poderia se aliar a Jax e lidar com o problema. Enquanto o observava, podia ver as engrenagens girando, o líder sempre presente calculando o próximo movimento na estratégia de guerra.

Uma comoção no cômodo ao lado a fez recuperar o foco, e ela se empertigou quando ouviu a voz de Léopold. O que ele estava fazendo ali?

Estaria envolvido de alguma forma na morte de Dana? Ela se esgueirou para trás de Logan, perto, mas sem tocá-lo. Quando a porta se abriu, ela prendeu o fôlego.

Sem que ela soubesse, Logan tinha enviado uma mensagem para o vampiro misterioso no carro depois de Fiona mencionar o estado do corpo. Logan não podia ter certeza se os vampiros estavam a cargo dessa operação ou não. Verdade seja dita, eles torturaram Wynter e tinham uma mão no assassinato de Dana, mas, em sua longa vida, aprendeu que nem sempre as coisas eram o que pareciam. O que não disse para Wynter era que era possível que mais de uma pessoa tenha matado Dana.

— Obrigado por vir — Logan disse a Devereoux, e apontou para Dana com a cabeça.

Léopold não perdeu tempo, indo direto para o corpo. Segurando um braço frio, cheirou a pele e passou a língua pelas pequenas feridas. Sem qualquer cerimônia, ele ficou de pé e esfregou a inexistente sombra da barba. Pensando na situação, os olhos ameaçadores encontraram os de Logan.

— O pescoço foi o golpe fatal, não? Há bastante sangue. Mas alguém bebeu dela. Essas mordidas não foram só para mostrar. Não, eles beberam bastante sangue antes de matá-la.

— Mas não há sinal de luta — apontou Logan.

— *Oui.* Mordidas de prazer, talvez. Explicaria a posição relaxada, o olhar pacífico. Creio que ela conhecia o responsável. Ou a responsável.

Com gentileza, Logan deslizou os dedos sobre as pálpebras da mulher, fechando-as.

— Nisso eu não tinha pensado. Mas os seus guardas eram todos homens, certo? — Logan perguntou para Wynter.

— Sim.

— Mas, ainda assim, não há nada aqui que indique o sexo do assassino — concordou Logan. — Parece que ela não foi estuprada, embora uma autópsia seja necessária para a confirmação. Não sinto cheiro de sexo.

— O cheiro é exatamente o que me preocupa — apontou Léopold, cerrando as unhas muito bem cuidadas.

— Não sentimos cheiro de nada — Dimitri disse a ele.

— Foram as lobas que encontraram o corpo — explicou Logan. — Você sente cheiro de quê?

— Ah, é muito fraco, mas é vampiro. E, para a minha grande consternação, é da minha linhagem. Talvez não um filho direto — raciocinou. —

Não, não pode ser. Todos eles foram contabilizados. Não é interessante? Onde você disse que encontrou a Wynter na noite passada?

— Perto da Decatur. No Courettes. Enviei dois dos meus homens até lá na noite passada, depois do acontecido, e eles não encontraram nada. Mas se você tem um cheiro, deveríamos ir juntos — sugeriu Logan. — Me dê uma hora e o encontrarei lá. Primeiro, preciso levar Fiona e Luci para casa em segurança.

— Eles já terão ido — Wynter adicionou, baixinho.

— É uma possibilidade remota, mas se der a Devereoux mais informação sobre quem ele procura entre suas fileiras, então nós vamos — Logan disse, conciso. — Dimitri, leve Wynter para casa.

— Eu posso ir contigo — ela o interrompeu.

— Não, você não pode — Logan discordou.

Nem fodendo ela ia chegar perto daquele lugar, colocando-se em perigo. Logan precisava sair de perto dela por um tempo. A mulher estava prejudicando o seu juízo. Deveria ter enviado a garota para Jax no minuto em que a encontrou. Por causa da libido hiperativa, permitiu que a cientista ficasse e, pior, ele brincou com ela. As emoções confusas a colocariam em perigo, e também à sua alcateia.

— Mas eu poderia te ajudar a encontrar o lugar em que me prenderam — prosseguiu, até Logan se virar na sua direção. Os pés de Wynter recuaram por vontade própria até ela dar com as costas na porta fechada. Nunca entendeu como uma alcateia e o alfa se comunicavam, mas jurou que podia sentir a raiva emanar dele, estalando em sua pele feito um chicote.

— Você. Vai. Para. Casa. Não discuta com o seu alfa, Dra. Ryan. Aprenderá em breve que há consequências para a desobediência na alcateia. Não me ponha à prova — ele rosnou para ela.

— Mas, Logan... — Os olhos de Wynter marejaram quando ele a repreendeu na frente dos outros. Queria gritar dizendo que não era um lobo, mas pensou melhor.

— Nem mais uma palavra. Agora vá. — O rosto de Logan enrijeceu e os olhos se fixaram nos dela antes de ele voltar a olhar para Dimitri.

— Tire-a daqui. E a mantenha a salvo até eu voltar.

— Pode deixar.

— E, D, só mais uma coisa. Você ligou para o Zeke e para o Jake? Preciso que eles cuidem do corpo da Dana.

— Sim, alfa.

Dimitri foi até Wynter e, com gentileza, colocou um braço ao redor da moça.

— Você está bem? — ele perguntou, ciente de que Logan estava observando cada movimento seu na interação com ela.

Wynter assentiu em silêncio. Ela queria ir embora; odiava aquele lugar. Já tinha sentido o quanto Logan se distanciou dela, bem antes de gritar com ela. Não, a vergonha de ser repreendida era só o pretexto de que precisava para saber que precisava ir para casa, para Nova York. Confusa e sozinha, não havia nada que quisesse mais que um banho quente e se arrastar para a cama. Talvez tivesse que esperar para ir para casa, para a cidade, para Jax. Mas ela era boa em esperar. Ser mantida em cativeiro lhe ensinou isso.

Se fosse mesmo uma loba, continuaria vivendo com Jax, ao menos até encontrar o companheiro. Ele já provou um milhão de vezes que a protegeria, disso ela tinha certeza. Jax era tudo do que precisou quando não havia nada. E, por alguma crueldade do destino, mais uma vez ela nada tinha. Nenhum emprego. Tinha uma formação e uma carreira a qual não estava ansiosa para seguir. Sua saúde era questionável, infectada por um agente desconhecido. A mente estaria para sempre em pedaços por causa das memórias da tortura que sofreu. E o lugarzinho que tinha começado a abrir no coração para Logan era fruto da sua imaginação. Tipo uma miragem no deserto, o oásis estava voltando a ser areia.

A última coisa que viu quando saiu do apartamento foi Fiona curvada nos braços de Logan. Luci estava ao lado dele, acariciando a nuca do alfa. Sentindo-se nauseada com a visão de outra o tocando, tentou afastar o olhar, mas não antes de os olhos de Logan cintilarem nos seus. A expressão impassível não dava indício do que ele estava pensando, mas reconheceu a chama em seus olhos. *Paixão*. Fosse preenchida por ódio ou amor, o fato era que uma tempestade se formava dentro dele.

CAPÍTULO DOZE

A Senhora comemorou a morte da médica intrometida. Não poderia ter corrido mais tranquilamente, exceto, talvez, por aquele vampiro diabólico. Não tinha contado com a presença dele em Nova Orleans. Teria sido muito mais fácil ludibriar o Kade. Mas Devereoux era uma criatura completamente diferente. Esperto demais para o próprio bem. Mas agora que sabia que ele estava ali, tomaria mais cuidado.

Amaldiçoou o Directeur. Ele tinha sido descuidado, satisfazendo a bela híbrida com preliminares antes de matá-la. O homem deveria ter só cortado a garganta dela, sem deixar pistas sobre que tipo de criatura havia tirado a vida da médica. Que infortúnio para ele agora o ancião suspeitar da linhagem do Directeur. Idiotice e arrogância seriam a queda dele. Desde o minuto em que se conheceram, ele tinha aspirado uma altura bem além da própria capacidade. Fará bem a ele ser reduzido à sua insignificância.

Se o identificarem, ela o matará. Uma pena, mas não permitiria que os erros do homem estragassem seus planos para os Lobos Acadianos.

A corrida de táxi até a mansão foi um borrão. Wynter não queria que Dimitri visse as lágrimas escorrendo por seu rosto. Olhou para o outro lado, encarando a esmo as ruas escuras da cidade. Há muito tempo aprendeu que emoções se equivaliam a fraqueza. Ela podia estar em frangalhos, mas nunca deixaria que a vissem assim. Era uma sobrevivente, passaria por isso como passou por cada uma das experiências pavorosas que teve. Há dez anos, pensou que nada se igualaria à dor e à devastação que sentiu quando seus amados pais foram brutalmente assassinados em um roubo de carro. Tinha parecido que um caco de vidro lhe rasgara o coração. Passou anos de luto por eles, até a vida se tornar tolerável. Seis meses atrás, começou a ter esperança de que talvez tivesse a própria família algum dia, que preencheria o vazio no peito que nunca chegou a fechar.

Hoje, Logan pode muito bem tê-la rasgado ao meio quando gritou com ela. Um minuto estava pronta para fazer amor com ele e, no seguinte, tudo acabou antes mesmo de começar. O golpe de misericórdia foi quando ele deixou Fiona e Luci se acomodarem no conforto de seus braços com tanta rapidez. O seu eu humano e racional sabia que ele estava cuidando do luto delas como alfa, mas a alma pareceu ter sido esmagada. A loba gritou descontrolada com a visão, sem entender o que estava vendo. A besta estava ficando mais forte. Irada e magoada, as emoções giravam fora de controle como um tornado se elevando e destruindo tudo em seu caminho. Nenhum daqueles sentimentos combinava com a forma equilibrada com que via a vida.

A loba lá dentro fervilhava, ciente de que o seu alfa estava nas mãos de outras fêmeas. Wynter fechou os olhos, tentando afastar o animal, mas ele se agarrou a ela, implacável. A lua cheia seria dali a uns dias, e suspeitou de que havia a possibilidade de que fosse mesmo se transformar. *Ah, Deus. Como isso podia estar acontecendo?* Estava com medo de perguntar a eles para onde Dana tinha levado o seu sangue ou quais foram os resultados. Concluiu que teria que fazer a própria análise quando voltasse para Nova York. Além da loba, nenhum desconforto físico ou doença permaneceu da sua provação. Não, toda a dor que sentiu estava na própria mente. Inquieta e inconsolável, Wynter não sabia como conseguiria passar por aquela noite.

Antes de perceber onde se encontrava, notou que estava de pé no quarto de hóspedes. Dimitri a trouxera por todo o caminho? Ela nem sequer se lembrava de ter saído do táxi. Exausta, sentou-se na cama e cobriu o rosto com as mãos.

Dimitri estava preocupado com a lobinha. Ela não falou durante todo o percurso até em casa. Não podia nem imaginar o que seria para um humano se transformar em lobo. Morar com lobos não fazia dela um. A adaptação ao estilo de vida deles não seria fácil. Foi difícil ouvir Logan a repreender. Mas a garota precisava aprender que não podia desafiar o alfa abertamente, ainda mais depois de tudo o que aconteceu: a morte de Dana e sua própria confissão.

Ao reparar no estado apático dela, suas suspeitas de que ela era companheira de Logan ficaram mais fortes. A loba precisava do companheiro, e ele estava com outra mulher. Só aquilo já deixaria a loba dela furiosa.

Mas era mais que isso; Logan se retraíra depois da cena no clube. Por um minuto, ele pensou que teria que impedir o homem de dilacerar Léopold membro a membro. Ciúme nem começava a descrever a reação do alfa. Observara-o, todo possessivo, sair puxando Wynter. E ela, e a loba, por sua vez, o atacaram com voracidade, mesmo apesar da natureza humana outrora controlada. Foi a coisa mais excitante que testemunhou em muito tempo. Depois de vê-la na piscina mais cedo, Logan não foi o único a andar por aí hoje com uma ereção agonizante.

Dimitri só desejava que ela tivesse sido sincera desde o início. O protocolo era uma coisa; colocar em risco os membros da alcateia era uma história completamente diferente. Mas, sendo justo com ela, ele e Logan a levaram para casa sabendo que alguém ainda estava atrás da garota. Ela lhes informou disso. Toda a situação se resumia a uma confusão de proporções épicas. Ele, sem dúvida nenhuma, esperava que Logan e Léopold encontrassem alguma pista logo, antes que uma guerra eclodisse em Nova Orleans, porque se não encontrassem, tinha certeza de que o alfa destruiria a cidade para encontrar o assassino de Dana.

Dimitri observou Wynter se jogar na cama. Precisava fazer alguma coisa para ajudá-la a passar a noite; algo que não incluísse tocá-la demais. O alfa podia não ter entendido o que a fêmea significava para ele ainda, mas Dimitri não era bobo o bastante para pôr a teoria a prova. Quando chegasse em casa, Logan iria em busca dela. Semelhante à situação de Wynter por estar separada dele, a atração de estar com ela seria demais para o alfa resistir.

— Ei, Wyn. Vai ficar tudo bem — ele assegurou, sentando-se ao lado dela na cama. — Vem cá.

A cama afundou e Wynter sentiu braços fortes ao redor do seu ombro. E mesmo não sendo o homem que ela queria, sentiu-se estranhamente calma pelo toque e deu as boas-vindas à presença dele. O homem era quente e, como o de Logan, o cheiro dele era atraente, seguro. Um soluço foi arrancado de seu peito, e ela se agarrou a ele, buscando conforto.

— É isso, *cher*. — Dimitri a envolveu completamente nos braços. Mesmo que a tenha achado atraente, ainda mais depois de observá-la com o alfa, ele só queria lhe dar paz. Não havia nada de sexual na situação para ele. Ah, não, o choro de uma mulher assassinava qualquer libido, no seu caderninho. — Não é culpa sua.

— Eu deveria ter contado a ele antes — ela chorou. — Mas não teria importado. Eles querem a mim. Talvez eu deva me entregar. Eles não vão parar.

— Não, não é bem por aí. Você não vai voltar. Acha que o seu alfa vai permitir?

— Jax ou Logan. Quem é o meu alfa? — Ela se afastou; os olhos estavam inchados e vermelhos. — Eu não sei quem eu sou, Dimitri. O lugar a que pertenço. Inferno, nem sequer sei o que sou. Como podem ter feito isso comigo? Não foi suficiente drenar o meu sangue? Me morder como se fossem ratos? E, agora, eu sou uma aberração.

— Você é uma loba, *cher*. E vai ficar tudo bem. Pode não ser fácil, mas você vai passar por tudo isso. Quanto ao seu alfa, só você pode fazer a escolha.

— Eu não transei com ele — Wynter confessou.

— Logan?

— Jax — declarou ela.

— Tudo bem, então. — Dimitri não tinha certeza se estava pronto para ter essa conversa, mas se preparou para o que estava por vir.

— Nós moramos juntos, deixando as pessoas fazerem suposições, deixando a coisa ambígua para todo mundo... bem, menos para o beta dele.

— E por que vocês fariam algo assim?

— Meus pais foram assassinados quando eu tinha quinze anos — ela sussurrou. Wynter manteve a cabaça baixa. — Meu pai trabalhava para ele. Era o contador. Os dois eram muito amigos. Jax confiava tudo a ele. Um dia, eu estava no amoroso lar dos meus pais no Brooklyn e, quando dei por mim, estava me mudando para a cobertura do Jax em Manhattan. Eu não tinha mais nenhum familiar quando eles morreram.

— Sinto muito — Dimitri ofereceu, e voltou a envolvê-la nos braços. — Deve ter sido muito difícil. Você era tão novinha.

— Odiei o Jax de início. Ele era autoritário. O que mais se pode esperar de um alfa? Mas ele se importava comigo... de verdade. No primeiro ano, ele nunca saía do meu lado. Sério, basicamente, aonde quer que fosse, ele se certificava de que eu estivesse junto — ela relembrou. — Ele preenchia os meus dias com escola, amigos, passeios a cavalo... todo o tipo de coisas para me manter ocupada e me desenvolvendo bem. Ele me ama.

— Como um pai?

— Como um alfa — respondeu ela, de pronto. — Não, o Jax está bem ciente de que eu sou uma mulher, mas ele nunca me desejou desse jeito, ele nunca me disse nada. Somos amigos, mas ele é o alfa. Eu sei disso, e o respeito.

— Então por que fingir?

— Ele insistiu. Eu não me importei. Tipo com os lobos, ele me mantinha longe da alcateia a maior parte do tempo. Acho que ele não me queria perto dos machos, e vivia me dizendo que eu cresceria e encontraria um humano. Me pareceu razoável. Não chegou a me incomodar.

— Mas por que não contou ao Logan? — Dimitri insistiu.

— Eu não sei. Ele me perguntou se eu pertencia ao Jax, e eu pertenço. Pertencia. Ou, pelo menos, era como me sentia antes, mas agora está tudo tão confuso. Ela esfregou o rosto com as costas da mão, tentando secar as lágrimas. — Mas quando fui dançar com o Léopold... ele me deixou aflita. Eu vi as presas, e ele ficou falando do Logan. E eu não sei... tudo o que eu sabia era que queria o Logan e...

— O que foi? — Dimitri podia ouvir a hesitação na voz dela.

— Eu senti como se ele fosse mesmo o meu alfa — ela disse, com um balançar de cabeça. — Imagina a loucura? Tipo, conheço o cara há o quê? Um dia? Talvez um dia muito longo e intenso. Então, ter isso na minha cabeça... ele ser o meu alfa. É loucura, mas pareceu tão real.

— Às vezes, as coisas na vida não fazem sentido, *cher*. Às vezes, nossos sentimentos — ele falou ao pôr a mão no peito dela, acima do coração —, nosso instinto; é nisso em que devemos confiar. Agora, sei que você é algum tipo de cientista e gosta de dados, fatos e todas essas coisas, mas você sabe que, desde que está com Jax, não é assim que as coisas funcionam na alcateia. O destino comanda o show da vida. E você precisa confiar no seu coração.

Wynter ouviu com atenção. Talvez ele estivesse certo, mas ainda estava muito confusa.

— Agora, olha, você me deixou todo sentimental. — Dimitri riu, tentando aliviar o humor. — Não conte ao Logan. Eu não vou ter paz.

— Você foi e estragou essa sua aura de perigo. — Ela sorriu. — Vou tentar seguir o seu conselho, e prometo não contar ao Logan.

— Ah, *cher*, não precisa se preocupar com a parte do perigo. Vamos esperar que você nunca precise vê-la. Agora, vamos lá, vá tomar um banho. Vou pegar um chá para você, e aí você vai para a cama.

Ao sair do banheiro, Wynter se encarou no espelho longo. Usando camisola e lingerie rosa, notou que o cabelo naturalmente enrolado tinha ficado todo arrepiado, mas a pele estava macia e perfeita. Perfeita demais. De forma pouco natural. Era fisicamente impossível para um ser humano se curar a um ritmo tão acelerado, sabia. Parte dela estava aliviada por estar com uma aparência melhor do que a que tinha antes de aceitar o trabalho. A outra tremia de ansiedade. A estrutura molecular tinha mudado e ainda estava em fluxo. Ela se transformaria? Doeria? Como seria ser um animal?

Um cobertor de desânimo obscureceu seu espírito outrora otimista. Foi então que percebeu por que estava tão infeliz. Sentia falta de Logan. Mais que luxúria, queria conhecê-lo e conversar sobre coisas as quais só eram compartilhadas entre amantes. Pensamentos sobre como seria se eles fizessem amor dançaram pela sua mente. Mas um pedacinho desagradável de realidade surgiu, e a empurrou de volta para a vida real. A razão para estar sozinha ali, a falta de transparência.

Um suspiro chamou a sua atenção para longe da espiral de miséria. Assustou-se ao ver Dimitri observando-a. Uma mão dele estava apoiada na maçaneta, e a outra segurava uma caneca fumegante. De início, achou-o um pouco assustador com todo aquele tamanho, as tatuagens e o cavanhaque pontudo. Mas ele provou ser gentil e cuidadoso, e ela entendeu a razão para Logan tê-lo escolhido como beta.

— Ei, trouxe o chá. — Ele ofereceu a bebida quente. — Você está linda. Quer dizer, essa noite, você estava linda. Mas olha para você; já está toda curada.

— É. Não é muito humano. — Grata, pegou a caneca, sentou-se na cama e tomou um gole.

— Não, mas é natural... para um lobo — ele contrapôs.

— Posso te fazer uma pergunta? — Sabia que não deveria perguntar, mas não podia suportar não saber.

— Manda. Minha resposta dependerá da pergunta.

— Justo. Ele já esteve com essas mulheres? Desculpa, eu não deveria ter perguntado. — Ela enterrou o rosto na caneca, arrependendo-se da pergunta. O quanto era embaraçoso ser insegura desse jeito?

Ele sorriu, pensando que esses dois iam se enlouquecer antes de admitirem o que se passava entre eles.

— Logan é solteiro. Do tipo não comprometido. Dito isso, o meu alfa é todo negócios. Tenho plena certeza de que ele está com o Léopold agora, e não dando uns amassos nas meninas.

— Eu me sinto horrível. — Ela se encolheu. — Eu não deveria ter perguntado. Não é da minha conta.

— Não seja tão dura consigo mesma. Confie em mim; há coisas se passando aqui que você não entende. — *Tipo ele ser o seu companheiro.* — Logan estará em casa mais tarde, *cher.* Vocês vão dar um jeito nisso. Até lá, precisa ouvir o seu beta. Sei o que vai te fazer se sentir melhor — ele previu, pegando-a pela mão.

Nervosa, Wynter o seguiu, sem saber para onde iam. Mas assim que ele abriu a porta grande, ela soube. O cheiro de Logan a envolveu, e a loba se regozijou.

— O que estamos fazendo aqui?

— Sabe onde está, não sabe?

— Sei — conseguiu dizer. O estalido da luz revelou o quarto de Logan. Imaculado, e com decoração esparsa, uma cama *king size* com dossel a convidava. Um edredom branco de algodão cobria a cama junto com vários travesseiros da mesma cor. Uma cômoda combinando ficava do outro lado do quarto entre as janelas retangulares, e mesas de cabeceira flanqueavam o colchão. Vários vasos com palmeiras adicionavam um toque natural à decoração.

Ficou congelada ao assistir Dimitri, que foi até a cama e puxou o edredom. O que ele estava fazendo? Desesperada, Wynter tentou sufocar a vibração nervosa na barriga.

— Venha, *cher.* Já para dentro — deu a ordem.

Ela ergueu uma sobrancelha para ele, em confusão. Mas nem a pau iria para a cama de Logan com o beta. De jeito nenhum. Wynter já tinha cometido erros o suficiente por uma única noite, muito obrigada.

— Não se preocupe, não vou para a cama com você — prometeu ele. — Não que eu não queira, mas o Logan me mataria. Pare de protelar e venha logo.

Wynter sorriu para Dimitri.

— Eu não sei. Não sei se o Logan me quer na cama dele — ela tentou se safar.

— Estou te dizendo. O Logan não sabe o que quer. Mas isso vai ser bom para você e para ele. Agora, venha. — Ele continuou a segurar a roupa de cama, fazendo um sinal fluido para ela ir para a cama.

Sabia que não deveria, mas a tentação foi grande demais. O cheiro no quarto era como entrar numa fábrica de chocolate e, caramba, ela não amava chocolate? Só uma mordidinha, uma provinha, e aí sairia de lá e iria para o quarto de hóspedes. Ao puxar os pés para a cama, o cheiro de Logan ficou mais forte. Como um gato, ela se esfregou sem vergonha nenhuma na fronha dele. Era incrível. Desesperada, bateu no colchão e no travesseiro, deixando-se inundar pela calma de Logan. Não entendia por que aquilo estava acontecendo, e não se importava. Esse homem, esse alfa, precisava dele; ele era seu. Ah, Deus, rezou para que se reconciliassem. Ao se entregar ao sono, tudo o que viu foi o rosto de Logan.

CAPÍTULO TREZE

Logan foi até o armário, pegou uma garrafa de uísque e se serviu de uma dose generosa. Malditos sejam esses vampiros do caralho. Logan os condenou ao inferno, preocupado com a possibilidade de ser só uma questão de tempo até que eles ataquem outro de seus lobos. Ele e Léopold varreram cada centímetro quadrado dos quarteirões que rodeavam o Courettes, e não encontraram nada. Claro, o vampiro excêntrico captara um cheiro no corpo de Dana, mas não foi o bastante. Apesar do fracasso em encontrar pistas, Devereoux lhe assegurara de que localizaria o laboratório. Mas Logan não confiava nele, e com certeza não podia esperar que ele desse notícias. A alcateia estava em perigo, e precisava tomar uma atitude imediata para protegê-los. Planejava ligar para Jax de manhã e ter isso resolvido.

Ficou tão bravo com Wynter. Ainda assim, se sentia um merda por ter gritado com ela. Mas estava cansado das mentiras. Bem, ele sabia que não eram bem mentiras; mais como omissão de fatos. E mesmo ela tendo seus motivos, ainda era difícil de engolir. Por causa da objeção dela, ele a repreendeu com severidade, tratando-a como trataria qualquer lobo. E aí estava o X da questão; ela não era qualquer lobo.

O olhar dela ao sair do apartamento tinha arrancado o seu coração do peito. É, ele foi confortar Fiona e Luci, mas jamais deveria ter deixado que as duas o tocassem daquele jeito. Só uma hora antes, Wynter tinha se aberto, permitindo que ele a tocasse, que a provasse. Ele foi tão desrespeitoso. Não a culparia se não o perdoasse.

Passos o alertaram da presença de Dimitri.

— Ei, como foi? — perguntou o beta, pegando um copo e indo se juntar a Logan na bebida.

— Nada bem — respondeu, largando-se na poltrona macia. Ele colocou os pés no pufe.

— Posso concluir que não encontraram o laboratório?

— Não. Não achamos porra nenhuma. Devereoux está certo de que o responsável é da linhagem dele. Mas, é claro, ele é escorregadio feito uma lesma.

— E a Fi? — Dimitri perguntou, todo inocente.

— A Fi é a Fi. Ela está triste, é claro. Mas, como você sabe, ela não era muito próxima da Dana. As duas brigavam feito cão e gato. Ainda assim, eram irmãs... meias-irmãs. Foda-se. Luci ficou com ela. Eu não tinha tempo. Precisava me encontrar com o Devereoux no Courettes. Você não sabe o quanto o bando adorou vê-lo — Logan disse, amargurado, jogando a cabeça para o encosto.

— É, eu aposto — Dimitri concordou, tomando um bom gole. Ele tossiu quando o líquido cáustico lhe queimou a garganta. — Então, é, e quanto a Wynter?

— O que tem ela?

— Ela está chateada.

— É, eu também — ele cuspiu.

— Bem, não foi assim lá no clube. Vocês pareciam bem entrosados — apontou Dimitri. — Deu um tesão do caralho, cara.

Logan deixou aquilo rodar pela cabeça por um minuto antes de responder. Deusa, ela era linda. A mais doce que ele já provou.

— É, foi — ele começou. — As coisas não foram muito bem depois.

— É, não muito — Dimitri comentou, olhando para a bebida.

— Essa coisa com ela... está me distraindo. Lutei muito para ser o alfa. A alcateia precisa de mim. — Logan passou a mão sobre os olhos, repassando o que aconteceu com Dana. A cena no apartamento foi bizarra. A culpa se apoderou dele, reconhecendo a forma como tratou Wynter. — Porra, eu sou um babaca. Como ela está?

— Vou ser sincero. Ela não estava muito bem mais cedo. A garota ficou perturbada com o que aconteceu. Acho que toda essa coisa de lobo a deixou pirada também. Mas não se preocupe; cuidei direitinho da sua garota. Ela está bem agora. — Dimitri desviou o olhar e, por fim, olhou para Logan e sorriu.

— O que você fez, D? — Ele soltou um suspiro.

— Nada que você não teria feito.

Logan o encarou.

— Sério? Não me diga que você...

— Não assim. Mas, cara, ela é um doce. Tipo, doce de verdade. Hoje ela estava usando uma calcinha bem justa e aqueles peitos... Ah, deusa, me ajude — disse ele, dramático, levando a mão ao peito.

— Meus — Logan lhe lembrou com um sorriso.

— Ah, mas será que são? Você foi um pouco grosso essa noite, alfa todo-poderoso — ele zombou.

— Ainda meus, espertinho.

— Bem, ótimo, se quiser ficar com os ditos seios, é melhor ser bonzinho. A sua lobinha está se preparando para voltar para Nova York amanhã — ele mentiu.

— Ela está? — Logan perguntou com pânico na voz. *Que merda havia de errado com ele?*

— Vamos só dizer que você não deveria ter deixado a Fi e a Luci se esfregarem em você feito gatas no cio. Sabe, dar aquele tipo de consolo não te fez nenhum favor — Dimitri brincou, sem entusiasmo.

— Porra.

Deixar-se levar pela raiva não foi a melhor reação que já teve. Sabia muito bem o quanto Wynter ficou enciumada quando eles conversaram mais cedo no clube. E não poderia jogar a culpa nela, não quando ficou todo territorial depois de vê-la dançando com um vampiro. Se fosse sincero, admitiria saber que ela ficaria magoada ao ver Luci o tocando. Não deveria ter deixado isso acontecer.

— Porra mesmo. Ela não gostou nem um pouco. Por outro lado... — Ele riu. — Ela não gostou nem um pouco.

Logan revirou os olhos.

— Sério, cara. Como você se sentiria se ela não se importasse? Pense. Não é tão ruim assim, levando tudo em conta. — Dimitri deu de ombros.

— O que exatamente eu preciso levar em conta? Que a minha vida foi virada de cabeça para baixo nas últimas vinte e quatro horas por uma humana? Que é uma loba. Que estou perdendo a cabeça por estar preocupado com uma mulher? E, agora, um dos meus lobos está morto. Nós dois sabemos muito bem que tenho que me concentrar nas minhas prioridades em cuidar da alcateia, D.

— Ela pode ser a sua companheira, Logan — ele expôs, baixinho. O lábio de Dimitri se curvou para um lado, e ele esperou a reação.

— Você só pode estar brincando. De jeito nenhum. Sei que fiquei distraído, mas qual é — Logan declarou. — Onde ela está?

— Tudo bem, acredite no que quiser, cara, mas eu estou te dizendo que tem alguma coisa naquela mulher... em você e nela. Hoje na piscina, e depois no clube. Você esteve com um monte de mulheres, de todas as espécies, mas isso é diferente. Ela é... — Ele respirou fundo, balançando a cabeça. — Ela é responsiva. A você, inferno, até a mim.

Logan rosnou para o beta.

— Como se eu fosse tocar a garota sem a sua permissão — Dimitri lhe assegurou. — É só que ela se acalmou comigo, e eu me sinto confortável com ela… como se a conhecesse há muito tempo.

— Então, o que aconteceu?

— Digamos que eu sei o que fazer — disse ele, orgulhoso. Dimitri se levantou, foi até a pia e pôs o copo vazio lá.

— Que foi?

— Ela está na sua cama.

— Oi? — *Na cama dele?* Mesmo tendo reagido com surpresa, não havia outro lugar que preferisse que ela estivesse.

— E você me ouviu. E deu certo, a propósito. Ela logo dormiu.

— Eu já te disse o beta maravilhoso que você é, D?

— É, e vê se não fode com tudo. — Aquelas foram as últimas palavras de Dimitri antes de ir até a porta.

Logan riu. Tão certo quanto estava sentado lá, ele sabia, sem sombra de dúvida, que Wynter o desafiaria e o recompensaria de formas que ele jamais saberia. Mas ela era a companheira dele? Sinceramente, nunca parou para pensar no assunto. Fosse negação, fosse ignorância, não tinha pensado na razão para estar tão obcecado por ela desde que a conheceu. A mulher o deixava à flor da pele; disso não havia dúvida. Tudo o que sabia era que tinha que ir até ela. Perdoando-o ou não, precisava se explicar.

No caminho até o quarto, Logan pensou como devia ser para ela. O cativeiro, ter sido mordida e, agora, a doença ou seja lá o que for que fizeram com ela; era tudo demais para um lobo; que dirá para um humano suportar. Aprender a viver como lobo não seria fácil, mas estava determinado a guiá-la pela transição. E aquela era a raiz do problema. Ele queria ser a pessoa que estaria ao lado dela, não o Jax. Apesar de tudo, era fato que ela viver com outro homem o irritava. O alfa de Nova York chegaria em breve, e ela ia embora.

Abrindo a porta, o cheiro delicioso de Wynter o atingiu, atraindo-o para ela. Como um anjo, ela dormia pacífica, parecendo pertencer a ali. *Na sua cama. Na sua casa.* A tentação de tocá-la foi grande, mas ele precisava de um banho antes de se deitar. Não só o fedor da morte estava agarrado à sua roupa, lembrou-se de ter deixado Fiona e Luci o tocarem.

Depois de um banho rápido, enxugou a água do corpo, deixando os pensamentos vagarem. Pensou no que Dimitri falou de Wynter. Como a deusa podia ter enviado para ele uma humana como companheira? Uma humana que podia ou não ser uma loba? Que pertencia a outro alfa? Merda, a noite estava sendo longa. Mas o conhecimento de que a mulher estava a três metros dele o mantinha completamente acordado. Precisavam ter uma conversa séria antes de fazerem amor. A menos que ela se submetesse a ele, que o aceitasse como alfa, não teriam futuro.

O vapor escapou do banheiro quando ele abriu a porta. A ânsia por tocá-la de novo o deixou em alerta. Mesmo ela estando toda coberta, ele conhecia o sabor da loba que estava lá embaixo. Isso de conversar primeiro, brincar depois, o mataria, mas era a coisa certa a se fazer. Erguendo um canto das cobertas, ele escorregou lá para baixo, a pele nua roçando os lençóis. Incapaz de resistir, deslizou para frente até o peito encontrar as costas dela e envolveu a mão ao redor da cintura. *Droga, ela estava vestida.* Supôs que não queria que Dimitri cuidasse de "tudo". Seria um prazer tirar o tecido fino que se agarrava ao corpo dela. A garota se mexeu e o traseiro roçou no pau semiereto. *Santa Mãe Natureza.* Em breve, ele a comeria assim, pensou; enfiando o pau na boceta apertada por trás. Respirou fundo, obrigando o autocontrole a dar as caras. *Melhor conversar logo, antes que eu goze bem aqui.*

— Wyn, linda. — Ele beijou a parte de trás do cabelo dela, respirando fundo. Ela tinha o cheiro tão bom, como uma lufada de ar fresco.

— Humm — Wynter respondeu, sonolenta. Em segundos, ela notou o peito duro de Logan atrás de si. Algo no cheiro dele acalmou a sua loba. Mas então se lembrou do quanto ele tinha ficado zangado. — Você quer que eu vá embora? — *Por favor, não me peça para ir.*

Logan a rolou devagarzinho para si, assim ela ficou de frente para ele.

— Não, docinho. Quero falar sobre o que aconteceu. O que está acontecendo entre nós.

— Desculpa — ela sussurrou, abrindo os olhos devagar para encontrar os dele. De lado, Wynter estendeu a mão e a colocou no peito de Logan. Jurou que podia ouvir os batimentos cardíacos.

Ele riu um pouco.

— Sou eu que deveria estar me desculpando. Fui um babaca essa noite. Não deveria ter te tratado daquele jeito.

— Eu não te contei tudo. Te desafiei na frente de todo mundo — ela respondeu, olhando para a barriga dele. Mesmo devendo estar arrependida, e estava mesmo, o homem a deixava com um tesão do cacete. Pelo amor de Deus, ela poderia lambê-lo todinho e ficar sem comer pelo resto da vida.

— A coisa de me desafiar, bem, é verdade que é algo sobre o que poderemos conversar, mas, para ser sincero, eu só estava tentando te proteger. Poderia ter sido perigoso. Mas o mais importante de agora em diante é que não podemos ter mais segredos. Sério, Wynter. E isso inclui não omitir a verdade. Se eu não tiver todas as informações, não posso ver o quadro por inteiro. O que nos põe em risco.

Ela assentiu.

— Mesmo assim, eu não deveria ter sido tão ríspido... ainda mais por você não ser loba há muito tempo — ele prosseguiu. Os olhos vagaram pelo corpo dela, o ondular dos seios ameaçando escapar do decote. — Sei que não viveu em meio aos lobos, não em uma alcateia. Você ainda nem se transformou. Depois de tudo o que aconteceu contigo... eu deveria ter pegado leve.

— Nada mais de segredos. Prometo. Mas o Jax...

— Sei que você está preocupada com o Jax, mas eu vou falar com ele e... — *Eu quero que você seja minha.*

— Eu não estou com o Jax, não do jeito que você pensa.

— Oi?

— Eu não transei com ele — ela o interrompeu, olhou para baixo e falou baixinho: — Ele é o meu guardião. Um protetor. Um amigo.

— Por que não me contou? — Logan sentiu como se uma tonelada tivesse sido erguida com a notícia de que ela não tinha transado com Jax.

— Quando os meus pais morreram, eu tinha só quinze anos. Jax me pegou um dia, e está na minha vida desde então. Ele só quer me proteger. É por isso que ele queria que nosso relacionamento permanecesse incerto... para os outros. Ele me reivindicou como sua, como você fez. Depois de tudo o que ele fez por mim... você precisa entender. Devo tudo a ele. Eu não quis ser desleal — ela explicou, então adicionou: — Ao crescer, e até mesmo agora depois de adulta, ele não me queria por perto dos lobos. Bem, ele não via nada de mal com Mika, mas nunca me deixou ter encontros com lobos quando eu era mais nova. Acredite em mim, ele não vai entender.

— Não posso culpá-lo. Lobos são apaixonados, mas nem sempre gentis. — Ele sorriu.

— Talvez eu não queira gentileza — ela disse, sedutora. — Talvez eu só precise do lobo certo.

Logan a puxou para os braços, assim a cabeça e o corpo foram arrastados com ele. Enquanto ela se moldava em seu corpo, envolveu a perna nas dela permitindo que a ereção lhe pressionasse a barriga.

— Logan, tem outra coisa. Eu estou tão envergonhada, mas preciso te dizer. Hoje, quando eu te vi com a Fiona e a Luci... a minha loba... ela estava tão forte... não sei como controlá-la... a forma como me senti... — Ela não podia terminar. O ciúme a deixara nauseada.

— Wyn — Logan começou, erguendo o queixo dela com carinho para que ela o olhasse nos olhos. — Desculpa, de verdade. Eu jamais deveria ter permitido que a Luci me tocasse depois do que fizemos no clube. Foi errado. Eu não deveria ter deixado que ela se aproximasse de mim... não daquele jeito, de qualquer forma. Digamos que se alguém tivesse te tocado como ela me tocou, eu teria... bem, você viu como reagi ao Devereoux mais cedo. Nossos lobos são extensões de nós mesmos e, às vezes, eles sentem e agem como o que são, animais. E, por isso, têm a tendência de serem protetores ferrenhos do que pensam que são deles.

O alívio a inundou. Em resposta, esfregou o corpo no dele, bem devagar. Pressionou o monte no alto de seu membro rígido, buscando alívio para a dor latejante entre as pernas. Xingou por estar vestida quando sentiu a ponta aveludada roçar a parte interna da coxa. Os dedos cravaram nas costas dele.

A mão de Logan deslizou da sua cintura para a bunda, tirando a sua calcinha. Ele segurou o seu traseiro e traçou o dedo para baixo e para cima na fenda, massageando a sua pele. Os quadris se empurraram nos dela, movendo-se devagar, criando a pressão pela qual os dois ansiavam.

— Fiquei com tanta raiva quanto te vi com elas. Foi como se eu tivesse perdido o controle das minhas emoções. Nunca agi assim antes. Eu posso sentir. Estou me transformando — ela confessou. — Mas é mais que isso. Sei que acabamos de nos conhecer, mas eu te desejo tanto. Nunca me senti assim... nunca mesmo.

— Eu me sinto do mesmo jeito. Há algo em você. Em nós. Você não faz ideia do quanto quero fazer amor contigo — ele suspirou, beijando a lateral do seu pescoço até chegar à orelha. A voz sensual reverberou entre eles enquanto ele dizia o que pretendia fazer. — Hoje, você vai ser minha, Dra. Ryan. A. Noite. Toda.

— Meu alfa, eu sou sua — ela sussurrou, mostrando a garganta. Nunca na vida tinha feito isso com um homem, ainda assim, sabia o que significava para os lobos. Aberta e vulnerável. Submetendo-se a ele, aceitando tudo o que ele era. O homem. O lobo. O alfa. E antes que a noite acabasse, ela seria dele.

Com um rosnado, Logan a virou de costas. A visão de sua submissão lançou o seu lobo em um frenesi. Agarrando a barra da camisola, ele a rasgou com um único movimento, expondo os seios fartos e suaves. Bruscos, os lábios capturaram o bico intumescido e rosado. Prendendo a ponta entre os dentes, puxou e logo passou a língua, gemendo de satisfação.

Wynter arfou quando ele mordeu o seu mamilo. Dor e prazer lhe percorreram o corpo, lançando-a em direção ao orgasmo. Passou as unhas pelas costas dele, empurrando os quadris para cima, buscando a pressão de que precisava. Ao ouvir o som da calcinha de algodão sendo rasgada, ela gemeu.

— Porra, Wynter. Você é tão linda. — Ele arfou ao continuar com as carícias. Mal podia esperar para se afundar nela. — E o seu cheiro é tão bom.

— Logan — ela choramingou, respondendo ao seu toque.

— Vamos fazer amor devagar da próxima vez — prometeu ele, ficando de joelhos. O homem abriu as suas pernas e a puxou para si, fazendo o pau pressionar na sua entrada molhada. — Olha só você, toda perfeita.

Ela olhou para Logan, dando acesso ao seu corpo e à sua mente. Com as coxas dela bem abertas, Logan deslizou o polegar na entrada molhada, roçando o nozinho rijo. Ela estremeceu em reposta, tão perto de gozar.

— Sua boceta está tão, tão molhada e apertada. — Ele pressionou dois dedos longos e grossos no seu canal apertado, e ela gemeu. Com a outra mão, continuou a fazer movimentos circulares no clitóris, aumentando o prazer. — Ah, sim, está gostoso, linda?

— Está — ela respondeu, ofegante.

Enquanto entrava e saía dela com a mão, agarrou a carne rígida e se afagou. Sem entrar nela, deslizou o pau pelos lábios inchados, envolvendo-se em seu néctar. Uma, duas, três vezes, a cabeça bojuda roçou o capuz tenro.

— Isso, Logan — ela gritou. A dureza sedosa torturava o clitóris, levando-a ao limite. Explodindo em uma libertação erótica, estremeceu incontrolavelmente, afundando os dedos nos lençóis.

Logan amava o quanto ela era responsiva. Quando ela gozou, ele enfiou o membro teso na boceta com uma única estocada. *Incrível pra caralho*, ele pensou. As paredes quentes do canal se contraíram ao seu redor como um punho, pulsando enquanto ela surfava a onda do orgasmo. Passou os braços por baixo dos joelhos de Wynter, puxou e entrou nela de novo. Como um animal, ele a tomou de novo e de novo, encorajado pelas palavras que ela dizia.

— Isso, mais forte. Logan. Ah, Deus, isso! — Wynter lambeu os lábios ao ver o pau duro desaparecer dentro de si. O rosto tenso por causa das emoções contidas enquanto saía e voltava a se perder nela. Nenhum outro homem a tomara com tanta força, possuindo-a com paixão. O poder dele era viciante e intenso. Quando Logan a preencheu por completo, ficou desesperada por mais.

Incansável, ele estocava, aumentando o ritmo. Quanto mais a fodia, mais ele resistia ao impulso de comê-la por trás. Sabia que se o fizesse, não seria capaz de controlar a necessidade de marcá-la. O lobo uivou em protesto. Ela era dele. Mas ainda não tinham discutido o assunto. Inferno, nem mesmo ele tinha pensado naquilo. Até aquele momento, nunca teve o desejo de marcar qualquer pessoa. O suor gotejava na testa enquanto lutava com o impulso, afastando o lobo. Não, se a marcasse, seria segundo as suas próprias condições, não as da besta. Logan se importava demais com Wynter para fazer aquilo sem a permissão dela.

Virando-os de lado, trouxe o torso dela para si e a beijou. Um beijo longo e apaixonado, que cauterizou a conexão dos dois. Enquanto se lançava dentro dela de novo e de novo, o destino ficou claro. Wynter era dele. Como aquilo aconteceu? A pergunta surgiu e desapareceu. Não importava. No momento, ela era tudo.

Wynter correspondeu ao beijo, arranhando febrilmente a sua bunda com uma mão enquanto a outra o segurava pela nuca. Nada na sua vida nunca mais seria o mesmo. O comprimento vigoroso dele a acariciava por dentro, enquanto o ninho de pelos lhe roçava o clitóris. O clímax foi aumentando e, frenética, ela se arqueou contra ele, saboreando as estocadas fortes. Gemeu o nome de Logan na escuridão enquanto a paixão se avolumava, o orgasmo se derramando sobre ela como uma cachoeira.

Ao ouvir seu nome nos lábios de Wynter, Logan investiu uma última vez. A boceta contraiu ao redor dele, massageando a sua libertação. Gemendo em êxtase, ele convulsionou com o orgasmo. A semente quente se lançou fundo no útero dela.

Juntos, ficaram em silêncio, recuperando-se da experiência de estraçalhar a alma que acabaram de viver. Logan abraçou Wynter com força, afagando-lhe o cabelo, mal acreditando no quanto tinha sido incrível. Uma intimidade tácita os ligava e nenhum deles queria quebrá-la.

Logan ouviu um leve suspiro em seu peito.

— Linda, você está bem? — Ele beijou o cabelo dela.

— Eu só… Logan, você não sabe — ela sussurrou. — Tão perto… Nunca me senti tão perto assim de ninguém. É loucura.

— Eu sei, docinho. Está tudo bem. Confie em mim — ele implorou. Não podia perdê-la agora que a tinha.

— Eu só… não posso voltar. — Muito relaxada e bem-amada, Wynter se aconchegou no calor dele.

— Não, você não vai me deixar. Jamais. — Logan a beijou na testa quando ela caiu no sono.

Tudo tinha mudado na sua vida. Agradeceu a deusa por ter sido capaz de controlar o impulso de marcá-la. Teriam que conversar amanhã. Sempre soube que um dia isso aconteceria a ele, mas ainda não estava preparado. Mesmo assim, sabia que não podia controlar o destino, os desejos deste eram grandes demais, não importa o esforço dos que tentavam resistir aos seus caprichos. Ao se lançar na escuridão, não havia uma célula do seu ser que quisesse qualquer outra coisa senão estar com a sua companheira. *Wynter.*

CAPÍTULO CATORZE

Logan ouviu o trovão, mas o calor da companheira nos seus pés desviou o seu foco. Ela o acordou da melhor maneira conhecida por um homem; com os lábios envolvidos ao redor do seu membro teso. *O que fez para merecer essa garota?* Wynter montou nele com as pernas escarranchadas. Fios da cabeleira dela se espalhavam por sua barriga, lhe obscurecendo a visão. Afastou as mechas incômodas para o lado para observá-la levando-o até o fundo da garganta.

Enquanto ela subia, os lábios libertaram o seu pau com um estalido, e ela ergueu os olhos para encontrar os dele com um sorriso sedutor. Logan sibilou em resposta, mas ela não cedeu à paixão. Não, segurou-o com uma mão, afagando o membro úmido e o erguendo para ter acesso total. A língua lambeu toda a pele macia e enrugada das bolas enrijecidas bem antes de enfiar uma na boca.

Logan jogou a cabeça para o travesseiro em êxtase.

— Porra, você está me matando — ele grunhiu, e bombeou os quadris para cima em direção à boca de Wynter. — Isso, está muito bom.

Wynter se limitou a soltar um murmúrio feliz e prosseguiu com o ataque. Acordar com a tempestade tinha sido o ímpeto para o prazer dela. Envolvida nos braços do alfa, deixou as mãos vagarem por todo o corpo adormecido, mal acreditando que eles tinham mesmo feito amor. Uma vez que os dedos descobriram o pau enrijecido, a ânsia de chupá-lo foi demais para suportar. Agora, enquanto lhe acariciava a ereção e lambia os testículos, a junção das suas coxas inundava de excitação.

Ela olhou para Logan, que estava com uma tensa expressão de satisfação e então voltou a atenção ao membro. A língua se pôs a lamber a gota de sêmen escorrendo da ponta e, em seguida, mergulhou-o de novo em sua boca úmida, chupando e punhetando a base. Amou o gosto dele e queria se banquetear com cada delicioso centímetro. Gemeu em protesto quando os dedos fortes em seus braços a detiveram.

— Linda, para. Ah, merda, quero gozar dentro de você — Logan rosnou, puxando-a para cima com facilidade. — Me deixe te ver. Sabe que você é a criatura mais maravilhosa que eu já vi?

Wynter só lambeu os lábios e pairou os quadris acima dos dele. Pegou a latejante ereção e a passou sobre o clitóris, jogando a cabeça para trás. Logan envolveu a mão ao redor da dela, guiando o pau palpitante para sua entrada.

— Me fode — ele deu a ordem, chocado pelo tanto de desejo.

Obedecendo, Wynter sorriu, ergueu-se e empalou-se com ele. Um grito escapou de seus lábios enquanto ela se contorcia nas coxas dele. Os dois ficaram parados por um mero segundo, permitindo que a enormidade dele esticasse as paredes contraídas da sua carne tenra. Com um suspiro, começou a se mover devagar, olhando-o nos olhos. Lutou, em vão, para segurar o murmúrio do orgasmo que a reivindicou.

— Isso, Wyn, goza para mim — grunhiu ele. — Você é gostosa para caralho.

Logan amou observá-la gozar. Tudo na mulher era inesperado e sensual. Quando ela convulsionou sobre ele, o alfa se ergueu para alcançar os seios com a boca e agarrou um dos mamilos rosados. Moveu uma das mãos da cintura dela para acariciar o outro bico rijo. Mas não foi o bastante. A necessidade de consumi-la o levou à loucura. Soltando a pontinha dura, pressionou a boca na dela. O beijo foi selvagem e frenético. As mãos dela agora lhe prendiam a cabeça, suportando o peso enquanto se curvava nele. Os quadris se moveram em seu pau, levando-o mais perto do próprio orgasmo.

Logan se lançou dentro dela, guiando-a com o próprio ritmo. As mãos vagaram para a bunda da companheira, desacelerando os movimentos dela. O gemido alto em seus lábios incitou a exploração no traseiro. O indicador vagou mais para baixo, roçando a entrada. Ao circular a pele franzida, notou só um momento de hesitação da parte dela, e aí ela o encorajou a prosseguir.

— Logan, ah, sim — choramingou no beijo dele. — Não pare.

— Isso — foi tudo o que conseguiu dizer, antes de enfiar o indicador no buraco apertado. Entrando e saindo, ele pôde sentir o anel tenso de músculos começar a relaxar.

Não podia acreditar que sua lobinha era tão aberta à experiência. *Será que a deusa sabia o que fazia ao lhe dar uma companheira tão aventureira?* Ah, as coisas que faria com ela. Só o pensamento de comer a bunda dela foi o suficiente para que ele gozasse. Mas não hoje. Não, ele a prepararia, iria com calma. A respiração entrecortada de Wynter e o aumento das contorções em resposta lhe disseram que ela estava gostando muito da sensação do seu toque. Inseriu um dedo inteiro dentro dela, entrando e saindo de acordo com as investidas na sua boceta.

Wynter sibilou com a intrusão obscura que só serviu para aumentar a sua excitação. A pressão que a preenchia ameaçava explodir. Arqueando as costas, ela gemeu o seu nome, deixando a forte sensação percorrer todo o seu corpo. O orgasmo a atingiu, as paredes se contraíram ao redor do membro dele e Logan perdeu o controle.

Marque-a, correu por sua mente. *Morda-a agora*, o lobo lhe disse. Os caninos se alongaram em resposta ao chamado lupino. Mordeu o lábio, arrancando sangue, em uma tentativa de combater o impulso carnal. Estocando ferozmente para cima, lutou para respirar enquanto explodia em seu sexo quente. Tremendo por causa da forte libertação, virou a cabeça e lambeu o líquido carmesim dos lábios.

Largando-se no travesseiro, rosnou, puxando Wynter com força para os braços. Ela deslizou para longe do seu membro com facilidade, e logo se moldou ao seu corpo, como se tivesse sido feita para ele. O coração de Logan bateu com força nas costelas enquanto encarava o teto. Mal foi capaz de se conter. *E se a tivesse mordido? Ela estava mesmo pronta para acasalar?* A mulher fez coisas incríveis com ele na cama, mas não a conhecia há muito tempo. Só porque o lobo queria reivindicá-la, não significava que ele tinha que aceitar.

Precisava endireitar as ideias. Se e quando fizesse amor com ela, precisava mostrar sua verdadeira natureza. Brusco e com força, o lobo não desistiria assim tão fácil. Talvez fosse melhor evitá-la por completo. As emoções confusas lhe apertaram o peito. Logan se repreendeu em silêncio por quase ceder à tentação de marcá-la. Era como se tivesse esquecido temporariamente as sangrentas batalhas que enfrentou nos últimos dois meses. O esforço árduo para cumprir os desejos de Marcel renderam frutos. A distração que Wynter Ryan representava era uma ameaça para o seu papel como alfa. *Proteger e liderar a minha alcateia.* Esse era o seu destino.

Tomar uma companheira tão no início do seu reinado poderia colocar a posição em risco se ele não liderasse com clareza e objetividade. A lealdade entre o que sentia pela lobinha e o seu papel como alfa guerreavam. O destino não permitiria que ele negasse a companheira por muito tempo; ficaria louco se tentasse. Precisava encontrar uma forma de ter ambos. Antes de marcá-la, precisava analisar com cuidado as ramificações, em vez de permitir que o prazer momentâneo de uma trepada ditasse o seu futuro.

O fôlego de Wynter ficou mais lento e ela olhou para Logan, que parecia imerso em pensamentos. O coração se apertou. Poderia se apaixonar por esse homem em um piscar de olhos. Logan a devoraria se ela permitisse. A ironia era que aquilo era exatamente o que queria. *O seu alfa.* Não podia se lembrar da última vez que se sentiu tão em paz.

— Eu não quero ir embora — disse baixinho, sobre o peito dele.

— Você não vai a lugar nenhum, docinho — ele assegurou, feliz por ela não ver o temor refletido em seus olhos. Puta merda, ele quase a mordera. Precisava de um pouco de distância antes que fizesse algo do que se arrependeria.

CAPÍTULO QUINZE

Logan se sentou à mesa da cozinha, bebendo café e olhando os e-mails do trabalho. Uma boa dose de negócios era exatamente do que precisava para dar a ele um breve descanso de todo o caos da sua vida. O som do scaner de segurança da porta de vidro o alertou da chegada de Dimitri. Ele olhou para cima e viu o amigo entrando na sala.

— Oi, D. O café está pronto — comentou, sem tirar os olhos do iPad.

— Oi. Beignet? — Dimitri mostrou um saquinho branco. Ele foi até a cozinha, pegou uma caneca limpa no balcão e se serviu do café que estava na cafeteira. — Onde está a Wynter?

— Não, obrigado. Lá em cima, tomando banho.

Dimitri levou a mão ao peito com um sorriso e fechou os olhos, absorvendo o fato de ela estar tomando banho. Ele vivia para provocar o alfa. Se Logan tivesse encontrado a companheira, isso lhe daria horas de conteúdo, ao menos até a presença dela não ser mais novidade.

— O que você está fazendo? — Logan perguntou, distraído, no momento, pelas peculiaridades do beta.

— Espera, ah, sim. Só imaginando a cena na minha cabeça — ele riu. — Tem certeza de que ela não precisa de ajuda lá? Sou ótimo com a bucha. É, vou me voluntariar para a função a qualquer dia da semana.

— Você é um babaca — Logan respondeu com um sorriso e sacudiu a cabeça.

— Falando nisso…

— Não continue. Ela pode te ouvir, sabe — Logan avisou.

— E aí? — Dimitri se sentou, recostando-se na cadeira e erguendo as sobrancelhas para Logan.

— E aí o quê?

— E aí… como foi ontem à noite?

— Como se você não pudesse ouvir? — Logan perguntou, cheio de sarcasmo, recusando-se a tirar os olhos da tela. Dimitri vivia do outro lado do jardim. Com sua audição sobrenatural, era capaz de ele ter ouvido cada um dos gemidos.

O beta caiu na gargalhada.

— Você me pegou — admitiu ele. Pegou um beignet e o apontou para Logan. — Sabe, eu não sou um completo idiota. E, só para constar, não saio ouvindo as suas coisas de propósito. Acredite ou não, mas eu tenho uma vida que não inclui você o tempo todo. E, olha, eu fui bem bonzinho ontem. Eu me lembro de alguém me agradecer por ser um beta tão maravilhoso. Então vamos ouvir. Ontem à noite ela estava bem magoada. Só quero saber como está agora.

— É, porque você tem consideração a esse ponto — Logan disse, tomando um bom gole da bebida.

Dimitri deu uma mordida no doce e esperou pacientemente por pelo menos trinta segundos antes de adicionar:

— Você sabe que quer me contar.

— Te contar o quê? Que ela é a lobinha mais incrivelmente apaixonada que eu já vi? Ainda não superei a forma como ela me acordou hoje de manhã.

Dimitri estava certo. Ele não só queria dizer o que sentia por Wynter, como também contar todo o resto. Queria gritar para todo mundo ouvir. E lá estava, aquele era o exato problema.

— Vamos ver, D, o que mais você deveria saber? Que tal isso? Ela está me distraindo completamente das minhas responsabilidades de alfa. Ah, você vai gostar dessa: eu quase a marquei na noite passada. — Logan soltou um forte suspiro, passou as mãos pelo cabelo e abriu outro e-mail.

Dimitri riu baixinho. O alfa estava mais que perdido. Se ele pelo menos cedesse, as coisas se desenrolariam com muito mais facilidade. Não que não sentisse por ele, porque sentia, de verdade. Não que ele também estivesse louco para acasalar. Mas observou lobos o suficiente ao longo dos anos passando pelo processo para saber que você tinha que aceitar. Podia ir com calma ou ir com tudo. Mas uma coisa era certa: você ia... e sua companheira ia junto.

— O quê? Não sabe o que dizer? Nem um conselho valioso do meu beta? — Logan ergueu a cabeça, dando um sorrisinho. Ele estava tão fodido.

— Eu posso te ajudar — Dimitri sugeriu, cheio de manha.

— É? E como seria isso?

— Nessa coisa de acasalar. Eu poderia competir com o seu lobo. Deixá-lo com ciúme. Jogá-lo para escanteio. Tudo o que preciso fazer é dar um abraço nela, talvez um beijo? Pode chamar de funções de beta. Posso fazer o sacrifício — provocou.

— Não.

Dimitri estava se divertindo um pouco demais, Logan pensou. Espere só acontecer com ele. O grandalhão não vai achar engraçado.

— Qual é. Só um beijinho. O seu lobo vai pirar e vai passar por cima de qualquer lógica que esteja entupindo o seu cérebro. É melhor assim. Ir logo aos finalmentes. É tipo pular na piscina no inverno; às vezes é melhor cair de cabeça. Claro, vai estar frio, mas, cara, é bom se você só se entregar. Tipo arrancar um Band-aid. Você sabe que é melhor puxar de uma vez só.

— Não, D. Nem tente. Não toque nela — ele avisou, brando. — Não, só preciso lidar com a situação. Me concentrar em encontrar o laboratório. O assassino da Dana. Quando tudo acabar, posso reavaliar a situação, reivindicar a minha lobinha do jeito certo. Não sou um animal.

— Então, você meio que é, cara. Sabe, a sensação dela nos meus braços ontem à noite foi muito boa. Sou excelente consolando mulheres — ele provocou.

— Não comece. — Logan desviou os olhos do tablet e os direcionou para Dimitri.

— O cheiro dela é tão bom — Dimitri cantarolou. — E ela é macia também.

— Não.

— Só dizendo.

— Deixe quieto, D. Vou lidar com a situação quando chegar a hora. Sei que vai ser difícil resistir ao impulso de marcá-la, mas está tudo sob controle. — *Não está, mas vou tentar.*

— Ela sabe? — Dimitri perguntou, afagando o cavanhaque.

— Não. E, para ser sincero, como contarei a ela? A garota ainda nem se transformou. Não sei nem se ela sabe sobre ser marcada, ou sobre acasalar, ou das coisas dos lobos. Sério, posso manter as mãos longe dela. E, por mais que eu tenha controle, meu amigo, e que eu possa aparentar grande contenção, não sei quanto tempo vai levar... com ou sem a sua ajuda. Essa manhã, mordi o lábio com tanta força que arranquei sangue.

Dimitri riu de novo ao imaginar a cena. Impagável. Afinal de contas, era meio que cômico. Bem, desde que não estivesse acontecendo com ele.

— Olha, eu sei que deveria contar a ela, mas tem muita coisa acontecendo. Para não dizer que só a conheço há dois dias — insistiu ele. — E tem o Jax, que é um problema completamente diferente.

— Entendi. Não sei bem o que te dizer. Mas se o seu lobo a deseja, você sabe tão bem quanto eu que vai ser quase impossível negar o que ele quer. É só uma questão de tempo.

— Com a Dana morta e algum psicopata circulando por aí com esses vírus, minha vida amorosa deveria ser o último dos meus problemas. Precisamos nos concentrar, D. — Logan mudou de assunto. — Acabei de receber uma mensagem do Devereoux. Parece que ele encontrou a localização do que pensa ser o laboratório. O filho da puta desconfiado não me deu o endereço. Disse a ele para chegar aqui em uma hora.

— Tem certeza de que quer o vampiro por aqui? E quanto ao escritório?

— Não, humanos demais por perto. Nós nos encontraremos na minha sala de conferências aqui da casa. Não se preocupe — Logan declarou, sem qualquer emoção. — Se ele me irritar, sairá daqui em uma urna.

Era exatamente por isso que Logan era alfa, pensou Dimitri. O cara podia ficar de brincadeira com ele e mostrar compaixão pelos seus lobos, mas, no fim das contas, ele retalharia a garganta do inimigo sem nem pensar duas vezes. Uma arma letal. Depois do que aconteceu com a Dana, o alfa seria rápido com a vingança.

— Pode chamar os caras para virem para cá? — Logan perguntou. — Estou esperando que o vampiro já venha com as plantas dos prédios e os detalhes. Gostaria de acabar com o lugar o mais rápido possível.

— Pode deixar. Mais alguma coisa?

Logan soltou um suspiro e fechou a capa do tablet.

— Jax. Parece que o clima no Norte está melhorando. Ele deve chegar essa noite, mais tardar amanhã de manhã. Vou ligar para ele para falar da Wynter, mas essa conversa precisa ser pessoalmente.

— Vai ser um problema?

— Não, só queria te deixar de sobreaviso. Nosso foco principal essa noite é acabar com o laboratório. Não sei como vai ser trabalhar com o Devereoux. Não confio nele, mas não temos muitas opções. E mais, teremos que enterrar a Dana em breve; a mãe dela está fazendo os arranjos. A lua cheia é daqui a poucas noites. Então quero todo mundo fora da cidade logo depois do funeral.

— Feito.

Eles pararam assim que ouviram Wynter descer as escadas. Logan olhou para Dimitri com um olhar astuto e articulou:

— Nem uma palavra.

O beta revirou os olhos e suspirou. A mulher estava mesmo deixando o alfa fora de si.

— Oi — Wynter cumprimentou ao ir em direção a Logan. Ela deu um beijo na bochecha dele e sorriu para Dimitri.

Wynter sentiu as nuvens cinzentas se dissiparem depois de falar com Logan. Nada mais de segredos. Não tinha certeza de para que lugar o relacionamento estava indo, mas, depois que fizeram amor, esperava que estivessem destinados a ficarem juntos. Não era boba, tinha ouvido falar sobre companheiros e como funcionava entre os lobos. Eles podiam acasalar entre si e até mesmo com humanos de vez em quando. Mas ela estava destinada a ser companheira de Logan? Disso, não tinha certeza. Imaginou se seria algo que cairia com tudo sobre a sua cabeça. Talvez depois que se transformasse saberia?

Ao olhar para Logan e o beta, uma onda de felicidade apareceu em seu rosto. Corou feito uma garotinha. Ainda era tão surreal que ela não podia evitar sentir o quanto era bom ser livre: física, emocional e sexualmente. Logan sabia tudo o que havia para saber sobre o passado dela. Assim como Dimitri. Não só isso, ela tinha feito amor perfeito nessas últimas doze horas. Estar com Logan a conduzia a novos patamares sexuais. No passado, nunca foi tão aventureira. Mas o toque dele na sua pele lhe acendia a libido; ela o queria de cada jeito e posição que pudesse tê-lo.

No banho, passou tempo fantasiando com Logan, com a próxima vez que fizessem sexo e, na verdade, estava esperando que ele fosse levar as coisas mais longe. Não que tivesse tido muita experiência sexual com outros homens, mas sempre foi estritamente baunilha. Com Logan, imaginou que o deixaria fazer tudo e qualquer coisa que quisesse com ela... exceto compartilhá-lo com outra mulher. A sensação dos dedos dele no seu ânus a arrebatou, e mal podia esperar para ir adiante. Riu baixinho consigo mesma. Estava mesmo mudando e, puta merda, estava gostando muito.

Logan, ainda sentado, envolveu um braço ao redor da sua cintura, puxando-a para si e lhe dando um beijo no quadril. Foi tão bom, era tão natural tê-la ali na casa.

— Quer café? Comer alguma coisa? — perguntou, amoroso.

— Posso pegar, obrigada — disse, ao afagar a bochecha dele. Ela se serviu de café e pegou um beignet no saquinho sobre o balcão. — O que foi? Vocês ficaram muito quietos de repente.

Os homens se encararam. Quanto poderiam contar a ela? Dimitri desviou o olhar, deixando para o alfa. Logan decidiu contar sobre essa noite. Ela tinha todo o direito de saber o que estava prestes a acontecer.

— Devereoux acha que conseguiu localizar o laboratório. Vamos lá essa noite — Logan revelou.

— Marcamos uma reunião aqui daqui a pouco — adicionou Dimitri.

Wynter, determinada a não permitir que aquilo a afetasse, não perdeu um segundo.

— Tudo bem, estou dentro. Quando é a reunião? Quem vem?

Logan tossiu. Ela não estava pensando em voltar ao laboratório, não é?

— O Devereoux. Ele deve trazer alguns vampiros.

— Quero ir contigo... ao laboratório — ela declarou, dando uma mordida no beignet.

— Não — os dois disseram ao mesmo tempo.

Ela quase engasgou. Depois de mastigar e engolir, levou as mãos aos quadris.

— Eu posso conseguir os dados, encontrar amostras de sangue, ajudar a transferi-las. Sei o que estou fazendo. Olha, não estou morrendo de vontade de voltar lá, mas alguém com conhecimento em transporte de vírus precisa ir. A menos que você tenha outro virologista disponível que esteja louco para enfrentar o perigo com grande probabilidade de acabar ferido ou morto. — Ela ergueu uma sobrancelha para eles.

Dimitri fez que não. Logan, por outro lado, pensou no que ela disse. Era exatamente por isso que não deveria se envolver com ela. Precisavam dela. O coração dizia "de jeito nenhum", mas o líder objetivo nele disse que ela estava certa. Repassou o cenário na cabeça. Iriam armados, dentes e presas resplandecentes, distribuiriam uns socos, quebrariam um frasco e acabariam infectando a vizinhança com algum vírus desconhecido. Não, tinha que haver um jeito de fazer Wynter ser parte do grupo e mantê-la segura.

— Tudo bem, você vai — ele decidiu.

— Hum, Logan, talvez devêssemos conversar... — Dimitri começou.

— Ela vai — Logan reiterou. — Wynter está certa. A gente coloca alguém para vigiá-la. Ela fica no carro até limparmos a barra. Aí ela vai dar uma olhada no laboratório.

— Tudo bem, então ela vai — ele concordou, relutante. Por mais que não quisesse que ela fosse, sabia que Logan estava certo. Quem mais poderiam levar que fosse especialista em vírus?

— Então está resolvido. Mais alguma coisa de que eu deva saber? Deus, isso aqui é muito bom — ela gemeu, fechando os olhos. O açúcar de confeiteiro cobria seus lábios.

Por um breve segundo, Logan pensou em limpá-los com lambidas, virá-la na mesa e estocar nela bem ali. De agora em diante, manteria um estoque de beignets em casa. Caramba, ela era gostosa. E não fazia a mínima ideia do que estava fazendo. Sua lobinha ia ser a sua morte.

Logan olhou para Dimitri, que estava de queixo caído. Até o beta não era imune à forma com que ela deslizou a língua pelos lábios rosados e enfiou um dedo na boca, gemendo de prazer.

— D? — Ele estalou os dedos, tentando quebrar o feitiço.

— Oi — respondeu, atordoado.

— D — Logan disse mais alto, sorrindo.

— Desculpa. — *É... só que não.* Ele sorriu para Logan. — Então, do que estávamos falando?

Logan riu da forma ridícula com que estavam agindo. Não havia como negar que ela era cativante. Sensual sem ser sexual demais. Talvez a parte mais engraçada da história toda era que ela era sua companheira. Enquanto ela continuava a lamber e chupar os dedos açucarados, alheia ao efeito que tinha nos machos ao seu redor, ocorreu a ele que se Dimitri notou, os outros também notariam. Seu lobo não podia suportar a ideia. Claro, em algum momento ele poderia compartilhá-la com o beta, mas seria em seus próprios termos. E só aconteceria depois que ele a reivindicasse, que a marcasse como sua.

Solene, Logan se sentou à cabeceira da mesa da sala de conferências. Quando fez a reforma, certificou-se de que o escritório teria uma sala de reuniões adjacente. Ao contrário dos outros cômodos da casa, aquele era ultraelegante, moderno e seguro. Doze poltronas de couro de respaldo alto rodeavam a mesa de mogno em formato de barco. Talhada com uma incrustação preta, a superfície da madeira bem envernizada brilhava. Um enorme monitor de tela plana pendia na parede por trás da cadeira do capitão. Acima, um projetor retrátil se estendia no teto.

Olhando para Wynter, quase se arrependeu de trazê-la à reunião. Concentrar-se em algo que não fosse a vontade de arrancar as roupas dela e levá-la de volta para a cama seria um desafio. Linda como sempre, ela prendeu o cabelo rebelde em um rabo de cavalo, expondo o pescoço e os ombros beijados pelo sol. O vestido azul-royal listrado abraçava os seios e caía logo acima dos joelhos. O brilho labial resplandecia discreto nos lábios macios; os mesmos lábios mágicos que estiveram envolvidos ao redor do seu pau naquela manhã. Ela o olhou com um sorrisinho enquanto, nervosa, brincava com a caneta.

Logan tratou de voltar a atenção para Dimitri que conduzia os convidados de presas até a sala. O rosto ficou sério quando ele acenou com a cabeça para Léopold, que tinha trazido Étienne e Xavier. Zeke e Jake vieram logo depois, vigiando os vampiros com cautela. Depois de todos se acomodarem, Dimitri se sentou ao lado de Wynter, para que ela ficasse aninhada em segurança entre ele e Logan.

O coração de Wynter acelerou ao ver os vampiros. Com a arrogância de sempre, Léopold lançou um sorriso largo para ela, como se soubesse que ela transara com Logan. O rosto queimou quando ele aproveitou para despi-la com os olhos. Uma olhada para Logan, cujos olhos brilhavam de raiva, lhe disse que o gesto não passou despercebido. Quando enfim Léopold parou de olhar para os seus seios e chegou aos olhos, ele acenou a cabeça como se dizendo "bom material". Ela revirou os olhos com nojo. Devereoux pode ter sido generoso, mas ele era encrenca, das grandes. Depois daquela dança, um sorriso cauteloso foi tudo o que ela conseguiu dar. *Cara, essa reunião ia ser longa. Por que ela estava ali? Ah, sim, o negócio do maldito vírus.*

Depois de rever as plantas da pequena fábrica abandonada no Warehouse District, o grupo se decidiu pela entrada lateral. Wynter tentou dizer a eles que, mesmo que suspeitasse que havia outros cientistas envolvidos, a operação era pequena. E tinha que levar em consideração a frequente mudança de localização. Apesar disso, tinha que haver pelo menos um quarto para os guardas ou talvez um para quem quer que conduzisse o show. Mas não havia como Wynter ter certeza, pois nunca saiu do laboratório.

Sempre que se preparavam para uma mudança, avisavam em cima da hora. O guarda dava a ordem para ela guardar o equipamento. Desde os frascos às pipetas, dos tubos de ensaio às provetas, tudo tinha a própria caixa. Similar aos laboratórios portáteis usados pelos universitários, eles não tinham se apoiado em nada fixo. Não sabia como conseguiam realocar tão rápido os itens maiores e mais caros como o microscópio, as incubadoras e as centrífugas. Mas como um mecanismo bem oleado, a locação seguinte seria montada em um dia.

Depois de uma hora de discussão, a equipe decidiu deixar Léopold entrar primeiro. Ele suspeitava que alguém de sua linhagem tinha criado outros para o único propósito de proteger o empreendimento. Logan estava mais do que feliz em deixar que ele lidasse com os seus, mas no que dizia respeito a encontrar o assassino, queria primazia para conseguir justiça. Era o mínimo que podia fazer por Dana e por Wynter.

Ao fim da reunião, o lobo de Logan estava exausto, nada feliz com a quantidade de testosterona preenchendo a sala. Os lábios formaram uma linha apertada, ouvindo Léopold descrever como planejava matar os filhos. Cravando os dedos nos braços da poltrona, observou como Étienne encarava Wynter um pouco demais. Em nenhum momento o vampiro notou que o alfa o encarava feito um falcão. Não tinha certeza se o que sentia vir dele eram intenções sexuais ou sede se sangue, mas queria o maldito vampiro fora da sua casa.

— Basta — declarou Logan. Ele se levantou e colocou a palma das mãos sobre a superfície lisa da mesa. — Devereoux, por mais que eu esteja grato pela sua colaboração com os Lobos Acadianos, creio que já repassamos tudo. Nós nos encontraremos às nove.

Léopold se levantou, dando um leve aceno de cabeça para Étienne e Xavier. Dimitri os seguiu, com a intenção de acompanhá-los até a saída. Enquanto fazia isso, Léopold teve a coragem de atravessar a sala, indo direto para Wynter. Logan rosnou, entrando na frente dela.

O impetuoso vampiro apenas riu.

— Alfa, encontrou a sua loba, não? Não a machucarei.

— Está tudo bem, Logan — Wynter o acalmou, determinada a não demonstrar medo. Ela deslizou ao redor dele, ficando cara a cara com Léopold. Logan passou um braço ao redor de sua cintura, mantendo-a perto. — Monsieur Devereoux, agradeço sua ajuda no assunto. Eles virão atrás de mim.

— Menina corajosa. Não importa o que você pense, não permitirei que te capturem... Sejam *eles* quem forem. — O vampiro estendeu a mão para a dela, e Wynter se viu permitindo que ele a segurasse. Logan ficou visivelmente tenso enquanto Léopold beijava a parte de dentro do seu pulso, soltando-o tão rápido quanto o pegou.

— Isso é importante. Não podemos errar — insistiu ela. Wynter levou a mão ao peito, fingindo coragem.

— Uma batalha perdida é uma batalha que pensamos ter perdido — declarou Léopold.

— Desculpa? — perguntou Wynter.

— Sartre — citou o vampiro. — Estou otimista, contanto que não tenham mudado de lugar.

— Veremos essa noite, não? — comentou Logan.

— Isso, veremos... veremos — Léopold repetiu, acenando com a mão no ar ao sair da sala.

Depois que todo mundo se foi, a confiança de Logan quanto à probabilidade de encontrar o assassino ficou maior.

— Vampiro estranho, né? — apontou Wynter.

— Ele é sim. Meu instinto diz que ele segue algum código de honra, mas nunca o confunda com algo além do que ele é — Logan avisou.

— Um monstro?

Logan sorriu.

— Não batalhais com monstros, a menos que monstro se torne.

Ela riu.

— Outra citação?

— Friedrich Nietzsche — confirmou Logan. Ele pegou as mãos dela. — Ainda temos algumas horas antes de irmos. Sei que eu deveria estar te encorajando a descansar, tirar um cochilo ou algo sensível do tipo.

— Descansar, hein? Que tal um banho de espuma? Ou uma massagem? — Ela deu uma piscadela e arrastou um dedo pelo peito dele.

— Um banho parece uma ótima ideia, desde que eu esteja nele contigo. — Logan puxou o resplendor dela para si, enterrando a cabeça em seu pescoço e rosnou. — Você me deixa louco, sabia? Não consigo manter as mãos longe de você.

Wynter riu, ficando mais excitada, amando a sensação dos lábios quentes em sua pele. Ela olhou para a mesa e lançou um sorriso sexy para ele.

— Meu alfa — começou, sedutora. — Sabe, acabei de notar que essa é uma mesa muito boa. Robusta. Longa. Dura.

Meu alfa? O pau de Logan enrijeceu com as palavras. *A mesa não é a única coisa dura nessa sala, linda.* Ele olhou para o tampo de madeira, depois para ela, com um sorriso.

— Mogno africano. Um amigo fez sob medida para mim. Gostou?

— Ah, gostei. Parece muito funcional. Aposto que podemos *trabalhar* bem duro nessa mesa — ela pensou em voz alta e deu uma piscadinha. Olhando-o nos olhos, deu um sorriso sugestivo e ergueu uma sobrancelha. Deslizando a mão entre as pernas do alfa, segurou a rígida excitação. —

Sabe, sempre me perguntei como seria trabalhar de secretária. Andei dando uma olhada por aí, e parece que você está precisando de ajuda.

Logan rosnou, fechando os olhos. Puta merda, aquilo era incrível.

— Que tal eu ser sua secretária hoje? — perguntou ela. — Sou muito boa com ditados, senhor.

Nunca na vida Wynter tinha sido tão atirada. Mas depois de fazer amor com Logan, ansiava por ele mais do que nunca. Como se fosse viciada em drogas, precisava de mais. O calor entre as pernas ficou doloroso. Sentindo-se sedutora e excitada, achou que não demoraria muito para envolvê-lo em sua fantasia.

Logan olhou Wynter, mal acreditando na própria sorte. *Essa lobinha safada queria farrear no escritório? Sério?* O cérebro dizia “de jeito nenhum”, mas a crescente ereção dizia “vamos com tudo”. Precisava ser cuidadoso para não se deixar levar. O lobo desejava demais essa mulher, queria reivindicá-la.

— Docinho, acho que você não sabe o que está pedindo. Meu lobo está agitado. — Ele mordeu de levinho o pescoço dela, como se para dar um aviso. Se ele a tivesse, seria forte e brutal.

— Mas eu sei… sei exatamente com o que estou concordando. — Wynter se recostou em Logan e deu um selinho em seu queixo, arrastando a língua pelo lábio inferior até beijá-lo.

— Sabe? — Logan a agarrou pelo cabelo, puxando a cabeça de levinho para trás. Revelando o pescoço, lambeu ali na base até ela arfar.

— Eu preciso disso… eu preciso de você… aqui… — Wynter suspirou.

— Você se submete, pequena? — Ele a salpicou com beijos leves. — É por isso que anseia? — Empurrou o vestido para cima, levando a mão para o meio das pernas dela, deslizando um dedo nas dobras molhadas. Ela tentou se mover, mas a deteve, segurando-a pelo cabelo.

— Sim, ah, Deus, sim! — ela choramingou.

Ele enfiou um dedo grosso na boceta quente, traçando círculos pequenos sobre o clitóris com o polegar.

— Assim? É isso o que você quer? Ah, sim… sim, é. Você está tão molhada.

Fechando os olhos, ela assentiu e gemeu. *Submeter? Dominar? Era tudo muito bom.* Faria o que ele quisesse desde que fizesse amor com ela agora.

— Vire-se — ordenou, tirando a mão da sua calcinha. — Mãos na mesa, Srta. Ryan.

Wynter obedeceu. Sem poder ver, o fôlego ficou mais sôfrego, em expectativa pelo que estava por vir.

— Isso, garota. Abra as pernas. — Rosnou. Com o joelho, ele as incitou a abrir. — Desculpa, mas isso aqui vai ter que sair.

Empurrando o vestido para cima, expôs o traseiro. Estendendo uma garra, cortou o fio dental com facilidade. Ela gemeu quando o ar frio atingiu a pele.

— Por favor — Wynter implorou. Inchada de desejo, precisava dele de novo dentro dela.

— Paciência, linda. — Logan se inclinou para frente, colocando as mãos na parte da frente das coxas e, então, as deslizou para cima, levando o vestido junto. — Levante os braços. Mãos de volta na mesa, agora.

Wynter obedeceu e apanhou um vislumbre do vestido caindo no chão. Totalmente nua, ela se apoiou na mesa.

— Que vista mais bonita — ele cantarolou. — Devo dizer que nunca transei com uma secretária igual a você em toda a minha vida. Creio que esteja certa. Essa mesa vai servir muito bem. Podemos trabalhar muito aqui.

Ela riu e foi se virar para poder vê-lo.

— Não. Se. Mova — disse, conciso, tentando segurar o desejo de entrar nela com tudo. Estava prestes a gozar ali mesmo. Mas ela queria uma fantasia. Então ele aproveitaria. — Ainda quer brincar? — perguntou, confirmando que ela queria mesmo aquilo. Não haveria volta depois que começasse.

Brincar? Estava nua em pelo, curvada sobre uma mesa de conferência com a porta da sala aberta. Dimitri poderia entrar e vê-los a qualquer momento. Um arrepio a atravessou. Ia mesmo fazer aquilo? A velha Wynter era conservadora e reservada, mas a nova Wynter... parecia que a loba queria explorar e experimentar tudo, desde que fosse com Logan.

— Sim, alfa — ela confirmou, abrindo as pernas um pouco mais para que ele pudesse ver dentro dela.

Logan mordeu o punho, observando-a abrir-se para ele. Wynter estava subindo as apostas, ele sabia. Pagaria para vê-la, e um pouco mais. Logan abriu a calça com uma mão enquanto a outra deslizava pelas costas da moça. Os dedos vagaram sobre o ânus até alcançar a umidade entre as pernas. Sentiu-a estremecer sob o seu toque.

— Você foi uma secretária muito, muito má, Srta. Ryan — ele começou, com um sorriso torto.

— Sim, sim, eu fui — concordou. *Ah, Deus, por que ele não partia logo para os finalmentes?*

Logan tirou a mão e, devagar, se ergueu ao lado dela. Wynter olhou para ele e sorriu.

— Você estava dando em cima do meu colega, não estava? — Os seios fartos estavam pesados por causa da excitação; as pontinhas rosadas enrijecidas. Logan amou o quanto ela estava ficando excitada com o teatrinho.

— Estava. Desculpa, de verdade. — Ela deu um aceno de cabeça sexy e o olhou.

— Então você precisa aprender que não vou tolerar esse tipo de comportamento no escritório. Talvez precise de uns tapas? — ele sugeriu, com a sobrancelha erguida. Logan rodeou a mesa, deixando-a sozinha.

— Não, não preciso. Prometo que não vai acontecer de novo.

— Acho que você pode gostar — ele disse, brincalhão, imaginando até onde a levaria. Aquilo era meio excêntrico, até mesmo para ele. Dimitri se divertiria muito se voltasse para lá.

— Vejamos, Srta. Ryan. Eu deveria te punir em particular? Ou... — Logan levou a mão à maçaneta, mas a soltou. Como se estivesse pensando muito sério, ele fez uma pausa, erguendo uma sobrancelha. — Talvez prefira que eu deixe a porta aberta.

Sabia que deveria dizer para ele fechar a maldita porta, mas as palavras não saíam. Não, queria a emoção de saber que qualquer um poderia entrar e vê-los. Que merda havia de errado com ela? Abaixou a cabeça, envergonhada, rindo baixinho consigo mesma.

— Quer que todo mundo no escritório nos veja? Quer, não quer? Você é uma secretária safadinha, não é?

— Não, eu… — ela protestou.

— Quer fazer mais do que flertar com os meus clientes? Dois homens de uma vez? É com isso que está fantasiando, lobinha? — Deixando a porta aberta, Logan foi logo para trás dela.

— Não — mentiu. Latejando de desejo, começou a ficar ofegante. O som do zíper sendo aberto ressoou em seus ouvidos.

— Diga a verdade, Srta. Ryan. Não gosto quando minhas secretárias mentem para mim.

Ela balançou a cabeça, negando.

— Você é muito safada — Logan disse, batendo na bunda dela. Mal podia acreditar que estava fazendo aquilo, mas, ao mesmo tempo, quem era ele para dizer não para sua fantasia?

Ela gemeu quando sentiu o golpe na nádega.

— Isso! — gritou. *O que ela acabou de dizer?*

Logan soltou uma risadinha, perguntando-se se ela se referia aos dois homens ou aos tapas, e suspeitou que era a ambos. O cheiro da excitação dela o deixou louco de desejo; sabia que não poderia continuar por muito mais tempo. Acariciou a nádega avermelhada, então inseriu dois dedos no sexo quente. Wynter empurrou o corpo para trás com um grunhido de prazer.

— Não posso acreditar que contratei uma secretária tão safada. Deusa, isso é excitante demais, Wyn. — Ele saiu do personagem e tirou a calça, deixando o membro duro pressionar a fenda do traseiro dela.

— Sim, por favor, não pare — ela rogou.

— Promete ser uma secretária boazinha? Não vai mais dar em cima dos outros? — Estava achando difícil não rir. Como isso começou? Ah, sim, a mesa de conferências.

— Sim, senhor, eu prometo. Só continue... ah — ela gemeu, quando ele lhe deu o que precisava. Dois dedos entravam e saíam do sexo molhado.

— Eu vou foder você, Wynter. Agora. — Rosnou em seu pescoço.

O sussurro sexy no ouvido enviou arrepios por todo o corpo. Ela arfou em expectativa.

— Forte. E rápido. Até você gritar por mais. — Logan tirou os dedos. Segurando o queixo dela por trás, deslizou os dedos macios na boca de Wynter. Enquanto ela lambia o próprio néctar dos dedos dele, colocou a cabeça do pau entre as pernas dela.

— Logan, eu não posso esperar. Ai, meu Deus — ela suspirou. Falar sacanagem nunca tinha sido a dela, mas, puta merda, aquilo a deixou com tesão. Precisava dele agora, preenchendo-a.

O lobo de Logan rugiu. A submissão e o bom-humor eram mais do que teria pedido na companheira. Incapaz de levar o jogo mais adiante, enfiou o pau nela por trás, indo até o talo. Grunhiu, ficando parado por um segundo. Queria ir com força, mas não queria machucá-la.

Wynter gemeu o seu nome enquanto ele a enchia por completo. O membro longo e grosso esticou o seu sexo. Precisava que ele se movesse. Arfando, choramingou, tentando fazê-lo estocar.

— Porra, Wyn. Você está me dando um puta tesão. — Ele saiu e voltou a entrar. — É isso, docinho. Toma tudo.

— Isso! — ela gritou, pressionando-se nele. Deixando que as mãos se esticassem, pressionou o peito na mesa fria, deixando-o ir mais fundo.

— Ah, isso. — Logan entrou nela de novo e de novo, agarrando-a pelos cabelos, fazendo a cabeça se erguer da mesa. Rodeou o braço, deslizando a mão sob o peito dela para que pudesse segurar o seio.

— Me fode. Mais forte — encorajou-o. Deus, amou fazer amor com esse homem.

O lobo de Logan foi à loucura pela companheira. Mal percebendo que os caninos tinham saído, moveu a mão do seio para a barriga para que pudesse puxá-la para cima. Dobrando os joelhos, continuou a penetrá-la com a dureza do seu sexo. O som de carne batendo em carne reverberou pela sala, levando-os a um fervor animalesco. Guiando a cabeça dela pelo rabo de cavalo, buscou a boca, deslizando a língua nos lábios entreabertos.

Wynter inclinou o pescoço para trás, beijando-o apaixonadamente. O corpo pegava fogo, um lago quente de tesão sendo atiçado por cada movimento. Os dedos de Logan se moveram da barriga indo até as dobras molhadas e ela voltou a gemer. A pressão do orgasmo estava muito próxima. Dentro de segundos, o clímax arrasador lhe percorreu o corpo, lançando-a em espasmos de prazer.

Logan não tinha planejado perder o controle, mas, naquele momento, Wynter era a sua vida. Seu presente e seu futuro. Não mais viveria sozinho. Colocou a culpa no lobo, mas, na verdade, foi o coração do homem que quis reivindicar aquela mulher para si. Quando ela desabou com o alívio, Logan cedeu o controle à mulher e à própria natureza. Com um gemido feroz de deleitosa agonia e prazer, ele a inundou, pulsando em um orgasmo. As paredes da sanidade ruíram ao seu redor quando as presas cravam no ombro dela.

CAPÍTULO DEZESSEIS

O que foi que eu fiz? Droga. Droga. Droga. Logan ficou chocado com o que havia acabado de fazer, mas, enquanto pegava Wynter com cuidado, embalando-a junto ao peito, não conseguiu invocar um grama de remorso. Em vez disso, o lobo, satisfeitíssimo, uivou em triunfo, revigorado por ele ter marcado a companheira. Logan sabia que não deveria ter acontecido assim. Mas, se ela tivesse sido uma loba, não teria que explicar nada. Era um ato natural, afinal das contas. Inferno, em um mundo perfeito, Wynter já o teria marcado de volta.

Logan a levou lá para cima, indo logo para o quarto. Antes de chegar ao colchão, ela havia se encolhido em seu corpo feito uma gatinha ronronante e caiu no sono. Sem se separarem, ele a colocou com cuidado na cama, trazendo-a consigo para que a cabeça recostasse em seu peito. Passando o dedo pelo ombro dela, ele sorriu. A mordida já estava se transformando no desenho único. Como Wynter, era pequeno, lindo e discreto. Dois círculos entrelaçados tinham aparecido; Logan os comparou a almas unidas; independentes, mas que coexistiam como uma. Era um pensamento sentimental, sabia, mas uma sensação de orgulho se agarrou ao seu peito ainda assim.

O que Wynter pensaria quando visse a marca? Uma pontada persistente de preocupação girava em torno das perguntas não respondidas. E se ela o rejeitasse? Não o aceitasse como companheiro? Ela não se transformara ainda. O conceito de reivindicar e acasalar era lupino, e ela ainda se agarrava às expectativas e crenças culturais humanas. Mesmo que morasse com Jax, ela tinha dito a Logan que ele a mantinha afastada da alcateia, afastada dos lobos. Não precisava se esforçar demais para saber como Jax reagiria. Não que pudesse culpá-lo por ficar irado, mas, em algum momento, até mesmo ele teria que aceitar. Como alfa, entenderia que lobos não podiam negar o que a natureza exigia.

Abraçou-a com força, beijando-a na testa. Sorriu consigo mesmo por causa da loucura que o tomou quando ela insistiu no teatrinho. Não é como se nunca tivesse tido experiências sexuais; estava vivo há muito tempo. Mas nunca, nem em um milhão de anos, esperaria que a cientista bancasse a secretária. Quando se conheceram, ela pareceu reservada, tinha até medo da nudez. A interação que tiveram na piscina tinha sido para que ela se abrisse ao jeito dos lobos. Mas ele não fazia ideia do quanto ela se tornaria criativa. A lembrança de como a garota ficou ali nua, curvada sobre a mesa... Deusa, a mulher era sexy.

Ela era tão quente e macia em seus braços, o coração se apertou. Não só o lobo estava rolando em adoração pela companheira, Logan poderia se apaixonar por ela. Talvez fosse tesão, raciocinou. Faria muito mais sentido. Quanto mais tentava compreender o como e o porquê da situação, mais frustrado ficava. Era exatamente o que vinha dizendo a Dimitri. Não importa o desejo que o lobo sentisse pela companheira recém-encontrada, o conflito interno quanto àquilo distraí-lo era mais urgente.

O último pensamento que teve antes de adormecer foi que precisava se resolver antes de irem ao laboratório. Logan decidiu que conversaria com Wynter sobre a marca quando voltassem para casa. Não tinham tempo para discussões pesadas e emotivas antes de saírem em uma missão perigosa. Não, aquilo podia esperar. Parou de pensar nela e se concentrou no assassino, no que ele tinha feito com Dana, em como havia torturado a sua companheira. Foi todo o necessário para desaguar um rio de ira, abastecendo a vingança que infligiria em poucas horas.

Wynter vestiu jeans preto e uma camisa que Logan deixara para ela na cama. Era tudo muito James Bond para o seu gosto, mas confiou que ele sabia o que estava fazendo. Ao calçar as meias, deixou a mente vagar para o alfa. Quando acordou, ele já estava vestido e de banho tomado. Com um beijo rápido na sua bochecha, ele foi lá para baixo sem dizer uma palavra sobre o que aconteceu na sala de conferências.

Suspirou de alívio, pensando no que fizeram. Ao mesmo tempo, não se arrependia. Como se um mágico tivesse revelado a pomba escondida, ela desnudou a sexualidade recém-nascida. Poderia colocar a culpa na loba, mas sabia a verdade. Como uma tigresa enjaulada, vinha esperando que o homem certo a libertasse da prisão, destravando sua verdadeira natureza. Riu, pensando em como o encorajara a deitá-la sobre a mesa. A forma como fizeram amor foi fenomenal. Brusco e gentil, a paixão e a intimidade abraçaram corpo e alma. A eletricidade entre eles chiou, ameaçando queimar a sala todinha.

O que a surpreendeu mais foi a forma com que ele a pegou com carinho depois, a acariciando e embalando. Não perderam o contato nem por um momento. Ao se deitarem na cama, os lábios macios na sua testa enviaram fios de calor pelo seu corpo. Wynter não tinha certeza se ele sabia que ela havia sentido cada toque amoroso e cada beijo leve como pena. A emoção jorrou no peito quando pensou nos próprios sentimentos.

Passou as mãos pelos cachos e tentou prender o cabelo com o elástico. Quando levou a mão para fazer exatamente isso, sentiu uma areazinha mais elevada perto do pescoço. *Ele a mordera? Deu a ela uma "mordida de amor"?* Sim, deu. E, caramba, tinha sido intenso. Ela se lembrou de como a dor leve a levou a outro orgasmo no momento em que ele fez aquilo. Seria alguma perversão lupina? *Talvez da próxima vez devesse mordê-lo também?* Sorriu com o pensamento.

O foco voltou ao que estavam prestes a fazer. *Vou ficar segura... Vou ficar segura.* Continuou repetindo o mantra. Sabia que Logan não a teria deixado ir se não pensasse que poderia mantê-la fora de perigo. Se ao menos pudesse pôr as mãos nos dados, talvez fosse capaz de curar Emma. Ao encarar o rosto no espelho, prometeu a si mesma que ficaria de olho no prêmio.

— Trouxe sanduíches — declarou Dimitri, dando uma boa mordida no sanduíche.

— Obrigado, estive tão ocupado que nem pensei em comer. O Zeke e o Jake estão prontos? — Logan perguntou.

— Sim, estão na minha casa abastecendo os carros. Você está pronto?

— Já nasci pronto. — Logan se sentou à mesa da cozinha, pegou um lanche e começou a comer.

— Quer desabafar sobre alguma coisa? — Dimitri notou que o alfa tinha evitado fazer contato visual com ele desde que desceu, o que era incomum. É, Logan com certeza estava tentando se esquivar de alguma coisa.

— Só comendo o meu sanduíche. Está gostoso. Onde os comprou?

— Então, como foi trabalhar na mesa nova? — Dimitri pensou em tentar outra estratégia. Ah, ele tinha ouvido, em alto e bom som. Aquilo quase o fez querer tentar encontrar a própria companheira... quase.

— Vá se foder, D.

Rindo, Dimitri quase se engasgou com a comida. Bingo. Chegou ao assunto.

— Sabe que eu nunca mais vou ser capaz de me concentrar naquele lugar de novo, né? Não se preocupe, eu não fiquei para o show — reassegurou, agitando as sobrancelhas.

— Ela é minha companheira — Logan declarou, indiferente, esperando pela provocação que não veio.

— Foi o que imaginei. Ela sabe?

— Não tem como, cara. Ela ainda nem se transformou. Tipo, você conversou com ela. Ela não passou muito tempo com os lobos. O que quero dizer é que mesmo ela morando com o Jax, parece que ele mantém as atividades da alcateia em sigilo.

— Não falta muito para a lua cheia. Ela vai ter que aprender — Logan aconselhou e deu outra mordida.

— É, tem outra coisa. — Indiferente, Logan colocou o sanduíche no prato e tratou de soltar a bomba. — Eu a marquei. E, antes que você pergunte, ela não sabe.

— Oi? — Sem querer, Dimitri cuspiu a comida por causa da surpresa.

— É o seguinte, D, sei que deveria sentir culpa ou outra emoção racional do tipo. — Logan se recostou e fechou os olhos, pensativo, e então encarou Dimitri. — Mas não sinto. Eu me sinto bem pra caralho. Acho que sou um babaca por estar assim. Mas estou te dizendo, foi bom... bom de verdade. Ela é minha, e quero que os outros saibam. E naquela sala de conferência, ela foi tão... não posso nem te explicar como foi. Ela é linda. Brincalhona. Animada. Meu lobo... a desejava tanto.

— Olha, você não pode se punir por isso. Você é um lobo. É o que fazemos. Você bem sabe. Eu sei. Parece certo porque era assim que deveria ser. Ela entenderá quando você contar. — Dimitri se levantou, deu um tapa no ombro de Logan e foi até a pia. — Então, quando vai dizer a ela?

— Hoje à noite. Mas só depois que voltarmos. Nesse momento, preciso me concentrar no que faremos. Você trouxe o que pedi?

— Trouxe, está bem ali no balcão. — Dimitri apontou para um coldre e a arma.

— Certo. Obrigado. Aí vem ela — Logan avisou, ouvindo Wynter vir na direção da cozinha. — Oi, docinho. O D trouxe o jantar.

Logan mostrou a bandeja e esperava que enchê-la de comida a fizesse reagir melhor ao que ele estava prestes a sugerir.

Wynter se juntou a eles, pegou um sanduíche e deu uma mordida.

— Ai. Meu. Deus. Isso é incrível. Eu super podia morar nessa cidade. Entre os beignets e todo o resto, posso chegar a pesar uns duzentos quilos, mas quem liga? — Ela riu.

Depois de alguns minutos se passarem, Logan ficou de pé, levou o prato para a pia e então pegou a bolsa que estava no balcão.

— Tenho algo para você — disse a ela. Ele tirou uma Lady Smith do coldre e verificou a trava de segurança.

— Mas que...? — Ela ficou boquiaberta.

— É uma arma, Wyn.

— Sim, estou vendo — gaguejou. — Mas acha mesmo que é necessário?

— Sim, acho. Não vou me arriscar. Quando entrarmos, você vai ficar trancada no carro com o Jake. Mas só para garantir... sempre é necessário um plano B — respondeu ele, continuando a verificação para ter certeza de que tudo o que pediu estava ali. Logan tirou o carregador, verificou e o colocou de volta.

A realidade do que estavam prestes a fazer fez Wynter parar e respirar fundo. Mesmo ela tendo que fazer aquilo, seria difícil voltar para o mesmo lugar em que foi mantida presa. Perdendo o apetite, limpou a boca com um guardanapo e empurrou o prato para longe.

— Venha aqui — Logan chamou. Wynter se afastou da mesa e foi até ele, observando-o trabalhar. — Aqui está... levante os braços — ele instruiu, deslizando coldre de ombro de couro preto pelos braços dela. Ele ajustou as alças para que encaixasse direito. — Pronto. Já usou uma arma?

— Bem, já, mas... — Ela empertigou as costas e moveu os braços, tentando se acostumar à sensação dela ao redor do corpo.

— Quando foi a última vez que atirou? — Olhou para ela, esperando a resposta.

— Bem, não que eu seja uma boa atiradora, mas o Jax insistiu para que eu tivesse uma. Sabe, circular pela cidade à noite e tudo mais. Para ser sincera, eu não a carrego comigo com frequência.

— Quando foi a última vez que a usou?

— Eu não sei. — Esfregou a testa, tentando pensar. Caramba, fazia tanto tempo assim? — Talvez um ano?

— Melhor que nada. Toma, quero te ver carregá-la.

Ela fez o que ele pediu, e logo colocou a arma de volta no coldre.

— Isso, garota. Agora, vamos repassar o que temos, tudo bem? Balas de prata. Oito por pente. Há carregadores prontos para usar aqui e aqui. — Ele apontou para as cartucheiras presas ao coldre.

Ela fez que sim, mas a expressão não combinava com o consentimento. A testa franziu de temor.

— Você vai estar segura, Wyn. Se algo acontecer, faça o que Jake te disser, tudo bem? E mais, há estacas no carro. Um monte. Leve uma consigo quando chegar a hora de entrar no laboratório. Só para garantir.

— Entendido — ela disse, determinada. Pegando a garrafa de água, abriu-a e deu um bom gole, desejando que fosse uísque. Quando olhou para cima, viu dois homens enormes entrarem na cozinha.

— Jake, Zeke, essa é a Wynter. Ela é minha... — ele lutou para encontrar a palavra. *Companheira.* Não, não era a hora. — Namorada.

Logan olhou ao redor para reparar na reação dela. O rosto da cientista queimou, e ela não conseguiu esconder o sorriso evidente em seus olhos. É, namorada serviria.

— É um prazer te conhecer, Wynter. Eu sou o Jake — disse o mais alto. O cabelo louro era bem curtinho. Rodeou a mesa com confiança e se juntou a eles. Se não soubesse, teria pensado em alguém que faça cumprir a lei. Exército, talvez?

O outro lobo, parado à porta com os braços cruzados, só assentiu com a cabeça. O comportamento indiferente lhe deu arrepios. Perguntou-se qual era o problema dele para não poder dar um simples "oi", e concluiu que talvez a presença dela não fosse bem-vinda. Wynter fez contato visual com ele e colocou a garrafa no balcão.

— Não se preocupe com o Zeke, *cher*. Ele é só os músculos. Para a sua sorte, terá o cérebro como companhia essa noite. — Jake falou com um sorriso.

— Quando saberemos que é seguro entrar no laboratório? — Wynter perguntou a Logan.

— Vou mandar o Dimitri quando a barra estiver limpa. Mas até que ele chegue, você fica no carro com o Jake. Precisamos ser bem claros nisso. Não saia do carro até ele dizer que pode. Agora... os carros foram projetados para ocasiões como essa. Eles têm blindagem personalizada. À prova de balas. Mesmo assim, vamos com a redundância caso encontremos problemas. Você, Jake e eu vamos em um carro. Dimitri e Zeke, no outro.

Depois de uma longa pausa, Dimitri se levantou da mesa, assim como Jake. Wynter esperou até Logan indicar que eles estavam saindo e o puxou pela manga. Sem avisar, ela o abraçou com força. Queria dizer como se sentia, preocupada que algo de ruim acontecesse a ele.

— Logan, por favor, tome cuidado. Eu... eu preciso de você — confessou. Foi o máximo que conseguiu dizer.

Logan a segurou pela bochecha e ergueu sua cabeça para ele.

— Não vai acontecer nada comigo, docinho. Vamos entrar e sair antes que você perceba. Então poderemos vir para casa e talvez brincar de "policial", sem as armas... só com as algemas — ele provocou, tentando fazê-la sorrir.

— Bem, desde que envolva uma revista completa, estou dentro — brincou, desajeitada.

— Sério, Wyn, você vai ficar segura. Vamos pegar os caras malvados.

— Tudo bem — concordou, relutante.

Antes que percebesse o que estava acontecendo, Logan a beijou. Foi um beijo breve e amoroso, confirmando o que ela sentia lá no fundo do peito. E podia não ser mais simples... nem mais complicado.

CAPÍTULO DEZESSETE

O breve deslocamento do French Quarter para o destino pareceu levar horas. Quando chegaram lá, a mente de Wynter estava descontrolada, esperando que desse tudo certo. Com o nervosismo fazendo hora extra, brincou com uma estaca, imaginando se precisaria usá-la. Vampiros eram rápidos. Quando conseguisse mirar, eles já estariam na sua garganta. Mas a arma? Aquilo ia dar certo. Talvez não usasse uma há tempos, mas concluiu que era como andar de bicicleta. E não havia nada que fosse gostar mais do que abrir um buraco em um dos seus ex-guardas.

O Warehouse District tinha experimentado meio que uma revitalização. Muitas das fábricas abandonadas foram convertidas em clubes badalados e em prédios de apartamentos. Wynter encarou a construção para onde o laboratório tinha sido supostamente movido. Ao contrário dos vizinhos chiques, a estrutura dilapidada parecia desolada. O arranhado logotipo bege e preto com folhas de cana-de-açúcar estava estampado na parte externa revestida de tijolos do segundo andar. Como não havia pátio e o prédio ficava de frente para a calçada, perguntou-se como tinham conseguido armar um laboratório sem serem vistos.

— Tudo pronto — Logan declarou, e abriu a porta do carro. Ele olhou para Wynter, depois para Jake. — Esperem aqui. Não deixe nada acontecer a ela.

— Eu a protegerei com a minha vida — Jake respondeu. Ele olhou para o prédio, depois para Logan. — Parece quieto.

— É, um pouco quieto demais. Ok, tenho que ir. O Devereoux está aqui. — Logan observou o misterioso vampiro sair da limusine preta. Balançou a cabeça; só um vampiro para vir de limusine para a batalha. Xavier e Étienne saíram do carro logo depois de Léopold. Com uma piscadinha para Wynter, Logan bateu a porta. — A gente se vê do outro lado.

Assim que ele se afastou, Wynter se arrastou pelo console indo para o assento da frente. Ela olhou para Jake, que fazia uma varredura com um binóculo de longo alcance. Observaram Logan se aproximar de Devereoux e fazer sinal para ele ir primeiro. Os dois andaram lado a lado por um beco até chegarem a uma escada de aço preto. Todos os olhos foram para Logan. Em silêncio, ele ergueu os dedos. Três. Dois. Um.

Wynter não podia ver exatamente o que estava se passando no escuro da noite, mas parecia que eles entraram bem rápido. Teriam arrombado a porta? O que acabou de acontecer? Entraram em segundos. Pareceu fácil demais.

— Nada bom — Jake comentou, baixinho.

— O que foi? — Wynter sussurrou.

— As portas estavam destrancadas. Parece uma armadilha.

— Ai, meu Deus. Você consegue avisar ao Logan? — ela perguntou, tentando manter a voz baixa.

— Não é necessário. Ele vai saber. Nós esperamos, pacientemente. Toma o outro binóculo. Você pode ajudar na varredura — Jake sugeriu, esperando que a tarefa a distraísse do fato de Logan estar no prédio.

Tudo parecia meio estranho. Jake desejou que Logan desse o fora dali. Wynter parecia estar indo bem, considerando tudo. Ele abriu a janela só um centímetro, e se concentrou para ouvir sons de luta. O silêncio vazio ecoou na noite como um mau agouro.

— Quanto tempo eles vão ficar lá? — Wynter perguntou ao se atrapalhar para focar as lentes.

— Algo assim não deveria levar muito tempo. O prédio não é muito grande, para início de conversa, e não ouvi nenhuma luta. Está tudo morto lá.

— Mas pode ser bom, né? Talvez tenham cuidado deles bem rápido — falou, esperançosa.

— Shhh. Você ouviu? — Um estalido bem baixinho foi tudo o que ouviu, depois, silêncio.

— O que foi?

— Shhh — ele sussurrou. — Ponha o cinto. Algo não está certo.

Tentando não entrar em pânico, Wynter prendeu o cinto bem devagar.

— Não posso ouvir nada… — ela começou a dizer, mas não conseguiu terminar.

Quando tudo foi pelos ares, o carro virou de lado e Wynter gritou. Felizmente, a escuridão a reivindicou no segundo em que foi atirada para a janela.

Cadáveres. Seis, para ser preciso. O fedor da morte bateu assim que o vampiro abriu a porta. Com a decomposição já bem avançada, as moscas enxameavam os corpos cobertos por vermes.

— Jesus Cristo — Logan amaldiçoou. Segurou a manga junto ao rosto e espantou os insetos para longe. — São humanos.

— Estou te dizendo. Essa porra é doentia. — Dimitri tossiu, tentando respirar. O cheiro era quase insuportável.

Logan se aproximou para dar uma olhada nos corpos.

— Pelo inchaço, presumo que estejam aqui há alguns dias. São bem jovens... uns vinte anos. Que merda é essa, Devereoux?

— Jantar — Léopold comentou com desgosto. Puxou um lenço muito bem dobrado e o levou ao nariz. — Ele está fazendo novos vampiros. Eles têm pouco controle. Matam facilmente quando estão se alimentando.

— Ótimo. Não estou gostando nada disso. A porta destrancada. Tudo quieto demais — Logan conjeturou. — A gente deveria dar o fora daqui.

— Creio que esteja correto, alfa — Léopold concordou.

Ninguém na sua linhagem fazia vampiros sem registrá-los. E a sua dica quanto à localização do laboratório estava parecendo cada vez mais uma armadilha. Não sendo do tipo que perdia a calma, tentou conter a fúria, mas não pôde resistir ao impulso de deixar as presas descerem.

Enquanto Logan se preparava para tirar todo mundo do prédio, uma única luz vermelha piscando chamou a sua atenção. Alertando o grupo, ergueu a mão e apontou em silêncio para a sala adjacente. Furtivo, se aproximou, tomando cuidado para não cair nas tábuas podres. O espaço enorme estava vazio, exceto pelas carcaças de ratos mortos e uma mesa portátil. Um notebook preto estava lá em cima; o botão de ligar pulsava uma luz na escuridão. Enquanto os outros se reuniam ao redor, Logan passou o dedo pelo *touchpad*, tirando-o do descanso. Quando a tela acendeu, uma única mensagem em preto e branco estava congelada lá: *"A scientifique é minha. Lugar nenhum é seguro."* O coração de Logan ficou preso na garganta. *Wynter.*

Tão rápido quanto os pés podiam carregá-lo, correu para a saída, gritando o nome dela. Ao chegar à calçada, captou um vislumbre do rosto dela através da janela do carro quando uma explosão violenta foi detonada. Logan e os outros foram atirados para o chão, atingidos pelas ondas do impacto. O rugido do estouro lançou estilhaços de borracha pelos ares, que logo choveram na rua.

Uma fração de segundo depois, Logan correu em direção aos destroços do SUV, que havia sido atirado de lado. Através da fumaça e dos detritos, subiu até a porta do motorista. As janelas escuras obstruíam a visão.

— Wynter! — ele gritou no carro. Um gemido baixo veio lá de dentro.

Logan grunhiu ao abrir a porta. Gasolina e poeira do airbag se espalharam pelo ar, fazendo-o tossir. Conseguiu levantar a porta por inteiro, expondo os airbags laterais brancos e murchos.

— Segure-a — deu a ordem, notando que Léopold tinha subido no capô para ajudar. O vampiro segurou a porta e, sem esforço, arrancou-a das dobradiças, jogando-a na rua.

Dimitri abriu o canivete e o entregou a Logan, que espetou o plástico. Arrancaram o airbag, revelando o interior do compartimento.

— Wyn! Você pode me ouvir, linda? Diga alguma coisa — Logan chamou no carro. Foi recebido pelo silêncio. Quando o pó dissipou, finalmente conseguiu ver o Jake, cujo braço esquerdo parecia estar muito machucado.

— Merda — Logan exclamou ao ver o ferimento do amigo. — Jake, ei, cara. Vamos, acorde, amigo.

Sem resposta, Logan continuou falando com ele.

— Vamos te tirar daí agora. Você vai ficar bem depois que se transformar.

— Corte-os. Eu vou segurá-lo para que ele não esmague a Wynter — Dimitri sugeriu. Jake, seguro pelo cinto, estava pendurado feito uma marionete nas cordas. Felizmente, por ele estar de cinto, não tinha caído sobre ela.

— Pronto, D? — Logan perguntou ao começar a cortar a peça de nylon. Dimitri segurou Jake com firmeza. — Pronto.

Juntos, levantaram o amigo e o tiraram do carro. Dimitri pegou Jake no colo e o deitou na rua.

— Zeke, tire as roupas dele, agora. Ele tem que se transformar — Dimitri deu a ordem. — Volto já. Preciso ajudar o Logan a tirar a Wynter.

O alfa perdeu o fôlego quando a viu. Ainda presa no cinto, a cabeça descansava no airbag murcho. Embora estivesse inconsciente, o coração batia com força. Logan se abaixou no carro até quase todo o corpo estar lá dentro. Quando chegou ao cinto, cortou-o com uma velocidade febril.

— Wyn, docinho. Estou aqui. Sinto muito. — Logan empurrou o cabelo dela para longe do rosto e a beijou na testa.

Xingou, o coração estraçalhado por vê-la daquele jeito. Disse que a manteria em segurança, e fracassou. Foi inundado pela culpa, e rogou para que ela estivesse bem. Sentiu a emoção lhe inchar o peito. Vê-la ferida e vulnerável era mais do que podia suportar. Os batimentos dela estavam firmes, mas ela continuava inconsciente. Beijou-a de novo, dessa vez na bochecha.

— Por favor, linda. Acorde agora. Preciso de você aqui comigo. Você é minha... — ele engasgou, não conseguiu terminar.

Ela gemeu e os olhos tremularam.

— Meu alfa — ela sussurrou.

Graças à deusa ela acordou. Desejou poder dizer naquele momento que ela era a sua companheira, mas a sanidade ganhou e ele se concentrou na tarefa; precisava levá-la para casa. Podiam conversar mais tarde.

— Vamos te tirar daí, tudo bem? Como está se sentindo? Com dor?

— Malditos vampiros — ela tossiu. — Acredita nessa merda?

— Malditos vampiros — concordou, com um sorrisinho. Ela era uma guerreira. A sua guerreira, cheia de garra. Uma alfa para um alfa.

— Humm — ela gemeu. — O que aconteceu?

— Alguém disparou uma bomba. Não sei como a colocaram no carro, mas tinha que ser um vampiro para fazer isso sem ser visto ou ouvido.

— Jake... ele sabia. Ele ouviu alguma coisa.

— A gente conversa mais tarde, linda. Está tudo certo, minha lobinha durona. Vamos te tirar daí. — Logan passou os braços por baixo dos dela. — D, estou saindo.

Dimitri segurou Logan pelos quadris, ajudando a puxar os dois do carro. Quando enfim foram libertos, o alfa a pegou no colo sem deixar que os pés dela tocassem no chão. Olhou para Jake, que tinha apagado no pavimento. Nu, ele ainda não havia acordado. Queimaduras de segundo grau formavam bolhas em sua bochecha. Ele começou a recuperar a consciência e grunhiu de dor.

— Vamos lá, Jake. Você precisa se transformar, cara. — Logan ouviu Dimitri dizer. Zeke estava ajoelhado ao lado dele.

— D, preciso que você pegue a Wyn — Logan pediu. Não podia acreditar no que estava prestes a fazer.

Logan sempre soube que essas decisões não eram fáceis para um alfa. Desafio atrás de desafio, o ataque brutal entre os lobos tinha provado o fato desde o início do seu reinado. Não, fácil não parecia certo. Mesmo tendo acabado de recuperar a companheira, ele teria que abandoná-la. Confiar no seu beta. Jake era responsabilidade sua e maldito fosse ele se o deixasse morrer por não conseguir se transformar sozinho.

Dimitri ficou de pé, sentindo a guerra que Logan travava. Mas, conforme o esperado, o alfa colocou a alcateia em primeiro lugar, acima das próprias necessidades. Com os braços estendidos, esperou pacientemente para pegar Wynter.

— Oi, docinho — Logan falou baixinho com ela. Devagar, ela abriu os olhos e o encarou. — Preciso que você fique com o Dimitri rapidinho.

— Não — ela protestou, com um gemido baixo. Dentro do calor e da segurança dos braços de Logan, não entendia o que ele precisava fazer nem por que teria que deixá-la.

— Só um minuto, linda. — Ele deu um beijo leve na sua bochecha. — O Jake precisa de mim. Ele está muito queimado e tendo problemas para se transformar. Prometo que você estará segura com o D. Só vai levar uns minutos. Então iremos para casa. Confie em mim.

— Tudo bem — concordou, baixinho.

— Não a solte. Nem por um segundo, D — Logan instruiu, a voz letalmente séria. Os olhos prenderam os de Dimitri enquanto, com cuidado, colocava Wynter nos braços dele.

O beta aninhou a cabeça dela junto ao peito, suspirando aliviado. Jake precisava muito do alfa. A essa altura, estava num estado avançado demais para se curar sozinho.

— Só vai levar um segundo — Logan prometeu, passando a mão pelo cabelo de Wynter.

As sirenes berraram à distância. Como era de se esperar, alguém ouviu a explosão e ligou para as autoridades. Logan queria dar o fora dali antes que a polícia viesse fazer perguntas. Nova Orleans tinha uma força policial sobrenatural, a P-CAP: Polícia Paranormal Alternativa da Cidade. Mas, no momento, Logan não confiava em ninguém, nem mesmo na P-CAP, para encontrar o assassino da Dana. Sabia que o procurariam em algum momento, quando encontrassem o carro destruído, mas lidaria com aquilo mais tarde. Seria bem fácil dizer que o veículo havia sido roubado. Além do mais, depois que encontrassem os cadáveres cobertos por marcas de mordida, estariam ocupados respirando no cangote do Kade.

O alfa se abaixou na calçada para que a cabeça ficasse na altura da de Jake, e pegou a mão do lobo. Curvou-se para que a boca ficasse a centímetros da orelha do amigo. Concentrando-se, deixou o poder fluir, urgindo-o a ouvir, a obedecer. Tendo parado de gemer, Jake podia sentir o alfa. Os olhos abriram, encarando o nada como se estivesse inconsciente. A expressão de quase coma não preocupou Logan; a conexão mental com o lobo ferido se fortaleceu.

— Jake, agora me ouça, amigão. Sou eu, o Logan. Você está com umas queimaduras bem feias. Sei que está cansado, mas precisa se transformar. Me ouviu?

Os olhos de Jake se fecharam e, por um segundo, o coração de Logan ficou parado no peito. Aquilo seria muito mais fácil se Jake estivesse acordado. O lobo tossiu, os olhos dispararam para o alfa em reconhecimento. A pele do antebraço e do rosto já tinham formado bolhas, e Logan podia sentir a dor irradiar dele.

— Pronto. Certo, vamos ter que fazer isso juntos. — Logan começou a se despir o mais rápido que pôde até estar completamente nu. Invocando o comportamento de alfa, trouxe à tona a dominância. Era hora de fazer o lobo se transformar.

— Jake, é o seu alfa. Você vai se transformar, entendido? Não importa o cansaço, não importa quanta dor esteja sentindo, sua obediência é minha e da alcateia. No três, você vai invocar o seu lobo. Preparado? — Na verdade, foi uma ordem, não uma pergunta.

Uma lágrima escorreu pela bochecha de Jake ao mover o queixo de leve, em aceitação. Não importa a dor.

Logan o olhou dentro dos olhos, até o jovem lobo desviar o olhar.

— Concentre-se, Jake. Lá vamos nós. Um. Dois. Três.

Sem esforço, Logan se transformou. Mas não foi capaz de supervisionar a facilidade da transformação de Jake. Àquela altura, não se importava se o processo seria ou não tranquilo. A única coisa que importava era ele se transformar. Logan uivou, o lobo cinza sentindo o de Jake. Um ganido o alertou de que, mesmo Jake tendo experimentado um tormento considerável, a mudança foi total e efetiva. Logan lambeu o focinho do outro com afeto, aliviado com o resultado.

Latindo para Dimitri, ele fez sinal para o grupo se mover. Já que uma SUV tinha sido destruída, foram no outro veículo. Zeke abriu a porta e Dimitri foi se deitar com Wynter. Pensando melhor, ele só se recostou, segurando-a, esperando por Logan. Jake, como lobo, saltou no assento de trás.

Logan se transformou em humano para que pudesse falar com Léopold, que farejava ao redor dos destroços.

— Vampiro — Logan chamou Léopold.

O outro se aproximou com cautela, reconhecendo que o alfa estava em um modo feroz de proteção. Entre a companheira tendo se machucado e a quase morte de outro lobo, Logan estalaria se pressionado. Léopold ergueu as mãos, abaixando os olhos em uma tentativa de fazer a parte humana de Logan vir à tona.

— Isso! Isso! Isso não vai acontecer de novo, você me ouviu? Inaceitável, Devereoux. Com quem você conseguiu a informação? — ele rosnou.

— Não há destino pior que possa se suceder a um homem que o de estar rodeado por almas traidoras — enigmático, Léopold fez a citação —, William S. Burroughs.

— Mas quem é o traidor? Você mesmo disse que alguém da sua linhagem esteve no apartamento da Dana. Estou te dizendo neste momento, é melhor você lidar com isso. Ele quase matou o Jake e a Wynter hoje — Logan gritou, irritado com os jogos de Devereoux. — Não podemos arcar com mais erros.

— Ele brinca conosco — ponderou Leo. — Mas com qual propósito?

Logan passou os dedos pelo cabelo e suspirou. Por mais que odiasse admitir, Léopold estava certo. Seja quem for que estivesse fazendo aquilo, sabia muito bem o que estava fazendo. Queria demonstrar poder, arrastando a espera pelo sequestro de Wynter. Foi uma demonstração, uma que tinha a intenção de intimidar e instalar medo.

— Talvez, mas, se for verdade, então o nosso amigo não me conhece muito bem. Porque agora estou muito irritado. E pelo que vi de você, ele tem que ser muito idiota para enfrentar o próprio criador.

— Bem, ele não seria o primeiro a perder a cabeça. E quero dizer literalmente. Essa pessoa não é um filho direto, mas é da minha linhagem. Está óbvio que tem um pouco de sede de poder, não? Eu te asseguro, isso não acaba aqui. Não, está só começando. Nem que eu tenha que cravar uma estaca em cada um dos meus filhos, ele será encontrado.

Logan se virou para ir embora, mas parou.

— Precisamos pegá-lo antes que ele vá atrás da Wynter. Vamos sair da cidade amanhã à noite. Mantenha contato, Devereoux.

— Isso eu vou, *mon ami*. Isso eu vou — Léopold assegurou ao alfa, e desapareceu na escuridão.

Logan foi até o SUV e se sentou ao lado de Wynter. Com cuidado, pegou-a nos braços e se virou de costas para que ela ficasse em cima do seu peito. Com um aceno, Dimitri fechou a porta, entrou no carro e eles dispararam em direção à mansão.

CAPÍTULO DEZOITO

Por dias, o Directeur ficou consternado e impaciente; sequestrar a mulher estava se provando mais difícil do que planejara. Mas toda a negatividade agora foi apagada por uma única explosão, e substituída por autossatisfação. Estufou o peito, orgulhoso demais do próprio plano. Tinha se saído à perfeição. O alfa foi deliciosamente posto no próprio lugar, incapaz de proteger a *scientifique*. Como um tolo, ele a deixou sozinha com o cão de guarda. Não completamente sozinha, como ele esperava. Mas essa pequena demonstração de poder mostraria a eles o quanto eram fracos e patéticos. O ancião arrogante nunca descobriria quem o levou à derrocada. Amou assistir ao vampiro se contorcer, sonhando com o dia que lhe cravaria uma estaca e ele viraria cinzas.

Em silêncio, alegrou-se quando o alfa foi forçado a largar a companheira. Como previu, ele salvaria o lobo queimado. Os cães sempre escolheriam a matilha em vez dela. Ele se segurou para não rir da ironia. Os vira-latas jamais a aceitariam, porque ela nunca seria uma loba de verdade.

A cadelinha ingrata aprenderia em breve que não tinha lhe dado o dom sobrenatural. O Directeur fechou os olhos, deleitando-se com a própria genialidade. Seu grande experimento foi espetacularmente bem-sucedido. A lua cheia nasceria em breve. E a sua criação, como uma lagarta virando borboleta, se transformaria. O teste final. O ideal seria tê-la em uma jaula para testemunhar o momento. Comemorariam juntos, fariam amor a noite toda. Ela seria eternamente grata, imploraria para passar a vida tanto como sua amante quanto como colega. Com a mente extraordinária de ambos trabalhando em conjunto, aperfeiçoariam o vírus em um piscar de olhos. As presas desceram, excitadas pelos seus pensamentos. Ao se afastar, ele sorriu. Muito em breve, sua *scientifique* estaria em seus braços, agradecendo a ele por seu belo dom.

— Você já pode me colocar no chão. Sério, juro que estou bem — insistiu Wynter. Logan a carregara do carro até o quarto. Ela olhou para os braços, que tinham sido arranhados pelo airbag. — É incrível. Já estou sarando.

— Permita-me. — Logan entrou no banheiro e a colocou no sofazinho, o mesmo que ele discutira com o decorador que seria desnecessário na época. — Viu, já chegamos e agora vamos tomar um bom banho quente. Depois, cama.

As paredes e o chão do banheiro gigante foram revestidos com mármore espanhol preto. Tinha um box de vidro, pias duplas e modernas feitas de bambu e um espaço separado para o sanitário. Uma jacuzzi muito grande e quadrada ficava no fundo do cômodo. Logan tinha pensado que, como o sofá, aquilo seria uma extravagância desnecessária. Ainda assim, a banheira com a qual concordara era moderna e masculina. Estendendo a mão, ligou o registro e voltou a atenção para Wynter.

— Vamos te despir primeiro — ele sugeriu, ajudando-a a tirar a camisa.

— Não precisa repetir. Estou me sentindo tão suja por causa da fumaça — disse a ele, e começou a tirar as roupas.

Ela abriu o sutiã, a calça e deixou Logan puxar o jeans e a calcinha com um único movimento. Sorriu, percebendo que mesmo a tendo soltado, nem uma vez perdeu contato físico com ela.

— Tudo bem, você primeiro. Lá vamos nós. Está muito quente? — Logan ergueu Wynter e a colocou na água cheia de vapor.

— Está tão gostoso — ela suspirou. Qualquer dor que restou do acidente pareceu derreter.

Logan se despiu rápido, aproveitando o tempo para jogar a roupa deles no cesto. Vendo que a banheira estava quase cheia, desligou a torneira.

Os olhos de Wynter vagaram pelo corpo muito bem tonificado quando ele se juntou a ela. Quando o homem se virou, ela sorriu, admirando os ombros largos que se afunilavam nos músculos suaves das costas e do traseiro. A pele bronzeada acentuava a musculatura extraordinária. Logan se virou para olhá-la, e a visão da barriga tanquinho e do peito forte quase lhe tirou o fôlego. Como o animal ágil e poderoso que era, avançou em sua direção. Enfeitiçados, os olhos de Wynter caíram para o pau semiereto e então de volta para os olhos dele. Logan lhe lançou um sorriso sexy, e ela soube que havia sido flagrada comendo-o com os olhos. Mas nem ligou. Esse era o seu homem, o seu alfa. Todo dela.

Logan amou que a lobinha gostou de observá-lo, mas lutou com a própria excitação. Ela tinha acabado de sofrer um acidente, e pretendia mimar e cuidar dela, não saltar em cima da garota. Mas podia dizer que ela tinha outras coisas em mente que não o banho. E pela forma como estava, tão linda nua e molhada, seria muito difícil de resistir.

Soltou um assovio ao entrar na banheira, e deslizou atrás de Wynter, assim poderia senti-la nos braços. Encaixados à perfeição, moveu de leve os quadris para que sua extensão se acomodasse na abertura do traseiro dela. Parecia que não conseguia se fartar dela, e imaginou se a ânsia passaria depois que estivessem totalmente acasalados. Quando o carro explodiu, pensou que morreria. Foi quando percebeu toda a extensão do que sentia pela companheira e as implicações de perdê-la.

Sem falar, massageou-lhe os ombros de leve. Não pôde resistir a erguer os cabelos dela, revelando a bela marca. Sabia que precisava falar com Wynter e esperava que ela não ficasse brava. Pegando o pequeno frasco de shampoo, começou a lavar o cabelo dela. Sorriu com o gemidinho que ela soltou quando ele começou a massagear o couro cabeludo. Não podia se lembrar de já ter feito isso com alguma mulher, e ficou excitado ao saber que ela gostou do pequeno gesto, uma tarefa íntima, mas simples. Acariciou os cachos dela com amor e os enxaguou.

— Logan — Wynter enfim falou. — Obrigada por me tirar de lá.

— Não precisa agradecer. No minuto em que entramos lá, soubemos que havia algo errado. Eu deveria ter simplesmente saído.

— Encontrou alguma coisa? — ela perguntou.

Cadáveres. Logan optou por contar sobre o computador.

— O lugar estava vazio, exceto por um notebook. Dimitri o pegou. Devem ter feito uma varredura. Mas se deixaram qualquer coisa, o D vai encontrar o rastro. Vamos esperar que tenham sido desleixados.

— Sério, nada mais?

— Não, temo que foi só um estratagema para chegarem a você… a nós. Devereoux é um pé no saco, mas ele está certo, estão tentando brincar conosco. Nos intimidar.

Wynter não respondeu, pensando no quanto capturá-la seria fácil.

— Ei, não vamos mais falar disso hoje. Temos outras coisas sobre o que conversar. Um monte, na verdade — ele concluiu. *Minha marca. O fato de você ser a minha companheira.*

— Tudo bem.

Logan pegou o sabonete e o passou nas mãos.

— Talvez seja melhor conversarmos amanhã. — Ele soltou um suspiro. — Temos o funeral da Dana. Vai ser aqui na cidade. Ao pôr do sol.

— Os lobos não costumam fazer algo especial? Tipo, quando os meus pais morreram, eu me lembro de o Jax ir para a casa de campo. Minha mãe e o meu pai não eram lobos, mas ele fez o ritual de qualquer forma — ela explicou. — E os enterrou na propriedade. Puseram lápides no túmulo deles, mas ele me disse que nos dos lobos, não.

— Bem, é, é verdade. Normalmente enterramos o corpo na nossa terra. "Da terra viemos, para a terra voltaremos" e tudo isso. Usamos o olfato e, com o tempo, a memória, para saber onde alguém foi enterrado — Logan descreveu. — Mas Dana era híbrida. Ela foi basicamente criada pela mãe humana. O pai morreu em um desafio quando ela era mais nova.

— O que acontece durante um desafio? — perguntou Wynter.

— Qualquer um pode desafiar o alfa se quiser liderar a matilha. Para ser sincero, no entanto, não acontece com frequência. — *Exceto quando você se torna o alfa, como foi comigo.* — Você luta... como lobo.

— Os desafios terminam em morte?

Logan fez uma pausa, imaginando o quanto poderia contar. Marcel matou o pai de Dana durante uma batalha particularmente sórdida pela tomada de poder. Todo mundo na alcateia sabia e aceitaram o fato sem guardar mágoa. Era a lei deles. Ele mesmo tinha ameaçado matar o próximo que o desafiasse, para acabar com a discórdia.

— Não é comum, mas acontece de vez em quando. Nem tudo com os lobos é preto no branco — ele declarou. — O fim da linha é quando muitos desafiam o alfa e acabam interrompendo o fluxo da natureza. Enquanto isso se desdobra, não há paz. Não é bom para ninguém na alcateia.

— É, posso imaginar como deve ser se as pessoas estão sempre peitando o alfa, seria como se nunca se pudesse ter paz. Tipo, como o alfa vai liderar se está sempre duelando?

— Então, como eu dizia, a mãe de Dana a criou. E o jazigo da família dela fica no cemitério de St. Lafayette. Ela será enterrada lá.

— Mas por que ao pôr do sol? Os cemitérios não fecham à noite?

— Fecham e é exatamente por isso que preferimos que seja à noite. Ela pode ter uma família humana, mas tem a nós também. Os lobos podem querer se transformar. Não precisamos de espectadores nem de turistas. Não, vai ser privado. Pode não ser o que eu gostaria para mim mesmo, mas o mínimo que podemos fazer é respeitar os desejos de Dana. Gerações da família dela estão naquele jazigo.

— Vou com você, se quiser — Wynter ofereceu, baixinho.

— É claro que você vai, docinho. Não vou te deixar sozinha nem por um segundo — Logan disse a ela com um beijo no ombro. — Depois que sairmos do funeral, vamos embora. Para o *bayou*. Vai dificultar para que esse psicopata te encontre. E, além do mais, a lua cheia é daqui a duas noites.

— É?

— É sim. Mas você sabe, não sabe? — ele riu.

— Sei. Mas não quer dizer que eu quero que ela chegue. Tipo, quem sabe o que vai acontecer comigo? Pode ser qualquer coisa. Ou nada.

— Ou algo entre os dois. De qualquer forma, estarei ao seu lado, Wyn. Não importa o que aconteça, pode contar comigo — ele disse, convicto. — Pode confiar em mim.

— Logan — Wynter fez uma pausa. O pensamento de se transformar era aterrorizante. — Estou com medo. Sei que não posso controlar o que vai acontecer. Mas eu... confio muito em você.

O coração de Logan se aqueceu ao ouvir as palavras. Ela confiava nele de verdade, e não só com a transformação. Ainda assim, não tinha contado que foi adiante e a marcou. Não era esse o tipo de homem que era. Continuar retendo a verdade não seria só hipocrisia, mas poderia causar um dano eterno no relacionamento deles.

— Escute, Wynter, tenho que contar uma coisa... uma coisa que eu deveria ter contado antes — Logan começou.

— Hum... sim. — Wynter ergueu a mão, procurando pelo pulso de Logan. Assim que o encontrou, ela envolveu as mãos em seus antebraços, e os levou até a cintura.

— Hoje, na sala de conferência. — Como diabos poderia dizer que tinha perdido o controle?

— Ahh, é hora de contar história de sacanagem? Porque essas são as minhas favoritas — ela brincou, tentando desanuviar o humor. Toda a conversa sobre morte e funeral pesou em sua mente. — Era uma vez, um lobo e sua secretária. Eu amo essa.

Logan riu.

— Tudo bem, algo assim. — Ele pigarreou e continuou, dramático: — Era uma vez uma princesa sexy e inteligente que era muito corajosa. Essa princesa foi capturada por monstros terríveis; monstros que queriam mantê-la em uma torre. Mas a princesa foi mais esperta que eles, e escapou. Só que os monstros estavam bravos e percorreram todo o reino procurando por ela. Mas um príncipe a encontrou e a resgatou. E assassinou os monstros.

— Ah, a premissa parece muito interessante. Parece que já ouvi isso antes — ela provocou.

— Veja bem, quando o príncipe resgata a princesa, ele acha que ela é a garota mais bela e corajosa que ele já conheceu. O príncipe está muito encantado por ela. Mas é complicado, porque há muitos outros que a querem. — Logan não sabia aonde estava indo com aquela história, mas pensou que poderia muito bem seguir com ela.

— Um dia, a princesa e o príncipe decidiram fazer amor... em uma sala de conferência. — Ele riu. *Podia ficar mais cafona?*

Wynter também riu.

— Lá vem a safadeza.

— Não ria. A princesa foi bem safadinha e, em defesa do príncipe, ele não conseguia parar de pensar nela. Ele gosta demais da garota.

— Ele gosta?

— Gosta. Veja bem, mesmo que eles curtam fazer amor. — Logan sentiu vergonha do que estava prestes a contar para ela. *Quase lá.* — A princesa está no coração dele. O pobre está sozinho há muito, muito tempo. A princesa o faz sentir vivo. Ele a deseja como nunca desejou nenhuma outra mulher. Ela é dele. Ele simplesmente sabe.

O fôlego de Wynter ficou preso. Sabia muito bem que ela era a princesa. E ele era o príncipe... o príncipe que não queria a ninguém mais. *O que ele estava tentando dizer?* Rogou para que ele não fosse quebrar o seu frágil coração.

— Então, o que ele fez? — perguntou ela, inocente.

— Wyn, preciso te contar uma coisa. — Logan a virou até que ela estivesse montada nele. Frente a frente, diria o que fez. — Sei que parece um pouco apressado, mas meu instinto nunca me deixou na mão. Só estamos juntos há poucos dias, mas quando você é um lobo... às vezes o seu lobo sabe certas coisas. — Deusa, ele estava piorando tudo.

Wynter encarou os olhos angustiados. O que ele tentava dizer?

— Hoje mais cedo... na sala de conferências. Você precisa entender, o impulso foi forte demais. Eu deveria ter conversado contigo, mas simplesmente aconteceu.

— O que aconteceu? — Wynter perguntou, surpresa.

— Quando fizemos amor hoje... foi incrível. Eu vinha lutando contra o impulso, mas não consegui mais. Sei que deveria estar arrependido, mas não estou. Eu gosto de você... muito. Quero que fique aqui comigo — contou a ela.

— O que foi, Logan, o que foi que você fez? — ela sussurrou, segurando o rosto dele. Ao se inclinar, os seios lhe roçaram o peito. Os lábios estavam a meros centímetros.

Logan a encarou, distraído pela carícia dos mamilos suaves em seu peito. *Concentre-se. Foi assim que acabou se encrencando, para início de conversa.*

— Logan — ela repetiu, os olhos ficando preocupados.

— Eu te marquei, Wyn. Que a deusa me ajude, mas eu marquei. Sei que deveria ter conversado contigo, mas simplesmente aconteceu. Você e eu... hoje... foi tão intenso, tão perfeito. E antes que eu percebesse, minhas presas cravaram o seu ombro.

— Então eu sou mesmo a sua namorada? — ela perguntou. Um sorriso tímido atravessou o rosto dela. Uma parte de Wynter desejava que Logan tivesse dito antes de mordê-la, mas, uma parte maior, o coração e a loba, se encheram de alegria.

— Sim, você é. Mas, Wyn, é mais que isso. Você entende, não entende? — Ela achava que era divertido? Jesus todo-poderoso, ele estava cheio de angústia quanto a contar o que aconteceu, e ela estava fazendo piada?

— Sei que é importante para os lobos. Mas você sabe que eu não sou uma loba; não ainda, pelo menos. — Ela roubou um beijo rápido, pegando-o de surpresa. — Acho que isso quer dizer que você é meu namorado.

— É, eu sou — Logan concordou, puxando-a para si. — E muito mais.

— O meu alfa.

— Isso também. Mas, docinho, não há ninguém além de você para mim. E de mim para você — ele tentou explicar.

— Sabe, quando fazemos amor, eu sinto. A princesa, ela ama a coisa do lobo depravado. — Ela deu um sorriso sexy e uma piscadinha. — Então, me diga, príncipe, isso quer dizer que eu também posso te morder?

Pensar nos dentes dela em seu pescoço fez o pau saltar em alerta. O lobo lá dentro se inquietou, ansiando pela marca. Ele uivou para Logan, querendo declarar que ela era a sua companheira. Mas Logan o controlou. Wynter tinha aceitado que ele a marcara, mas podia dizer pela conversa que ela não entendia todas as implicações. Como esperava que ela soubesse, sendo que a mulher tinha sido humana? Talvez fosse melhor deixar que ela se ajustasse à ideia de que era a sua namorada. Afinal de contas, acabaram de se conhecer. Ela ainda não tinha se transformado, nem tinha conhecido a alcateia. Havia muitos fatores que poderiam afetar o sucesso de um acasalamento, e ele sabia.

— Não há nada que eu deseje mais, docinho, mas você vai ter que esperar até depois da transformação.

Ela fez careta.

— Ei, não sou eu que faço as regras. Só as sigo.

— Que tal começarmos a fazer algumas nós mesmos? — Ela pressionou os lábios na lateral do seu pescoço, logo abaixo da orelha, e espalhou os dedos em seu cabelo. Salpicando beijos para baixo, começou a contorcer os quadris nos dele. — Bem, sei que você gosta de mesas de conferência, mas, me diga, o que acha de banheiras?

— Banheiras? — Logan sorriu. — Banheiras são demais. Mas tem certeza de que está se sentindo bem? Como está a cabeça?

— Estou sentindo tanta dor. É terrível — ela ronronou, esfregando os seios para cima e para baixo em seu peito. — Mas, infelizmente, repouso não é remédio para mim.

— Ah, estou vendo. Talvez precisemos brincar de médico. Parece que você precisa de um... inferno, eu acho que preciso de um. Está óbvio que você não é a única sofrendo. — Se não entrasse logo nela, explodiria.

— A gente não pode ficar assim, pode? — provocou ela, mordendo-o no lábio inferior. Deus, o sabor dele era maravilhoso. O corpo forte e escorregadio era todo dela, e pretendia explorar cada centímetro quadrado daquele homem.

A última corda de controle de Logan arrebentou quando os dentes dela lhe puxaram a boca.

— Segure-se em mim. Envolva as pernas ao meu redor — pediu, ao tirá-los da água morna. Capturando os lábios, beijou-a com paixão, deslizando a língua na dela. Em segundos, estava fora da banheira. Pressionou as costas de Wynter na parede, segurando-a pela bunda. Ela gemeu em apreciação; a aspereza enviando um raio de prazer direto para a boceta.

— Porra — ela gemeu quando Logan afastou os lábios dos dela e foi para o pescoço, salpicando-a de beijos.

— Não posso me controlar contigo. Quarto — Logan grunhiu.

Não sabia se falava com ela ou consigo àquela altura. Quase transou com ela ali na parede. Um fio de sanidade o lembrou de que ela havia se machucado mais cedo, não importava o quanto afirmasse estar bem. A parede poderia ficar para outro dia. Sem prestar atenção aonde ia com ela, caminhou desajeitado até a cama. Caíram juntos lá, com as pernas de Wynter envolvidas em sua cintura.

Logan a pôs de costas, montada em seus quadris. Beijando-a no pescoço, devagar, ele começou a ir para baixo até o rosto estar abrigado entre os seios. Suspirou maravilhado; jamais se acostumaria à beleza dela. Segurou cada seio, juntando-os para que pudesse ir com facilidade de um mamilo a outro. Passando a língua ao longo da parte externa da aureola direita, colocou o bico rijo na boca, sugando devagar, antes de repetir o processo com o outro, fazendo amor com eles.

Wynter jogou a cabeça para trás, eletrizada pela sensação dos beijos na sua pele. Quando ele capturou o seu seio, a dor no útero ameaçou levá-la ao orgasmo. Não querendo gozar rápido, ergueu a cabeça e abriu as pálpebras. Logan, esbanjando atenção nos mamilos rosados, olhou para cima, para os olhos dela. Conectados pelo olhar, ele foi mais para baixo. Ainda segurando os seios, beijou-lhe a barriga, certificando-se de não negligenciar nem um lugarzinho. Quando chegou à boceta, ele lançou um sorriso safado.

— Docinho. — O alfa passou a língua pela borda úmida. — Nunca vou conseguir o suficiente de você. Você tem a boceta mais doce e mais linda... e ela é minha.

Wynter arfou quando Logan pressionou dois dedos longos em seu sexo, afagando toda a extensão dos seus nervos. Ela se contraiu nele, inundada pela ânsia.

— Logan — arfou. Estava perto, tão perto. — Ah, Deus.

Abrindo os lábios com a mão, Logan buscou pelo ponto sensível. Encontrando seu prêmio, atacou o clitóris dela. No segundo que a sentiu enrijecer em sua mão, chupou com mais vontade, usando a língua para chicotear o lugar. Saboreando a essência dela, gemeu, criando a vibração que a mandou para a borda do precipício.

Wynter viu estrelas quando o orgasmo veio com tudo. Erguendo os quadris para a boca dele, buscou tudo o que ele tinha para dar. Implacável, a língua áspera a lambeu até ela estar se contorcendo na cama, quebrando-se em milhares de pedaços. Chamar o nome dele foi o seu único alívio; o arroubo de prazer a deixou ofegante, mas ansiando que ele a preenchesse com o seu amor.

Logan lambeu os lábios, encantado pelo gosto dela. Subindo devagar até a companheira, teve um vislumbre dos lábios rosados que tinha deixado inchados. Divino. As pernas de Wynter se abriram, permitindo que ele descansasse ali. Pegando o pau, pincelou entre as dobras molhadas, arrancando mais alguns tremores dela.

— Wyn, docinho — proferiu. Os olhos voaram para os dele. — Me sinta. Sinta a nós dois.

Logan estocou o pau duro feito pedra no sexo quente. Wynter arfou com a intrusão muito bem-vinda, levando os braços à cintura dele. Enquanto ele entrava e saía dela, passava os dedos pelas costas dele.

— Ah... — Logan gemeu. — Porra.

— Você é meu — ela sussurrou em seu ouvido.

O lobo dele rugiu. As palavras inflamaram ainda mais a paixão. O ritmo controlado parou quando ele saiu dela.

— Logan — reclamou.

Sem esforço, ele a virou até que ela estivesse de joelhos. Segurando-a pela barriga, a guiou em uma nova posição.

Wynter queria isso, que o homem a tomasse, que a fizesse sua. Sem vê-lo, o desejo a levou à loucura enquanto se oferecia a ele. Sentiu o ar frio na abertura.

— Isso — gritou com a estocada.

— Ah, isso, toma tudo, Wyn. — Logan respirou fundo, tentando não gozar.

A sensação dela era incrível, prendendo-o com força. Totalmente dentro dela, segurou por um minuto, tentando recuperar a compostura. Com uma mão ao redor da cintura, usou a outra para lhe afagar as costas, passando os dedos dos ombros até a bunda. Quando começou a se mover devagar, agarrou-a pelo traseiro, deixando o polegar roçar o broto minúsculo.

— Por favor — Wynter se ouviu implorar. A parte macia do dedo dele na pele franzida enviou fagulhas por todo o seu corpo. Queria ser preenchida por completo, e ansiava pelo toque dele.

Sentindo o sinal de Wynter, Logan penetrou o polegar no buraco apertado, bem devagar. Achou incrivelmente excitante observar o dedo desaparecer dentro dela e respirou fundo com o que sentiu. Era como se pudesse sentir as paredes se apertarem ao redor do pau em reposta.

— É isso, docinho. É disso que precisa? — murmurou, sabendo que era.

Ela gemeu de prazer.

— Sim, Logan, não pare — ela rogou.

— Está muito bom para mim também, linda. A sua bunda é perfeita. Vou comer ela em breve. Você quer? — Ele continuou mergulhando o membro intumescido nela, seguindo o ritmo da mão.

— Humm — foi tudo o que conseguiu dizer. A sensação arrasadora de ser preenchida abalou o seu mundo. Se pensasse que aguentaria o pau dele no ânus, diria, mas sabia que precisava de mais preparação.

Quando ela não respondeu com palavras, Logan tirou o dedo.

— Me diga, Wyn. Você quer que eu pare? Quer o meu pau em você... bem aqui? — Ele traçou o polegar ao redor da pele enrugada, esperando que ela respondesse.

— Quero... não me provoque — ela choramingou, empurrando para trás.

— Ah, sim, em breve, linda. Acho que precisamos providenciar um brinquedinho para você — Logan disse. Sem perder um segundo, a mão a encontrou novamente, o dedo voltando a entrar no ânus. Entrando e saindo, ele adicionou mais. Tudo se apertou quando fez isso, fazendo-o tremer. *Porra, ia gozar.*

A plenitude da bunda e da boceta bombardearam Wynter. Estremeceu quando as ondulações do orgasmo lhe percorreram o corpo. Gritando o nome de Logan, continuou tremendo ao cair na cama.

Arfando e lutando para respirar, Logan estocou uma última vez, entregando-se a um orgasmo de abalar as estruturas. Derramando-se dentro dela, virou-os até que estivessem de lado, e ele pudesse ficar de conchinha com ela. Sua incrível e magnífica companheira tinha tomado o seu coração e a sua alma. Celebrou em silêncio, ciente de que estava se apaixonando por ela.

CAPÍTULO DEZENOVE

Wynter acordou com o som de um grito. Na mesma hora, reconheceu a voz, e saltou da cama feito um raio. *Ai, meu Deus. O Jax está aqui. Onde estão as minhas roupas?* Voou pelo quarto, abrindo as portas do closet de Logan. Ele tinha arrumado as bolsas em um canto e até mesmo pendurou alguns dos vestidos. Há quanto tempo ele estava acordado? Ouviu os xingamentos gritados. Nada bom. Às pressas, passou um vestido pela cabeça, felizmente conseguiu vestir a calcinha e o sutiã mesmo estando em pânico. Jogou as bolsas para o lado e calçou um chinelo. Tão rápido quanto os pés podiam carregá-la, atravessou o corredor e desceu a escadaria circular.

— Ela está dormindo. E, pela última vez, ela está bem — Logan gritou para Jax.

— Para que merda você a levou? Puta que pariu, você deveria saber que isso poderia acontecer — Jax gritou, andando para lá e para cá na sala. — Se você não for lá agora mesmo e a trouxer, eu vou.

Os olhos do incrivelmente lindo alfa de Nova York brilharam de animosidade. Ele passou a mão pelo cabelo louro-platinado, frustrado. Jax estava irado por Wynter ter se machucado ao tentar encontrar a cura para Emma. Estava com mais raiva ainda de si mesmo e se sentindo culpado por cada coisa que aconteceu a ela, ser sequestrada e agora ter se tornado posse do alfa de Nova Orleans. Era tudo culpa sua. Jamais deveria ter deixado a garota trabalhar na ViroSun. Deveria ter investigado a empresa com mais cuidado. Tinha prometido aos pais dela, seus amigos de longa data, que cuidaria de Wynter. Ainda assim, fodeu com tudo, foi lá e a enviou para um antro de sanguessugas.

— É melhor você se controlar, Chandler. Para a sua informação, tivemos que levá-la porque ela era a única que sabia sobre esse viruzinho que você mantém em segredo. E, para registro, foi você o idiota que a enviou para os vampiros. É você a razão para ter acontecido isso com ela, não eu. Então é melhor se acalmar, porra — Logan rosnou, e virou a cabeça para o corredor. Sentiu no mesmo instante quando ela chegou à sala. Teve um vislumbre do cabelo louro e cacheado virando no corredor e xingou. — Merda.

— Jax! — Wynter gritou de deleite. *Deus, estava com saudade dele.*

— Princesa! — Jax exclamou, abrindo os braços para ela.

Ela saltou nele, e o homem a girou. Wynter, alheia a Logan, abraçou Jax com força. Chorando de felicidade, pressionou o rosto na camisa dele.

Logan rosnou com a visão; Dimitri viu que o alfa estava prestes a atacar e o segurou. *Que merda ela estava fazendo? Eles não acabaram de ter a discussão do "eu te marquei"? Como ela poderia estar tocando o cara com tanta intimidade?* Lógico, Logan sabia que Wynter não tinha transado com Jax, que ele era o guardião dela. Mas, ao observá-la nos braços de outro homem, não deu a mínima. Jax era um lobo solteiro. Um macho. Um macho alfa.

Todo o bom senso foi perdido enquanto ele observava a companheira moldar o corpo ao do outro. Como lenha na fogueira, a raiva inflamou em ciúme e traição. Mas se recusava a ser reduzido a um cão rastejando por um osso. Não estava prestes a destruir a própria casa por causa de um abraço. Logan não era nada senão autodisciplinado. Os desafios lhe forçaram a ser o mestre do comedimento. A mandíbula cerrou quando forçou a besta à submissão.

— Me solte — Logan cuspiu para Dimitri.

— Você está bem? — Dimitri perguntou, sem saber se devia ou não soltar o alfa em cima de Jax. Um macho não acasalado envolvendo a companheira de outro homem... a situação poderia ficar feia rapidinho.

— Estou bem. — Ele se safou do aperto, e partiu feito um furacão para cima de Jax. — Saia de perto dela — Logan instruiu. Mal resistindo ao impulso de dar um soco na cara de Jax, ele respirou fundo, cerrando as mãos na lateral do corpo.

— O que foi? — Wynter perguntou, pasma. Chocada pelo tom dominante na voz de Logan, ela congelou.

— Eu disse para sair de perto dela, Jax. Ela é minha — avisou.

As palavras ressoaram em Wynter. Percebendo as implicações, ela se afastou dos braços do guardião, mas ainda segurava a mão dele com força. Logan estava com raiva? Não entendia o que estava acontecendo, mas, na mesma hora, compreendeu a fúria nos olhos dele. Soltando Jax devagar, abraçou a própria cintura, protegendo-se. Por que eles estavam brigando? Os dedos de Jax em seus ombros a alertaram de que ele, também, estava aborrecido. Quando as mãos se afastaram da sua pele, registrou a mágoa nos olhos dele. Ou seria culpa?

Levou dois segundos inteiros para Jax compreender a razão para o alfa ter ficado feroz. Ele segurou Wynter pelos ombros, afastou o cabelo dela e, tão rápido quanto fez isso, ele a soltou.

— Você está marcada? Está de brincadeira comigo? — Jax exclamou, indignado. — Pelo amor da deusa, Wynter, você concordou com isso?

— Eu… eu. — Wynter se viu encolher-se de medo. Cavando bem fundo, reuniu coragem para encará-lo. — Sim, quer dizer, não. Mas sim, quando descobri… Jax, eu gosto do Logan… muito.

O rosto de Logan ficou visivelmente relaxado, mas ela ainda estava perto demais de Jax. Ele sabia o que o outro alfa estava prestes a dizer.

— Você a marcou e não falou com ela? *Mas que porra?* — Jax rodeou o sofá, largou-se nele e agarrou a cabeça com as mãos. — Não, nem me diga mais nada. Isso pode ser desfeito. Wyn, você pode voltar para Nova York comigo. Vai levar uns meses, mas você vai conseguir passar por isso. Vai sumir e você poderá encontrar um lobo adequado.

Logan olhou para Wynter, e os dois se dirigiram a Jax ao mesmo tempo.

— Não.

— Jax, pare com isso. Não vou voltar para Nova York. Acabei de te contar que gosto dele. Ele me reivindicou e eu estou feliz. Você só precisa aceitar — Wynter falou, baixinho. Não queria desafiá-lo, mas de jeito nenhum voltaria para Nova York. Precisava ser firme quanto a isso. Wynter amava Jax, mas não ia deixar que ele passasse por cima da sua decisão de ficar com Logan.

— Ah, você vai voltar para Nova York — Jax prometeu.

— Não, eu não vou — ela contra-atacou.

— Vai sim. Como seu alfa, exijo que volte para Nova York comigo. Entendeu, Wynter Isabelle Ryan? Ficar aqui com ele não é uma opção. Você vai se transformar em lobo. Não tem escolha a não ser me obedecer — Jax disse a ela, lançando-lhe um olhar severo.

Logan observou a troca, tentando o seu melhor ao deixar que Wynter lidasse com isso. Ela dizer a Jax que tinha escolhido ficar com ele lhe aqueceu o coração. E Jax precisava ouvir as novidades dela, não dele. Mas quando o outro tentou dar uma ordem direta, Logan escolheu intervir.

— Ela é minha companheira — Logan declarou, com confiança. — Sendo assim, você não pode obrigá-la a te obedecer. Ela é minha. Eu sou o alfa dela.

O queixo de Wynter caiu ao ouvir as palavras. *Ai, meu Deus. O que Logan acabou de dizer?* Ela era companheira dele? Espera, isso não era algo que você perguntava primeiro à pessoa? Não tinha certeza dessas regras irritantes dos lobos, mas aquilo não era meio que um noivado? A mente guerreava entre dar um tapa nele ou se atirar no homem e arrancar as roupas dele.

— É o quê? — *Isso estava ficando melhor a cada segundo*, Jax pensou. Fechou os olhos, tentando se concentrar. *Como isso podia ter acontecido? Deveria saber.* O alfa não a teria marcado de outra forma. Mas ainda assim, precisava perguntar. — Você tem certeza?

— Tenho — Logan insistiu, os olhos presos nos de Wynter.

Aquela situação era completamente contrária à forma com que desejava dizer a ela. Inferno, mal teve tempo de entender o que estava acontecendo. Observou as emoções conflituosas atravessarem o rosto da cientista quando disse a palavra companheira. Logan jurou a si mesmo que a compensaria de alguma forma. Não deveria ter sido daquele jeito. Mesmo nunca tendo acasalado antes, sabia muito bem que não era uma coisa que você simplesmente anunciava em uma sala cheia de pessoas sem falar com a companheira antes. Claro, lobos acasalados nem sempre chegavam à conclusão ao mesmo tempo, mas o assunto era tratado com devoção, com respeito. Dada a situação, Jax deu pouca escolha a ele. Não havia como permitir que o outro levasse a companheira para Nova York.

— Bem, porra. — Ouviu Jax dizer. — Ainda não acredito que permiti que isso acontecesse. Você está certo sobre uma coisa, Logan; eu nunca deveria ter deixado a Wynter ir trabalhar para aquela companhia. Vou me arrepender disso eternamente. Ela deveria...

— Escute aqui vocês dois, eu estou bem aqui. Ai, meu Deus. Há tanta testosterona nessa casa que é de se pensar que estamos em uma tourada.

Wynter estava irritada. Ela não só teria gostado de ter a discussão do "você aceita ser minha companheira?" em particular, mas estava brava com Jax por ele pensar que poderia vir com essa merda de "o alfa mandou" para cima dela. Não via esse lado dele desde que tinha escapado pela janela do quarto aos dezesseis anos para ir a uma festa com os amigos.

— Vocês dois prestem atenção. — Àquela altura, não se importava se os desafiava ou não. Aquela era a sua vida e eles a estavam discutindo como se ela fosse uma criança. Farta, olhou feio para os dois e ergueu os dedos, movendo-os ao falar. — Um. A vida é minha. Não sua, oh, grande alfa, Jax. E também não é sua, oh, meu grandioso companheiro. Dois. Eu não vou voltar para Nova York. Você sequer lembra por que estou aqui, Jax? Pela Emma. Foi o melhor plano do mundo eu ter ido sozinha? Obviamente, não. Mas eu sou uma cientista, não uma policial. E ainda temos trabalho a fazer. E, goste você ou não, eu me importo demais com o Logan. E não como amigo. Como amante. Apesar da aparente falta de habilidade dele de me informar dessas coisinhas de lobo, tipo "ei, eu quero marcar você" ou "ei, eu acho que você é minha companheira", eu o quero... ele é uma pessoa incrível e, pelo que vi, um ótimo alfa. Me salvou mais de uma vez. Acho que você deve o mínimo de respeito a ele.

Wynter soltou um suspiro frustrado, esperando o inevitável. Estava tão brava que não pensou muito bem em como os alfas reagiriam ao seu discurso inflamado. Ambos afastaram o olhar, envergonhados, vez ou outra, enquanto ela apontava o que eles tinham feito. Os olhos de Logan se fixaram nela assim que disse a Jax que eles eram amantes. O coração ficou quentinho ao vê-lo sorrir. Queria poder ficar brava com ele por pelo menos uma hora, mas a expressão sensual derreteu a sua decisão como gelo no sol quente. Desviou o olhar para reorganizar os pensamentos, e viu Dimitri sentado em uma banqueta sorrindo para ela. *Que ótimo ele achar tudo tão engraçado.* Infelizmente, ela ainda não tinha terminado de dizer tudo o que pensava para os alfas.

— E três... três, precisamos trabalhar juntos pelo bem da Emma. Não sei o que eles fizeram, mas eu estava perto. Tão perto de achar um tratamento. Não uma cura, mas algo que dê a ela qualidade de vida. Conseguir tempo para continuar trabalhando nisso. Preciso de vocês nisso. Por favor. Não se trata mais de mim. Precisamos encontrar a pessoa que matou a Dana. A pessoa que quer transformar o meu conhecimento em uma arma.

Logan mordeu o lábio. Deusa, ela era magnífica. E estava certa. Ela com certeza tinha razão quanto a Jax. Se Logan levasse Wynter para o campo, poderia confiar em Jax para cuidar da cidade. Além de Léopold, precisava de um aliado, alguém que entendesse o inimigo e não fosse um vampiro. Antes que ele e Jax se envolvessem numa batalha de gritos, tiveram uma discussão civilizada sobre Wynter se transformar em lobo e passaram uma hora bolando estratégias sobre o que fazer. Mas quando ele contou sobre o que aconteceu com a explosão, Jax exigiu levar Wynter de volta para Nova York. Antes que percebesse, estavam discutindo por causa dela como duas crianças brigando por um doce. Ele coçou a nuca e suspirou.

— Desculpa. Você sabe que me importo contigo. Respeitarei as suas escolhas. — Jax fez uma pausa e olhou para Logan. — E o seu companheiro. Mas ainda quero falar contigo. A sós.

Logan balançou a cabeça e revirou os olhos. O cara não desistia mesmo. Supôs que depois de tudo o que tinha feito por Wynter ao longo dos anos, ele tinha o direito de ficar sozinho com ela. *Mas levar a sua companheira para longe da segurança do seu lar? Dele?* Claro que não. Logan ergueu uma sobrancelha para Wynter na esperança de que ela sentisse a sua emoção. Desde que a marcou, começou a sentir os humores dela: confusão, raiva e tristeza giravam por sua consciência.

— Logan, quero conversar um pouco com Jax. Precisamos de tempo — ela rogou.

— Tudo bem, vocês podem conversar aqui. Vou para o escritório — ele contrapôs.

— Alfa, não me entenda mal, mas quero ficar a sós com ela, em privado. Você e eu sabemos que não existe isso de privado enquanto estivermos aqui — Jax argumentou.

— Eu vou — decidiu Wynter. A verdade era que ela precisava ter uma conversa séria com Jax. Por mais que odiasse deixar Logan, não tinha certeza se poderia fazer isso sabendo que ele ouviria cada palavra. Queria privacidade.

— Wynter, você sabe mesmo o que está pedindo? — Logan rebateu, com raiva. A companheira estava saindo com um macho não acasalado, um que não era da sua alcateia. O lobo rosnou, querendo que ele dissesse não.

— Sei, sim. Você precisa se lembrar de que eu não sou totalmente loba ainda, companheiro. — Não queria soar amargurada, mas não podia perdoá-lo assim tão rápido. — Não demorarei, mas eu vou.

Logan se aproximou dela como uma pantera à espreita, os olhos selvagens e a boca apertada de raiva. Colocando as mãos ao redor da cintura dela, ele a puxou para o peito. Bem de leve, pressionou os lábios nos dela, mas não aprofundou o beijo. Era um beijo de adeus, um do qual esperava que a mulher se arrependesse. Mas não a manteria ali contra sua vontade. Ela teria que procurá-lo por livre e espontânea vontade ou não procurá-lo de forma alguma. Quando a soltou, o comportamento fervilhava dominância.

Wynter, ainda se recuperando do beijo, levou os dedos aos lábios. Odiava o fato de Logan estar tão bravo, mas ele precisava entender que ela devia algo a Jax. O mínimo que poderia fazer era dar a ele algumas horas de seu tempo.

— O funeral é essa tarde. Se não voltar, eu vou atrás de você, docinho — Logan jurou, feroz, o olhar ainda fixo no dela. Observou-a assentir calada e se virou para Jax. — Cuide dela, Chandler. Estarei em contato.

Afrontado, Logan supôs que talvez Wynter realmente precisasse falar com Jax, mas aquilo não significava que ele tinha que gostar do fato ou concordar com ela. Deixou-a ir como algum tipo de punição, por causa do jeito que ele fodeu com tudo ao não contar que eram companheiros. Mas, quando ela voltasse, teriam uma longa conversa sobre lealdade, porque ela não estava demonstrando muita ao ir com Jax.

— D, certifique-se de que eles cheguem em segurança ao hotel em que Jax está hospedado. Espere por ela — deu a ordem. Logan lançou um olhar gelado para Wynter antes de se afastar.

Os olhos marejaram quando ele seguiu pelo corredor, indo para o escritório. Nada daquilo fazia sentido. Dividida, questionou o que sentia por Jax e por Logan. Lá no fundo, a conexão com o alfa de Nova Orleans ficava mais forte a cada minuto de cada dia. Chamara-o de alfa, e foi sincera. Mas com Jax ali, uma conflituosa sensação sobre o que era certo a confundia. Desde que falara com Logan que planejava conversar com o guardião, supôs que deveria ir e acabar logo com isso para que pudesse chegar a tempo.

A forma como Logan tinha falado com ela deixou a loba tremendo. Era como se pudesse vê-la rolando em submissão, expondo o traseiro. Apesar do desejo de atender ao comando do alfa, não era toda loba. A mente humana continuava a dar crédito ao raciocínio ao dizer que Jax era o seu guardião, não Logan.

Dimitri abriu a porta com uma batida alta e fez sinal para ela e Jax saírem. Assim que teve um vislumbre dos olhos dele, ela os evitou. Droga, Dimitri também estava bravo com ela. Não era maravilhoso? Jurou que consertaria tudo quando voltasse. Mas, por enquanto, tinha feito a cama, e se deitaria nela. Suspirando alto, atravessou a porta e saiu da casa de Logan.

Foram para o hotel em silêncio. Wynter ignorou Jax, encarando a janela sem ver. Dez horas atrás, Logan fez amor com ela. Pertencia à força dos braços dele. Enquanto os sentimentos ficavam mais fortes, podia sentir que se apaixonava por ele. Mas, agora, as palavras do alfa circulavam em sua mente. *Companheira. Ela era companheira dele?* Não era como se ela não desejasse Logan, mas a revelação, diante de Dimitri e de Jax, nada menos, a deixou chocada. Perguntou se ao ir com Jax, Logan interpretou suas ações como desrespeito, como se escolhesse o guardião em vez do companheiro.

Até mesmo o sempre despojado Dimitri estava frio, recusando-se a olhá-la quando entrou no carro. No minuto em que se afastou de Logan, sentiu-se desconfortável. A loba arranhava e gania, dando-lhe uma dor de cabeça furiosa. Foi tudo o que pôde fazer para se impedir de chorar. Como se pressentindo a sua angústia, devagar, Jax colocou um braço reconfortante ao redor dos ombros dela. Não importava o que tivesse acontecido na sua vida, ele a apoiara. Era por isso que precisava falar com ele. Então, por que se sentia tão horrível?

— Vamos lá, princesa — Jax a encorajou. — Não é tão ruim assim, é?

— Então por que me sinto uma merda? — Wynter deitou a cabeça no peito dele e olhou para cima, interceptando o olhar glacial de Dimitri. Fechou os olhos rapidamente, tentando ignorá-lo.

— Porque, minha querida, ele é seu companheiro. A sua loba não gosta de ficar longe dele, ainda mais porque ele não está marcado — explicou, descontraído. — Desculpa, eu reagi mal. Éramos só eu e você; estamos juntos há muito tempo. Não estou pronto para te deixar.

Ela sorriu.

— E não estou acostumado com você sendo uma loba... nem um pouco.

— Não sei o que eles fizeram comigo — confessou. Sentia-se como uma garotinha de novo, esperando que ele espantasse os seus pesadelos.

— Logan me contou. Nós vamos descobrir, Wyn. Também não entendo. Mas o que está feito, está feito. Prometo que você vai conseguir passar por essa... transformação.

— Mas você estava com tanta raiva lá.

— Mais para surpreso. Eu pensava que você era minha, mas não é... bem, ao menos não mais. Você foi quase que como uma filha uma época. Mas, ao longo dos anos, formamos uma amizade confortável. Vou sentir saudades de você. Acho que sempre soube que isso aconteceria. Mas o fato não mudará eu ser protetor contigo. Está na *minha* natureza. Não pode ser evitado — refletiu.

— O Logan está tão bravo comigo. Eu me sinto mal.

— Não se preocupe, você vai voltar logo, sua loba vai se acalmar.

— E quanto ao lobo dele? Sinto como se tivesse feito algo errado. Não só errado, mas como se eu o tivesse magoado — contou a Jax.

— Não, princesa, você não fez nada errado. Mas vai de encontro ao jeito dos lobos. Você aceitar vir comigo é algo muito racional, muito humano de se fazer. Uma coisa bem típica da Wynter. Não posso te culpar.

E te pedir para vir... bem, eu sabia que Logan não ficaria feliz, mas você é minha família. Não te vejo há meses. Deusa, Wynter, jamais vou me perdoar por te deixar ir — confessou. — É culpa minha.

— Não... — Ela começou a chorar.

— Shhh, não quero ouvir mais nada. Você era responsabilidade minha. Minha. Logan estava certo. Quando voltarmos, podemos almoçar e falar sobre como posso ajudar com essa falha colossal que criamos. A única coisa que me motiva é que Emma ainda está resistindo. E se há algo que possamos fazer para tirá-la de perigo, então eu quero ajudar.

Wynter quis discutir e dizer que já estava em perigo, mas presumiu que o guardião soubesse. Era por isso que ele estava pirando com Logan. Nesse ínterim, o alfa não tinha feito nada para merecer a morte que eles trouxeram para Nova Orleans. A culpa a atormentou, mas, ainda assim, depois de tudo o que tinha acontecido, não tinha certeza se teria feito algo diferente.

Quando chegaram ao quarto de Jax, Wynter estava morrendo de fome. Abrindo a porta, um rosto cálido e conhecido a cumprimentou.

— Hey, mocinha, bem-vinda de volta. Venha cá, me faça um agrado — o beta de Jax, Nick, disse a ela, dando-lhe um abraço apertado. — Por que essa carinha triste? O que foi?

— Longa história. — Jax suspirou, sentando-se à imensa mesa de jantar. Graças à deusa, Nick tinha pedido o almoço. — Sente-se, vamos comer.

— Falar e comer. O que se passa?

Jax olhou para Wynter.

— Quer contar a ele?

— A versão resumida? Os vampiros que me sequestraram me obrigaram a trabalhar no vírus, mas eu fugi. Logan Reynaud, o alfa de Nova Orleans, me resgatou e me levou para a casa dele. Ao que parece, os vampiros me infectaram com alguma coisa durante uma das deliciosas sessões de alimentação. Então, a propósito, estou me transformando em lobo. — Wynter parou para pegar um refrigerante diet. Abriu a tampa, tomou um gole e pegou um sanduíche na bandeja. — Vejamos, o que mais? Ah, sim, os vampiros estão tentando me matar, o Logan me marcou e eu acabei de descobrir que sou companheira dele. É, eu acho que isso resume tudo.

Jax e Nick trocaram um olhar de surpresa. Embora ela estivesse balançada no carro, pareceu estar se recuperando bem. A garota sempre foi uma guerreira, Jax sabia. Mas toda vez que ela se recuperava, ainda o surpreendia que como um humano tão frágil podia ter a coragem de um leão.

— Então, espera, você acasalou, você se ligou ao Logan? — Nick praticamente gritou.

— Não. — Ela balançou a cabeça e puxou o cabelo para o lado, para mostrar a ele. — Marcada. Ele me marcou. Ao que parece, tenho que esperar até depois de me transformar. Estou tão animada para a transformação... só que não.

— Vai ficar tudo bem, Wyn. Do jeito que o seu alfa me atacou hoje, tenho plena certeza de que ele a protegerá. É um lobo honrado — Jax a tranquilizou.

— Você diz como se gostasse dele. Não faz muito tempo, vocês dois quase arrancaram a cabeça um do outro. Foi um festival de amor, Nick — ela apontou, com sarcasmo.

— É o que alfas fazem. Brigamos por território, para estabelecer a dominância. O que você viu hoje é brincadeira de criança, nada mais.

Ela revirou os olhos. Homens. Lobos.

— Bem, Logan estava muito puto comigo quando saí. Que companheira eu sou.

— É, aposto que vai ficar tudo bem. Jesus, Jax. O que você estava pensando ao tirá-la de perto dele?

— Sou um cretino egoísta, tudo bem? O que você esperava? Não a vejo há meses. Além do mais, ela vai voltar depois do almoço.

— Sou eu quem decide isso, Jax. Ele é meu companheiro. — Ela quase se engasgou com as palavras, as lágrimas ameaçaram cair. Quanto mais ficava longe, pior se sentia. Uma mudança de assunto era necessária. — Me conte da Emma. Como está a Mika?

— A Mika está bem, de verdade. — Nick deu uma piscadinha.

— Não! — Wynter exclamou, batendo no braço dele.

— Sim — Jax respondeu. — Lobo mau, Nick.

— Não, alfa, eu sou um lobo muito bom. Por que você acha que ela gosta tanto de mim? — Nick provocou.

Wynter não podia acreditar que a amiga estava com o beta de Jax. Como pôde ter perdido isso? Lutou com o impulso de ligar para ela naquele minuto. Deus, como sentia saudade dela.

— Quanto à pequena Emma, bem, ela está aguentando firme — Nick comentou. — Dias bons, dias ruins. Eu não sei, Wyn. Ela está mais ou menos igual. Mas, caramba, queria que soubéssemos o que há de errado.

— Estou perto. Embora eu não tenha feito nada desde que saí do laboratório. Mas nós temos um notebook, eles o pegaram antes de o carro explodir. — Ela tentou não reagir à expressão de dor de Nick quando mencionou o acontecido. — O Jax pode te contar tudo o que aconteceu... dias divertidos. De qualquer forma, os meus dados podem estar naquele notebook. Ou não. Veremos. Os vampiros o limparam, mas o Dimitri vai tentar recuperar. Eu poderia ter perguntado do avanço dele hoje de manhã, mas, bem, sabe... com toda a gritaria e não sei o que mais, não foi possível.

— Uma cura? — Nick fez a pergunta.

— Não, infelizmente. Mas daria a ela qualidade de vida. Ela poderia voltar a uma rotina normal com a medicação — Wynter especulou. Não era uma cura, mas seria bem melhor do que passar os dias de cama.

— Logan me disse que vai te tirar da cidade, e montar um laboratório na casa — Jax mencionou.

Wynter congelou. Parecia que seu companheiro sorrateiro estava sempre dois passos à frente dela. *Não é de se admirar ele ser um alfa*, pensou.

— Um laboratório? Sério? Ele disse isso?

— Disse. Ele está muito comprometido em te ajudar, a nos ajudar. É claro, ele não quer que quem esteja fazendo isso propague um vírus. Mas ele mencionou a Emma. Quer ajudá-la... por sua causa. — Jax sorriu. — Não consegui entender por que o homem se esforçaria tanto para nos ajudar quando falei com ele. Mas isso foi antes de eu saber que você era dele. E, simples assim, as peças se encaixaram.

Ao pensar em Logan, o rosto de Wynter corou como o de uma garotinha. Ela poderia mesmo se apaixonar por ele. Não importa o que tinha acontecido naquela manhã, eles dariam um jeito.

— Ah, o amor é maravilhoso — Nick declarou, com um sorriso largo.

Como se pega com a boca na botija, Wynter olhou para baixo e mordeu o sanduíche.

— Wyn, sério agora, se não estiver de acordo com o acasalamento, você não precisa ficar aqui. Assim, eu teria que ser um idiota para não sentir a química entre você e Logan. Mas se estiver em dúvida, você, como loba, não é obrigada a acasalar com ele. Não estamos na idade das trevas — Jax explicou.

— O que foi? — Wynter olhou para cima e viu os dois a encarando.

— Você o ama, princesa?

— Talvez — ela deixou escapar, antes que pudesse evitar. Decidiu recuar, mas assim que pensou no que sentia, foi difícil negar os sentimentos.

— Tipo, eu acho que poderia me apaixonar por ele. Ele é tão carinhoso, amoroso e fantástico. É inacreditável. Não sei como aconteceu.

Nick e Jax riram.

— O que foi?

— Natureza, querida — Nick frisou.

— Você não pode controlar — Jax complementou. Ele se recostou na cadeira e suspirou. — O amor virá para todos nós, e não há nada que possamos fazer.

— Queria que tivéssemos falado disso antes… a coisa de lobo. — Ela sorriu, sem saber qual termo usar. — É só que mesmo que eu possa sentir algo em mim, o que creio ser a minha loba… ainda me sinto humana também. Sei por que você queria me proteger dos lobos, da alcateia, mas agora, estou tão sozinha.

— Não, nunca estará sozinha. O seu alfa, ele está aqui por você, para te guiar, para te amar — ele a corrigiu, com a voz séria.

— Mas como você sabe? Como sabe que vou ficar bem?

— O Logan pode ser alfa há pouco tempo, mas ele foi um beta. E ele é lobo há muito tempo. Você precisa confiar nele. — Jax se absteve de dizer à sua querida amiga humana que ela teria que se submeter.

Todos os lobos em uma alcateia tinham que se submeter para existirem. Ela aprenderia com o tempo, mas ele suspeitava que teria dificuldade. Amaria ajudá-la, mas era algo que precisava fazer sozinha. Nenhuma palestra poderia ensinar experiência de vida.

Wynter continuou comendo, pesando o conselho de Jax. Quanto mais pensava em Logan, mais sentia saudade dele e mais queria superar aquele desentendimento. O olhar nos olhos dele quando ela saiu com Jax lhe partiu o coração. Depois de mais meia hora pondo a conversa em dia, Wynter disse que precisava ir. Ele lhe assegurou que não ia embora de Nova Orleans e que estaria de plantão caso localizassem o laboratório novamente. Jax a acompanhou até o lobby, onde Dimitri esperava para levá-la para casa. Dando um abraço e um beijo na bochecha do guardião, ela se apressou, indo até o carro que a esperava.

Dimitri segurou a porta para ela como se fosse um chofer. Ignorando o gesto, ela o rodeou e foi para o assento da frente, esperando que ele se juntasse a ela. Ao que parecia, Logan não era o único que precisava conversar. A frieza dele não tinha aquecido desde que ela saiu. Se muito, o cara passou um tempo no freezer. Dimitri bateu a porta de trás e foi até o outro lado. Ele se sentou, colocou o cinto e ligou o carro sem nem olhar para ela.

— O quê? Diga de uma vez — ela deu a ordem, como a fêmea alfa que estava se tornando.

— Por que você foi com ele?

— Eu já te falei, ele é como se fosse família. E só porque eu sou companheira de Logan, ele não deixa de ser meu amigo. Não o via há meses. E por que você se importa, de qualquer forma? Não é como se eu fosse a sua companheira — retrucou.

— Porque, querida, quando o meu alfa está infeliz, e ele está bastante infeliz nesse minuto, todos nós sentimos. Sei que Jax é sua família, mas você precisa enxergar o que isso causa a Logan — ele advogou.

— Desculpa, Dimitri. De verdade. Não foi a minha intenção deixar o Logan chateado, e com certeza eu não tinha ideia de que você seria afetado. Precisa se lembrar de que sou nova nisso — ela disse, baixinho. Wynter colocou a mão reconfortante no ombro dele. — E, para ser justa, Logan tem as próprias explicações a dar. Não é tudo culpa minha.

— É, sinto muito pelo negócio do acasalamento.

— Claro que sente. Você pareceu muito arrasado por causa disso mais cedo. Aquele seu sorriso... nossa. Não foi nada engraçado. — Ela abriu um sorrisinho para ele.

Ele sorriu em resposta, relembrando a conversa, e gargalhou.

— Eu amo o Logan, mas, cara, assistir o homem se apaixonar pela companheira é meio que engraçado... muito engraçado, na verdade. Só que você precisa dar crédito a ele. Logan arriscou a sua ira ao contar para todo mundo que você era a companheira dele a deixar que outro lobo a levasse. E ele é um alfa recente... que está enfrentando Jax daquele jeito. Logan tem uma coragem do car... bem, você consegue captar a ideia.

— Fico feliz por você ter se divertido. Porque eu... fiquei muito surpresa por ele meio que ter vomitado tudo aquilo. Tipo, não é como se eu não gostasse dele de verdade. O cara é incrível. Amoroso, sexy e... — ela disse, sonhadora, até Dimitri interromper.

— Mas o comprometimento, Wyn. Com lobos, é mais, muito mais.

— Já marcou alguém? Acasalou?

— Calma lá, *cher*. De jeito nenhum. Digamos apenas que, assim como Logan, estou por aí há muito tempo. Observei meus amigos lobos se apaixonarem profundamente dentro dos laços do acasalamento. Às vezes é tudo bem tranquilo. E, às vezes — Dimitri fez uma pausa, concentrando-se no trânsito quando começou a chover —, bem, não muito. Mas vou te dizer, sempre dá certo. Porque a Mãe-Natureza quer que seja assim. Não adianta resistir.

— Ele está muito bravo?

— O Logan? De um a dez? — Ele parou para pensar. — Dez, quando você saiu. Talvez sete ou oito agora. E aqui estamos... em casa.

Wynter se encolheu. *Ele a perdoaria? Ele a puniria?* Como os vampiros, os lobos tinham interpretações próprias sobre as regras da vida. Enquanto o portão abria e eles percorriam a trilha, o estômago deu cambalhotas. Ele a esperava? O que deveria dizer? O carro parou, puxando-a de volta para o presente. Dimitri abriu a porta para ela e os dois correram para casa, em um esforço de escapar do aguaceiro. A porta de deslizar abriu. Teve esperança de que Logan estivesse esperando por ela, mas foi recebida pelo silêncio.

— Lá em cima — Dimitri lhe disse, ainda segurando a porta. Ele não pretendia ficar para o que fosse que aconteceria entre aqueles dois. Mesmo que amasse Logan como a um irmão, havia coisas que precisava fazer sozinho e, verdade seja dita, isso cai na categoria.

— Obrigada — Wynter sussurrou. Dando um beijo na bochecha de Dimitri, ela correu para o seu alfa, desaparecendo no corredor e subindo as escadas.

CAPÍTULO VINTE

Logan sentiu no segundo em que eles chegaram à propriedade. Soltou um silencioso suspiro de alívio por ela ter voltado, mas ainda lutava para entender por que ela o deixara, para início de conversa. Embora compreendesse totalmente o relacionamento de família que ela tinha com Jax, ele a reivindicara. Qualquer loba de verdade jamais sairia com um macho não acasalado sob circunstâncias parecidas. Mas Wynter ainda não era uma loba. Mesmo que estivesse prestes a se transformar, não foi criada como uma, nem mesmo era híbrida. Ela não podia compreender as ramificações de suas ações. Logan queria esquecer, perdoar, mas não podia se dar ao luxo.

Já havia passado tempo demais com ela. Depois de quase acabar morto ao assegurar a posição de alfa, deveria estar liderando a alcateia, não se preocupando com uma humana. Se ela fosse só uma humana, a decisão seria fácil. Mas, não, era a sua companheira. Uma companheira que, na essência, nada sabia sobre lobos. Que tipo de piada doentia a deusa estava fazendo? Logan se perguntou o que aconteceria se rejeitasse o destino. Talvez estivesse errado sobre ela ser dele? Bem que queria. Sempre que ela estava a um metro e meio dele, o lobo arranhava para acasalar. Não haveria como negar depois que Wynter se transformasse.

Nesse meio tempo, estava decidido a se concentrar na alcateia. O arroubo de raiva que sentiu com a partida dela os machucara. Cada lobo deve ter sentido a sua raiva, imaginando o que havia causado uma reação tão virulenta. Eles ficariam agitados, o que era a última coisa de que a alcateia precisava. Depois dos longos meses de luto por Marcel e enfrentando a incerteza de quem os lideraria, ele enfim tinha estabelecido a paz. Hoje, no entanto, o temperamento ameaçava o santuário que ele trabalhou com tanto afinco para criar.

O jato de água quente permitiu que ele meditasse, levando uma sensação de equilíbrio e estoicismo para os pensamentos. O consolo da impassibilidade recém-encontrada clareou a estratégia. Ele e Wynter não podiam continuar com esses mal-entendidos. Não havia escolha. Quando fosse para o *bayou*, ela aprenderia a se submeter, aprenderia o jeito dos lobos. Ele daria as lições, não só quanto à submissão, mas também à importância do papel dela na alcateia. Ela gostando ou não, ele estava ansioso para a loba dela emergir na lua cheia. Logan a prepararia para a nova vida deles juntos. Como companheira do alfa, a alcateia a procuraria quando precisasse de orientação, de direção. Mas, para se encaixar no papel, ela teria que o aceitar como alfa e também a própria transformação.

Os passos à porta excitaram o seu lobo, mas ele se recusou a ceder. Agora não era o momento. O funeral de Dana começaria dali a uma hora, e sua presença tranquilizadora seria necessária. Logan planejava não fazer nada menos pela alcateia, mesmo que isso significasse isolar Wynter. A reflexão sobre o dilema ficaria para depois. Por pelo menos algumas horas, planejava ignorá-la, focar toda a atenção em Fiona e na alcateia. Era o mínimo que podia fazer.

O coração de Wynter ficou preso na garganta ao ver o magnífico alfa no espelho. Incrivelmente lindo não começava nem a descrever a forma como o via. Listras de giz percorriam as pernas longas. A calça pendia da cintura afilada, abraçando o traseiro, uma blusa muito branca estava enfiada nela. Observou-o dar o nó na gravata, sem nunca tirar o foco da tarefa.

— Logan — Wynter chamou, com ternura.

— O funeral é às seis. O Dimitri e o Jake vão te levar. Assim que chegar, fique com o Jake — explicou, frio. Logan se virou, pegou o paletó no cabide e o vestiu.

— Precisamos conversar — ela rogou, indo na direção dele. A necessidade de tocá-lo a esmagou.

Logan ajustou o colarinho, dando uma última olhada no espelho, sem buscar contato visual. Ignorou o pedido e saiu do quarto.

— Você precisa fazer as malas. Pode usar a que deixei para você no closet. Vamos partir logo depois do funeral.

Quando Logan passou, Wynter o segurou pela manga, pressionando a testa no peito dele. Deus, ele cheirava bem. Queria se desculpar, pedir perdão, mas também queria falar sobre ele ser o seu companheiro. Havia perguntas demais. Precisava que ele aplacasse os seus temores, que confirmasse que ainda se importava.

— Por favor, Logan. Não faça isso — ela sussurrou.

Logan puxou o braço, recuando com calma. A indiferença lhe cobria o rosto. Não era mais o amante ali, era o líder; o alfa comandou o aposento.

— Vista-se. Você tem quarenta e cinco minutos — ele falou, olhando o relógio.

— Jesus, Logan. Qual é. — Sentiu a voz subir. — Preciso conversar contigo.

— Nesse momento, Wynter, nada se trata de você. Nem de mim. Há uma mulher, uma loba. Minha loba — ele enfatizou em seu tom dominante, que lhe dizia que ele estava no modo negócios. — Ela está morta. Minha alcateia precisa de mim. Precisam que eu esteja forte, calmo e inteiro. Não posso fazer isso quando estou contigo. Agora não.

Wynter abaixou a cabeça e fechou os olhos. Desejou poder esconder o rosto por completo. O afastamento dele foi demais para suportar. Ela mordeu o lábio; a dor foi uma distração muito bem-vinda do sufocamento que cobria o coração partido.

Logan podia sentir a dor dela com tanta clareza quanto sentia a própria. Queria puxá-la para os seus braços, dizer que resolveriam tudo, e depois fazer amor com ela a noite toda. Reunindo cada grama de força de vontade que tinha, Logan se virou e foi até a porta. *Depois do funeral, ela seria dele*, prometeu a si mesmo. Até lá, a alcateia tinha toda a sua atenção.

Quando Logan atravessou a porta, Wynter permitiu que as lágrimas escorressem. Como se arrastada por uma tempestade, não sabia mais qual direção seguir. Tendo perdido seu único colete salva-vidas, lutou para manter a cabeça à tona, mas não foi suficiente. Cambaleou até o banheiro e ligou o chuveiro, permitindo que a água fria atingisse a pele. Deslizou pela parede, até o traseiro bater no chão e se curvou, soluçando, desejando nunca ter ouvido falar dos lobos.

— E aí? — Dimitri meneou a cabeça para Logan, entregando uma sombrinha.

— Beleza, aí vem o Jake — Logan disse, sem responder a Dimitri de forma direta.

Jake abriu a porta e balançou a cabeça para espalhar a água da chuva.

— Oi — cumprimentou. — Nada como um funeral numa noite chuvosa. Muito bom.

— É, não espero que muitos de nós se transformem caso a chuva continue a cair — adicionou Dimitri.

— Alfa, você está bem? — Jake perguntou, com preocupação genuína. A raiva que percorreu a alcateia mais cedo os atingira com força.

— É, estou bem — Logan mentiu. — Eu deveria perguntar como você está. O golpe da noite passada foi forte.

— Pronto para outra. Obrigado. — Assentiu com a cabeça. — Dói pra cacete. Fiquei como lobo durante a noite, só para me assegurar de que ficaria bem.

— Vou até a casa da Fiona para encontrar as meninas lá — Logan informou-os.

Dimitri ergueu uma sobrancelha para Logan.

— Ei, cara, me deixe começar isso com um "longe de mim querer te dizer o que fazer".

— Mas dirá mesmo assim? Vamos ouvir.

— É para isso que o seu beta serve. — Dimitri segurou o ombro de Logan. — Primeiro, está chovendo canivete. Você poderia ir no carro conosco. Segundo, acha que é uma boa ideia ficar perto das meninas sem Wynter estar presente? Tipo, esse acasalamento não parece estar sendo tranquilo para nenhum dos dois e eu odiaria...

— Não estou indo lá para comer as garotas, D. A irmã da Fiona faleceu. Tomarei cuidado para não tocá-las demais, mas, sejamos claros, ok, essa noite é da Dana. Não minha. Não da Wynter. E com certeza absoluta não tem nada a ver com o meu acasalamento, porra. — Bufou. — E, sim, essa coisa toda de acasalar não está saindo do jeito que pensei, mas, bem, nunca passou pela minha cabeça, nem em um milhão de anos, que a minha companheira apareceria assim que me tornasse alfa. E com certeza eu não esperava que ela fosse humana.

— É, não é o melhor dos cenários — concordou Dimitri.

— Vou cuidar disso... com Wynter, quando sairmos da cidade. Não quero magoá-la, mas preciso estar com a alcateia. Você sabe. Fiona. Luci. Elas são da alcateia e precisam de mim... principalmente hoje.

Logan deslizou a porta e abriu a sombrinha.

— No mais, um pouco de chuva nunca matou ninguém. Na verdade, deve fazer bem sentir o petricor. Amo.

— Petricor? — Dimitri perguntou, balançando a cabeça. *Alguém devia estar fazendo palavras-cruzadas de novo.* Uma estranha fuga do estresse para o alfa, mas, o que fosse necessário.

— O cheiro que vem com a chuva, meu amigo, o cheiro. Não há nada melhor. — Logan riu e apertou o botão que abria a sombrinha preta.

Dimitri riu, mas então seus pensamentos ficaram sombrios. Esperava que o alfa resolvesse logo as coisas com Wynter. Captou o estremecimento no rosto dele ao ouvir o leve choro da lobinha vindo lá de cima. Ambos tentaram ignorar, como se nada estivesse acontecendo. Ele sabia que Logan estava dando toda a atenção à alcateia, tentando se concentrar em passar uma sensação de tranquilidade para eles. E não era hora de se intrometer. Às vezes, era melhor só deixar a poeira baixar.

Olhou-se no espelho da cozinha e ajustou o nó da gravata. Odiava funerais. Felizmente, não tinha ido a muitos de lobos, mas, ainda assim, muitos dos seus amigos humanos faleceram ao longo dos anos. Ao olhar para os sapatos pretos, que pareciam incrivelmente desconfortáveis, suspirou, sabendo o que a noite lhe reservava. O funeral seria tão divertido quanto... bem, um funeral.

Dentro de minutos, o estalido de saltos lhe informou de que Wynter estava pronta. Ela apareceu no corredor, vestida toda de preto com uma bolsinha nas mãos. Cachos molhados rodeavam o rosto avermelhado. Sem maquiagem, ela ainda parecia bonita e determinada. *A garota fazia a falta de excesso parecer chique*, Dimitri pensou. Incerto do que dizer, deu um sorriso astuto para Jake e foi até o armário. Logan tinha comprado algumas coisas de que Wynter precisaria na viagem, e lhe pediu para entregá-las.

Wynter tinha conseguido se recompor depois de passar cinco minutos chorando. Zangada e confusa, recusou-se a permitir que a vida ou a falta de controle sobre ela a pusessem para baixo. Desde a morte dos pais, ela tinha lutado. Não sabia se ou quando resolveria as coisas com Logan, mas ainda tinha um propósito: conseguir os dados, descobrir um tratamento para Emma. Outro objetivo era passar pela transformação. Se Logan a rejeitasse por causa de um erro humano, então ela iria embora, voltaria para Nova York. Como Jax tinha explicado, ela não precisaria acasalar com ele se não quisesse ou se ele decidisse que uma humana não era adequada para ser companheira de um alfa. Ficaria devastada, mas superaria. Como foi quando perdeu os pais, quando foi torturada e mantida em cativeiro, ela cavaria e seguiria com a vida. Autopreservação era um motivador potente.

Ao olhar para a camisa social preta e a saia lápis combinando, perguntou-se se Logan tinha escolhido o modelito. E se não foi? E se ele tivesse pedido a uma mulher para escolher por ele? Empurrou aquele monstro verde horroroso para os recônditos da mente. Não, não seguiria por aí.

Ainda assim, não estava com as peças que Dimitri tinha trazido para ela usar, os sapatos pretos de couro também não.

Suspirou. Nada disso era dela de verdade. Era uma mera ilusão da realidade. Sua vida tinha sido roubada. Tudo o que tinha na bolsa sumiu, levado pelos sequestradores. Alisando o tecido macio das mangas, fez uma nota para contatar a secretária de Jax e pedir que ela enviasse sua correspondência. Também precisava do notebook para denunciar o roubo dos cartões de crédito. Cada fragmento das suas informações pessoais tinha sido digitalizado. A secretaria dele faria o download e enviaria para ela. Poderia comprar um computador novo pela internet, mas ainda precisava de um celular. Talvez amanhã fizesse arranjos para ir a uma loja comprar outro.

A mão de Dimitri em seu ombro a despertou do sonho que estava tendo acordada.

— Aqui, Wyn. — Dimitri segurou o casaco azul-royal. — Vá em frente, vista. Está terrível lá fora.

Grata, ela moveu os ombros para pôr a peça, notando que era da Burberry. Ao abotoá-lo e prender o cinto fino de couro ao redor da cintura, pensou que nunca criou alarde por algo tão extravagante. Olhou para Dimitri, que tentava lhe entregar uma bolsa de mão de couro preto. Ele estava lhe dando a bolsa de outra pessoa?

— Mas ela não é minha... perdi a minha bolsa... — começou.

— Ele sabe. Aqui, toma. Creio que haja todo tipo de coisa feminina aí dentro — ele resumiu, desligando a luz da cozinha. — Um cavalheiro não mexe na bolsa de uma mulher.

— Desde quando você é um cavalheiro? — Jake zombou.

— Ei, qual é, calma aí, amigo. Eu sou muito cavalheiro. — Dimitri riu e se virou para Wynter. — E, antes que pergunte, Logan comprou para você. Juro, aquele lobo faz mais compras que as mulheres. Mas, bem, não dá para andar meio metro aqui sem acabar em alguma loja.

— Obrigada — ela respondeu, pensativa.

Logan comprou para ela. Não sabia por que pensar nele fazendo isso a fez sentir um pouco melhor, mas fez. O homem a surpreendia a cada oportunidade. Fazia-a sentir que, mesmo ele estando bravo, ainda se importava o suficiente para pensar nela. Uma fagulha de esperança acendeu. Ao sair, posicionada entre a proteção de Jake e Dimitri, o som de um trovão soou à distância. Teria que esperar até depois do funeral, mas hoje mais tarde, esperava que eles conversassem sobre o acontecido.

Um policial conduzia a multidão no cemitério enquanto a chuva cortava as luzes estroboscópicas do veículo. A multidão de quase cem pessoas se movia com cuidado pelas trilhas estreitas de pedra. Lanternas à bateria iluminavam o caminho em direção à cripta. Entre calçadas rachadas e pedrinhas, Wynter temia mergulhar de cabeça em um túmulo de mármore. Passou a mão pelo braço de Jake, em um esforço de se firmar sobre os pés. Incapaz de ver adiante, perguntou-se como a banda de jazz conseguia continuar tocando naquele dilúvio. No entanto, o canto fúnebre mantinha o seu ritmo triste na noite.

Quando se aproximaram do túmulo, a música cessou. O espacinho estava lotado e Wynter lutou para encontrar um lugar para ficar, acomodando-se na pedra fria de outro lugar de descanso. Bizarro, pensou, mas não havia lugar para todos os vivos que vieram lamentar. Através dos corpos, viu Logan, que estava ao lado de Luci. Os olhos cheios de ódio cravaram em Wynter. Concluindo que Luci a envolvia em algum tipo doentio de intimidação lupina, Wynter a encarou como se a desafiasse a tocar Logan. Felizmente, a encarada foi interrompida quando todas as cabeças se viraram para observar Fiona e uma mulher mais velha, a mãe de Dana, irem em direção ao caixão. Logan lhe explicou que Fiona era sua meia-irmã; elas tinham o mesmo pai. Ainda assim, a loba também aparentava ser próxima da mãe humana de Dana.

O cheiro de incenso permeava o ar enquanto o padre abençoava o túmulo. A tampa de pedra tinha sido removida, e a abertura retangular foi aberta para o enterro. A mulher mais velha soluçava, agarrando-se a Fiona quando as preces finais foram feitas. Wynter inclinou a cabeça para frente, tentando ouvir o sermão. Ao último amém, Logan e o padre trocaram palavras, silenciando a multidão. O coração parou quando percebeu que o alfa estava prestes a falar.

— Meus lobos — ele começou, melancólico. — Dana foi nossa médica. Nossa amiga. Nossa irmã. Sua ausência será sentida na nossa alcateia. Mas sempre será lembrada. Nós a conhecíamos como híbrida, mas ela era tão loba quanto qualquer um de nós.

— E foi isso que a fez ser morta! — a mãe de Dana gritou, partindo para cima de Logan. Fiona lutou para segurar a mulher, mas ela escapou de suas mãos. — Lobos! Vocês mataram o meu marido! A minha filha! Eu odeio vocês!

Com facilidade, Logan a segurou pelo pulso quando ela tentou lhe dar um tapa na cara.

— Marguerite, por favor. Eu conheço a sua dor. Eu conheço — Logan rogou. — Não pense o contrário nem por um segundo. Marcel. Dana. Todos nós sentiremos saudades deles.

— Minha filhinha, Logan, minha filhinha. — A mulher pranteou ao cair nos braços dele. — Ah, Deus, me ajude.

Wynter observou com atenção enquanto Logan chorava junto com a mulher. Ficou evidente que ele a conhecia bem. Era como se o coração dele estivesse aberto para quem quisesse ver, mas ele não negou o pesar da mulher. Não, pranteou com ela, abraçou-a até que se acalmasse. Outros choravam junto deles enquanto o dilúvio caía dos céus.

Os pés de Wynter começaram a se mover antes que o cérebro tivesse a chance de perceber o que fazia. Um puxão firme no braço a lembrou de onde estava. As lágrimas picaram suas bochechas quando Jake a puxou para si. A loba ansiava confortar o companheiro, cuidar dele. Mas não era só a loba, era Wynter. Cada parte dela precisava acalmá-lo. Como se Logan sentisse o que estava acontecendo, seu olhar perfurou a multidão e se fixou nela. Incapaz de falar e de se mover, parecia que séculos se passaram enquanto eles se olhavam. O rugido do trovão a fez olhar para cima, para o céu, e perder o contato visual.

Logan sentiu a preocupação de Wynter, mas foi o toque de um macho não acasalado que chamou a sua atenção. Não demorou a perceber que era Jake quem a segurava. Ela estava indo atrás dele. A expressão carinhosa no rosto lhe disse o quanto ela precisava dele. O encorajamento tácito da companheira o instou a continuar. Entregando a mulher a Fiona, tocou o caixão de Dana com amor.

— Dana, minha amiga. Você nunca, jamais será esquecida. Sua morte não ficará impune. Prometo a você, aqui, hoje — a voz de Logan falhou enquanto ele lutava com a emoção —, você será vingada.

Quando ele falou as últimas palavras, a mãe de Dana assentiu em aprovação. O agente funerário fez sinal para os funcionários removerem a bandeira do caixão. Logan acenou em silêncio para Dimitri, indicando que era hora de colocar Dana em seu lugar de descanso. Seis homens seguraram o caixão pelas alças, erguendo-o devagar até a gaveta superior da tumba. Quando ele desapareceu na câmara escura, Fiona e a mãe de Dana conduziram a procissão até a saída enquanto os trompetes tocavam "When the Saints Go Marching In".

Por mais surreal que fosse, Wynter observou as pessoas jorrando pelos caminhos estreitos, agradecendo baixinho a Deus por ninguém ter sido atingido por um raio. Como se todo o ar tivesse deixado os seus pulmões, lutou para sair do cemitério. Concentrou-se, colocando um pé congelado diante do outro. Dedos pequenos a seguraram pela cintura, e ela olhou sob o guarda-chuva e viu Fiona parada diante dela.

— Sinto muito pela sua perda — Wynter conseguiu dizer, com sinceridade. Se alguém conhecia perda, esse alguém era ela.

— Obrigada por vir. Sei que não deve ter sido fácil — disse Fiona, compreensiva. — Vejo você daqui a uns dias.

Sem saber o que dizer, Wynter abaixou a cabeça em reconhecimento e deu um sorriso simpático. Uma rajada de vento empurrou as duas mulheres em direção à saída. Wynter arfou, segurou firme em Jake e saiu tropeçando pelas poças de gelo. Ele apontou para a limusine, e ela o seguiu às cegas. Foi tomada pelo alívio quando a porta do carro abriu, e caiu, trêmula, no interior aquecido. Sem perder tempo, Jake pressionou o quadril no dela, forçando Wynter a se mover para o assento ao lado. Quando o calor atingiu os seus pés, ela olhou para cima e encontrou Logan a encarando.

CAPÍTULO VINTE E UM

Wynter sentiu o estômago despencar quando o elevador avançou em direção ao céu. Ela não entendia por que estavam no arranha-céu de Logan, mas continuou calada enquanto subiam. Lutando com a claustrofobia, fechou os olhos depois que passaram pelo piso em que o encontrou pela primeira vez no escritório. Um raio retumbante a fez se concentrar nas portas se abrindo. A chuva soprando no pequeno aposento a fez arfar. Mas que diabos? Por instinto, cobriu as orelhas ao ouvir o turbilhão ensurdecedor das hélices do helicóptero. O vento a atingiu no rosto e ela parou, congelada de descrença. Um leve empurrão nas costas fez os pés voltarem a se mover, encorajando-a a ir em direção às luzes ofuscantes.

A pressão das hélices borrifava água e ar ao cruzarem o heliporto. Wynter sentiu o braço de Logan envolvê-la pela cintura, guiando-a até a cabine mal iluminada. Por mais surpresa que estivesse, ficou aliviada por estar abrigada do mau tempo. O macio couro marrom dos assentos era suave sob suas mãos. Reparou nos arredores, notando que o luxuoso helicóptero tinha quatro assentos, uma TV de tela plana e um bar. Olhando para frente, viu o piloto através da janelinha de vidro.

Logan se sentou ao seu lado, fechando a porta depois que Dimitri entrou. Nunca tendo andado de helicóptero na vida, o pânico subiu pela garganta de Wynter. Olhou para Logan e Dimitri, que pareciam sérios, mas também calmos, como se tivessem feito isso um milhão de vezes. *Mas é claro que fizeram*, pensou consigo mesma. Entretanto, tudo em que podia pensar era em cair no meio da noite dentro daquela latinha. Uma latinha bem luxuosa e cara, mas ainda era noite e estava chovendo. *Ambos os fatores não podiam ser bons*, raciocinou.

— Por que estamos… — ela começou a gritar para Logan, o rosto pálido de medo.

Ele levou a mão à parte de trás do assento e pegou um fone. Com muito cuidado, o colocou sobre as orelhas dela, deslizando o polegar pela lateral da sua bochecha. Olhou-o nos olhos, querendo, com desespero, falar do que tinha acontecido, mas quando abriu a boca, ele afastou o olhar e colocou um fone sobre as próprias orelhas.

— Por que estamos em um helicóptero? Tem certeza de que é seguro? — perguntou Wynter, alarmada. — Está chovendo.

— Não é o ideal, mas já estiou um pouco. Além do mais, o vento já não está tão forte e não tem neblina. Não queremos arriscar uma emboscada nas estradas. Não se preocupe, é seguro.

— Cerca de quarenta e cinco minutos a uma hora, se o clima cooperar. Nunca andou de helicóptero, *cher*? — Dimitri perguntou, com um sorriso relaxado.

— Não, nunca — ela respondeu, arfando quando saltaram para o céu noturno. As unhas cravaram no couro, e ela esperou não deixar marcas. Observou maravilhada quando as luzinhas lá embaixo tremularam à distância enquanto eles zuniam em direção ao destino.

Logan, incapaz de suportar mais um minuto do isolamento autoimposto, segurou-a pela mão. Retirando devagar os dedos dela do assento, colocou a mão em sua perna, e lhe acariciou os dedos. Deusa, sentia falta de tocá-la. O gesto singelo enviou ondas de amor pelo seu corpo, lembrando-lhe de que ela era mesmo sua companheira. Quando chegassem em casa, teriam uma longa conversa sobre o relacionamento e o futuro dela como loba.

— Está tudo bem, docinho — ele a tranquilizou com uma voz carinhosa que não usava desde que ela saiu com o Jax. Continuou massageando a mão, deslizando o polegar na palma dela. — Só descanse. Vamos chegar logo.

Wynter relaxou com o contato ínfimo, mas comovente. A mão queimou com o calor que irradiava da coxa dele, e ela lutou contra o impulso de se recostar em Logan, de beijá-lo. Como se o corpo obedecesse ao comando do homem, deixou a testa descansar na janela fria. Dentro de segundos, caiu no sono com a canção de ninar cantarolada pelas pás.

O rangido do metal acordou Wynter. O silêncio que se seguiu lhe disse que tinham pousado. Logan, que já tinha começado a sair, estendeu a mão.

— Estamos em casa — disse a ela.

Casa? Não, a casa era dele, não dela, pensou. Mas, ainda assim, aquela fagulha de esperança lhe disse para receber o futuro com os braços abertos e em otimista curiosidade. O coração acelerou em resposta. Com um sorriso cauteloso, colocou a mão na sua, aceitando ajuda ao descer os degraus.

O trajeto do heliporto até a casa foi curto. Ao saírem do carro, Wynter olhou a lona azul que cobria o exterior de uma imensa casa contemporânea. A obra parecia inacabada, mas luzes cintilavam através das janelas sem cortinas. Refletores iluminavam o paisagismo recente, e o cheiro da grama recém-plantada e das rosas permeavam o ar.

A chuva tinha parado, e eles logo subiram a trilha em direção à entrada. Logan abriu uma tranca de segurança e entrou com o código. A fechadura clicou e ele virou a maçaneta. Ao entrarem, ela o seguiu e chutou os sapatos molhados para longe, e ficou agradecida por ter ido sem meia. Em poucos minutos, os pés secaram e o piso liso de madeira foi um alívio para os pés doloridos.

— Adèle — Logan chamou.

Wynter olhou o vestíbulo que levava a um salão espaçoso. Uma moderna lareira a gás em formato retangular ardia em cima das pedras brancas arredondadas. O fosso preto delineado por aço inoxidável contrastava com a lareira de pedra Kasota de cor creme. Três vasos altos preenchidos com folhagem ornamental estavam em cima da fina cornija de madeira escura.

Uma criatura macia e ronronante se esfregou nas suas pernas, assustando Wynter. Ela se ajoelhou, acariciando o gato simpático que miou e pressionou a cabeça em suas mãos.

— Ó! Oi, gatinho — ela disse baixinho, tocando as orelhas dele.

— Vejo que você conheceu a Mojo — Logan informou.

— Humm? Você tem uma gata? — Wynter respondeu, surpresa, tentando esconder a diversão.

— Aqui, gatinha, gatinha. Venha para o papai — Logan cantarolou com sua melhor voz de bebê. A bolinha de pelo preto correu para ele, ronronando com voracidade, e o homem pegou a gatinha, dando beijos na cabeça dela. Ele continuou falando com aquela voz suave, fingindo falar com a gata, mas estava respondendo a Wynter. — Sim, eu tenho uma gata. E ela é uma menina boazinha, não é? Quem é a gatinha bonitinha?

— Mojo — ela repetiu, sorrindo.

Wynter achou graça ao assistir ao alfa acariciar a criaturinha com tanto carinho. De todas as coisas que pensou que aconteceriam essa noite, essa, com certeza, não era uma delas. Quando esse lado aterrorizantemente atraente de Logan lhe foi revelado, lutou contra o impulso de correr e ir dar um beijo nele. O querer, a imensa tentação... forçou-se a ficar parada ali, enraizada no lugar.

— Não é o amuleto vudu, mas traz sorte — explicou, afagando e esfregando o rosto no pelo macio. Ele apanhou Wynter o examinando como se tivesse quatro cabeças. — O que foi?

— Eu só... não sei, estou surpresa. Amo gatos, mas um lobo com um gato? Parece pouco lógico. — *E sexy.*

— É, foi o que Tristan pensou também. A companheira dele cuida de um abrigo de animais. Um dia, eu passei bastante tempo na sala dos gatos. E o que posso dizer? — Ele estremeceu, prendendo-a com o olhar como se estivesse falando dela e não do gato. — Eu me apaixonei. Sabe, às vezes, Dra. Ryan, a gente não pode controlar por quem se apaixona. Às vezes, até mesmo quando as coisas não fazem sentido, elas, na verdade, fazem sentido demais.

Wynter corou e afastou o olhar. *Ah, Deus, queria tanto tocá-lo.* O calor preencheu o seu corpo. O desejo pulsou em suas veias. Tentou pensar em outra coisa que não em sexo. O que havia de errado com ela? Bem quando juntou coragem o bastante para responder com coerência, uma mulher corpulenta com um coque grisalho chegou ao vestíbulo. Logan deixou a gata saltar para o chão, se aproximou e a abraçou.

— Ah, Adèle. Essa é a Wynter. Wyn, essa é a Adèle. Ela vem me mantendo inteiro desde que me mudei.

— É um prazer te conhecer. — Wynter notou o quanto Logan ficava à vontade com a governanta.

— Wynter *va rester avec moi* — explicou à mulher que Wynter ficaria com ele. Adèle olhou-a dos pés à cabeça antes de decidir que ela era bem-vinda.

— *Oui, oui. Bonjour,* Wynter — Adèle cumprimentou. Ela se virou a toda pressa, falando rápido em francês. A mulher acenou com o braço, indicando que deveriam segui-la. — *Allons, le dîner est prêt.* — O jantar está pronto.

— *Merci*, estou morrendo de fome — Logan pegou um pedaço do pão branco e macio que tirou de uma tigela e logo o enfiou na boca. Antes que a mulher pudesse reclamar, aproveitou para agradecer por ela ter preparado a casa: — *Merci beaucoup pour obtenir la maison prête.* Tudo parece ótimo.

Adéle apontou para a enorme mesa de vidro, e logo colocou outro lugar para a convidada. Logan se sentou à cabeceira e fez sinal para Wynter se sentar ao seu lado. Wynter, faminta, obedeceu, incerta do que deveria fazer. O sedutor aroma de uma cesta de pão francês quente no estilo de Nova Orleans lhe provocou o nariz. Adèle serviu duas tigelas de sopa do que Wynter pensou ser quiabo, e pratos de salada.

— Salada. Quiabo. *Pain* — Adèle listou as criações e, então, tirou o avental. — Vejo você amanhã, sim?

— *Oui*, e obrigado novamente, Adèle. O lugar está ficando no jeito. — Logan notou.

Ela sorriu e assentiu, mas pareceu estar com pressa de ir embora.

— *Oui, monsieur. Soyez le bienvenu.* — Não foi nada. E, com um aceno, ela foi para os fundos da casa. A porta fechando os informou de que estavam sozinhos.

Imitando Logan, Wynter atacou a deliciosa mistura pegajosa com a colher. Comeram em silêncio. Notou que, como o salão, a cozinha estava parcamente decorada. Armários de cerejeira escura e pisos de tábua corrida eram suavizados pelos balcões de granito branco. O único item no balcão ao longo da parede era uma cafeteira. Não havia pratos ou copos sobre a imensa ilha retangular. Na verdade, não havia qualquer decoração. Nem quadros nas paredes. Nem mesmo um relógio. Respirando fundo, pôde sentir o cheiro do *drywall* novo e da pintura recente e se perguntou há quanto tempo Logan morava ali.

Como se lesse seus pensamentos, ele foi o primeiro a falar:

— Acabei de construir — ele comentou, sem explicar.

— É linda — respondeu.

— Está vazia — rebateu. — Mas, em breve, parecerá mais um lar que uma casa.

— Há quanto tempo você mora aqui?

— Não moro.

— Humm?

— É a primeira refeição que faço aqui... com você — ele declarou, olhando-a nos olhos.

Ela não tinha ideia do quanto era importante para ele? E o quanto se tornaria ainda mais importante? Aquilo estava acabando com ele. O silêncio. A falta de compreensão. E, acima de tudo, a falta de intimidade. Intimidade que tinha sido estilhaçada em milhões de pedaços quando ela o deixou para sair com o Jax. Era hora de conversar, não só para consertar o relacionamento, mas para decidir o rumo que solidificaria o futuro dos dois.

Wynter congelou ao pensar que ele a levou até ali, à casa dele. Ele disse que tinha estado morando na casa do Marcel, mas esse era um novo começo. Era algo especial que ele construiu sozinho e agora dividia com ela. O peito apertou, e ela lutou para encontrar as palavras certas.

— Logan, eu... Eu sinto muito — ela começou. — Hoje... é que tudo aconteceu tão rápido. E não só isso... essa coisa entre nós. É tudo.

— Essa coisa — ele disse, conciso. — Essa coisa não é uma coisa. É um laço, Wynter. Eu te marquei. Nós somos companheiros. Não é simplesmente uma escolha nossa. Ou é ou não é.

— Sim, mas eu... — ela colocou a colher na mesa e limpou a boca.

— Você tem ideia de pelo que eu pensei nos últimos dois meses? — Logan fez a pergunta retórica, bem ciente de que ela não poderia compreender a luta que enfrentou. A calma baixa da voz tinha um pouco de indignação controlada. — Meu amigo, Marcel. Nós crescemos juntos, passamos uma vida sendo amigos. Ele era irmão do Tristan, mas os dois eram minha família em cada sentido da palavra. Dois meses atrás, eu tive o sangue dele nas mãos. Assisti a vida ser drenada de seus olhos.

Logan tossiu, engolindo as emoções. Lágrimas o bastante tinham sido derramadas.

— E minutos antes disso, você sabe o que eu fiz, Wyn?

Ela fez que não, sem nada dizer.

— Eu matei um homem... com as minhas próprias mãos. Não como lobo. Como homem. Aquela morte está em minhas mãos. — Ele ergueu as palmas para cima, encarando-as como se pingassem sangue.

— Naquela noite, jurei a Marcel que assumiria a alcateia, que cuidaria dos lobos dele. O Marcel me implorou... eu não queria ser alfa. Meu papel como beta era confortável, respeitável. Eu amava o Tristan. Não foi algo que fiz levianamente — ele refletiu, colocando as mãos sobre a mesa. — Mas está feito. Nos últimos dois meses, lutei em desafios. Pele sangrando, cortada e hematomas, semana após semana.

— Logan — Wynter arquejou baixinho. *Pelo que ele tinha passado?*

— Posso ter jurado ser alfa. Mas eu também ganhei a posição. Paguei com sangue. Com noites insones. E foi só nesta semana que cumpri meu último desafio, e ameacei o próximo a me desafiar com a morte. Você sabe o que isso significa, Wyn?

Wynter podia imaginar, mas não se atreveu a dizer em voz alta. Ela se lembrou da conversa que teve com Logan sobre como o pai de Fiona tinha morrido... em um desafio.

— O próximo lobo que me desafiar vai morrer — ele declarou, sem emoção. — Não posso tolerar mais qualquer instabilidade. Pelo bem da alcateia, a aceitação do meu reinado deve continuar. Toda vez que há um desafio, a alcateia fica inquieta. Volátil. Não é bom para eles. Nem para mim.

— Desculpa, Logan, eu não entendo. Não sei o que isso tem a ver conosco.

— Tem tudo a ver com você. Eu. Nós. Nosso acasalamento. Hoje, quando você saiu. — Ele rosnou, balançando a cabeça em desgosto. — Fiquei com tanta raiva. Com raiva por você ter me deixado para sair com o Jax. Ele não está acasalado. E com quem mais que você esteve, também não.

— Mas como você sabe? Eu não...

— Pude sentir o cheiro deles em você quando chegou em casa. Deusa, Wyn.

— Então, só porque você me marcou e decidiu que somos companheiros, eu não posso nem mesmo sair com a minha família? Você está de brincadeira comigo?

— Não é só isso, Wyn. Além do fato de que você está em perigo, eu pedi, com todas as palavras, para você ficar. Claro, não dei a ordem como o seu alfa. Mas cheguei bem perto. E você... como pôde não ver que eu precisava que você ficasse para que conversássemos? Entendo que você não é uma loba, mas qualquer loba jamais teria deixado o companheiro... não até que ela o reivindicasse para si. Você não só me desrespeitou ao me dizer não e ir com o Jax, foi como se a sua loba tivesse rejeitado o meu ao partir.

— Sinto muito, mas você precisa entender que eu sou...

— Humana — ele terminou por ela. — Sim, você é, sim. Mas não por muito tempo, Wyn. A lua cheia está chegando e, mesmo que você decida negar o nosso acasalamento, você vai ter que aprender a viver com a sua natureza.

Frustrado, Logan afrouxou a gravata, tirou o paletó e enrolou as mangas da camisa. Ele ficou de pé à cabeceira da mesa; os dedos agarrando as costas da cadeira. O animal nele queria atirar coisas, esmagá-las. Mas aquilo não era tudo o que ele era. Fechou os olhos, desejando que o lobo se acalmasse.

Ele respirou fundo e suspirou.

— Não posso fazer isso. Ou você aceita a sua loba ou eu... eu não sei. Só sei que dei duro para me tornar alfa. Os lobos dependem de mim. E não é só porque quando fico com raiva ou ferido, a alcateia sente. Se qualquer um além de Dimitri tivesse visto o que você fez hoje, ao me desrespeitar, negando descaradamente o meu pedido para que ficasse... isso levaria a outro desafio. Não posso deixar isso acontecer. Não conosco, de qualquer forma.

— Mas eu jamais faria isso de propósito. Não é como se eu tivesse feito planos de magoar você ou a alcateia. — Ela passou os dedos pelo cabelo, torcendo-o, nervosa. — Deus, Logan, você não pode ver o que isso está fazendo comigo?

— O fim da linha é esse. Se houver outro desafio, vou matar alguém. E embora eu não hesite ao fazer isso, esse lobo é irmão, marido, filho de alguém — ele disse baixinho, pensando em como seria matar de novo.

Wynter ficou de pé e atravessou a cozinha, apoiando as mãos no balcão.

— Por favor, me ouça. Não importa o quanto eu tente, não sei como é. Não sou uma loba. — Ela esfregou as mãos sobre os olhos vermelhos. — Não quero provocar a morte de ninguém. Não quero magoar você. Estou com tanto medo e tão confusa. Mas há algo que eu sei... eu quero você... como nunca quis ninguém antes.

Logan se aproximou de Wynter, colocando a mão de cada lado da cintura dela, agarrando a pedra fria.

— E eu quero você também, docinho. Mas não podemos continuar assim. Sinto muito por terem feito isso contigo, por terem te transformado em loba. Você mal teve tempo para se recuperar do cativeiro, que dirá se ajustar à nova... situação. Mas eu não posso colocar a minha alcateia em perigo. Muitas vidas dependem de mim. Não posso decepcioná-los. Sei que não é justo, mas você precisa se decidir.

— Decidir o quê, Logan? — Ela agarrou as laterais da camisa dele com desespero. — Eu estou com muito medo. Não quero machucar ninguém, mas não sei como ser uma loba. Não conheço as regras. Não posso fazer isso. Não sei como. Sinto muito, eu não posso...

Wynter caiu de joelhos, chorando, ainda se agarrando às roupas dele, deixando a cabeça cair entre as canelas de Logan. Ele envolveu as mãos ao redor dos braços dela e a puxou para cima, para os seus braços, apoiando-a.

— Wynter, isso não é quem você é, docinho. Você pode fazer isso. Você é forte, não está com defeito. Vai aprender a se submeter dentro da alcateia enquanto continua sendo ferozmente independente. Vai correr como loba, mas manterá a sua humanidade. Prometo ajudar na sua transformação; te apoiar em tudo o que faça pelo resto da sua vida. Mas a decisão tem que ser sua, não minha. — Logan a abraçou com força. Os olhos ficaram marejados; precisava da companheira. Por favor, deusa, não permita que ela desista.

Lutando para recuperar o fôlego, Wynter jurou que Logan estava fazendo alguma coisa para acalmá-la. O cheiro, o toque, a aura, tudo o que era a essência dele enclausurava, de forma protetora, o seu corpo e o seu coração. A loba uivou, implorando para correr livre com o companheiro. À beira de um colapso, Wynter firmou a decisão. Uma lutadora. Sim, era o que ela era. Essa noite, no entanto, era uma amante, a companheira de Logan. Tremendo nos braços dele, ergueu o queixo para olhá-lo nos olhos.

— Eu escolho você. Nós. Não faz sentido para a parte da minha mente que exige dados, evidências e outras coisas que aprendi nos meus anos trabalhando como cientista — ela suspirou, colocando a mão no coração dele. — Mas o meu coração. A minha loba. Eu preciso de você.

Logan suspirou aliviado, dando um beijo na testa dela.

— Tem certeza, linda? Porque eu estou pronto para começar agora mesmo... para te ensinar o que significa ser uma loba.

— Tenho sim. — Todos os sentidos dela ficaram em alerta, estava cem por cento comprometida a fazer o que fosse necessário para aprender a ser uma loba, a ser a companheira de Logan.

Ele se inclinou e lhe deu um beijo carinhoso. O lobo celebrou, ansioso pela união deles. Com ternura, sugou os lábios dela, lambendo até ela se abrir para ele. O sabor doce o tentou, acenando para o desejo de fazer amor com ela naquele segundo. Mas sabia que deveria ir com calma. Com paciência, demonstrou o que significava se submeter, não ser nada além do animal selvagem que espreitava abaixo da pele dela.

Wynter cedeu à sua vontade, saboreando, entregando-se ao calor do seu alfa. Sentiu as mãos dele deixarem as suas costelas, e se pressionou ainda mais na beirada do balcão. Enquanto ele roçava a evidência rígida da excitação em sua barriga, ela percebeu que os dedos dele estavam em sua pele. Foi ajudá-lo, e ele a agarrou pelos pulsos.

— Mãos na lateral do corpo, Wynter. Não se mexa. — Ele rosnou.

Ela arfou, obedecendo ao comando. Os dedos roçaram a barriga mais uma vez. O rasgo de tecido fez os botões da camisa dela voarem. O som alto das pecinhas de plástico batendo no chão soou como granizo atingindo o telhado. O ar frio lhe afagou o peito quando ele rasgou a sua blusa, puxando as mangas com força e jogando-as do outro lado do cômodo. A mão em suas costas foi eficiente ao abrir o sutiã, deixando-a nua. Arfando de desejo, lutou para recuperar o fôlego. Nunca perdeu contato visual enquanto ele arrancava os lábios dos seus.

— Um alfa… — ele começou com a voz tensa e sensual que se envolveu ao redor da sua alma. Logan foi trilhando os lábios por sua garganta, entre os seus seios. Mas não a beijou nem a lambeu, ele só ficou lá, deixando-a sentir o calor do seu corpo. — É paciente. Não age por impulso. Apesar da tentação, ele espera até o momento certo de atacar.

Wynter resistiu ao excruciante desejo de se mover. Fechou os olhos, saboreando o efeito da proximidade dele com seus mamilos tensos. Mãos fortes em seus quadris a viraram rápido, fazendo-a ficar de frente para o balcão, segurando-a para que ela não caísse.

— Você sente, Wyn? Nosso laço está ficando mais forte. Eu sou o seu alfa. A sua loba sabe. Eu a sinto — ele disse, sedutor, e deslizou uma das mãos fortes ao redor da sua barriga. Sem tocar os lábios na sua pele, aproximando-os do seu ombro. — E ela… ela me sente. — Ele pressionou a ereção crescente em seu traseiro.

Wynter suspirou e deu as boas-vindas à sensação dele junto ao corpo. Desejou que o homem só a tomasse. Não, em vez disso, ele a provocava, ensinava. Prometeu que aprenderia. Respirando fundo, tentou relaxar em suas mãos. Mas, ao senti-las na cintura, o coração acelerou uma vez mais.

Logan abriu o fecho da saia com perícia e a puxou para baixo, expondo a pele macia. Ele sorriu para o fio-dental de renda rosa, o qual escolhera mais cedo. Devagar, deslizou as mãos pelos quadris e enganchou os polegares no tecido frágil. Ficou de joelhos, passando a peça por suas pernas e pés até ela ficar nua. Com um peteleco, ele a fez voar pelo chão. *Bem melhor.*

— Vê como um lobo controla as próprias necessidades? Tudo em um esforço para cuidar dos seus lobos?

As mãos roçaram as nádegas redondas, mal tocando nela. O calor entre a pele dele e a dela ameaçava entrar em combustão, mas ele não se entregou ao desejo. Negando-lhe o seu toque, levou a mão ao seu cabelo, envolvendo as madeixas longas ao redor do punho. Puxando devagar, inclinou a cabeça dela para o lado, revelando o pescoço. Rosnou com a visão, mas só levou os lábios a um centímetro da pele e falou com ela.

— Eu vou te ensinar o que é ser um lobo, a se submeter. Está pronta para isso, docinho?

Wynter gemeu, respirando com dificuldade. Ela estava pronta? Nua, ela se sentia emocional e fisicamente exposta, enquanto ele estava completamente vestido.

Logan voltou a puxar o cabelo de levinho, até os olhos se encontrarem com os dele.

— Responda — ele exigiu, baixinho.

— Sim — ela choramingou. O tormento de ele não a tocar era quase insuportável. Mas antes que tivesse tempo de pensar no assunto, ele voltou a virá-la para que ficasse de frente para si. Nervosa, observou-o tirar a gravata.

— Os seus sentidos. Todos são iguais aos de um lobo. Como humanos, nos apoiamos muito na visão para nos dizer o que sabemos. Ignoramos o que o nosso coração nos diz porque os olhos não podem ver. Para cima — ele direcionou, colocando-a sobre o imenso balcão. — Deite-se, Wyn.

Wynter lutou para entender o que ele estava fazendo. Ele a queria naquele balcão gelado? Mas que diabos?

— Não questione. Só obedeça. Vá logo. Você está bem agora. Prometo que vai gostar. — Ele deu uma piscadela, ajudando-a a recuar. Segurou-lhe a cabeça, apoiando-a com cuidado na superfície dura. — Você está bem?

Ela fez que sim, incerta quanto ao que fazer. Apesar da apreensão, a dor entre as pernas latejava de expectativa. O calor da pele esfriou ali na pedra lisa. Logan ergueu a gravata, e ela quase se engasgou. *O que ele pretendia fazer com aquilo?*

— Está tudo bem, docinho. Só removendo um dos seus sentidos. Para propósitos educacionais, eu asseguro, — Ele riu.

— Ah, tudo bem. — Ela riu em resposta.

Por que estava tão excitada? Ao menos ele não a estava amarrando. Mesmo assim, foi colocada nua em uma bandeja para ele fazer o que quisesse, e estava ficando mais e mais molhada a cada segundo.

— Sério, não se trata só de confiar em mim, o que você precisa muito aprender a fazer. Não se trata só de submissão, o que parece que está fazendo muito bem agora — ele encorajou.

O pau estava tão duro que pensou que as bolas ficariam doloridas pelo resto da vida. A visão da companheira espalhada ali era mais do que podia aguentar. Ele queria tanto entrar nela, mas se lembrou de que havia mais em jogo do que o próprio orgasmo.

Logan a vendou com a gravata, até ter certeza de que ela não podia mais ver nada.

— Nada de espiar. Você está bem?

— Estou — ela ofegou. A expectativa pelo que ele faria a estava levando à loucura. — Por favor, Logan, segure a minha mão.

— Você é tão linda, docinho. Tão maravilhosa. — Logan lhe deu um breve beijo nos lábios e pegou as mãos dela, enviando ondas calmantes por todo o seu corpo. O autocontrole de um santo era tudo o que o impediu de possuí-la ali mesmo. — Inspire e expire, Wyn. Isso. Não posso segurar a sua mão o tempo todo, mas começaremos com algo fácil. Olfato. Nós, lobos, nos debruçamos no cheiro para conseguir todo o tipo de informações. Para caçar a presa. Rastrear inimigos. Procurar nossos amantes. — Ele a beijou no ombro. — O cheiro é essencial. Diga-me, que cheiro você sente?

Wynter respirou fundo. Comida. Bem, aquilo fazia sentido, eles estavam na cozinha. Um leve odor de água sanitária. Talvez outro aroma, um reconfortante. Logan.

— O seu. — Ela sorriu. — Não o perfume. Algo mais. O cheiro é tão bom. É amadeirado e fresco e… minha loba gosta.

Logan sorriu. Era um começo. Soltando a mão, ele avançou para a cabeça dela e a beijou de novo. Em seguida, virou-se e abriu a janela por cima da pia.

— E agora?

Incapaz de ver, ela soube no mesmo instante que introduziram outra variável.

— Grama? E rosas. Isso pode ser trapaça, porque eu vi quando chegamos, assim como o adubo. Mas há algo mais… é almiscarado. Terroso.

— O *bayou* — ele confirmou. — Algo mais?

O rosto de Wynter registou a surpresa.

— É loucura — ela disse, descrente. — Estamos sozinhos?

— Estamos? Você me diz.

— Acho que sinto o cheiro… o cheiro do Dimitri? Ah, Deus — Wynter exclamou, envergonhada, imaginando como sabia disso.

— Está tudo bem, ele não está aqui. — Logan afagou o cabelo dela para trás. — Mas ele me disse que pretendia correr essa noite. Viu o quanto você é incrível?

— Mas como eu sei?

— Instinto. Esqueça o seu eu humano por um instante. Só feche os olhos, e olhe para a sua loba. Deixe-me te ajudar. Tudo bem, vamos em frente — ele sugeriu, roçando a ponta dos dedos na barriga dela. — Audição. É o sentido mais afiado que temos. O farfalhar da presa. Uma aproximação perigosa. O que você ouve?

Uma serpentina quente entrou em funcionamento no seu útero enquanto Logan roçava a sua barriga. Se ele movesse a mão um pouco mais para baixo... No minuto que o afago a deixou perto do orgasmo, ele parou. Apertou as coxas com força, mas não houve alívio.

— Wyn? — A voz a trouxe de volta para a lição erótica.

— Sim, hum, audição — ela gaguejou. — Grilos. Não, é mais alto que isso. Cigarras, talvez? Sapos... sim, uma rã. Um chapinhar. Algo na água.

— Quando você se transformar, será capaz de identificar todos os sons da natureza. Será capaz de discerni-los com tanta precisão que poderá dizer se uma raposa está acasalando ou lutando a dois quilômetros de distância — Logan sussurrou em seu ouvido.

Wynter prendeu a respiração quando o fôlego quente lhe tocou o pescoço.

— Por favor — ela implorou. Os seios fartos e pesados formigaram na esperança de serem tocados.

— Paciência, lobinha. Talvez os próximos dois devessem ser combinados. Tato e paladar. Não tendo mais as mãos, suas patas e garras estarão na terra, protegidas pelas almofadas calejadas. Mas, como lobo, o tato é basicamente sentido com a língua. — Logan passou a ponta da língua pela aréola até ela gemer. Resistindo, ele recuou e abriu um armário, pegando sua próxima surpresa. — Abra a boca, Wynter — ele deu a ordem, segurando-a pelo queixo.

— O quê? — Ela arfou. O pulso acelerou.

Logan passou o dedo por seu lábio inferior, e então mergulhou com ele. Porra, bom para caramba. A intenção era abrir a boca da lobinha, mas ela atacou o seu dedo chupando-o como se estivesse lhe pagando um boquete. A língua quente girou ao redor do dedo, e por uns gloriosos segundos, ele deixou. Retomando o controle com cuidado, ele puxou o dedo o suficiente para deslizá-los pelos dentes inferiores. A reação natural dela foi abri-los. Ele sorriu; ficou óbvio que ela sabia o que estava fazendo com ele.

— Seu gosto é tão bom, Logan. Como se você pertencesse a mim. — Ela suspirou.

— O seu sabor, o seu cheiro... como companheiros, somos atraídos um para o outro como ímãs pelo metal — Logan falou ao posicionar o ursinho de plástico nos lábios dela. — Abra a boca. Isso, linda. Agora, prove.

Ele apertou o mel nos seus lábios, observando enquanto a língua saía para lamber o néctar.

— Mel — ela gemeu, com um sorriso.

Logan se inclinou para frente e roçou os lábios nos dela, pressionando a língua em sua boca. Devagar, eles chuparam e lamberam um ao outro até a doçura pegajosa desaparecer. Logan se afastou, deixando Wynter gemendo e ofegando. Com grande velocidade, ele foi até ela. Abriu as pernas da mulher, revelando o sexo molhado.

— Como lobos, comemos carne e até mesmo frutinhas de vez em quando. Mas é o aroma da sua excitação que me leva à loucura, docinho. — Logan fez uma pausa. Ele se inclinou para frente e passou a língua ao longo da parte interna da coxa dela, mas parou perto do sexo. Afagou a boceta devagar, então mergulhou dois dedos lá dentro. Entrando e saindo, observou quando o néctar encharcou a sua mão, então saiu e levou os dedos aos lábios dela, pincelando-os. Com facilidade, deslizou-os na boca da lobinha. — Seu sabor é delicioso. Melhor que qualquer refeição que já fiz. Melhor que qualquer vinho que já conheci.

Wynter tremia de tesão. Quase gozou na mão dele, mas a retirada a deixou vazia. Sugou e lambeu os dedos, provando a evidência da própria excitação neles. Gemendo e ondulando os quadris para cima, ela buscou uma fricção que não encontrava.

— Por favor — conseguiu dizer. — Eu não aguento mais. Por favor, Logan.

A visão de Wynter tão aberta e a sensação dela o chupando acabou com o seu controle. Logan abriu o cinto e libertou o membro. Tirou os dedos da boca de Wynter e, mais uma vez, afundou-os no sexo dela; o polegar aplicando uma leve pressão no clitóris. Enquanto continuava a levando ao orgasmo, rodeou a ilha para que os quadris estivessem perto do rosto dela.

Wynter gemeu o seu nome. Os dedos acariciavam o canal sensível, e ela quase voou do balcão. Roçando o sexo na mão dele, lutou para segurar o orgasmo. Incapaz de ver, sentiu o calor do corpo de Logan irradiar perto do seu, e também um beijo no pescoço.

— Me chupa — Logan disse a ela, guiando o membro latejante em direção à boca. A cabeça sedosa roçou os seus lábios.

No escuro, ela virou de lado, procurando às cegas pela dureza dele. Com a ajuda de Logan, envolveu a mão ao redor do membro. Levando a carne inchada aos lábios, lambeu-a, saboreando o gosto salgado. Tremendo, levou toda a extensão para dentro da boca, permitindo que a ponta da língua brincasse com a parte inferior. Moveu a cabeça para frente e para trás, saboreando o companheiro. Usando mãos e lábios, ela o agarrou com força ao chupar.

Logan respirou fundo. A boca quente o sugando, bombeando para cima e para baixo. Mergulhado na umidade dela, sentiu o sexo se apertar em torno dos dedos. Implacável, passou o polegar pelo broto inchado uma vez mais. Quando ela começou a perder o fio de controle que ainda tinha, ele tirou o pau, permitindo que ela caísse no abismo do êxtase.

Wynter gemeu com a perda dele. Não soube o exato momento que abraçou a submissão, nem entendia por que o corpo respondia ao toque com uma exuberância formidável. Todos os pensamentos se foram, perdidos com o último roçar de dedos. Uma parede de energia a atingiu, levando-a ao clímax e deixando-a tremendo de alívio. O peito de Wynter ofegava, tentando se recuperar da viagem.

Logan se inclinou para frente e removeu a gravata dos olhos dela. Como as pressuposições que Wynter tinha sobre ser uma loba, a venda de seda caiu no chão. Ele sorriu quando ela gemeu e o olhou. Segurou o rosto dela, admirando a companheira espetacular. Cativado pela honestidade e abandono imprudente, o peito se apertou com uma paixão avassaladora e desconhecida. Tinha se apaixonado? Racionalmente, sempre soube que encontraria a companheira, mas depois de uma centena de anos, continuava solteiro e feliz. Agora, tudo mudou, para sempre. Um único encontro ao acaso em um beco acabou sendo uma experiência de mudar a vida. Uma mudança que ele nunca teria previsto nem compreendido. Foi só nesse momento que reconheceu as implicações. A vida nunca mais seria a mesma, e ele não queria que fosse.

Com a dor voltando a se construir, Wynter mexeu os quadris em um esforço de alcançá-lo. Ela abriu os olhos, bebendo na visão dele. O cabelo estava bagunçado; o olhar, selvagem de desejo.

— Logan, por favor — rogou.

— Vou te dar tudo o que precisar, linda. Cada dia, cada minuto, cada segundo.

Puxando-a pelos quadris, ele a ergueu pelo traseiro até ela alcançar a ponta do balcão. Logan ergueu suas pernas sobre os ombros, envolvendo as mãos ao redor das coxas. Pressionou na sua entrada, introduzindo-se com uma única estocada. Ao penetrar o calor apertado, o pau deslizou, entrando e saindo da companheira. Rosnando, Logan impôs um ritmo lento, resistindo ao impulso de entrar nela sem parar.

— Mais, mais forte. — Logan a ouviu choramingar.

O pedido fez o lobo ficar selvagem. Com um rosnado baixo, Logan a segurou pelo traseiro com uma das mãos e envolveu o outro braço em sua cintura. Ao erguê-la, Wynter envolveu as pernas ao seu redor. Logan virou, batendo as costas na geladeira. Dobrou os joelhos para que pudesse abaixar os quadris para bombear dentro dela enquanto capturava o seio com os lábios.

Como um animal furioso, Wynter passou as mãos pelo seu cabelo e lambeu a lateral do seu pescoço. Totalmente preenchida com tudo o que era Logan, abandonou a humanidade e deixou a loba correr solta. Na verdade, era quem ela era com Logan. Ardente. Desenfreada. E total e profundamente apaixonada.

— Por favor, ah, Deus — ela gritou em sua pele. — Me possua, Logan.

— Sofá — ele rosnou.

Logan lutou para chutar as calças enquanto conseguia ficar pressionado dentro de Wynter. Forçado a largar o bico rosado, olhou para frente, tropeçando até chegar ao imenso sofá macio. Com um movimento brusco, eles caíram nas almofadas, com Logan metido entre suas pernas.

Quando a cabeça atingiu as almofadas, Wynter mordiscou o peito do alfa. Ele estava descontrolado, e ela adorou. Logan sufocou o seu corpo, penetrando profundamente no sexo quente. Em resposta, ela cravou as unhas em suas costas, quase arrancando sangue, encorajando-o a ir mais fundo. Lambendo e sugando, provou, cheirou e se lançou aos sentidos como ele lhe ensinou. O companheiro, masculino e musculoso, mergulhou nela de novo e de novo. Ela ergueu a pélvis em resposta, esfregando o clitóris em seus quadris. Cada pincelada intensa e tortuosa no broto minúsculo fazia o seu corpo cantar. Como se ele regesse uma orquestra, conduziu-a até o *grand finale*. O coração batia nas costelas; ela lutava para respirar.

— Você é uma loba, Wyn. Ouviu? E é minha — Logan lhe disse. — Porra, você está me prendendo com tanta força; vou gozar logo. Eu te sinto, linda, goze comigo.

— Sim! — Wynter gritou e, então, mordeu o ombro dele com força. A explosão quente do orgasmo a fez se despedaçar sob o alfa. Da cabeça aos pés, o êxtase agitado fluiu pelo seu corpo.

Logan viu estrelas quando a boceta se apertou em torno do pau latejante. Rosnando com a necessidade de possuí-la, bombeou com ferocidade. Quando os dentes encontraram a sua pele, ele saltou do precipício de um prazer desconhecido, lançando a semente no fundo do útero dela. Todo o ar fugiu dos seus pulmões em um rugido alto quando a última onda o percorreu.

— Isso é loucura. — Ele riu no pescoço dela, ciente da forma selvagem com que tinham feito amor. — Você não tem ideia do que faz comigo.

Wynter deu uma risadinha, ainda tentando recuperar o fôlego.

— Você me mordeu. — Ele riu mais.

— Você me comeu no balcão da cozinha — ela respondeu. — Nunca mais vou olhar do mesmo jeito para a comida.

— Nem eu. — Logan se apoiou nos antebraços. — Você está bem? Estou te amassando.

— Estou bem. Por favor, não vá ainda. Só fique assim — ela suspirou, aconchegando o rosto no peito dele.

— Não há outro lugar em que eu prefira estar — ele lhe assegurou.

Deixando o corpo relaxar contra o dela, deleitando-se, ele sorriu, percebendo que tinha estado decidido a lhe ensinar uma lição, mas, pela deusa, ela lhe deu uma aula longa e árdua sobre o seu amor. Ele nunca mais ficaria sozinho.

CAPÍTULO VINTE E DOIS

Wynter sentiu como se estivesse no céu. Depois de fazerem amor, Logan improvisou uma cama com pele de cordeiro e travesseiros no chão do salão, criando um Éden temporário. Aninhada no peito do alfa, encarou as chamas dançando na lareira a gás que tremulavam por trás do vidro. Estremeceu, grata pelo calor que irradiava na pele deles.

— Está com frio? — Logan perguntou, puxando o cobertor de cashmere para os ombros dela.

— Só um pouco, obrigada.

— Você está a um milhão de quilômetros. Em que está pensando? — ele perguntou baixinho, e afastou o cabelo dos seus olhos.

— Você. Eu. Nós. É inacreditável. Tipo, nós mal nos conhecemos, na verdade. Mas esse sentimento. — Ela bateu os dedos sobre o coração. — É intenso. E romântico. E selvagem.

— Arrependida? — Logan se perguntou se ela estava mudando de ideia.

— De jeito nenhum — respondeu, decidida. — Parece que eu estive dormindo a vida toda, e agora? É um despertar, de certa forma. Nunca na minha vida conheci alguém como você, Logan. Essa noite… foi incrível.

— E eu nunca conheci ninguém como você também. — Logan pressionou os lábios em seu cabelo. — Nunca ensinei um humano a ser lobo. Até mesmo essa noite, Wyn, não será uma fração do que você sentirá amanhã.

— Ficar deitada lá exposta daquele jeito… com os olhos vendados, me ajudou a me concentrar. A única coisa faltando é como será a minha visão quando eu for uma loba. Estou superanimada para ter essa visão noturna supermaneira — ela riu.

— Você é doidinha, sabia?

— Como assim?

— Parece um fiozinho elétrico. A coisa da secretária... ainda não superei aquilo. E acordar com o que você me fez essa manhã... essas coisas não acontecem todos os dias com os caras.

— Nem mesmo com os alfas? — ela perguntou, tímida.

— Nem mesmo com os alfas — afirmou, sincero —, até mesmo com os velhos como eu.

— Quantos anos você tem?

— O suficiente.

— O suficiente para se lembrar da virada do século XIX? — palpitou, sabendo que tanto lobos quanto vampiros viviam por muito tempo.

— O suficiente — ele repetiu, sorrindo da sua insistência. Outra razão para estar se apaixonando por ela. A garota era tenaz.

— Qual é, você tem que me dizer. Eu vou ser sua companheira. Vejamos... velho o bastante para se lembrar do presidente Lincoln?

— Quer saber mesmo? Não quero que a minha companheira jovem e gostosa fuja depois que descobrir — ele fez piada.

— Sim, eu quero. Amo saber que você experimentou o mundo. Bem, talvez não a parte das mulheres, mas não ligo, na verdade.

— Nasci em 1871. O presidente Ulysses S. Grant estava no poder. Então, perdi o Lincoln por alguns anos.

Em silêncio, Wynter calculou a idade dele na cabeça.

— Cento e quarenta e dois.

— Isso mesmo. — Ele lhe deu um abraço apertado. — É, as coisas eram diferentes na época. Mais simples, porém mais difíceis. Eu não diria "nos bons dias antigos". Amo a tecnologia que temos agora.

— Os seus pais ainda estão vivos? — Wynter desenhava círculos lentos na sua barriga.

— Sim, senhora. Papá e Maman saíram de viagem há uns anos.

— Eles são de Nova Orleans também?

— Sim e não. Maman veio da França no início de 1700. Papá veio com os espanhóis uns anos depois. Hoje em dia, eles viajam pelo mundo, mas ainda passam aqui de tempos em tempos. Também viajei muito quando era filhote — ele recordou. — Eles vão te amar, docinho.

— Queria que você pudesse ter conhecido o meu pai e a minha mãe. Deus, sinto saudades deles. Quando eles morreram, senti tanta raiva.

— Como foi?

— Me disseram que foi num roubo de carro... eles estavam no centro.

Aconteceu de repente. Quando se é nova como eu era… bem, parece que não tem um encerramento. Talvez seja isso o que mais me chateia. — Wynter não queria falar daquilo. Trabalhou duro para aprender a aceitar a perda. Observou a luz do fogo tremular no teto estilo catedral e nas paredes brancas. — Gosto da sua casa. — Mudou o assunto.

— Obrigado. Ainda precisa de trabalho, mas eu não podia passar mais nenhuma noite na casa do Marcel. Ela me lembra da morte dele e do meu nascimento tumultuoso como alfa. As memórias boas superam as más, mas concluí que é hora de criar as minhas próprias. — Logan sorriu. — Você poderia me ajudar, sabe. Tipo, a gente não conversou sobre isso, mas eu quero você aqui comigo… na minha casa. Espere até ver a vida selvagem. É linda.

Não queria que ela pirasse, mas estaria mentindo se dissesse que aceitaria que ela morasse em qualquer lugar senão com ele. Sabia que talvez não fosse fácil para nenhum deles. Mas a força do laço do acasalamento conduzia a atração que sentiam, a necessidade de estar fisicamente perto. Poderiam lutar contra ela e tentar viverem separados, mas ele sabia que seria excruciante. Ainda assim, sentindo empatia pelos costumes humanos, abordou o assunto com tato. Teriam tempo de se conhecer enquanto ela ficava com ele, ao menos até pegarem o assassino.

Logan tinha acabado de pedir para ela morar com ele? Wynter não tinha certeza do que ele estava falando. Se eles acasalassem, aquilo significava que estavam casados? Sentia-se como se tivesse ido para Las Vegas e acabado envolvida em um casamento apressado. E mesmo que, anteriormente, o seu jeito conservador não aceitaria a ideia, já tinha ido longe demais. Apaixonou-se por Logan, o homem e o lobo. Não entendia como podia sentir algo tão intenso, tão rápido. Por mais que desejasse contar para ele, não podia. Sequer considerou o que aconteceria com o relacionamento deles assim que acasalassem ou até mesmo depois que estivessem fora de perigo.

— Quando nos acasalarmos, significará que estamos casados? — Escapuliu de sua boca antes que pudesse segurar, ou ao menos perguntar com mais tato.

— Você é engraçada — Logan riu. Esteve preocupado quanto a dizer o que sentia e chamá-la para morar com ele, e agora ela estava perguntando se eles estavam casados, um pensamento muito humano.

— Hilária, tenho certeza. Sério, se nos acasalarmos, isso significará que nós… que você é meu… você sabe? — De brincadeira, ela bateu a mão no peito dele.

— Não, docinho. Casamento é coisa de humano. Mas acasalar — ele passou o dedo pela bochecha dela e por cima dos lábios — é mais profundo... visceral.

— O que você quer dizer?

— É privado, um ritual entre você e eu. Depois anunciamos para a alcateia. E só lobas acasaladas podem ficar grávidas, ter filhotes — ele explicou. — Agora, casamentos vão e vêm. Sei que é um compromisso, mas é uma tradição humana. É algo que você queira, Wynter?

Ela se calou à pergunta. Queria se casar? Depois de tudo o que aconteceu em sua curta vida, nunca parou para pensar no assunto. Claro, quando garotinha, ela se vestia para brincar de noiva, mas, depois que cresceu, nunca lhe ocorreu encontrar alguém que amasse para ter um compromisso, que dirá se casar... até agora.

— Bem, não tenho certeza — ela se esquivou. — Acho que nunca amei ninguém o suficiente para pensar no assunto. Quando falei que não houve ninguém na minha vida como você, era verdade.

— Humm. — Logan não pôde evitar beijá-la de novo. O ego amou ouvir aquilo.

— Então eu acho que vou deixar a pergunta passar, alfa. — Ela sorriu.

— Amanhã é um dia importante. — Logan queria conversar com ela sobre a transformação, mas só agora sentiu que ela confiava nele o bastante para abordar o assunto. — Lua cheia.

— Você acha mesmo que eu vou me transformar? Sei que estou mudando, mas sem um exame de sangue, como podemos ter certeza? — Wynter tentou fingir coragem, mas não estava funcionando. Estava morrendo de medo de que algo acontecesse na noite do dia seguinte.

— É, acho que você vai se transformar. Eu também não sei o que eles fizeram contigo, docinho, mas quando eu disse que posso sentir a sua loba, fui sincero. — Logan afastou o cabelo dela dos olhos. — É parte da razão para termos precisado daquela liçãozinha. Eu precisava saber em que pé você estava. Você seria capaz de abraçar os seus sentidos? Confiaria em mim sem discutir? Se submeteria? Poderia entender como as suas ações impactam a alcateia? É importante saber em que está se metendo.

— Todos os lobos se submetem a você?

— Sim, é como deve ser. Precisamos de ordem. Com ordem, há paz. Com paz, a alcateia fica feliz, saudável. Todo mundo pode se concentrar em viver a própria vida, não em lutar.

— Sexualmente? Como você fez comigo essa noite? Você vai transar com outras? Porque se for, não acho que eu possa... — As palavras foram esvanecendo.

— Olhe para mim — falou com ela. Logan esperou até que os olhos se encontrassem. — Não há ninguém mais para mim a não ser você... para sempre. Entendido?

— Sim. — Ela foi inundada pelo alívio.

— Agora, isso não significa que outras lobas não vão tentar te enfraquecer ou te testar. Não me entenda errado; como humana, você é durona. Sobreviveu a dois meses em um inferno. Isso diz muito sobre o desejo de alguém de sobreviver. Mas, mesmo entre as fêmeas, há lutas pelo ranking... de ser alfa.

Wynter não queria nem pensar naquilo. O pensamento de ter que lutar para poder se firmar no ranking dos animais a enojou.

— Desculpa, eu não quis te assustar. — Logan podia dizer pela palidez de Wynter que ele tinha falado demais. Deveria ter sabido que ela sequer poderia conceber que tais coisas aconteceriam a ela. Logan estava certo de que a sua lobinha era uma alfa. Mas era algo que ela teria que aprender por conta própria.

— Tudo bem, eu preciso saber — ela respondeu. *Não bem de verdade, mas que merda eu deveria fazer quanto a isso?* — Me conte sobre amanhã. A transformação.

— Sabe todos esses sentidos com os quais brincamos?

— Uhum.

— Ficarão mais intensos, como se tudo estivesse ligado para funcionar à exaustão. De início, é difícil controlar, mas você vai aprender rápido como aumentar ou diminuir, a depender da situação. Já está aprendendo a controlá-los, seja um processo consciente ou não. Um humano não teria sentido o cheiro do D hoje. Você sentiu, porque permitiu que a sua loba sentisse. Ela está aí.

— Foi incrível — ela recordou. — Eu ainda não faço ideia de como eu sabia que era ele.

— Você passou tempo com ele, não passou?

— Passei, mas ainda assim, humanos não fazem esse tipo de coisa.

— E lá vamos nós. Você é uma loba. Ela o conhece.

— Ele foi gentil comigo — Wynter admitiu. — É estranho. Aquele primeiro dia, nós meio que começamos com o pé errado, mas, então, algo mudou. Parece idiota quando eu digo, mas é como se ele soubesse o que dizer para me ajudar quando as coisas não estão bem.

— Não é nada estúpido, Wyn. Ele é o meu beta. Tem um pulso na alcateia e me ajuda a liderá-los, quando necessário. Pode acalmar os lobos. É difícil de explicar. Sei que você ainda não pode ver, mas estamos ligados, nós três. — Até ela mudar de verdade, não havia como entender a extensão do laço que ele e Dimitri tinham. — Falando do D, ele estará conosco amanhã, quando você se transformar, correr e depois. O Jake vai liderar a alcateia por mim. Talvez corramos com eles também, mas quero ver como você se sente.

— O que você quer dizer?

— Bem, é meio parecido com quando os lobos mais novos se transformam da primeira vez. Não os deixamos com os mais velhos logo de cara. Eles ficam com os pais por mais ou menos uma hora, depois recebem a ordem de ficar em uma área específica uns com os outros. Não podemos permitir que eles desafiem os machos mais velhos logo de cara. Seria problemático.

— Bem, não espere isso de mim — ela disse, indignada.

— Essa é a coisa, Wyn. Você não sabe como vai se sentir de verdade até que se transforme. Pode se sentir territorial, faminta, brincalhona. Provavelmente muito, muito excitada depois.

— Você está de brincadeira comigo? Para. — Wynter o empurrou pelo braço.

— Não, não estou. Tipo, eu passei por algo com o meu alfa e a companheira dele. Não é uma piada.

Wynter se afastou dos seus braços e se sentou de pernas cruzadas.

— O que você quer dizer exatamente? — *Por favor, que não seja o que estou pensando que é.*

— Sexo é algo em que ficamos muito bons. — Ele deu uma piscadinha e a puxou para si. — Você e eu somos excelentes, na verdade. Não posso imaginar como vai ser depois que se transformar.

— Você fez sexo com a companheira do Tristan? — Ela se afastou dele. *Como ele podia pensar que aquilo era divertido?*

— Volte aqui, linda — ele a persuadiu.

— Não venha com linda para cima de mim. — Ela tentou fingir estar com raiva, mas, na verdade, só estava abismada com o que ficava sabendo. Com uma jogada de cabelo, deu a ele seu melhor revirar de olhos e sorriu.

— Nem todo sexo significa que se "está apaixonado" por alguém. Veja pelo Tristan. Eu o amo? Amo. Ele foi o meu alfa e ainda é um dos meus melhores amigos. E a companheira dele, a Kalli, é maravilhosa, porém eu não estava apaixonado por ela. Mas somos amigos, e ela precisava de mim.

Eles precisavam de mim. Então, sim, eu a ajudei quando ela se transformou em meio a todos. Mas a situação não é a mesma, na verdade. Ela já era loba, só não estava acostumada com uma alcateia.

— Então, como você se sente quanto a Dimitri?

— Eu o amo também. Ele é meu amigo desde quando fomos pegos contrabandeando bebida nos anos 1920.

— O que foi?

— A costa do golfo era uma loucura na época, pirataria e tudo o mais. Mas eu estou divagando. Isso é história para outro dia. Sua transformação... onde estávamos?

— No Dimitri, eu acho.

— É a transformação. Ela não afeta só os seus sentidos mais básicos. Sua libido vai estar voando alto como uma pipa. Quero que ele esteja lá no caso... no caso de precisarmos dele.

— Tudo bem — ela falou, imaginando o que ele queria dizer. Não podia compreender como seria possível querer fazer amor com ele ainda mais do que já queria. Ele estava insinuando que queria Dimitri com eles? — Então eu vou querer estar com você. Só vou estar mais entusiasmada?

— É, bem por aí. — Logan podia dizer que Wynter estava com dificuldade para entender o que ele estava tentando dizer. — Mas talvez você precise... de mais.

— Não entenda errado. Não que eu não ache o Dimitri atraente. Tipo, eu teria que estar morta para não achar, mas, Logan, não acho que eu vá querer... bem, fazer o que você está sugerindo.

Logan só sorriu e deu de ombros.

— É decisão sua, Wyn. Mas eu acho que, pelo menos na sua primeira transformação, você vai querer. Não vou mentir; não vai ser fácil para mim te compartilhar com ele.

— Você não me queria perto do Jax.

— Não, não queria. Meu lobo não quer você perto de um macho não acasalado. Mas ele conhece o Dimitri. E quanto à transformação... quero que seja especial para você. Se é o que o seu corpo deseja, nós faremos.

— Mas eu acho que não vou precisar disso. — Wynter voltou a deitar nos braços dele, desejando poder permanecer humana. — Eu não entendo.

— O melhor que posso explicar é que quando a lua cheia surge, nós, lobos, já somos criaturas sexuais. Ansiamos pelo toque dos outros. Alguém que é amigo durante o dia, talvez se torne amante na lua cheia. Tudo consensual, é claro — adicionou ele.

— Você já assistiu a alguém fazendo amor? — ela perguntou com muito interesse. — Bem, além de naquele dia no clube dos vampiros.

— Já. — Ele deu um sorriso largo. A lobinha nunca deixava de surpreendê-lo. Seria ela uma *voyeur*? — Como os humanos, certos lobos gostam de observar e de serem observados. Pode dar tesão, sem dúvida. É algo de que você goste?

Wynter sentiu os olhos dele queimarem no seu corpo com a pergunta. O que ela estava pensando? *Ménages* a *voyerismo* no intervalo de dois minutos era um pouco de informação demais para processar.

— Talvez sim, talvez não — respondeu, satisfeita com a prudência.

Ele ergueu uma sobrancelha para ela.

— O quê? Tudo bem, talvez. Não posso dizer que não esteja curiosa. Mas não amanhã, tudo bem? Não acho que eu possa fazer isso.

Logan riu.

— Não sou pudica, como você bem sabe — ela afirmou, solene. Uma risadinha escapou de seus lábios ao se lembrar do que acabaram de fazer na cozinha. — Não sei o que pode ter te passado essa impressão. A sala de conferências deveria ter dissipado essa ideia... para não mencionar que acabei de servir de sobremesa para você.

O pau de Logan se contorceu quando a visão dela deitada nua no balcão surgiu em sua cabeça. Deslizou a mão pela barriga da companheira, para segurar um seio. Observá-la com o beta seria sexualmente excitante. Mas teria que ser decisão dela e só dela.

— Amanhã, se fizermos isso, não será permanente. É algo que podemos fazer para que a sua transformação seja a experiência mais incrível da sua vida. Mas ainda é escolha sua. Como companheiros, o único laço que teremos será um com o outro. Eu amo o D. Ele é o meu beta e sempre fará parte da nossa vida, mas ele não vai se apaixonar por você.

Wynter fechou os olhos, tentando se imaginar entre dois homens incrivelmente sexys e dominantes. Quis odiar, de verdade. Mas o pensamento dos dois a preenchendo, a consumindo, fez a boceta latejar; a umidade surgiu nas suas coxas. Perdida no sonho, assustou-se quando Logan roçou a junta dos dedos amorosamente por sua bochecha.

— Docinho, em que você está pensando?

— Em tudo — ela confessou baixinho, sem dizer a palavra. *Ménage*. Decidiu naquele momento esperar para ver o que aconteceria depois da transformação. Se confiasse na loba, como Logan tinha dito para fazer, ela tomaria a decisão certa amanhã à noite. — Quero que saiba que seja o que for que aconteça amanhã, a única pessoa que eu quero é você... só você.

Logan a beijou com carinho e falou baixinho, os lábios ainda tocando os seus:

— Você também é a única para mim. A única. — Beijo. — Você. — Beijo. — Para sempre. — Beijo.

Wynter suspirou. Quase disse que o amava, mas pensou melhor. O que ele diria? Sim, ele se comprometeu com ela, esse pormenor precisava ser levado em consideração.

— Tenho um presente para você — ele falou, com um sorriso travesso.

Ela o beijou no peito.

— Humm, Dimitri disse que você gosta de fazer compras.

— Ele me conhece bem mesmo.

— Estou meio que surpresa por você ter comprado alguma coisa para mim, considerando o quanto estava bravo.

— Só porque eu estava bravo, não pense que deixei de pensar por um minuto em fazer amor contigo. Na verdade, a essa altura, talvez eu não pense em qualquer outra coisa pelo resto da vida — ele provocou. — Ok, me deixe levantar. Vou lá pegar a coisa.

— A coisa?

— Você vai ver.

O sorriso perverso no rosto dele fez Wynter imaginar o que ele comprou. Ela voltou a se deitar, fechou os olhos e relaxou. Como ele a ensinou a fazer, ouviu com atenção para ver se conseguiria captar uma pista do que ele estava fazendo. Ouviu uma porta abrindo e fechando, então o bater de pés vindo em sua direção. Olhou para cima e viu o companheiro gloriosamente nu de pé na sua frente, o pau ereto se projetava para cima. Ah, sim.

Logan balançou um saquinho vermelho e preto diante dela, bloqueando a vista da sua excitação. A embalagem extravagante brotava papel de seda e laços, fazendo parecer que tinha vindo de uma loja cara. Ele balançou as sobrancelhas com um sorriso largo, e ela soube que ou estava muito encrencada ou teria a melhor experiência da vida. Talvez ambos.

— O que está na bolsa, querido? — ela falou arrastado, com o seu melhor sotaque sulista.

— Bem, sabe, docinho. Tenho planos para essa sua bunda linda. — Logan se ajoelhou, montando em suas pernas, pairando um centímetro acima da pélvis para não esmagá-la com o próprio peso. Ele colocou a bolsa de lado para se acomodar. O membro excitado se pressionou à sua barriga quando o alfa se inclinou para dar uma chupada rápida no mamilo exposto.

— Bem, senhor, acho que posso gostar disso — ela provocou. Por que se incomodar com falsa modéstia sendo que tudo o que queria era ser preenchida por Logan de manhã, de tarde e de noite? Continuou no seu papel de dama sulista. — É tendência, ouvi dizer.

— Você é uma safada, sabia? — Logan riu. Ela queria brincar de novo?

Ela fez que sim e lambeu os lábios. Depois da conversa sobre o *ménage*, estava mais do que pronta para fazer amor de novo. Os olhos dela iam e voltavam da compra dele para a expressão travessa em seu rosto.

Logan agarrou o cobertor e o puxou para que pudesse ver aquele corpo delicioso por inteiro. Deslizando a mão pela barriga dela, pegou a bolsa e tirou um pequeno objeto de vidro. Segurou-o para que ela o visse. A extremidade bulbosa captou a luz; a coisa se curvava ligeiramente em uma alça em forma de anel.

— Brinquedos? — Foi isso o que ele esteve comprando? Ela riu, excitada com a proposta de tentar algo novo com Logan.

— Bem, sim, Dra. Ryan. Comprei alguns brinquedos divertidos, na verdade. Mas pensei que talvez devêssemos começar com esse aqui. Depois, ir para algo maior.

— Algo maior, como isso aqui? — Wynter agarrou o seu membro e deu um leve afago. Logan sibilou de deleite.

— Ah, não se preocupe, linda. Você terá bastante dele essa noite, mas, primeiro, vamos começar com o menor — ele sugeriu. Logan pegou a garrafinha de lubrificante e a abriu. — Mas, primeiro, minha provocadorazinha, abra as penas e me deixe provar o quanto você está excitada.

Wynter soltou Logan quando ele se elevou acima dela. Deixou os joelhos abrirem, como ele pediu, permitindo que a visse por inteiro. Lançando um sorriso brincalhão, a cientista lambeu os dedos e, então, devagar, deslizou a mão até o sexo. Cativado pelo que a companheira estava fazendo, Logan observou com atenção enquanto ela deslizava um dedo na abertura molhada, abrindo-se para ele. A mulher gemeu em resposta, todo o tempo reparando na sua reação.

— Droga, Wyn, isso dá um tesão do cacete. — Logan se deitou de bruços, a cabeça entre as pernas dela, conseguindo um melhor ângulo de acesso ao coração do seu corpo.

As mãos agarraram a parte interna das coxas quando espetou a ponta da língua no canal. Sentiu-a se assustar e, então, mover-se no ritmo dele enquanto a fodia com a boca. Uma, duas, três vezes. Retirando-se, lambeu os dedos dela, gemendo de prazer.

— Ah, linda, já chega. Deixe as mãos na barriga — ele instruiu. Ela gozaria se eles continuassem e ele queria que o primeiro orgasmo coincidisse com o brinquedo novo.

— Por favor — ela implorou. A língua dele quase a levou ao orgasmo. O vazio a estava matando.

— Aqui vamos nós — disse a ela, espalhando o gel frio no vidro liso. Deixando os dedos provocarem o ânus dela, ele os circulou e, devagar, pressionou um, depois dois dedos largos dentro.

— Ai, meu Deus — ela gemeu. Com facilidade, Wynter começou a rebolar os quadris enquanto ele entrava e saía dela. Gemeu ao sentir Logan passar a língua por suas dobras, provocando-a ainda mais.

— Ah, não para — choramingou, quando ele tirou tanto a boca quanto a mão. — Logan.

— Estamos só começando. — Ele sorriu. Passando o objeto frio entre as suas dobras, deixou roçar o clitóris até encontrar o destino. A ponta afiada cutucou a pele enrugada. Logan empurrou e girou devagar.

— Ah, sim. É tão... bom. — Wynter suspirou ao relaxar com a pressão deliciosa. Parecido com os dedos de Logan, o objeto de vidro não era grande demais, no entanto, criava uma sensação de plenitude deliciosa.

— Olha só... entrou todo. Como é?

— Cheio, mas não demais. Não sinto dor... só pressão. Mas eu preciso...

Logan sabia exatamente do que ela precisava. Enfiando o dedo no sexo quente, começou a explorar os lábios de baixo com o polegar. Ela queria que ele a levasse ao orgasmo só tocando-lhe o clitóris, mas reservaria esse prazer para mais tarde.

— Tão úmida e rosada, docinho. Eu amo a sua boceta — ele disse e lambeu a parte interna da coxa. Ao fazer, tirou o objeto de vidro e voltou a colocá-lo, fazendo-a arfar.

— Ah, Logan, eu estou tão perto...

— Toque os seus seios, Wyn. Ah, isso. Assim mesmo. — O pau estava tão duro que ele mal podia se mover. Observou-a pegar aqueles seios perfeitamente redondos e massageá-los. — Agora, brinque com os mamilos.

Através das pálpebras semicerradas, Wynter teve um vislumbre dele e fez o que ele mandou. As sensações eram avassaladoras. As mãos dele no seu sexo, o preenchimento no seu traseiro e, agora, a dor deliciosa nos mamilos rijos... era demais, mas não era suficiente.

— Você é tão gostosa, linda. Meu pau está duro feito aço. Vai me fazer gozar só de olhar para você — Logan gemeu. Afastou a mão do calor dela para poder pegar outro brinquedo. — Precisamos acelerar, porque não consigo só olhar por muito mais tempo.

A pressão diminuiu quando Logan tirou o plug de vidro. Wynter olhou para cima e o viu preparando um muito maior, de silicone rosa. Antes que tivesse a chance de perguntar, o lubrificante gelado voltou a pressioná-la.

— Esse é um pouco maior, tudo bem? Vou devagar. — Logan o inseriu um centímetro e notou que ela fez careta. — Está tudo bem, docinho. Faça pressão. Isso. Quase lá.

Quando o plug passou pelo primeiro anel de músculos, a dor surgiu e logo diminuiu quando ela relaxou. Em segundos, foi preenchida por completo por um prazer maravilhoso. A língua de Logan atacou o clitóris, enquanto os dedos adicionavam mais volume. Wynter gemeu o nome dele, movendo os quadris em seu rosto. Implacável, a língua roçava o seu sexo. Cravou as unhas no couro cabeludo dele.

Logan envolveu os lábios ao redor do clitóris e o sugou. Wynter gritou tão alto que pensou que acordaria os mortos. O ânus e a boceta ondularam em um orgasmo enquanto Logan continuava a beber de sua essência. Concedida uma breve pausa, ouviu Logan rosnar bem quando a girou de costas.

— Ah, sim, é isso, Wyn. Deusa, você é tão linda — Logan a elogiou enquanto ela ficava de quatro. Segurando o plug no lugar, ele esperou até ela estar na posição. Lutando com uma das mãos, pegou um controle, uma surpresa que reservaria para Wynter. Posicionou a cabeça do pau teso em sua entrada. Com um gemido, mergulhou nela, embainhando-se por inteiro. As paredes trêmulas pulsaram ao seu redor, quase o fazendo explodir.

— Não se mexa — Logan atirou, cravando os dedos nos quadris dela. Porra, ele ia mesmo gozar. Inspirou e expirou, recuperando o controle aos poucos. Retirando-se, bombeou bem devagar. Logan podia sentir o plug acariciar o membro através da barreira fina.

Apoiando o peso nos antebraços, Wynter deixou a cabeça tombar para frente. Nunca ficou tão saciada na vida. Mesmo tendo acabado de gozar, podia sentir a dor se construindo mais uma vez como se alguém estivesse girando uma manivela, enrolando-a… em breve ela se soltaria.

— Ah, Deus. Não consigo nem descrever. Logan, eu nunca soube... — Tantos pensamentos corriam por sua mente ao enfrentar aquela penetração maravilhosa. De novo e de novo, o sexo duro e aveludado penetrou o seu canal de nervos. Para o precipício, ela se moveu ao ritmo dele quando o orgasmo se aproximou. — Eu vou gozar de novo. Por favor.

Logan sentiu as contrações ao redor do membro e rezou para o que estava prestes a fazer não o fizesse gozar antes dela. Apertando o botão, acionou o controle remoto, fazendo o plug vibrar. Logan agarrou o plug, retirou-o e voltou a entrar com ele. Ao mesmo tempo, ele se enfiou na boceta apertada. Com certeza saltou da frigideira direto para o fogo. Entre as vibrações e as paredes o ordenhando, lutou com a ânsia de gozar.

— Sim, por favor. Ah, Deus, o que é isso? Está... está incrível. Não pare — ela o encorajou. Tão preenchida, arfou quando as vibrações se espalharam do traseiro para o sexo. Dando as boas-vidas à intrusão, ela se empurrou nele, permitindo que ele a guiasse dentro e fora dela. Wynter sabia que ia gozar de novo, mas queria fazê-lo ao mesmo tempo em que Logan. Implorando por mais, perdeu a habilidade de falar com coerência. — Me fode, me fode agora. Eu vou... gozar... de novo.

Arquejando, ele olhou para baixo e viu a carne rígida desaparecer dentro da sua doce companheira. Ela o segurou como um torno, o plug provocando o comprimento do seu membro. Ao ouvir as palavras dela, Logan começou a entrar e sair e, com uma última estocada, entrou com tudo, enrijecendo-se ao encontrar o alívio.

Quando Logan se moveu uma última vez, Wynter gozou com ele. O orgasmo profundo e de abalar as estruturas alcançou cada célula do seu corpo. Estremecendo com o êxtase, ela caiu no chão, puxando-o junto. Ele logo os pôs de lado em segurança e retirou a si e ao brinquedo. Ela gemeu quando o alfa ficou de pé, cobrindo sua pele arrepiada com um cobertor.

Um pano quente entre as suas pernas silenciou o seu chamado por ele. Com carinho, limpou a si e a Wynter, e guardou a toalha e os brinquedos na bolsinha. Puxando a companheira para os braços fortes, pegou-a no colo. A euforia se apoderou de Logan ao subir os degraus e ir para o quarto. Nunca experimentou tal contentamento. Parecia que o coração ia explodir; amava Wynter com todo o seu ser.

A cientista, aconchegando nele, beijou-o no peito enquanto ele subia. O homem cheirava a sexo e masculinidade e, de bom grado, mergulhou no aroma dele. Em minutos, Logan a aninhou na cama macia feito uma pena, e ela se acomodou envolvida em seus braços. Tomada pela felicidade, Wynter se deleitou com a sensação de entorpecimento. Ao adormecer, as palavras que vinha segurando escaparam de seus lábios, *eu amo você*.

CAPÍTULO VINTE E TRÊS

Com o quarto banhado pela luz do sol, Wynter se aninhou no travesseiro. A bruma do sono ainda estava espessa em sua mente. Tateando por Logan às cegas, esticou o braço pela cama e a encontrou vazia. Um gemido escapou de seus lábios. Puxando o braço de volta, teve o vislumbre de um pedaço de papel. Um bilhete? Estreitou os olhos quando feixes de luz embotaram sua visão. Ajustando-se à claridade, ela leu:

> *Bom dia, docinho. Café da manhã lá embaixo. Tinha um compromisso que não podia perder. Amo você. Logan.*

Amo? Ah, Deus... ela disse que o amava. Talvez ele não tenha ouvido. Ou será que ouviu? Não tinha certeza se imaginou que tinha dito que o amava, mas tinha esperado não cair no sono logo depois.

Depois de usar o banheiro, tomou banho e se vestiu. Optando pela simplicidade, colocou sutiã esportivo, camiseta rosa e legging preta. Penteou a juba com os dedos, prendendo-a em um coque bagunçado. Dando uma olhada no espelho, viu que parecia e se sentia relaxada, apesar do fato de alguém estar por aí tentando sequestrá-la. Afastou os pensamentos negativos, mas lembrou a si mesma de perguntar a Logan quanto a conseguir o equipamento de laboratório. Sem saber o que aconteceu com as amostras de sangue, queria se testar o mais rápido possível.

Fazendo uma experiência com os sentidos de lobo, fechou os olhos. Pelo que podia dizer, havia café, mas não conseguia sentir o cheiro de mais nada. Que loba ela era. Rindo por dentro, saiu em busca de Logan.

Como prometido, bagels e croissants estavam sobre uma bandeja coberta por um pano na mesa da cozinha. Mordeu uma delícia em forma de lua crescente crocante, e soltou um suspiro. *Valia cada caloria*, pensou. Ao procurar pelo café, captou um vislumbre da ilha de granito e as bochechas coraram. Nunca mais olharia para aquele balcão do mesmo jeito nem esqueceria a experiência mais sensual da sua vida.

Ao localizar a cafeteira, serviu-se de uma caneca bem grande. O sabor amargo era tão bom quanto o aroma. Um borrão de movimento lhe chamou a atenção. Esgueirou-se com cuidado até a janela, preocupada com a própria segurança. Ao olhar com atenção, viu Logan, Dimitri e uma criança. Logan estava lançando para o menininho, que parecia se agarrar a cada palavra do alfa. Dimitri se agachou atrás dele batendo a mão em uma luva de apanhador.

Era esse o compromisso? Wynter sorriu. Abriu a porta, acenou para ele e então a fechou. Logan deu uma piscadela e voltou a se concentrar no jogo. As pedras do quintal aqueceram os seus pés descalços, mas conseguiu chegar até uma das cadeiras confortáveis. Sentando-se debaixo de um imenso carvalho do sul, admirou os ramos de samambaia que cobriam o tronco e se espalhavam pelos galhos. A quase cinquenta metros da casa, o lento movimento do *bayou* fervilhava com a vida selvagem.

O estalo do taco chamou a sua atenção. O garoto acertou um lançamento longo, e a bola passou voando por cima da cabeça de Logan. Ele saiu correndo para pegar a bola enquanto o rebatedor corria por bases invisíveis. Dimitri esperou na base principal, pronto para dar um toca aqui. Logan fez sinal de ok para o menino em resposta.

Cativada, observou o alfa e o beta instruírem o garotinho. Flutuando entre conversas sérias e animadas, o trio jogou beisebol. Assistiu com curiosidade e admiração. Uma calidez se assentou no peito ao ver esse outro lado de Logan. Viu-o como um guerreiro quando o conheceu. Mais tarde, como salvador. Então, no escritório, o homem de negócios. Tinha visto o alfa, o líder fazendo um discurso fúnebre. O amante aventureiro, dominador e carinhoso. E antes que pudesse deter o pensamento, imaginou-o como pai. Pai dos filhos dela.

As palavras de Wynter ressoaram na mente de Logan. *Eu amo você.* Talvez ela não tivesse tido a intenção de dizer, mas disse. Tudo o que sabia era que a amava também e mal podia esperar pela transformação dela. Porque assim que se transformasse, ela seria capaz de marcá-lo. Então, depois que capturassem o assassino, eles acasalariam. Seria uma tortura do caralho esperar; o lobo reclamaria.

Odiou tê-la deixado de manhã, não querendo nada mais do que se afundar em sua doçura. Mas tinha prometido a René que jogariam. Treinariam, na verdade. A liga infantil seria na primavera. Em breve, todos os filhotes estariam pela sua casa, querendo jogar com ele. Orgulhava-se das habilidades como lançador, mas sempre se certificava de deixar os meninos ganharem do alfa. Ensinava habilidades e tentava aumentar a confiança deles.

Antes de René chegar, conversou com Dimitri sobre ajudar na transformação de Wynter. Logan queria que a primeira transformação fosse pacífica e erótica, não traumática. Não só a libido de Wynter poderia estar fora de controle, também temia que as lobas tentassem um desafio. Dois meses tinham se passado e ele já as via lutar por um lugar na sua vida. E não havia como negar o fato de que Luci tinha morado com ele. Agradecia a deusa por nunca ter cedido e transado com ela. Ainda assim, a mulher era uma defensora ferrenha do que acreditava ser seu. Logan disse a Dimitri que planejava deixar Jake no comando da alcateia enquanto acompanhava Wynter. Aos poucos, eles se misturariam, quando ela estivesse pronta, nem um segundo antes disso. Ele a manteria segura entre eles até ser a hora certa. Ferozmente protetor, jurou que ninguém tocaria em um fio de cabelo da companheira.

Logan observou Dimitri se aproximar de Wynter. Tinha pedido para o beta falar com ela antes de hoje à noite. Mesmo não sendo a primeira vez que compartilharia uma mulher com ele, deixou muito claro; Wynter era dele, e só dele. Assim, o outro teria que prestar muita atenção às suas ordens. Enquanto a besta insistia, possessiva, em mantê-la só para si, ele suspeitava que a transformação da companheira seria difícil. Deixariam Wynter decidir de quanto alívio sexual precisaria depois. Esperava que lá pela tarde os sentidos dela entrariam em alerta máximo, deixando-a extraordinariamente excitada. Fome. Sede. Olfato. Luxúria. O corpo se prepararia para a metamorfose.

Antecipando a experiência espetacular, Logan lutou para conter a animação. Mal podia esperar para vê-la como loba. Tenso, ele precisava de um escape. Desafiou René para uma corrida, e disparou pelo terreno.

— Oi, *cher* — Dimitri disse, sorrindo. Ele tirou a camisa, revelando as reentrâncias bem-marcadas da barriga. — Caramba, está quente.

— Está sim. — Wynter sorriu. Não pôde impedir os olhos de vagarem pelo peito largo. Tão alto quanto Logan, ele parecia um fisiculturista, não muito gigante, mas largo e duro. *Merda, o que havia de errado com ela?* — Acabou o jogo?

— Acabou, o René é uma criança incrível. Logan vai levá-lo para a mãe.

— Parece divertido.

— Então, é, eu falei com o alfa, sabe — ele comentou

— Sim. — As bochechas ficaram rosadas. O que Logan disse a ele? *Lobo mau.*

— Como você está se sentindo?

— Hum, bem.

— Logan e eu conversamos hoje de manhã. Sobre a sua transformação.

— Ele te contou tudo? — perguntou, com um sorriso amarelo, tentando não olhar para o peito dele.

— Só digamos que temos alguns segredos. Que dizem respeito a território. — Dimitri se sentou ao seu lado, apoiando a cabeça na madeira. — Nós confiamos um no outro. Ele sabe que não importa o que aconteça, eu o protegerei. E a você.

— Como hoje à noite? — Direto ao alvo, era assim que trataria o assunto. Envergonhada ou não, aquela era a sua vida.

— Como hoje à noite — concordou Dimitri, tentando discutir o assunto sem deixá-la desconfortável. — Mas não se preocupe. Logan fará tudo o que tiver que fazer para tudo ser tranquilo.

— E você? — Viu que Logan vinha na direção deles. Ele, também, havia tirado a camisa. Puta merda, o cara era gostoso. Tossiu, tentando se concentrar no que ele dizia.

— É, eu também. — Dimitri sorriu para Logan, imaginando que ele podia ouvir pelo menos parte da conversa. — Não vou mentir, *cher*, estou ansioso para ver a sua transformação, para te ajudar.

— Estou com medo. Mas acho que vai acontecer quer eu queira ou não. — Wynter olhou para o *bayou* e, então, abaixou a cabeça. — Quero que você saiba que agradeço de verdade tudo o que tem feito por mim... as conversas, a força que me deu esses dias. Sei que não tem sido fácil para você também. O que quer que aconteça essa noite... confio em vocês dois.

— Logan e eu não vamos deixar que nada te aconteça. Vai ser um dos melhores dias da sua vida. — Dimitri sorriu para Wynter, estendeu a mão e pegou a dela. Queria tanto ser capaz de explicar a adrenalina que ela sentiria, mas concluiu que seria em vão. Hoje à noite, ela correria com eles e aprenderia o jeito dos lobos. Tinha fé de que ela se sairia bem depois que se transformasse.

Wynter apertou a sua mão. Foi sincera quando disse o que disse. Confiava neles, em Logan e em Dimitri. Juntos, passariam por aquela noite.

— Bem, olá, Logan, já comentei que você tem uma companheira muito bonita? — Dimitri disse, quando o alfa se aproximou.

— Sim, já. *Minha* companheira é linda, não é? — Abriu um sorriso irônico. Disse a ele para conversar, não para babar.

— Muito. — Dimitri riu, desfrutando da conversa fácil.

Logan se inclinou e deu um beijo em Wynter. *Sua companheira.* Tão perfeita para ele.

Ela se estendeu para ele, enterrando as mãos no seu cabelo suado. A língua invadiu a sua boca. Um beijo longo e entorpecedor se seguiu e, antes que ela soubesse, tinha saltado para os braços dele, as pernas envolvidas ao redor da cintura.

Logan podia dizer que ela estava começando a se sentir mais excitada. Estremeceu ao pensar no que aconteceria mais tarde. Mas, graças a deusa, ele e o beta tinham um plano para passar por aquela transformação. Porém, até lá, teria que fazer a mulher descansar. Sorriu no beijo, afastando-se com um suspiro. A testa tocou na dela, ambos lutavam para recuperar o fôlego.

— Ei, Wyn, linda, você está bem? — ele perguntou, carinhoso.

— Eu... me desculpa. Só estou tão... tão... — Ah, Deus, o que está acontecendo? Acordou tão feliz, tão renovada. Agora estava acalorada e faminta, tanto por comida quanto por sexo.

— Eu sei. Vamos lá, vamos entrar. A sua loba está vindo à tona. Que tal irmos comer alguma coisa? Eu ajudo. — Logan continuou segurando Wynter e indo em direção à porta dos fundos.

— Mas eu já comi — ela protestou, mas o estômago roncou.

— Sua loba está se preparando. Comer vai ajudar a controlar o movimento. Ficar perto do D não deve estar ajudando muito.

— O que foi?

— Ela conhece o cheiro do meu beta. Vai querer ficar perto dele, tocá-lo.

— Mas, Logan, isso não faz sentido. Eu só quero a você. — A humilhação apagou a excitação, e ela enterrou o rosto no ombro dele.

— Está tudo bem, Wyn. É só o seu corpo fazendo isso — ele assegurou, abraçando-a junto ao peito.

Logan ansiava dizer que a amava, mas o tempo estava passando. Com a iminente mudança, só queria acalmar os sintomas. Em breve, diria a ela, mas com Dimitri observando e ela no limite... agora não era a hora certa.

Wynter ficou quieta consigo mesma. As emoções, e a luxúria por causa de Dimitri, perturbaram o que ela dava como certo. Na noite anterior, declarou que o amava. Foi inesperado, mas, ainda assim, as palavras escaparam dos seus lábios. E hoje? Hoje ela quase molhou a calcinha por causa de um beta gostoso sem camisa. Que tipo de ser humano horrível fazia algo assim? Ela balançou a cabeça, percebendo que não era mais humana. Só que ainda não estava convencida de que era cem por cento loba. Foi feita de forma anormal, não nasceu *shifter*. A sanidade estaria fora do seu alcance até que conseguisse analisar o próprio sangue; precisava saber quem e o que realmente era.

O dia foi se passando, e Wynter ficando mais inquieta. A pele vibrava. Os ouvidos badalavam. O estômago roncava de fome, apesar de ter comido, como Logan tinha dito. Enfiando as mãos no cabelo, puxou os cachos louros, causando um pouco de dor. Por mais doentio que fosse, a poupou da necessidade interminável de arranhar e morder. Enfiada no quarto, tentou dormir até passar, mas só conseguiu tirar um rápido cochilo. Logan a aconselhou a não usar roupas apertadas, então colocou um vestido e nada de roupa de baixo. Era sufocante demais; a pele parecia em carne viva, esfolada contra o algodão macio.

Odiava estar se transformando. Nada do que aconteceu esteve sob seu controle. Injusto e doloroso. A morte dos pais. Ser forçada a morar com o Jax. Ser mantida em cativeiro por meses. E agora estava sendo forçada a, contra sua vontade, se transformar em um animal. Desprezava aquilo. Teria que seguir com a única escolha que tinha e suportar aquilo. Teimosa e determinada, desceu as escadas, pronta para encarar o alfa.

Logan tinha planejado uma surpresa, mas as coisas não estavam indo bem. No final da tarde, Wynter ficou mais e mais desconfortável e mal-humorada. Sem saber o que fizeram para transformá-la em lobo, não podia ter certeza de como seria a transformação. Em poucas horas, saberiam. Odiava vê-la com tanta dor e abominava o fato de não poder controlar a situação. Era o que ele fazia bem: controlar, dominar. Ainda assim, hora após hora, ficou mais aparente que teria que deixar a natureza seguir o seu curso.

Quando Wynter desceu as escadas, Logan notou que ela parecia feroz por causa da agitação. Mais sexy que nunca, os cachos indomáveis se espalhavam em todas as direções. Apesar do desalinho, sabia que a loba seria incrível, mas pensou que não deveria dizer nada. Por agora, planejara meio que uma distração, uma aula no *bayou*. Sorriu ao levá-la até o aerobarco. Não havia nada mais divertido, e suspeitava que daria uma descarga de adrenalina nela, interrompendo o ciclo de pensamentos negativos que se passavam por sua cabeça.

— O que é isso? — ela perguntou, sem saber o que faziam no píer.

— É um barco — Logan respondeu, com uma piscadela.

— É, estou vendo. É seguro? Não quero servir de refeição para os crocodilos. Sério, já tive o suficiente de criaturas com presas cravando os dentes em mim ultimamente.

— Não há nada mais seguro. Essa é a nossa casa, *chérie*, e vou mostrá-la a você — ele falou arrastado, fazendo a melhor imitação que podia do seu beta. — Prometemos te manter longe das cobras… mesmo que a comamos mais tarde. Talvez possamos ir pescar lagostim.

— Não o deixe te enganar, *cher*. Logan pode ser um menino da cidade, mas sabe se virar no pântano… quase tão bem quanto eu. Espera só para vê-lo afagar os jacarés. Ele gosta de beijar aqueles lábios bonitos — Dimitri fez piada.

— Ei, olha, eu posso ter morado no norte nos últimos cinquenta anos, mas é como andar de bicicleta. E, inferno, compensei o tempo muito bem nesses últimos meses — Logan disse a eles. — E ele está errado quanto aos lábios… são os dentes brancos o que eu gosto de ver.

Wynter revirou os olhos.

— Contanto que aquelas pérolas brancas fiquem longe de mim, ficaremos bem. Lembre-se, eu sou uma menina da cidade.

— Ah, bem, é o que veremos depois que você se transformar, linda. — Logan deu um aperto reconfortante no ombro dela. — Primeiro, vamos passar um tempo no lago, depois vamos te levar de volta para o pântano para que o veja à luz do dia. E, então, iremos de barco até o terreno em que correremos.

Wynter olhou para os dois com suspeita. *Ver o lugar à luz do dia?* O que aquilo queria dizer? Ele não estava pensando que ela iria para o pântano à noite, né? Mas não iria mesmo.

— Aqui vamos nós. — Logan lhe entregou um protetor de ouvido quando Dimitri ligou o motor. Com um sorriso amarelo, ela o colocou na hora. Mesmo cautelosa, estava ansiosa pelo passeio de barco.

Quando aceleraram pelo lago e chegaram ao pântano, o corpo de Wynter vibrou de alegria. O soprar do vento e o borrifo intermitente de água combinados com a velocidade fizeram o coração acelerar. Estava se divertindo. Fazia tanto tempo que mal reconheceu a sensação. Sorrindo de orelha a orelha, olhou para Logan, que apontava para os arbustos floridos de hibisco do pântano. As pétalas das flores, em rosa e branco, traziam um toque de cor à paisagem verde e marrom.

Dimitri desligou o motor e eles tiraram os protetores de ouvido. Wynter esquadrinhou o horizonte, impressionada com a beleza do lugar. Os insetos cantavam no crepúsculo. O céu azul e as nuvens refletiam na água enquanto o sol se punha. Os ciprestes antigos se portavam orgulhosos, os joelhos se projetando em direção ao céu. Logan bateu no seu ombro e levou os dedos aos lábios para calar qualquer conversa. Apontou para uma imensa garça branca e imóvel, caçando a próxima refeição. O pássaro majestoso os notou indo em direção à margem, e alçou voo em direção à outra área de pesca.

— É inacreditável — ela disse, virando a cabeça.

— Ei, Ace — Dimitri chamou, e pegou um balde pequeno. Um assovio pré-histórico de uma cauda se seguiu e olhos se ergueram acima da água. — Venha cá.

Wynter segurou a mão de Logan e se virou para poder olhar.

— O D gosta de alimentar o menino — Logan comentou.

— Ace? Como ele sabe que é o mesmo?

— Eles são territoriais. E também vivem por muito tempo. É aqui que ele fica. Há algumas das meninas dele... olhe lá na margem. — Logan chamou a atenção para alguns jacarés que estavam aproveitando os últimos raios de sol.

Observou, deleitada, enquanto Dimitri segurava o frango cru. O réptil saiu da água e o apanhou.

— Incrível — Wynter arfou, sorrindo ao mesmo tempo.

— Eles são só uma pequena parte do ecossistema. Esse lugar... é especial.

— Todos vocês vêm muito aqui?

— Não o bastante. Por mais que eu ame esse lugar, passo a maior parte do tempo na cidade. Mesmo quando eu morava na Filadélfia, nós dividíamos o tempo entre a cidade e as montanhas. Aqui é igual. O pobre D vai ter que se acostumar a morar no French Quarter. Mas não dá para correr como lobo na cidade, então, quando queremos dar uma corrida, esse é o lugar.

— Vocês correm no pântano?

— Sim e não, *cher*. Temos muito campo aberto onde é mais fácil correr, mas, se necessário, sabemos como andar pelo pântano — Dimitri explicou.

— Vamos deixar essa lição para outro dia — Logan terminou.

— É melhor irmos. Está quase na hora de chegarmos à reserva. Quem está pronto para o pôr do sol? — perguntou Dimitri. Ele passou as mãos numa toalha e se preparou para ligar o motor.

— Obrigada por me trazerem aqui. Eu amei... é de tirar o fôlego. — Wynter tentou esconder a emoção que subiu até a garganta, mas uma lágrima traidora caiu. Passou o dedo pelo olho, capturando-a. Com um sorrisinho, ela suspirou.

— Vai ficar tudo bem. Só fique com os seus lobos, linda. — Logan a beijou na bochecha.

Um alívio sutil banhou sua consciência ao ver que ela gostou do pântano. Mesmo ele tendo crescido no French Quarter, os pais cuidaram para que Logan passasse bastante tempo correndo no que na época era considerado "área retirada". Foi bom também que, ao longo dos séculos, a cidade cresceu e se espalhou pelas áreas abertas e agora essa terra pertencia à alcateia. Representava a sua cultura. O *bayou*. O pântano. O lar do seu lobo.

As palavras de admiração dela acalmaram a sua necessidade pela aceitação. Supunha não ter percebido o quanto era importante que ela aprovasse o seu lar, a forma como vivia. Uma casa ele podia mudar, mas o resto? Não, ou ela aceitaria ou rejeitaria o seu mundo. Um teste final — a alcateia — esperava não só por ela, mas por ele também.

Enquanto o motor rugia, Logan envolveu o braço com o de Wynter. O instinto lhe dizia que ela conseguia. Podia não ser fácil, mas foda-se o fácil. Ultimamente, nada na vida deles foi assim, mas aquilo não se equiparava ao impossível. Como com os desafios, ele os venceu, mas não sem dificuldade. Ainda assim, a vitória tinha sido ainda mais doce. Mataria para fazer aquilo funcionar, mas sabia que ela teria que lutar sozinha. E, então, encarar a alcateia. Não, não seria fácil. Mas, às vezes, as melhores coisas na vida eram difíceis e dignas da luta.

CAPÍTULO VINTE E QUATRO

Dimitri ficou para trás para amarrar o barco. Observou o alfa e a companheira através das árvores, sentindo a luta. Em todos os seus anos, nunca tinha ouvido falar de um humano se transformando. Eles nasciam lobos, não eram feitos. Ainda assim, desafiando a natureza, estava acontecendo. Não disse a Logan, mas estava muito preocupado com a reação que a alcateia teria com Wynter. Ela não só era de Nova York, mas também era humana. Claro, dariam as boas-vindas à companheira do alfa, mas esperariam que ela fosse um deles e, sem dúvida, totalmente loba.

As lobas estavam atrás de Logan desde que ele assumiu o lugar de Marcel. Luci, principalmente, tinha estabelecido seu direito não oficial de continuar morando com o alfa. Até uns dias atrás, ela fez de bater à porta do quarto de Logan o seu ritual diário. E mesmo sabendo que o homem só a reconfortara, Luci não aceitaria bem o iminente acasalamento.

Sabendo que o alfa andou ocupado com Wynter e também com a morte de Dana, hesitou em abordar o assunto com ele. Mas, essa noite, estava preparado para intervir e ajudar. E aquilo não só incluía ajudar Wynter sexualmente. Sim, gostava da lobinha. Mas, no momento, estava mais preocupado com a segurança dela. Dimitri já tinha decidido que interviria para deter uma briga, se necessário. Claro, levaria um bom golpe ao intervir, mas que seja. Um desafio direto a Wynter não negaria a sua posição como companheira de Logan, mas, ainda assim, era direito de uma loba atacar e matar, se necessário. Se alguém da alcateia desafiasse Wynter e ela perdesse, isso distrairia Logan ainda mais da liderança. Em poucos dias, senão horas, desafiariam o alfa de novo. Logan tinha prometido matar o próximo que o desafiasse, e Dimitri acreditava que ele cumpriria a palavra.

Não importa o quanto ela se sentisse sexualmente aventureira, as crenças humanas de Wynter iam de encontro à loba. Observou Logan ficar nu diante dela, persuadindo-a a atirar o vestido. Relutante, ela se despiu e logo cobriu os seios com as mãos. Percebendo que o resto do corpo já estava exposto, forçou-se a abaixar os braços.

— Venha cá, Wyn — ele chamou. *Magnificamente nua, ela era uma visão espetacular*, Logan pensou. — Você confia em mim?

— Confio — ela respondeu, baixinho, olhando para os pés. Podia sentir os olhos de Logan e de Dimitri na sua pele. Estava pra lá de aflita. Não importa o quanto dissesse a si mesma que isso ia acontecer, ainda não estava preparada.

Uma onda de náusea revirou o seu estômago. Reagindo, ela se curvou, pôs as mãos nos joelhos, desejando que ele segurasse a comida. Tossiu e teve ânsias, conseguindo empurrar a bile de volta para o esôfago. *Por favor, Deus. Eu não vou vomitar... eu não vou vomitar... ainda mais com Logan bem na minha frente. Seja corajosa. Eu posso fazer isso. Não, eu vou fazer isso.* Ela fechou os olhos e respirou fundo, purificando-se. Com um assovio, expirou pela boca. *Logan está comigo.* Logan. Ah, merda. Quase esqueceu que ele estava observando o seu ridículo ataque de pânico. Ela se ergueu e lançou um sorriso de desculpas a ele.

— Você está bem? Por mais nojento que seja, se tiver que vomitar, vá em frente. Acredite em mim, você não será a primeira.

— Você está sendo legal.

Logan sorriu.

— Bem, normalmente são os filhotes que vomitam na primeira vez, mas você é meio que um filhote.

Ela lhe lançou um olhar exasperado, as mãos nos quadris.

— Ok, está mais para uma dama loba-humana super gostosa e nua — ele riu. — Sério, linda. Nada, e eu quero dizer nada, de mau vai acontecer essa noite. Nós vamos nos transformar. Vamos correr. Vamos fazer amor. — A voz estava baixa e dominante, guiando a sua loba.

Ela só assentiu, permitindo que ele pegasse as suas mãos.

— Olhe para mim, docinho — Logan instruiu. Quando os olhos encontraram os do alfa, ele prosseguiu. — Sinto muito por isso estar acontecendo contigo... de verdade. Não importa o quanto eu te queira como companheira, eu jamais te imporia uma transformação. É uma droga. Nem mesmo é justo. Mas não há como deter a natureza. É como esquiar, linda. É um pouco perigoso, sem dúvida. Com certeza você vai cair. Provavelmente vai ficar dolorida depois. E um pouco suja. Mas, acima de tudo, vai se divertir. E antes que odeie a minha analogia, você nunca esquiou comigo... e você vai amar.

— Eu gosto de esquiar — ela concluiu, com um sorrisinho. — E sou de Nova York.

— E, algum dia, faremos isso juntos também. Mas hoje, você vai se transformar. Então, vamos em frente, tudo bem?

— Tudo bem. — Assim que concordou, a pele formigou como se ela tivesse enfiado o dedo em uma tomada. Olhou para a lua cheia. Como se a coisa erguesse uma mão firme e a enfiasse no seu coração, ela foi capturada, incapaz de falar.

Logan viu Wynter congelar e soube, no mesmo instante, que tinha começado. Droga, não era assim que um filhote, ou qualquer um, deveria se transformar. Não deveria ser sob coação. A transformação era um marco comemorativo. Logan focou em si, atraindo o seu inerente poder de alfa, tentando acalmar a mente dela. Mas a imobilidade prosseguiu e, dentro de segundos, ela começou a tremer descontroladamente, a saliva pingava de sua boca como se estivesse tendo um ataque epilético.

Logan colocou as mãos nas bochechas dela, forçando-a a olhá-lo, mas o olhar vago lhe disse que ela estava perdida na própria mente. Dimitri pressentiu o problema e foi correndo em auxílio, mas Logan o parou com um aceno de mão. Ele, apenas ele, a tiraria da paralisia que lhe tomara o corpo.

— Wynter, concentre-se na minha voz. Me ouça. Não importa o que esteja acontecendo dentro de você, eu sei que você pode me ouvir. Eu sou o seu alfa. E, como tal, você fará o que eu digo. A sua loba. Ela sabe. Você também. Você precisa deixar acontecer. Me deixe entrar. — Deusa, não deveria ser assim. Odiava ter que ser ríspido com ela, mas precisava forçar a loba a vir à tona. — Feche os olhos.

Irresponsiva, Wynter continuou tremendo.

— Feche. Os. Olhos. É uma ordem do seu alfa. Obedeça — rosnou.

O reconhecimento foi registrado nas suas pupilas. As pálpebras tremularam, mas não fecharam. A loba rolou submissa de costas, ganindo em resposta. Ao ouvir a sua voz, ela lutou, arranhando para sair, para correr com o companheiro.

Por menos que fosse, Logan sabia que ela o podia ouvir. Teria que ser mais enérgico. Uma voz dominante, quase desconhecida, emergiu.

— Wynter, eu estou mandando você se transformar. Agora feche. Os. Olhos.

O comando autoritário de Logan se espalhou pelo torpor palpável que tinha prendido os músculos de Wynter. Como se alguém tivesse lançado uma pedra numa janela de vidro, a humanidade dela estilhaçou. Os olhos fecharam de repente, e a loba emergiu. Agonia total se seguiu enquanto a metamorfose se completava. Amordaçada pela transformação, o grito ressoou em sua própria consciência, e ela pensou que estivesse morrendo. Boca aberta, nenhum grito torturado a salvaria. Mas, dentro de segundos, ela ouviu um uivo romper o ar noturno. Piscando, percebeu que o ruído animalesco tinha vindo dela. Pois foi ela, a loba, reconhecendo a transformação, chamando pelo companheiro. Quando Logan entrou em foco, teve um vislumbre do sorriso orgulhoso.

O alfa prendeu o fôlego quando ela se transformou diante de seus olhos. Os gritos silenciosos lhe rasgaram até o âmago. Com grande restrição, ele se conteve, permitindo que ela se transformasse sozinha. Não havia outro jeito. E, dentro de segundos, a loba de pelos vermelhos e olhos azuis se deitava no chão.

— Olhe para você, docinho — ele sussurrou e se agachou.

Deusa, ela era tão magnífica como loba quanto em pessoa. O coração se apertou vendo que ela tinha ficado submissa. Com as orelhas baixas e o rabo enfiado entre as pernas, ela choramingou e tremeu de medo. Estendendo a mão devagar, ele a ofereceu a ela.

Angustiada e desorientada, Wynter cheirou e lambeu a mão de Logan. Conhecia o companheiro. O cheiro, o sabor. Graças a Deus, ele ainda estava ali com ela. Ele não foi embora. Concentrou-se na voz e no toque. Tudo nele pareceu acalmá-la, e ela se sentiu em paz.

— Isso mesmo, sou eu. Não vou te machucar, linda — ele lhe assegurou, esfregando suas orelhas. Ele assentiu para Dimitri, que tinha se despido, preparando-se para a própria transformação. Mas quando o amigo se aproximou, Wynter rosnou e mostrou os dentes. — Vamos lá, está tudo bem. É só o D. Você sabe que ele também não vai te machucar.

Wynter viu um movimento, um humano. Na defensiva, ela rosnou ante o perigo que se aproximava. Um desejo inato de proteção veio à tona.

Logan olhou para Dimitri.

— Devagar, D. Parece que ela quer morder. E considerando que você está pelado... bem, é melhor ir com calma. Você tem um alvo pendurado bem aí embaixo — fez piada.

— É, já entendi. Jesus, ela pode ter acabado de se transformar, mas já é feroz. — Devagar, Dimitri se aproximou de Logan. Ele passou a mão pelo braço do alfa, pegando um pouco do cheiro dele e, então, ofereceu a palma para Wynter. Ele sabia que, em algum momento, ela o reconheceria. Mas, naquela hora, a descarga nos sentidos fazia ser difícil para ela processar tudo.

Outra mão veio em sua direção. Cuidadosa, farejou a pele. Logan. Dimitri. Sim, ela conhecia o Dimitri, gostava dele. Uma lambida na pele do beta acimentou a aceitação. Mesmo não o tendo provado, tanto o cheiro quanto o toque dele aplacaram a sua loba.

— Isso, linda. Viu, eu te disse, era só o D — Logan a convenceu, continuando a acariciar o pelo.

Ele sorriu para Dimitri, que também começou a afagar o pescoço dela. Um momento crucial para todos eles, supunha. Sua companheira, uma humana, tinha se transformado. E ele e o beta tinham nascido para testemunhar esse evento extraordinário. Ambos os homens, sem ciúmes ou expectativas, cuidaram da lobinha. Enquanto ela relaxava nos afagos calmantes, Logan sorriu para o amigo antes de falar com ela.

— Tudo bem, lobinha, nós vamos nos transformar também. Eu vou primeiro, depois vai ser o D. Não fique com medo. Não vamos ser capazes de falar contigo desse jeito depois que nos transformarmos. Mas você saberá o que fazer, prometo. Só peço que fique por perto. Mesmo o solo aqui sendo firme, há muitos problemas em que se meter, então, fique conosco — disse a ela ao interromper o contato. Ele ficou de pé enquanto Dimitri continuava a acariciá-la. — Só vai levar um segundo.

O corpo alto de Logan se transformou em um imenso lobo cinza. Elevando-se sobre Wynter, ele pressionou o focinho no pescoço dela, lambendo-a.

Wynter se aconchegou na língua longa e macia de Logan. Ela saboreou o lobo dele, desejando o cheiro dele no seu pelo. Por sua vez, ela o lambeu sob o queixo. Em um piscar de olhos, um segundo lobo cinza-escuro a cutucou junto de seu companheiro. *Dimitri.* Por mais surreal que fosse, ela lambeu os dois, o alfa e o beta. Carinhosos e amorosos, como animais e como homens, eles a protegeriam.

Logan e Dimitri se afastaram de Wynter, esperando que ela se levantasse. Ambos sabiam que ela ficaria instável de início. Era o esperado com todos os filhotes. Ficar de pé sobre as quatro patas, em vez de duas, naturalmente a deixaria confusa. Mas, como andar de bicicleta, ela não esqueceria mais depois que aprendesse. Foi quase doloroso de assistir. Logan agradeceu à deusa por ele estar em forma de lobo, então não teria que esconder o sorriso. Ela se ergueu nos quatro apoios só para cambalear e cair. Mas não sendo do tipo que desistia, ela logo se recuperou. Alguns passos, então, dentro de segundos, ela correu em círculos felizes em volta dele e do beta.

Não podia acreditar no quanto era fácil correr por aí desse jeito. Claro, tropeçou um pouco, mas agora disparava como o vento. Era libertador. E divertido. Ela se perguntou se em algum momento acordaria e descobriria que foi tudo um sonho. Mas enquanto seguia Logan e Dimitri e a noite se passava, ficou mais confortável com a realidade recém-descoberta, e uma vigorosa onda de curiosidade a tomou. Em um rompante de confiança, ela correu a frente dos meninos, ziguezagueando pelas árvores. Um som lhe chamou a atenção; e ela parou. Logan e Dimitri congelaram, tendo ouvido também. Um rosnado ecoou pela floresta.

Por instinto, Wynter se arrastou em direção ao barulho, mas Logan logo a bloqueou, pensando se eles deveriam ou não atacar. Um javali selvagem seria uma excelente refeição, mas eles não eram a presa mais fácil de se capturar. Com poucos predadores naturais, o porco selvagem tinha se tornado uma espécie invasiva, perturbando o equilíbrio do meio-ambiente. Vis, eram conhecidos por atacar animais e humanos sem fazer distinção. Apesar das dificuldades conhecidas e perigos associados a caçar um, Dimitri e Logan amavam um desafio e os comeram muitas vezes. Um coelhinho inofensivo teria sido uma escolha melhor para ensinar Wynter a caçar. Mas, por outro lado, mostrar como a alcateia trabalhava junto para matar uma presa maior era uma lição importante que ela teria que aprender em algum momento. E quem melhor para ensinar que ele?

Sem alardear, o porco feroz partiu para cima de Logan e Wynter, tentando atingi-los com a cabeça e as presas. Dispersando, o trio deixou a presa confusa. Logan rosnou para o animal enquanto Dimitri o rodeava por detrás. Wynter, nunca tendo caçado, estava faminta por ele, mas também tinha o sentido inato do perigo. Ela observou enquanto os machos dominantes rodeavam a besta. Em sincronia, o alfa e o beta atacaram o animal. Logan partiu para a cabeça, mordendo o focinho. Dimitri atacou o flanco. Mesmo o javali não sendo rápido, a pele dura fazia ser muito difícil matá-lo. O ataque coordenado prosseguiu por vários minutos, até os guinchos do porco se calarem. Quando aconteceu, Wynter se aproximou com cautela. Logan arrancou um pedaço fresco de carne, e abriu espaço para Wynter participar da caça.

Depois de matar e comer uma boa parte do javali, o trio se acomodou debaixo de uma árvore. *A lobinha tinha se saído bem*, Logan pensou. Ela soube que não deveria interromper quando ele e Dimitri deram o primeiro bote no jogo selvagem. Esperta e ardilosa, esperou até ele estar no chão para ajudar. Alguns lobos nem sempre eram tão espertos, e acabavam feridos; cortesia do porco.

Um farfalhar alertou Logan de que a alcateia se aproximava. As orelhas ficaram em riste e ele latiu para Dimitri. Expectantes, eles se postaram protetores, flanqueando-a. A integração à alcateia era outra tarefa crítica na transformação. E para Logan, seria a primeira vez que correria com eles desde que deu o ultimato. Se alguém mais o desafiasse, a morte seria o desfecho.

Caçar tinha saciado a loba de Wynter. Junto com os homens, ela esperou pela alcateia. Deixou o nervosismo de lado, e assumiu uma posição de domínio. Podia não ter muita experiência com alcateias, mas sabia o bastante para querer ser uma fêmea alfa. E agora, especialmente tendo Logan como companheiro, não permitiria que outra fêmea, loba ou humana, o tocasse. Mantendo a cabeça erguida e a cauda projetada, desafiou outra a se aproximar.

Um lobo preto avançou. *Jake*. Estranho, de alguma forma sabia que era ele. Farejou. Sim, o cheiro familiar dele agradou à sua loba. Ele tinha sido seu protetor. Um aliado. Um lobo cinza veio atrás dele. *Zeke*. É, estava ficando boa nisso. Uma presença irada invadiu o pensamento pacífico. Lobas menores, uma branca e uma marrom, avançaram com eles. Fiona, a marrom. Luci, a branca. Ao redor deles, outros apareceram através das árvores.

Wynter tentou lê-los. Por instinto, ficou ciente da habilidade de avaliar o estado da alcateia. Concentrando-se, permitiu que as linhas de comunicação saltassem à vida. Logan estava se sentindo protetor. Dimitri, resguardado. A alcateia? A alcateia variava em um misto de curiosidade e júbilo. Amavam o alfa. A satisfação dele refletia nas emoções dos outros. A necessidade de agradá-lo era soberana na vida deles.

Permitiu que cada lobo se aproximasse, mas Logan mostrou os dentes, evitando que se aproximassem demais. Dimitri também ficou perto dela, indisposto a sair do seu lado. O otimismo se elevou em seu espírito até que um borrão de pelo se chocou com ela, enviando-a pelos ares. Uma dor lancinante percorreu o seu flanco, mas, aos tropeços, ela conseguiu se endireitar.

A confusão atormentou os seus sentidos, e ela olhou ao redor, percebendo, rapidamente, que Luci a pegara de surpresa. A loba branca correu e rosnou para ela, e Wynter rosnou em resposta. Poucos segundos se passaram antes de a loba de Wynter interpretar a ação de Luci pelo que era: um desafio. Grata pela mente humana não ter tido tempo de pesar as complexidades da situação, a loba ergueu a cabeça e revidou. Luci avançou e as duas rolaram pelo chão. Wynter ganiu ao sentir um relâmpago de ardência repuxar a orelha. Ofegando e cambaleando, a dupla em combate se separou brevemente ao som do latido do alfa.

Wynter, surpresa com a própria voracidade e agressão, rosnou para Logan quando ele tentou intervir. Raiva e possessividade a impulsionaram a continuar lutando. Desde a primeira vez que viu Luci, soube que ela era uma ameaça. *Ameaça a mim. Ameaça ao meu companheiro.* Wynter avançou; os lábios puxados para o alto, expondo os caninos. Apesar da posição, Luci continuou rodeando, encarando Wynter, rosnando. Explodindo da posição agachada, correu para Luci e rasgou o pelo da adversária. A primeira gota de sangue em sua língua a incitou a continuar com a ofensiva. Quando o ataque cessou, Luci se deitou de barriga para cima. A loba insistiu por nada menos que a morte, mas a voz de Logan a impediu de rasgar a garganta da loba branca. Com os dentes enterrados profundamente na carne do pescoço de Luci, ouviu palavras humanas, Logan gritando, mandando-a parar.

Atordoado, observou quando Wynter partiu para cima de Luci. Ele sabia muito bem da necessidade de estabelecer a dominância. Depois de Luci iniciar o desafio e Wynter ter conseguido evitar o ataque, ele ficou confiante de que ela era mesmo uma alfa. Não queria nada mais do que protegê-la da escuridão. Mas estar numa alcateia significava estabelecer a própria posição, algo que ela tinha que fazer sozinha. E já que ela rosnou para ele, indicando que queria ir adiante, não negaria o que ela queria. Mas o que não esperava era que a lobinha fosse atacar Luci até prendê-la no chão, com a intenção de matá-la. Mesmo não tendo o mínimo de pena de Luci, não podia permitir que Wynter matasse a loba. Infelizmente, Wynter estava absorta demais em sua besta para ouvir os seus avisos de lobo. Transformando-se em humano, ele gritou para que ela soltasse.

— Wynter, solta! Não mate a Luci! — Observou quando ela afastou a mandíbula do pelo, mas ainda manteve uma pata cravada na barriga da outra. Logan soltou um suspiro. *Puta merda, ela quase matou a Luci.*

Uma leve queimação atormentava a lateral da cabeça de Wynter, mas ela deixou para lá, recusando-se a demonstrar fraqueza. Com um resfolego, aceitou a submissão de Luci e tirou a pata. Eriçando o pelo e erguendo o rabo, ela foi até a forma humana de Logan, esperando suas ordens. Com a mão na cabeça dela, a aprovação dele lhe aqueceu o coração. Esquadrinhou a alcateia mais uma vez, registrando o estado deles. Raiva? Não, respeito. Mais ainda, cada um deles entendeu sua posição e quem Logan era para ela. Claro como cristal. *Meu. Ele é meu.*

CAPÍTULO VINTE E CINCO

Logan, ainda despido, abraçou Wynter, envolvendo-a em um cobertor. Quando correram de volta para o barco e se transformaram em humanos, ela despencou em exaustão. Deusa todo-poderosa, não via uma briga como aquela entre duas lobas há muito tempo. E o desafio nunca foi por causa dele. Mesmo odiando que ela tenha acabado machucada, Wynter fez o que precisava ser feito, assegurou o seu lugar como fêmea alfa. Ninguém mais a perturbaria.

Dimitri conduziu o barco até a cabana no pântano, e Logan desembarcou. Embora o local não tivesse água encanada, o beta tinha instalado um chuveiro portátil. Jogando o cobertor sujo no chão, ligou a engenhoca que funcionava à luz solar e entrou debaixo da água. Lavou a sujeira e o sangue de Wynter primeiro, depois a entregou a Dimitri que esperava com uma toalha imensa. Permitindo que o beta levasse a pessoa ainda adormecida para dentro, Logan se apressou para terminar o banho. Quando entrou na cabine, Dimitri já tinha colocado Wynter no enorme futon e estava acendendo os lampiões.

— Obrigado, cara. — Logan atravessou o cômodo e foi até a companheira, sentando-se ao lado dela. Fez carinho no seu cabelo. — Ela é incrível.

— Você pode acreditar que ela quase matou a Luci? — Dimitri perguntou, ainda chocado com a forma como elas lutaram. E foi até a porta.

— Não, não posso. Mas preciso te dizer, uma parte minha está mais sossegada por saber que ela pode se proteger. Odeio até mesmo pensar no assunto, mas nós dois sabemos que não está acabado — Logan afirmou, pensativo. Um dia ali não era suficiente para fazê-lo esquecer que Dana estava em um túmulo. Também não se esqueceu da bomba que quase matou Jake e Wynter.

— Fiz algum progresso com o notebook. Peguei uns dados para a sua garota. Vamos esperar que ela possa fazer o que precisa até esse babaca aparecer de novo ou o Devereoux encontrar essa cria de satã.

— Mandei instalar um laboratório na garagem hoje. Ela ainda não sabe. Vou mostrar amanhã. É importante que ela se teste, o sangue. Ela está preocupada.

— A garota pode estar preocupada, mas para mim, ela é uma loba completa. Hoje ela não pareceu nada diferente do resto de nós.

Logan ergueu uma sobrancelha para Dimitri.

— É, só que ela quase matou outro lobo na primeira vez que correu com a alcateia. Você já viu algum filhote fazer algo assim? Claro que não. Ela é forte… o que não é comum para um lobo jovem.

— Não posso dizer que já vi algo assim, mas estou muito feliz por ela ter derrotado a Luci. Não me entenda mal, Luci pode ser uma ótima pessoa, mas ela está de olho em você desde que o Marcel morreu. Você sabe que isso não estava caindo bem com a Wyn.

— Ela não quer compartilhar o companheiro — Logan concluiu.

— E você quer?

— Eu amo você, D, mas, na verdade, não. — Logan balançou a cabeça; o rosto ficando tenso de preocupação. — Olha, não sei como ela vai se sentir depois que acordar. É que não foi tudo bem na transformação. Nunca vi um lobo tremer daquele jeito. E, aí, ela não conseguia se transformar. Você viu o que aconteceu… tive que dar a ordem para que ela se transformasse. E o que acabou de aconteceu com a Luci? Acho que teremos que esperar para ver o que acontecerá. Mas preciso de você aqui.

— Como quiser. Não vou mentir; estou ansioso para estar com vocês dois. Pode ser a lua… ou talvez eu me lembre do quanto foi gostoso ter a garota nos meus braços na outra noite… é, acho que é isso — ele provocou.

— É, tenho certeza de que essa vai ser uma apresentação única para você, então não se anime demais.

— Entendido. — Dimitri sorriu e pegou a toalha.

— Ei, D.

— Sim? — Ele parou antes de atravessar a porta e se virou para o alfa.

— Obrigado. — Os olhos de Logan encontraram os do beta. A voz assumiu um tom gentil, mas sério. — Estou sendo sincero. Obrigado por estar aqui. Não só hoje à noite… mas nos últimos meses. Sei que era o que o Marcel queria para mim, mas se você não estivesse aqui… as coisas poderiam ter sido diferentes.

— Sem problemas, cara. Nós todos o amávamos. E ele estava certo quanto a você. — Ele olhou de Wynter para Logan. — E quanto à transformação... você está certo, foi difícil. Mas ela vai ficar bem. Algumas coisas não acontecem do jeito que a gente espera. Só como devem ser. Seja como for que essa merda aconteceu, ela é uma loba agora.

Em silêncio, Logan pensou no que o beta disse. As palavras não podiam ter sido mais verdadeiras. Não tinha planejado se tornar alfa nem escolheu uma humana como companheira. Vida, destino; ela o escolheu, não o contrário. Esse novo capítulo da sua vida não tinha sido moleza, mas estava se conformando.

— Olha, essa noite é para celebrar — Dimitri ofereceu.

Logan deu um leve sorriso.

— Ah, sim. Bem, parece que a minha companheira caiu no sono. Uma reação incomum à mudança, mas nada nela é comum, isso é certo. Vá tomar um banho e então volte para se juntar a nós, certo?

— Vou dar uma olhada no barco mais uma vez e me limpar. — Dimitri acenou uma última vez e saiu.

Logan jogou as cobertas para o lado, foi para a cama e puxou Wynter para si. Acomodou a cabeça dela no peito e passou a mão pelo seu braço, pegando suas mãos. A companheira feroz tinha se saído muito bem essa noite. Vê-la forçar Luci à submissão foi surreal para cacete. E muito excitante para o seu lobo.

Wynter se aconchegou no calor de Logan. Enquanto os sentidos despertavam, o desejo por ele também despertou. Os olhos se abriram e ela empurrou uma perna sobre a dele, assim o comprimento descansou na sua coxa.

— Logan — ela ronronou.

— Oi, linda, como você está?

— Humm... com tesão — ela riu. Cansada demais para se sentar, observou os arredores dali da segurança dos braços do alfa. Paredes de madeira e telhado de zinco não davam qualquer dica de para onde a levaram. — Onde estamos?

— Na nossa cabana.

— Você tem uma cabana?

— D e eu sempre tivemos uma... até mesmo antes de eu ir morar na Filadélfia. Então quando voltei, demolimos a outra e construímos essa aqui. Consegue sentir o cheiro do cedro?

— Humm. — Ela fez que sim.

— Esse é cipreste.

— Cipreste? — A voz de Wynter aumentou uma oitava ao perceber exatamente onde estava. — Estamos no meio do pântano? À noite? Com os jacarés? Insetos?

Logan riu. Depois de caçar um javali e quase matar Luci, sua humana delicada estava de volta.

— É, docinho, e você está a salvo. Ninguém vai te pegar aqui, além de mim e do D. Esse lugar está hermeticamente fechado. Temos tudo do que precisamos para sobreviver à noite… comida, água, uma cama. É pacífico. — Ele a beijou de novo. — Isolado.

— Isolado, hein? Gostei disso — respondeu, rouca. Wynter passou as mãos pelas reentrâncias da barriga dele e, em seguida, a ponta do dedo rodeou um mamilo.

Logan agarrou o pulso dela.

— Você foi incrível essa noite. Uma loba vermelha. — Fez círculos com o polegar na palma da mão dela. — Tão selvagem. E feroz.

— Foi libertador. Era como se a minha loba… soubesse o que fazer. Uma parte dela já sabe como agir. — Wynter corou e balançou a cabeça. Ainda parecia inacreditável que tinha se transformado. — É loucura, não é?

— Não, não é loucura. É assim que é. E vamos fazer muito disso enquanto estivermos aqui.

Uma memória cintilou em sua mente, os dentes no pelo de um lobo. Ela olhou para Logan querendo confirmar.

— Ah, Deus, a Luci está bem? Eu me lembro… um pouco…

— Ela vai ficar bem. Você me ouviu, é isso que é importante — Logan confirmou.

— Eu só me lembro de me sentir tão brava. Você viu como ela partiu para cima de mim?

— Vi, e eu acho que essa luta meio que precisava acontecer, mas não achei que seria essa noite, sem sombra de dúvida. Mas depois que você rosnou para mim… bem, deixei o pelo voar.

— Desculpa. — Wynter se encolheu com o pensamento.

— Não precisa. — Logan deu de ombros.

— O que você está dizendo? — Wynter se ergueu sobre os cotovelos para poder olhá-lo.

— Luci, ela quer ser a fêmea alfa. Se você não a tivesse feito se submeter, ela não teria parado de vir atrás de mim.

— Mas ela não é sua companheira.

— Não, mas isso não a teria detido. Eu jamais a escolheria, mas, como você pode imaginar, não seria bom para nós se toda vez que você não estivesse por perto, ela tentasse me tocar. Só me imagina chegando em casa com o cheiro dela. Como você acha que teria se sentido?

— Eu a mataria — Wynter declarou, fria.

— É. Você quase matou — Logan respondeu. — Mas, agora, as posições foram firmadas. Tudo vai se ajeitar. E aconteceu diante da alcateia, o que é bom.

— Quando eu fiquei com tanta sede sangue? — Wynter voltou a deitar a cabeça no peito dele. Foi sincera quando disse "eu a mataria". *Quem era essa que ela era agora?*

— Pode parar o que está pensando, Dra. Ryan. Eu sei o que está se passando nessa sua cabeça. E você não é um monstro. Você é, no entanto, uma loba. Colocou-a no lugar e, por isso, sou grato. Agora falando de ser ferido, como está a orelha?

— Bem.

— Deixe-me ver. — Logan a puxou para cima, assim ela ficou de frente para ele. Puxando o cabelo para o lado, inspecionou a orelha de perto e chupou o lóbulo. — Boa como nova.

Quando o fôlego quente lhe acariciou o pescoço, a dor entre as pernas latejou de necessidade. Quando disse que estava com tesão, isso não começava sequer a descrever o que estava acontecendo com ela. O calor correu para o rosto, e ela empurrou as cobertas, tentando refrescar o corpo.

— Logan, eu… eu… — Envergonhada com o estado em que estava, tentou esconder o rosto com as mãos.

— Está tudo bem, linda. Vou cuidar de você. Prometo que de manhã as coisas estarão melhores. — Ele trilhou beijos pelo seu pescoço.

— Me toque — ela implorou.

Logan acariciou o seio, beliscando a ponta dura. Ela gemeu, contorcendo-se nele.

— Logan, acho que há algo errado. Eu estou tão… tão… — Wynter arfou, pressionando a testa no peito dele. Lutou para encontrar as palavras que descreveriam as sensações assolando o seu corpo. O desejo dolorido e tortuoso era insuportável.

Logan deslizou a mão por sua nuca e levou os lábios aos dela. Aprofundando o beijo, deleitou-se com o gosto da companheira quando as línguas se entrelaçaram. Ambos lutaram para respirar ao serem tomados pela paixão. O pau endureceu em resposta. Envolvendo a mão no cabelo de Wynter, ele se perdeu nela. Encontrou o sexo, e penetrou um dedo profundamente no calor apertado. Esforçando-se para segurá-la, os peitorais inflaram enquanto a lobinha se curvava ao ataque irresistível.

Os choramingos de Wynter foram calados pela sua boca. Beijou-o com fervor, mordendo-lhe os lábios e deslizando a língua na sua. O sofrimento delicioso atormentou cada célula do corpo da mulher de dentro para fora. Wynter soltou um gemido animalesco quando as garras se projetaram da ponta dos dedos e ela logo as fez recuar. Enquanto a pressão se construía, ela arqueou as costas como uma gata. Os dedos de Logan afagaram um feixe de nervos, mas não foi nem de perto o suficiente para aplacar a tensão. O pulsar do orgasmo espreitava ali perto, evitando-a até o polegar massagear o clitóris. Gritando o nome de Logan, ela estilhaçou livre. Desejou que tivesse sido o bastante, mas, em segundos, o corpo voltou a acender.

— Logan, por favor, faça amor comigo. Preciso de mais — ela choramingou, subindo nele, selvagem de excitação.

— Vem cá, linda. — Logan desejou que a transformação não tivesse sido tão difícil. Por mais que amasse o fato de ela ser sexualmente aventureira, sabia que sentiria dor se não aplacasse a loba. O som da porta se fechando alertou-o da presença de Dimitri.

Wynter olhou para cima e o viu aos pés da cama. Os músculos bronzeados flexionaram abaixo das gotas de água que ainda estavam grudadas ao peito. *Não, isso é errado.* A consciência guerreava, lutando para pôr lógica no seu desejo por ele. Embora não fosse seu companheiro, Dimitri representava segurança e proteção, amigo e confidente de Logan.

— Logan, eu vou ficar bem. Eu só preciso... — *Como poderia querer ficar com dois homens? Alguém que não era o seu companheiro?*

— Wyn, está tudo bem. Estamos aqui por você. — Logan pressionou um beijo rápido nos seus lábios. Segurando-a pelo rosto, olhou dentro de seus olhos. — O que você sente... nós... não é errado nem pervertido. É do que você precisa. É parte da sua transformação. E você é linda. É a mulher mais linda que eu já conheci. Isso... hoje, nós três, mesmo se nunca mais acontecer, vai ser especial.

— Mas... — *E se ele a odiasse depois? Se a rejeitasse?*

— Você é minha, linda. O D sabe. Ele é a única pessoa na Terra que eu confiaria com você... com a gente. Não importa o que façamos, você é minha. Sempre será. — Logan rosnou e a beijou com paixão.

— Sua — suspirou na boca dele. Ah, Deus, ela ia fazer isso. Seus *homens*... ao menos por essa noite. Confiaria essa jornada a Logan. Acima de tudo, ela o amava.

Logan separou os lábios dos dela por um breve momento. Olhando nos olhos de Wynter, ele falou baixinho e cheio de amor:

— Me ouça, Wynter, você está no controle hoje. Agora, deixe-nos cuidar de você.

Os olhos da mulher marejaram e ela fez que sim. Sentia demais. *Emoções demais. Desejo demais.* Mas tinha tomado uma decisão.

Dimitri se aproximou devagar. Nu, ele se espalhou na cama. O cheiro da companheira do alfa o atiçava, mas esperou com paciência. Logan estava certo. Aquilo era especial. Mais de cem anos na Terra, e nunca viu um humano se transformar. O enorme respeito que tinha pelo alfa só aumentou a importância da noite.

Logan queria dar a Wynter o mundo, e mais. Com carinho, ele a pegou pela cintura e a deitou em Dimitri, assim ela ficou entre as pernas dele, com as costas apoiadas na sua barriga. Ele olhou para Wynter, que sorriu, então mais para cima, para Dimitri. Pegando o pulso do beta, Logan colocou a mão dele no seio da companheira. Dimitri respondeu, acariciando as pontas macias.

— É isso, D. Sinta a nossa lobinha — Logan instruiu. — Ela não é incrível?

— Ah, deusa, é — Dimitri concordou enquanto a tocava, o pau entumecido no traseiro dela. Puxou o cabelo da garota para o lado e lambeu o pescoço bem atrás da orelha. — *Cher*, o seu cheiro é tão bom.

— Dimitri — ela ofegou.

Logan se acomodou entre as pernas deles, a barriga pressionada na de Wynter. Apoiou-se nos antebraços para que pudesse se banquetear nos seios dela. Ela jogou a cabeça para trás, desnudando o pescoço para Logan e Dimitri. Submetendo-se aos dois, permitiu que a experiência erótica a envolvesse.

— Isso garota. Sinta a gente — Logan encorajou antes de capturar um mamilo com a boca. Girou a língua por um bico. Uma mordidinha arrancou um arquejo da companheira. Pressionou as mãos entre as pernas dela, assustando-a ao passar os dedos pelas dobras brilhantes. Retirou a mão e estendeu-a para Dimitri, que o olhou nos olhos.

— Prove — mandou.

Dimitri obedeceu, abrindo os lábios para Logan pressionar o dedo em sua boca. Ele gemeu, saboreando a doçura sem igual. Tão íntimo, Dimitri nunca tinha provado de outro homem, mas não poderia recusar. E, merda, se aquilo não fez o pau latejar.

Wynter assistiu fascinada enquanto Logan alimentava Dimitri. *Excitante pra caralho.* Ficou surpresa por ele tocar o beta de forma tão carinhosa. Sempre houve proximidade entre os dois, mas aquilo era mais. O corpo incendiou em resposta. Ela rebolou a bunda na crescente excitação de Dimitri.

— Delicioso — Dimitri gemeu.

— Relaxa, docinho. — Logan deslizou o corpo para baixo até chegar ao alto de suas coxas e segurou as suas pernas. — Abra. Isso.

Wynter captou o seu olhar, ciente de que estava completamente exposta para eles. Estremeceu quando Logan, devagar, passou o dedo pelo sexo dela e sobre o clitóris.

— Logan, por favor — rogou.

— Ela é tão linda, não é, D? — Logan beijou o alto do seu sexo, provocando-a.

— Ah, sim — Dimitri concordou, voltando a agarrar os peitos de Wynter enquanto a beijava nos ombros.

Logan sorriu para Dimitri e depois para Wynter um mísero segundo antes de passar a língua pelos lábios inchados. As bolas se apertaram enquanto bebia a essência cremosa dela. A companheira gemeu de prazer enquanto a penetrava com a língua, e tudo o que podia dizer era que ela gozaria em segundos.

Dimitri, querendo provar mais da lobinha, escorregou de debaixo dela, beijando-lhe o pescoço até chegar aos seios. Capturou um mamilo com a boca, chupando e provocando-o com os dentes. Ela cravou os dedos nos cabelos de Logan, então nos de Dimitri, segurando-os contra a sua pele. Estava tão perto do orgasmo. Logan na boceta. Os lábios de Dimitri nos seios. E quando sentiu uma língua percorrendo a sua barriga, a energia da excitação a atingiu com tudo.

— Logan, eu vou... — Ela tentou segurar, mas foi em vão. O orgasmo a atravessou, mal ficou ciente dos dois trocando de posição.

Uma comunicação tácita se passou entre Logan e Dimitri enquanto eles se moviam em sincronia, e Dimitri assumiu o lugar de Logan; a boca sugando o clitóris de Wynter. Logan ficou de joelhos, posicionando-se na sua entrada. Observou a cabeça da companheira rolar para trás no travesseiro ao entrar com o pau na boceta molhada. Implacável, Dimitri continuou a chupar o broto inchado enquanto Logan bombeava dentro e fora dela.

Wynter lutou para respirar quando um segundo orgasmo a reclamou. Os olhos fecharam e ela viu Logan segurando os seus joelhos, entrando nela, a cabeça de Dimitri estava agora entre as suas pernas.

— Isso, porra, Wyn. Tão apertada. — Logan quase se esqueceu de onde estava, perdido no calor da companheira. Ele a viu estender as mãos às cegas para agarrar o cabelo de Dimitri. — D, a Wynter precisa de você.

Dimitri lambeu os lábios e se ajoelhou para poder ir até ela. Ele suspirou quando Wynter não perdeu tempo rodeando o membro teso.

— Segure-o, Wyn. Isso — Logan deu as coordenadas, ainda entrando e saindo dela.

— Dimitri, vem. Vem aqui — ela mandou, sem soltá-lo. Gemeu em protesto. Ele estava longe demais para o que tinha em mente.

Dimitri foi subindo até Wynter e se apoiou na cabeceira, perto dela. O que fosse que ela quisesse, ele faria, mas não iniciaria nada. Dimitri respirou fundo quando ela o puxou para si, passando a língua na cabeça bojuda. Ele fechou os olhos com força, preparando-se quando ela começou a chupá-lo.

Enquanto Wynter tomava a ereção de Dimitri na boca, ela olhava Logan nos olhos. Uma estocada forte a obrigou a arfar.

— Isso é um tesão do caralho, docinho. Chupe-o — Logan disse a ela.

Não podia acreditar no quanto era erótico vê-la desse jeito com o beta. Observou Dimitri lutar com o prazer, os olhos dele presos aos de Logan. Inesperadamente, nenhum ciúme ou possessividade foi registrado. Amor pelos dois era o que lhe puxava o coração. Permitiu que o próprio orgasmo se avolumasse, sabendo que ambos estavam muito perto.

Wynter se movia no mesmo ritmo de Logan, correspondendo a cada estocada. Não sendo mais capaz de manter os olhos abertos, chupou Dimitri com vontade. Relaxando no sabor dele, permitiu que ele fodesse a sua boca enquanto Logan fodia a boceta. A adrenalina de tudo a levou ainda mais na direção da paixão desenfreada. Gemeu e soltou Dimitri, percebendo que ia gozar de novo.

— Muito perto, Logan. Por favor — ela implorou.

Logan passou os dedos pelo clitóris dela. Em resposta, o canal trêmulo se fechou com força em volta dele. A respiração ficou mais ofegante, e ele lutou com a própria necessidade de gozar.

Wynter gritou quando foi assolada por outro orgasmo, deixando-a trêmula e se recuperando para encontrar a pélvis de Logan. Lutou para respirar enquanto os tremores continuavam a lhe atravessar o corpo.

Logan entrou e saiu da companheira devagar, a testa pressionada na dela e lhe deu um beijo profundo. Ele sabia que a mão de Wynter ainda segurava o pau de Dimitri, punhetando-o devagarzinho. Era surreal, unir-se assim a eles. Era uma única noite. Nunca mais aconteceria de novo. Mas, por hoje, ele teria a companheira e o beta do jeito que tinha imaginado, compartilhando os dois e um com o outro.

— Logan, está tão gostoso — ela arfou. — Ah, Deus.

— Você quer a gente, Wyn? — Logan perguntou, os olhos fixos nos dela. — A nós dois?

— Quero — ela sussurrou, assentindo. Mesmo que compartilhassem o momento com Dimitri, sentia-se mais próxima de Logan que nunca.

A respiração aquecida do alfa se transformou em um suspiro ofegante quando ele diminuiu o ritmo. Com a companheira no peito, notou que Dimitri tinha fechado os olhos, provavelmente tentando não gozar. Estendendo a mão para o beta, puxou-o pelo braço, colocou-o de lado para que a barriga ficasse rente à lateral do corpo deles.

— Venha, D. Precisamos de você — Logan o convidou.

Dimitri consentiu. Ele permitiu que o beta apoiasse a mão na barriga dela entre Logan e Wynter. O contato queimou, solidificando o relacionamento deles. Com a ereção pressionada no quadril da loba, beijou-lhe a lateral do seio. O olhar de Dimitri se fixou em Logan.

— Tem certeza? Logan? Wynter? — Dimitri precisava se certificar de que era aquilo que eles queriam.

Logan assentiu.

— Docinho, não há volta.

— Por favor, isso é tão… tão… eu preciso — ela gemeu no ombro de Logan.

Cada centímetro quadrado do corpo dela formigava de desejo. Perturbada, mordiscou o peito de Logan. A boceta doía, o corpo ansiava por mais. Gemeu, ciente que os caninos estavam se estendendo. A loba queria marcar o companheiro, ela não seria negada.

— Agora — ordenou.

Logan sorriu para um Dimitri de olhos arregalados. Achou graça que ele, o alfa, e o beta estavam recebendo ordens da sua feroz companheira na cama. Caramba, ela tinha ficado selvagem.

— Você a ouviu — Logan conseguiu dizer antes de beijá-la para que ela parasse de morder o seu peito com tanta força.

Precisava reivindicá-lo, sabia. A loba tinha exigido. E o seu lobo, traidor que era, rolou em submissão, esperando pela mordida. A besta peluda não poderia ter se importado menos se o beta estava ali ou não. Logan se sentou e colocou Wynter de bruços. Dimitri ajudou, tomando-a nos braços para que a cabeça descansasse em seu peito. Com a barriga dela pressionada na do beta, Logan puxou a cabeleira maravilhosa, lavando a sua marca com a língua. Minha. Deslizando as mãos pelas costas e costelas dela, Logan alcançou a garrafinha perto da cama.

Wynter sentiu o gel frio no traseiro e se contorceu na carícia de Logan. Enquanto ele enfiava um dedo escorregadio, e depois outro, no seu ânus, o fôlego ficou preso. Gemeu no peito de Dimitri, desfrutando do prazer de ser preenchida. Ondulando os quadris, encorajou-o a entrar e sair, esticando-a.

— Isso, não pare. Mais, eu preciso demais. Por favor, eu não posso esperar. — Ela esfregou o sexo na barriga de Dimitri, buscando prazer. Suspirou quando Dimitri atendeu a sua necessidade, deslizando os dedos por suas dobras, aplacando a dor.

Dimitri pensou que gozaria só por tê-la sobre ele. Mal podia esperar para entrar nela, mas Logan precisava ir primeiro.

— Isso, só relaxa no D. Sinta os dedos dele na sua boceta. — Logan ouviu o suspiro dela ao ver os dedos de Dimitri passarem pelos lábios rosados.

Retirando a própria mão de dentro dela, Logan lubrificou o membro, certificando-se de que estivesse todo besuntado. Devagar, abriu as nádegas e guiou o pau para dentro do buraco apertado. Devagar, entrou um centímetro. Com a força de um torno, ela o apertou. Ele a ouviu gemer em resposta.

— Está tudo bem, linda? — Apertada para caralho, ela era, Logan não tinha certeza se poderia continuar.

Wynter respirou fundo quando ele se empurrou pelo primeiro anel de músculos. Sem avisar, o ar escapou dos seus pulmões quando Dimitri, ao mesmo tempo, mergulhou um dedo no seu sexo. Quando a queimação passou, ela cravou as unhas nos ombros dele. Jurou que desmaiaria por causa da sensação incrível de ser arrebatada pelos dois.

— Não pare. Está tão bom.

Segurando-a pela cintura, Logan foi entrando devagar, até estar todo dentro dela. Inadvertidamente, os dedos de Dimitri deslizaram ao longo do membro de Logan através da membrana fina, fazendo-o parar. *Pelo amor da deusa.* Precisou de toda a sua força de vontade para não gozar. Mordeu o lábio, esperando que a dor o distraísse.

— Agora, D — Logan deu as coordenadas. Mal podia falar, com medo de gozar antes que começassem. Segurando-a pelos quadris, esperou Dimitri deslizar para dentro de Wynter.

Ela gemeu quando sentiu o beta pressionar nela. Puta merda, aquilo era incrível. Ao mesmo tempo preenchida e saciada, ela jamais esqueceria essa experiência pelo resto da sua vida, por mais imortal que fosse. Juntos, os homens começaram a se mover dentro dela, iniciando um delicioso pandemônio controlado apenas pelo poder do seu alfa. Fios de excitação percorreram-na da cabeça aos pés.

Elevando-se com os movimentos, esticou o pescoço para olhá-lo nos olhos. Os ofegos irregulares rompiam o silêncio do lugar enquanto ela sustentava o olhar dele. Logan curvou a cabeça para frente, oferecendo o que a loba queria. O pulso em seu pescoço clamava por ela, e antes que soubesse o que fazia, tinha cravado os dentes profundamente na pele dele. Ao fazer isso, Wynter rompeu, sendo arremessada para além dos limites da razão. Estremecendo, ela explodiu, o orgasmo fluindo por suas veias com incontrolável abandono.

— Eu vou gozar... ah, isso — Logan rosnou. Wynter pulsava ao redor do seu pau ao mesmo tempo em que o membro de Dimitri deslizava sobre o dele através da camada fina que os separava. *Porra, ela não iria soltá-lo*, Logan pensou. Uma doce agonia o reivindicou enquanto ela marcava a sua pele. Enrijecendo, ele se derramou profundamente na companheira.

Atordoada, Wynter ouviu Dimitri lhe dizer que ia gozar. Quando tentou sair dela, ela lutou com ele. Não, não o deixaria fazer isso sozinho. Em consenso, eles decidiram fazer amor. E aquilo significava que gozariam juntos.

— Não, Dimitri.

Cedeu à companheira do alfa. Bom Deus, a loba era persistente. E com o pau cravado profundamente na boceta dela, achou difícil discutir. Arfando, cedeu a ela, aos dois. Surfando a onda descontrolada, gozou com força, pressionando a cabeça tanto no ombro de Logan quanto no de Wynter.

Ela o soltou, permitindo que Logan a puxasse consigo para a cama. Aconchegou-se nos braços dele. A mente estava com dificuldade de acreditar no que tinha acabado de experimentar, ainda assim, nem um pingo de arrependimento nublava os seus pensamentos.

— Isso foi incrível — Wynter declarou, feliz, no peito de Logan. *Eu amo você.* Queria dizer a Logan o que sentia por ele, mas com Dimitri ali, não parecia certo.

— Foi sim. Deusa, linda, você vai me matar. — Logan riu, ainda tentando recuperar o fôlego.

— E a mim também — Dimitri concordou, arfando. — É bom isso ser uma experiência única. Não acho que a minha pobre imortalidade possa lidar com vocês dois com frequência. Wynter tem muita energia.

— Eu? — Ela riu.

— É, você. — Tanto Logan quanto Dimitri responderam, rindo junto com ela.

— Bem, não é culpa minha. Culpo a lobinha vermelha de quem vocês disseram que tanto gostam. Ela está um pouco excitada por estar por aí. Como eu poderia contê-la?

— Ah, Logan. Temo que sua companheira já esteja aprendendo.

— O truque mais antigo que existe, linda. Pôr a culpa no lobo — ele fez piada.

Wynter se sentia leve e cansada, mas saciada.

— Obrigada, a vocês dois. Não posso imaginar como seria fazer isso sozinha.

Dimitri se afastou e foi pegar uma toalha.

— Aonde você pensa que vai, beta? — Logan ainda não queria que ele fosse embora.

— Voltou em um minuto — ele falou, indo lá para fora.

— Por que eu não me sinto estranha com o que aconteceu? — Wynter perguntou a Logan. — E por que você não está com ciúme?

— Eu o amo, Wyn. Ele me deu apoio quando não havia ninguém mais. E você? — *Eu te amo... mais do que as palavras podem expressar.* — Você é minha companheira.

— Foi especial de verdade. Mas é você... você mudou a minha vida. — Os olhos dela marejaram. — Você me salvou. Se não estivesse lá... eu não sei...

— Docinho, qual é. Nada de lágrimas. Você foi espetacular. — Ele afagou o cabelo dela.

As lágrimas que caíram partiram o seu coração. Não era como se não entendesse. Ela tinha acabado de se transformar. A vida foi mudada para sempre. A parte humana que sempre conheceu não existia mais. Não havia volta.

Infalível, Dimitri deixou a porta bater e viu Wynter fungando. Pesando a situação, optou por fazer graça.

— Só estive fora por cinco minutos. Cinco minutos, e isso acontece? Não, não, não. Não vou aceitar.

Ele entregou a Logan umas toalhas quentes e ficou aliviado ao ver uma risadinha escapando de Wynter.

— Desculpa, eu só estava me sentindo... um pouco comovida. — Secou as lágrimas com o dedo e abriu um leve sorriso. — Viu, está tudo bem, sério.

— Você está bem agora? — Logan perguntou, com um roçar dos lábios nas costas da mão dela.

— Estou. Prometo — respondeu, baixinho.

Tinha sido um longo dia para todos eles, e ele sabia exatamente por que Wynter chorou. Ele a amava tanto, e como uma barragem rompendo, as emoções daquela noite os levaram a outro patamar. Quando começou a limpá-la com cuidado, imaginou se sua minúscula companheira tinha noção de que tinha o coração dele nas mãos.

Wynter se aconchegou nos braços de Logan, desejando que a noite jamais chegasse ao fim. Não podia parar de pensar no quanto o amava. Como se tivesse sido atingida pelas ondas de um tsunami, o coração foi levado pelo alfa.

CAPÍTULO VINTE E SEIS

Interessante, a Senhora pensou. Observou através do mato alto enquanto a loba vermelha prendia a branca. Absurdamente forte e alfa, deveria ser mais difícil matar Wynter do que tinha previsto. A Senhora sabia que a acuidade intelectual excedia em muito as capacidades físicas. Era exatamente por isso que precisava do vírus para subjugar os Lobos Acadianos.

Ela desdenhou, achando graça da demonstração de dominância. Era uma farsa. A Senhora, por meio da sua liderança amorosa, os ensinaria como era a verdadeira dominação. Não haveria mais desafios sob a sua soberania. Suas bestas de presas se acovardariam assim como os paranormais sanguessugas, que buscavam domínio sobre os lobos. O Directeur tinha atendido muito bem às suas necessidades, cumprindo suas ordens quando ela achava por bem. Mas até ele se tornaria obsoleto quando a Senhora assumisse o controle da alcateia. Por agora, no entanto, ela teria que se satisfazer com as fantasias.

Fascinada pela transformação de Wynter, esperava em ansiosa expectativa pelo dia que mataria a abominação que criaram. O sangue de Wynter estava pronto, completamente metamorfoseado pela transformação. Ele pertencia à Senhora. Como uma uva madura, era hora de colhê-la para o vinho, amassar a carne e tirar o suco. Sim, era hora da colheita. Sorriu de deleite. *Aproveite a vitória, Chapeuzinho Vermelho, os braços frios da morte logo virão por você.*

Logan xingou em voz alta quando viu o bilhete amassado.

Eu a pegarei em breve. Aproveite os últimos dias. A Scientifique é minha.

Que filho da mãe poderia ter entrado nas suas terras e jogado isso na sua porta? Tirou uma foto com o celular e a enviou por mensagem para Chandler e para Devereoux. Depois, ligou na mesma hora para Dimitri e insistiu para que fizesse uma pesquisa sobre o dono das instalações do laboratório. Frustrado, não pôde sentar e esperar que Devereoux descobrisse quem tinha mantido Wynter em cativeiro. Encontrariam o assassino sozinhos, sem o vampiro.

Pediu para Dimitri fazer outra varredura no notebook antes de entregá-lo a Wynter. Analisaram cada e-mail, cada byte de dados para ver se havia um padrão no fluxo de informações. A decisão mais difícil que Logan teve que fazer foi a de não dizer a Wynter sobre a mensagem agourenta que deixaram. Ela passou por tanta coisa nos últimos meses; não tinha coragem de deixá-la aflita. E, também, não havia nada que ela pudesse fazer quanto ao assunto.

Conforme esperado, a lobinha tinha ficado em êxtase quando ele mostrou o laboratório recém-construído. Era o mínimo que podia fazer, dadas as circunstâncias. Ela logo começou a pegar amostras de sangue, não de si mesma, mas dele e de Dimitri. Por pedido dele, Chandler doou o sangue também, e as amostras de Emma tinham sido enviadas de Nova York. Obcecada e determinada, Wynter trabalhou dia e noite.

Egoísta, Logan queria mais tempo com ela, mas o laboratório dava à companheira uma boa distração, e a mantinha na segurança da casa. Mesmo o assassino tendo descoberto onde ela estava ficando, Logan tinha reforçado a segurança, certificando-se de que ninguém entrasse sem a sua permissão. O lugar havia sido lacrado, evitando outros ataques. *O inferno congelaria antes que a tirassem de lá*, pensou.

A tarefa mais difícil estava sendo resistir à necessidade crescente que sentia pela companheira. A cada vez que faziam amor, ele se atrapalhava para dizer a ela como se sentia. Deusa, ele a amava. Mas queria que as memórias do amor deles fossem imaculadas e, naquele momento, ambos estavam obcecados com o assassino. O acasalamento deveria ser extraordinário e pacífico, não atado a lembranças de ódio e morte.

Nos últimos dois dias, Wynter não tinha feito nada além de trabalhar e fazer amor. Por mais maravilhoso que fosse, ainda não tinha voltado a dizer a Logan o que sentia. Sempre na ponta da língua, era como se estivesse esperando a hora certa. Continuava pensando que seria quando eles acasalassem, mas ele ficava adiando. Não estava certa sobre a parte técnica do acasalamento, mas a loba não estava nada feliz. Logan disse que queria esperar até que capturassem o assassino. Mas uma partezinha dela questionava a decisão. Por que ele não queria acasalar com ela agora? A loba não entendia, e nem ela. Por que não disse que a amava? Sendo sincera, sentia o amor dele a cada vez que sorria para ela ou que acariciava o seu cabelo, mas algo naquelas três palavrinhas... precisava ouvi-las, dizê-las a ele. Inferno, precisava contar para o mundo todo.

Enquanto olhava os dados, conteve a empolgação com a respiração suspensa. Embora o seu sangue tenha mostrado anormalidades se comparado às amostras do lobo típico, marcadores genéticos incomuns indicavam capacidades antivirais significativas. Havia extraído os genes, inserindo-os nas amostras de Emma. Por mais impossível que parecesse, seu sangue tinha, sem sombra de dúvida, irradiado o vírus. Dado que mutações aleatórias podiam ocorrer a populações humanas, concluiu que talvez o sistema imunológico de Emma tenha sido enfraquecido de alguma forma. Como sabia, o sangue da menina, uma híbrida, não se comportava como o de um lobo puro. Os genes humanos adulteravam os de lobo, que proviam a imunidade. Uma variação minúscula no código genético. Sua suposição inicial foi de que Emma tinha sido infectada de propósito, porém parecia ser uma teoria menos plausível do que a das mutações aleatórias.

Mas quem tinha modificado o sangue de Wynter geneticamente? E como? Por todo o tempo em que passou em cativeiro, eles tinham estado trabalhando em alterações genéticas suspeitando que isso curaria a doença de Emma? Se fosse verdade, o sangue de Wynter tinha sido cultivado por semanas, como se ela fosse uma placa de Petri humana. Não é de se admirar eles a quererem tanto. Mas como eles saberiam se o experimento tinha dado certo? Não dava para terem certeza de que ela tinha se transformado, não é? Se soubessem que a transformação foi um sucesso, iriam querê-la de volta... o seu sangue. Como uma posse, eles rastreariam o experimento e não parariam até recuperá-la. Com o vírus e o antídoto, seriam capazes de chantagear, extorquir e torturar outros como bem quisessem.

Assustada com a descoberta, Wynter inseriu a agulha na veia. Enquanto ela fazia a coleta, Logan bateu à porta. Era hora de dizer a ele. Queria que Jax, em pessoa, levasse o seu sangue para Emma. Enviaria instruções para dosarem o seu plasma na quantidade certa.

— Oi, docinho... ôpa, o que você está fazendo? — Logan perguntou.

— É o meu sangue. Estou fazendo os últimos exames. Eu estava certa — confirmou, com um sorriso contrito.

Logan a beijou na bochecha e logo recuou, dando espaço para que ela terminasse. Sentou-se à mesa perto de onde ela estava de pé, pegando um pacote de gaze na bandeja.

— Preciso enviar esse sangue para a Emma.

— Tudo bem. — A testa de Logan franziu com temor. O coração dela acelerou, e ele podia dizer que a companheira tinha chegado a alguma conclusão à qual não ia gostar de ouvir.

— Eles não vão parar de procurar por mim, Logan. Vão precisar do meu sangue. Eles me criaram... criaram a minha loba — ela começou.

— Não vou deixar que a levem. Eles não podem te pegar aqui — Logan a interrompeu. — Me escute; aquele filho da mãe pode ter feito algo contigo, mas isso não muda quem você é por dentro.

— Não vê? Minha estrutura genética foi alterada. Eu não sou igual a você. Eu não sou humana. Eu sou um monstro.

— Não, você não é. Pare com isso. Você é perfeita do jeito que é. Nunca pense o contrário.

Wynter balançou a cabeça. O sorriso desanimado não chegou a atingir o olhar, porque ela sabia a verdade do que tinham feito. Ela o amava tanto. Amava o fato de ele não se importar com o que ela era ou que a sua genética não era nem de lobo nem de humano. Mas sabia que o que sugeriria não cairia bem. Com um leve puxão, tirou a agulha do braço, aplicando pressão no buraquinho com um algodão. Mais tarde, pretendia tirar mais sangue, criar um estoque. Se algo lhe acontecesse, queria se certificar de que haveria o bastante para pesquisas futuras... para uma cura. Ainda mais determinada, secou o suor da testa.

Sem perguntar, Logan preparou o Band-aid. Ele pegou o seu braço com cuidado e colou o curativo.

Wynter suspirou e olhou nos olhos preocupados.

— Acho que precisamos me usar como isca. — Pronto, falou.

— Não — Logan disse firme, sem desperdiçar um segundo. *Que merda ela estava pensando? De jeito nenhum*, pensou.

— Por favor, Logan, me ouça. Ele está vindo atrás de mim. *Eles* estão vindo atrás de mim. Será mais de uma pessoa. Léopold disse que ele fez outros vampiros. De qualquer forma, não importa. Não quero esperar aqui como um alvo. Podemos me usar para atraí-lo, então você e Léopold podem capturá-lo. É a única forma...

— Não — Logan repetiu. Ele soltou o seu braço e reparou no último dos cinquenta frascos de sangue, do sangue de Wynter.

— Mas por que você não está dando ouvidos? Estou te dizendo, é a mim que eles querem. Eu sou o antídoto. Eles não vão desistir. Não sei como concluíram que o meu sangue curaria a Emma. Eles já podem estar com amostras do meu sangue pré-transformação. Eu não o testei, mas é possível que até na época as minhas células pudessem ter curado o vírus. Se fizermos uma armadilha... você estará lá. Eu não estaria em perigo, não de verdade.

— Eu disse que não. — Logan bateu a mão na mesa um pouco mais forte do que pretendia.

Não estava tão bravo com Wynter quanto estava com toda a situação. Mas ela precisava entender o quanto ele estava falando sério. Não a queria vagando por aí e fazendo tolices que colocariam a ela e toda a alcateia em perigo.

— E, para registrar, estou ouvindo. Mas, como alfa, tomei a decisão. Você não será usada como "isca", como você chamou de forma tão despreocupada. Pedi ao Dimitri para rastrear cada endereço de IP de cada e-mail enviado e recebido naquele notebook. Daqui a um dia, devemos ter a informação de que precisamos para verificarmos os padrões, talvez até identificar para onde eles foram depois que saíram de lá. Não podemos arriscar que algo te aconteça. Não, me permita dizer de outro jeito: eu não vou correr o risco de que algo te aconteça.

Ele voltou a olhar para os tubos cheios de sangue.

— Já estou preocupado de que algo esteja te acontecendo. O que há com toda essa quantidade de sangue, Wyn?

— Estou bem — ela o dispensou. Levantar-se rápido demais a fez bambear. Ele correu em auxílio e a pôs de volta na cadeira.

— Docinho, o que você está fazendo? — Logan se ajoelhou diante dela e expôs a parte interna do braço que estava com o band-aid.

— Eu disse que estou bem. — Ela se desvencilhou da mão dele e desviou o olhar. Na verdade, tinha tirado sangue demais, mas com a habilidade de cura sobrenatural, o equilíbrio estava voltando rápido.

— Fale comigo, Wyn. O que está acontecendo? — Logan balançou a cabeça. Maldita lobinha teimosa.

Uma lágrima ameaçou escorrer do olho esquerdo e ela com certeza a deteve com um dedo.

— Eu só… eu sei que eles não vão desistir. Não sei da doença de Emma. Se for uma anormalidade genética aleatória, então pode acometer a outro híbrido. As chances são pequenas, mas pensei que se pudesse estocar o bastante do meu sangue… eu não tinha bolsas aqui, nem uma intravenosa, então comecei com os tubos… — *Ideia mais idiota*, ela pensou. Uma nuvem de desespero choveu acima da sua cabeça.

— Linda, olhe para mim. — Logan esperou até que os olhos avermelhados encontrassem os dele. — Esse vírus… só sabemos de um lobo, um híbrido, que foi infectado. Você mesma me disse que não acha que ele foi mutado. O Jax vai levar o seu sangue para a Emma. Ele pode chegar lá em um dia. Quanto a todo esse sangue… — Logan fez uma pausa e olhou para os frasquinhos. — É admirável você querer estocá-lo para o futuro, caso sejam necessários. Eu entendi. Mas você não pode se punir por isso. Nem deveria se fazer virar uma almofada de alfinetes. Se quiser guardar algumas bolsas, nós encomendamos os suprimentos intravenosos e faremos com que aconteça, mas mais tarde. Nesse momento, no entanto, você precisa se cuidar. Está trabalhando sem parar, mal come e dorme. Eu preciso de você — ele disse, cheio de amor.

— É que estou tão preocupada. Algo vai acontecer. Algo ruim. Posso sentir. Preciso me certificar de que haja amostras o suficiente do meu sangue no caso… — Ela sabia que Logan só queria protegê-la, mas a sensação esmagadora e agourenta nublava os seus pensamentos.

Logan se recusava a reconhecer as suas visões. Era uma parte sombria dele que só dividiria quando ela estivesse em segurança. Na noite passada, o pesadelo voltou. Dessa vez, mais claro; o rosto de Wynter, o pescoço rasgado. O grito dele enquanto a vida era drenada do corpo da companheira. Voltando a se concentrar, esfregou o joelho e apoiou a testa na coxa dela.

— Sei que você está preocupada. Mas precisa confiar em mim. — Ele ergueu a cabeça e pegou as mãos dela. — Não vou te usar como isca. Eu te amo demais. Você não é só minha companheira, você é tudo para mim.

O coração de Wynter ficou preso no peito. *Ele a amava.* Enquanto as palavras saíam dos lábios de Logan, segurou o rosto dele, e ele beijou a palma da sua mão.

— Eu também te amo. Meu alfa, eu te amo tanto.

Logan a puxou para os braços, beijando-a na testa, as bochechas e, enfim, reivindicou os lábios trêmulos e macios. Devagar, incitou a sua boca a abrir, a língua encontrou a sua e se perderam no amor, reafirmando o futuro.

Corações explodindo com paixão, aproveitaram o tempo explorando e provando um ao outro.

Logan afastou os lábios, pressionando a testa na dela. Peito no peito, os lábios a meros centímetros um do outro.

— Quero que saiba o quanto desejo acasalar contigo. Eu te amo mais que a vida. Mas, quando completarmos o ritual, será sem medo, sem morte. Nosso dia, Wyn; não pertencerá a ninguém a não ser a nós mesmos, entendeu?

— Logan, nunca me senti assim em toda a minha vida. Eu me perguntei por que... por que não acasalamos. Eu não entendo tudo, mas a minha loba... ela está aqui. Quero ser sua companheira em cada sentido da palavra.

— E você será... para sempre. — Logan voltou a capturar os lábios dela, vertendo segurança e amor no beijo. Que as visões se danassem, ninguém a tiraria dele... nunca.

No dia seguinte, Fiona ligou para a casa perguntando se Wynter poderia ir à cidade fazer compras. Por mais que quisesse sair, ela e Logan decidiram que não era seguro. A pedido de Fiona, o alfa, relutante, concordou com um breve passeio de barco, permitindo que as meninas fossem pescar. Pensou que todos poderiam aproveitar uma hora ou duas para descansar. Depois de ficarem confinados em casa, os lobos estavam agitados. Ainda não tinha contado a Wynter, mas ele e Dimitri reduziram para umas poucas as locações em que suspeitavam que os assassinos pudessem estar. Essa noite eles planejavam fazer uma sondagem junto com Devereoux.

Quando Fiona entrou em contato com Wynter, ela ficou aliviada por um membro da alcateia ter mostrado interesse em conhecê-la. Antes de saírem, ela e Fiona tomaram um leve café da manhã tardio, falaram da morte de Dana e também do desafio de Luci. Wynter tinha ficado preocupada que as outras fêmeas interpretariam a agressividade como hostilidade, mas Fiona não demonstrou ressentimento. Em vez disso, explicou que mesmo ela e Luci sendo amigas, era assim que funcionava com os lobos. Fiona, no entanto, agradeceu por ela ter demonstrado misericórdia e não matado a loba.

Quando chegou ao cais, o otimismo de Wynter já tinha voltado. O sol do inverno brilhava, aquecendo a pele exposta. Logan roçou um beijo na sua bochecha, ajudando-a a entrar no barco. Ela deu uma olhadela no veleiro branco e vermelho, perguntando se ele era rápido. Percorreu o convés e acomodou-se num confortável assento de couro. Fiona a seguiu, trazendo um feixe de galhos amarrados em uma lona. Wynter sabia que tinha algo a ver com caranguejos, mas não tinha certeza do que era. Comendo Logan com os olhos enquanto ele preparava para zarpar, não pôde evitar notar a barriga bem definida que transparecia pela camiseta branca. Quando ele colocou os óculos escuros e pôs a mão na massa, Wynter sorriu do quanto ele era inconsciente de sua presença ultrassexy.

A elegante lancha rápida ronronou quando o alfa ligou o motor. Proteger Wynter era sua prioridade. De jeito nenhum a deixaria sair de barco sozinha com a Fi. A lobinha estava certa quanto a irem atrás dela. Apesar de não ver a carta com a ameaça que entregaram na sua casa, ela sabia. Se descobrisse a localização do laboratório com as novas informações, seria apenas uma questão de tempo antes de atacarem. Uma investida em plena luz do dia era improvável, mas o zumbido do motor de seiscentos cavalos sossegou a sua mente. Outro barco teria dificuldade para ultrapassar a lancha, mesmo se tentassem.

Sem que Wynter soubesse, Logan mandou Jake ficar de olho na costa norte, onde Fiona planejava colocar a armadilha para caranguejo. Sendo um atirador de elite treinado, ele examinaria o lugar, procurando problemas. Zeke assumiu o posto, pescando na velha doca Hanover, a uns dois quilômetros de onde planejaram parar. Parecia um monte de trabalho para um passeio no lago. Mas Wynter estava tensa demais, e ele sentia a inquietude da loba dela em resposta. A reclusão autoimposta estava cobrando o preço. Ele não foi feito para ficar trancado dias a fio. Mesmo na cidade, sairia, correria como humano. Sua casa dos sonhos parecia ter se tornado uma prisão. O ar fresco faria bem a todos eles e, mais tarde, ele e Dimitri voltariam a procurar pelo assassino.

Quando chegaram ao lago aberto, Wynter sentiu como se um peso tivesse sido tirado dos ombros. A alta velocidade do barco tinha sido emocionante. Era como se o vento em seu rosto tivesse soprado as teias de preocupação. Não lhe escapou o tanto de problema que Logan teve para que pudessem sair de casa. Parte dela sabia que ele só queria tirá-la do laboratório para que parasse de se obcecar pelo vírus. *O trabalho jamais seria feito*, pensou. Apesar disso, ficou tocada por ele a estar protegendo e se esforçando a esse ponto para que pudessem passar umas horas se divertindo ao ar livre.

Não demorou muito e chegaram ao local. Logan desligou o motor. O barco longo e estreito balançou na água. Fez sinal para as meninas irem em frente. Pegou a mão de Wynter e a ajudou a subir os degraus para que pudesse se deitar na proa. Ela tirou os sapatos, preferindo ficar descalça. Mesmo sendo fevereiro, era esperando que a temperatura chegasse aos vinte e seis graus, então tinha posto um traje de banho por baixo da roupa. Com cuidado, pisou na superfície lisa de fibra de vidro, abriu uma imensa toalha de praia e se acomodou. Fiona veio logo atrás, carregando o enorme feixe de galhos amarrados.

— Ei, garota, pode segurar essa corda para mim? — Fiona perguntou, deixando a lona azul se abrir na proa.

— O que você está fazendo?

— Ah, isso? É murta. Vou armar os galhos e jogar no lago.

Wynter lançou um olhar confuso para ela e olhou para Dimitri e Logan, que não pareciam nada surpresos. Achou engraçado ele não ligar nada para Fiona ter aberto uma lona imensa no brinquedo caro e reluzente. Amava que não importa o quanto fosse rico, no final das contas, Logan era bem pé no chão. Não era pretensioso, o que você via era o que era.

Fiona começou a amarrar os galhos e prosseguiu:

— É, os caranguejos jovens amam essa coisa. Eles entram aí dentro e depois a gente volta, puxa a armadilha e os tira dela. Normalmente, eu carrego a bagunça no meu barquinho, mas, já que não foi uma opção hoje, Logan disse que eu poderia trazer o equipamento. De qualquer forma, quanto aos caranguejos, nós os pegamos antes que a carapuça volte a crescer, aí comeremos caranguejo de casca-mole.

— Ah — Wynter exprimiu, impressionada. — Então... é... como você aprendeu a fazer isso?

— Com o meu pai. Algumas pessoas os vendem. Eu só como mesmo. São umas coisinhas saborosas — comentou, enquanto prendia os galhos. Puxando uma folha, amassou-a e entregou para Wynter. — Cheire.

Wynter pegou a mistura verde gosmenta e cheirou. Pensou melhor quanto a falar do pai de Fiona, lembrando-se do que Logan lhe contara.

— Mmm... que gostoso.

— É, não é? As pessoas usam isso há centenas de anos. É assim que fazemos. — Fiona olhou Wynter, que continuava a mexer na planta aromática. — Você é uma menina da cidade mesmo, né?

— Nascida e criada. Posso não saber pegar caranguejo, mas posso te levar de Midtown até o Soho mais rápido que qualquer um… até mesmo na hora do rush — ela fez piada. — Você já foi à Big Apple?

Fiona apertou os nós.

— É, já. Foi há poucos anos. Uma mostra de arte… evento de caridade. Eu me interesso por jovens artistas. Tenho uma galeria pequena no French Quarter. Bem, é mais um combo de galeria de arte com herbário. Tecnicamente, sou a curandeira da alcateia, mas isso não paga as contas — ela brincou.

— Vou amar ver a arte algum dia. Não passei muito tempo em Nova Orleans, mas a cidade é muito singular. Posso sentir a história falando com a gente, se entende o que quero dizer.

— Então, Wyn, como você está? O que eu quero dizer é… como está indo ser uma loba? — Fiona mudou o assunto, jogando o feixe na água. Um caranguejo vermelho em forma de bala se agarrou à superfície. Ela dobrou a lona.

— Só me transformei uma vez, mas, sim. O Logan… — Ela deu uma rápida olhada para trás. Não podia ver os olhos dele por trás dos óculos escuros, mas suspeitava que ele a observava. Wynter procurou as palavras certas para descrever a situação, sem saber o quanto contar para a outra. Fiona parecia amigável, mas também era amiga da Luci. — Vem me apoiando muito.

— Ah, é assim que vocês humanos chamam? Apoio? Aposto que ele tem apoiado muito… o dia e a noite toda, né? Olha só essa marca no seu pescoço. — Fiona revirou os olhos e relaxou na lateral do barco.

Wynter riu e, distraída, passou os dedos pelo ombro. Olhou para Logan, que sorria para ela. Decidindo ser sincera, ela se virou para Fiona.

— Ele é meu companheiro.

Pronto, falou. Ela tinha contado a uma pessoa, a uma amiga, sobre Logan. E foi libertador e bem coisa de menina. Queria que Mika fosse a primeira amiga para quem tivesse contado. Mas Fiona foi gentil ao levá-la para o passeio no lago, e se importou de como ela estava.

— E? — Fiona falou arrastado, com um sorriso travesso.

— E o quê? — Wynter perguntou, tímida.

— Você o ama? — Fiona sussurrou, como se estivesse se preparando para ouvir um segredo importantíssimo.

Wynter sabia que Logan podia ouvir palavra por palavra do que diziam, mas, ainda assim, Fiona insistiu pelo sussurro. Wynter achou engraçado, e começou a rir, Fiona também. Bem quando ia responder, algo chamou a sua atenção. A leste, um barco preto de porte médio vinha na direção deles.

— Ei, aquele barco lá. Está vindo em nossa direção — Wynter observou, em pânico. Até onde sabia, qualquer estranho era uma ameaça em potencial.

Logan pegou o binóculo. Um homem de short branco e camisa polo rosa lutava com as cordas do controle de vela enquanto uma mulher estava deitada no convés sujo de sangue. Suspeitou que ela tivesse levado um golpe da retranca. Até mesmo velejadores experientes eram suscetíveis a acidentes, mas, pelo que parecia, o homem no convés parecia perdido, as cordas espalhadas para toda parte. *Idiotas*. Quantas vezes aspirantes superconfiantes não alugavam um barco e acabavam precisando de resgate?

— Um turista — sugeriu Dimitri, depois de dar uma olhada.

— É, deve ser — Logan disse, vago. Abriu a escotilha de armazenamento e pegou a pistola. O alfa e o beta tiveram uma conversa sem palavras por causa da arma. — Só para garantir.

— Aqui vem ele. A cerca de cinquenta pés. Ele vai bater a estibordo — Dimitri avisou. Abriu o compartimento de armazenamento traseiro e tirou umas boias defensas de lá. Entregou uma a Logan e eles a amarraram nos cunhos para evitar danos.

— Firmes aí. Meninas, não se mexam — Logan disse, quando o barco se aproximou. Ligou o motor e destravou a arma. O barco reduziu quando se aproximou, batendo na lancha devagar.

O estranho parecia ter vinte e poucos anos. A camisa engomadinha estava pontilhada com manchas vermelhas. A mulher no convés estava imóvel, o rosto virado para longe deles.

— Ai, meu Deus, sinto muito, senhor. A retranca soltou. E a minha namorada está ferida. Juro que fiz umas aulas, mas não consigo mexer no rádio — ele tagarelou.

Foi uma boa interpretação, Logan pensou. Ainda assim, algo parecia estranho. Ele podia ouvir o zumbido do motor do outro barco. Farejou. Mais de dois cheiros preenchiam o ar, humano e vampiro. Logan sabia que embora os vampiros pudessem ser perigosíssimos durante a noite, eram praticamente humanos à luz do dia.

— Ficaremos felizes em ajudar. Mais alguém a bordo? — Logan perguntou.

— Não, senhor, só eu e minha namorada. Veja, ela levou um golpe feio na cabeça. Será que vocês não têm um kit de primeiros-socorros? O barco é alugado. Não consegui encontrar — ele falou, esfregando os olhos.

Mentiroso. Logan apertou ainda mais a arma.

— D, pegue o rádio e faça o chamado — deu a ordem.

Sem nunca tirar os olhos do rapaz, Logan reparou na mulher espalhada no convés, usando a visão periférica. Droga, ela estava imóvel. Odiava deixar alguém em perigo, ainda mais no meio do lago, mas pediria a outro barco para dar uma olhada. Sua preocupação imediata era afastar Wynter do estranho. Os barcos deslizavam lado a lado para que a proa ficasse nivelada, e Logan segurou o acelerador. Mas antes que pudesse disparar com o barco, Fiona se levantou rápido e saltou para o outro.

— Fiona — Wynter gritou, segurando o nada quando tentou puxá-la de volta. Wynter correu para a lateral do barco mais próxima de Fiona, estendendo a mão para a amiga, esperando que ela voltasse. — O que você está fazendo? Volte.

Tarde demais, Fiona já tinha ido até a mulher.

— O que parece que estou fazendo? Vou ajudar a garota.

Logan esteve tão concentrado no homem que não teve chance de deter Fiona. Que merda ela achava que estava fazendo? Curandeira da alcateia ou não, era melhor ela voltar para a porra do barco. Ele e Dimitri ficaram tensos com aquilo.

— Fi, volte para o barco agora — Logan deu a ordem, sem tirar os olhos do estranho.

— Mas eu posso ajudar a garota. Ela ainda está respirando. Pode ser uma concussão.

— Sem perguntas. É uma ordem. Volte para cá agora mesmo. — Logan rosnou.

Wynter observou a troca, prestando muita atenção na mulher. Podia jurar que ela não estava respirando. As mãos pareciam pálidas demais… cinzentas. Que cura Fiona achava que estava fazendo? A mulher estava morta.

— Logan — Wynter resmungou numa rajada de vento. Será que ele, também, podia ver que a mulher não estava viva? Ficou confusa.

O alfa não podia entender por que Fiona, uma loba naturalmente submissa, estava desafiando uma ordem direta. Não havia tempo para pensar na punição dela. Não, a única decisão era deixá-la no barco. Sabia que Dimitri não ficaria feliz, mas precisava levar Wynter para um lugar seguro. Algo não encaixava.

Fiona começou a mexer na mulher, colocando-a de costas, bloqueando a visão. Parecia que ela estava tentando algum tipo de manobra de ressuscitação.

— Preciso de ajuda — ela falou, ignorando Logan.

O estranho se ajoelhou ao lado de Fiona, como se oferecendo ajuda, então a puxou para si. Ele puxou uma arma, mirando na cabeça dela. Usando-a como escudo, colocou-a entre ele e Logan.

— Solte-a — Logan exigiu. Ele apontou a arma para o outro, mas não conseguiria um tiro certeiro.

— Não, acho que não. — Ele riu. — Sabe o que uma bala de prata pode fazer com o cérebro de um lobo? Uma bagunça. Talvez ela sobreviva. Talvez não.

— São dois contra um, idiota, solte a arma — Logan insistiu. Sentiu Dimitri às suas costas, também apontando a arma.

O estranho continuou rindo.

— Você me mata, eu mato a garota. — Ele puxou o cabelo de Fiona, fazendo-a gritar. — Vou te dizer uma coisa; a gente faz uma troca. Essa garota pela outra. — Os olhos foram para Wynter.

— Não vai acontecer — Logan rosnou.

Wynter começou a recuar, agachada. Chegou perto demais do outro barco quando tentou puxar Fiona.

— Não se mexa, Wynter — o estranho falou com ela.

Wynter congelou. *Como ele sabia o meu nome? Ah, Deus, não, eles vieram mesmo atrás de mim.*

— Tenho atiradores de elite em terra — Logan explicou, indiferente. — Você não vai conseguir escapar.

Como se Logan e Dimitri não estivessem no barco, o homem continuou falando com Wynter.

— Quer salvar a sua amiga, doutora?

— Como? — Wynter arfou.

— Perguntei se você quer salvar a sua amiga aqui? Sabe, esse lobos não são tão fortes quanto você pensa. Não é muito difícil matá-los, sério. Uma bala de prata no cérebro… vai levar meses para ela se recuperar. Não, uma transformação não conserta isso fácil, infelizmente.

— Não dê ouvidos a ele, Wyn — Logan gritou.

Wynter olhou para Fiona, cujas bochechas e pescoço estavam lavados em lágrimas. Não podia ver os olhos dela direito, pois a cabeça tinha sido puxada para trás.

— O que você quer de mim? — Wynter gritou para ele. Parecia que um túnel negro estava se fechando, não podia escapar. Não podia viver com o sangue de outro lobo nas mãos. Era sua culpa, eles terem ido atrás da alcateia de Logan. Sua responsabilidade. Ela quem deveria morrer, não Fiona.

— Mas você já sabe a resposta, não sabe, Dra. Ryan? Uma pena matar essa loba, mas vamos. Na verdade, vamos pegar toda a alcateia se for necessário, mas eu garanto, não vai acabar. Você pertence a ele? Ele não vai parar. Sei que ele vai gostar muito de matar o seu alfa. Não pense que não podemos capturá-lo. Deixamos um bilhete outro dia... bem na porta da casa dele.

Chocada, Wynter olhou para Logan. Não, aquilo não podia ser verdade. Logan teria contado a ela.

— Wynter, não dê ouvidos a ele — avisou. O rosto dela tinha ficado branco. — Saia da lateral do barco.

O estranho riu feito um maníaco.

— Estou vendo que o grande alfa está guardando segredos da companheira. É verdade. Na mesma noite que você se transformou, nós estivemos na casa dele.

— Logan? — Wynter perguntou. Quando ele não respondeu, soube que era verdade. Eles estiveram na casa dele? Bom Deus, se pudessem pegá-la lá, não haveria lugar em que não poderiam encontrá-la.

— Wynter, me escute, agora. Foi só um bilhete. Não tinha ninguém na casa. A Fiona vai ficar bem. Ela é forte.

— Você mente, alfa. Acha mesmo que eu traria uma faca para um tiroteio? Essas balas ocas vão acabar com o cérebro dela com um único tiro. Ela não vai voltar, não como costumava ser, de qualquer forma. Isso se ela conseguir se transformar depois. Não, essa garotinha vai estourar igual a fogos de artifício.

Wynter tentou ignorar o que ele dizia, mas não adiantou. A própria culpa lhe rasgou o coração. Ela ia ficar mesmo sentada ali e não fazer nada enquanto esse monstro dava um tiro na cabeça da Fiona? Deus, ela amava o Logan... tanto. Repassando o treinamento, considerou os fatos conhecidos, os dados. Verdade, Logan ficaria bravo se ela se sacrificasse por causa de Fiona. Mas o barco dele era poderoso, muito mais que um barquinho. Logan poderia segui-los, salvar a ela e a Fiona também, ficariam seguros. O mais importante era que se ela não fosse, outro acadiano morreria... por causa dela.

— A escolha é sua. Qual vai ser? Você ou a loba? — Ele cravou o cano na testa de Fiona, e a garota gritou.

Logan podia ver que Wynter estava perdida em pensamentos. Puta que pariu, ela estava pensando na proposta. Por mais que gostasse de Fiona, não podia perder a companheira. Prendeu a respiração e se lançou para conter Wynter, para impedi-la de ir. Dimitri foi pegar o acelerador.

— Sinto muito. — Wynter chorou baixinho ao saltar para o veleiro. Ela escorregou no convés e caiu de joelhos.

— Não! — Logan gritou. — Não, ele vai matar você. Volte para cá agora.

O corpo de Wynter bateu com força ao aterrissar. Ela lutou para ficar de pé, mas o homem lhe deu um chute na barriga. O rosto bateu na lateral da retranca, o que lhe cortou o lábio.

— Solte-a — Wynter rogou. O rosto latejava, mas conseguiu respirar através da dor. — Você não precisa da Fiona... só pegue o meu sangue. Pare... pare... farei o que quiser. Só a deixe ir agora.

O estranho riu com descontrole e atirou Fiona no chão. Com um solavanco, o motor rugiu e o barco acelerou. Wynter tentou empurrar Fiona para a água. Se pudessem sair do barco, teriam uma chance.

— Salte — disse a ela, mas Fiona se segurou firme no cunho.

Logan correu para o leme e empurrou o acelerador para frente. Não chegariam muito longe. Com a lancha, poderiam alcançá-los com facilidade e ele pularia para pegar Wynter. Mas o barco balançou poucos metros depois, e o motor morreu.

— Mas que porra? Esse barco é novinho. — Logan xingou, batendo no painel. — Assuma o leme. — Ele saltou lá atrás para verificar o motor de bordo. Em segundos, localizou a fonte do problema. — Merda. Há um talho na mangueira do tanque de combustível.

Logan virou e mirou no homem alto que tinha pegado Wynter pelo braço. Sabia que não poderia atingi-lo, mas o sujeito, com astúcia, a puxou para si, como um escudo. Mirando no motor, Logan disparou seis vezes na popa. As balas ricochetearam no motor barulhento. Quando o homem se moveu por instinto para a direita para olhar o dano, Logan voltou a puxar o gatilho, atingindo-o no ombro. Observou a pessoa de blusa rosa atingir o convés, mas não pôde mais ver Wynter, pois ela também tinha caído.

A dor percorreu o seu corpo quando os dedos a puxaram pelo cabelo, colocando-a de pé. O homem a puxou para si, segurando a arma contra a sua cabeça. Com as costas para o peito dele, olhou Logan, cujo barco ficava menor à medida que a distância entre eles aumentava. Um tiro alto sacudiu Wynter, e ela tentou livrar o corpo do aperto dele. Sangue espirrou quando mais tiros foram disparados. Ao sentir o aperto afrouxar, ela caiu no convés. Agarrou a superfície escorregadia, com a intenção de pular, quando o arrepio de uma segunda voz abafou a sua consciência. Quando teve um vislumbre do rosto familiar, o coração parou. *Era ele o Directeur?*

Um borrão de confusão, revolta e desesperança tomou o seu corpo. Não, aquilo não podia estar acontecendo. Wynter olhou para Fiona, que agora estava sentada confortavelmente, quase pacífica ao observar o horizonte. Desilusão. Traição. O Directeur agarrou Wynter, colocando-a de pé em seu abraço letal. Rezou para ter forças ao deixar a raiva tomar a mente. *Raiva era bom*, pensou. *Poderia ser a única coisa que salvaria a todos eles.*

O veleiro se afastou enquanto Dimitri e Logan assistiam sem poder acreditar. Uma maldita hora no lago. Quatro homens de guarda e, em questão de segundos, eles levaram Wynter e Fiona. Enquanto se distanciavam, o santuário de água doce com milhas de largura esconderia a rota de fuga. Logan gritou em agonia. A companheira se foi.

— Procure em cada porra de casa — Logan rosnou.

— Eu sinto muito — Dimitri falou.

— Não, D. Nada de palavras. Ações. Vocês — Logan apontou para Zeke e Jake —, cada barco. Cada membro da alcateia precisa estar a par. Quero cada lobo na antiga casa do Marcel. Não dou a mínima para quem esteja na cidade. Cada porra de lobo é para voltar imediatamente — deu a ordem. — Alguém foi até a marina hoje e cortou a mangueira. Quero ver o vídeo agora.

Irado, Logan andou para lá e para cá enquanto gritava ordens. Alguém o traiu, tinha certeza. Primeiro a bomba no carro. Agora isso. Não, não era coincidência aquela mangueira estar cortada. Tinha sido uma ação deliberada para que eles tivessem combustível o suficiente para chegarem ao local, mas não o suficiente para voltar. Quem quer que tenha feito isso, sabia exatamente o que estava fazendo e quanto tempo ficariam no lago. Pode ter sido um vampiro que matou a Dana, mas foi um lobo que ajudou a coordenar o sequestro de Wynter. Ninguém além dos seus próprios lobos teria acesso ao barco.

— A alcateia chegará ao Marcel em breve. Quer vir junto? — Dimitri perguntou, tentando bloquear a emoção que sentia emanar de Logan. A ira cáustica do alfa se infiltrava pelo seu cérebro como se fossem os próprios pensamentos.

Logan recusou. Por mais que amasse D, não podia suportar ficar perto dele. Mal estava contendo a sua besta enquanto a ira desenfreada aumentava. Não seria bom para Dimitri estar tão perto assim.

— Vou de moto. Vá no SUV. — Logan parou e esfregou os olhos. — Sério, D. Isso acaba hoje. Eu vou revirar esse brejo todo atrás dela. Wynter tem que estar em algum lugar. Cada marina foi protegida. Ninguém poderia pousar senão no aeroporto. O Jake enviou homens para verificar os postos avançados ao longo do lago. Não, quem quer que tenha feito isso, ainda está aqui.

— Ei, estou nessa contigo, mas estamos falando de centenas de acres de pântano. No escuro. Eles podem ter parado em qualquer lugar, entrado num carro e ido embora.

— Não — Logan rosnou. — Wynter está aqui. Eu posso sentir.

— Mas por que eles ficariam aqui… não faz sentido. Logan, eu acho…

— Porque eles a matarão. Eles não precisam mais dela. Meu palpite é que agora que ela se transformou, tudo o que querem é o sangue dela. — Ele respirou fundo e suspirou, tentando pensar com clareza. — Mande mensagem para o Devereoux. Quero ele aqui agora. E, antes que pergunte, não me importo como ele chegará. Mande o helicóptero, se for necessário. A frente dele é responsável por essa merda. Eu o mato com as minhas próprias mãos se ele não fizer a própria parte e você pode me cobrar isso.

Dimitri pegou o telefone e começou a fazer ligações. Logan foi até o cofre de armas que ficava na lavanderia. Pegou várias pistolas e munições e prendeu no cinto. Preferia ir como lobo, mas não se arriscaria. No *bayou*, o lobo poderia não ser capaz de chegar à margem rápido o suficiente. Uma bala, no entanto, podia.

Quando chegou à casa de Marcel, Logan estava convencido de que sabia quem tinha sabotado o barco. Feroz, o lobo buscava vingança. Nada além de ter a companheira em segurança em seus braços aplacaria a fúria. Desligou o motor e saltou da moto.

— Espere, alfa — Jake chamou às suas costas.

— O que você descobriu?

— Eu não sei… não faz sentido — Jake se esquivou, sem acreditar no que viu no vídeo.

Luci correu até Logan, olhando para baixo.

— Alfa — ela o cumprimentou.

Ao vê-la, Logan perdeu o controle. Se alguém tinha um motivo para atacar Wynter e ele, era Luci. Deveria ter reconhecido o comportamento agressivo. Como ela entrou em contato com os vampiros, não sabia, mas estava prestes a descobrir a porra da razão.

— Aonde você pensa que vai? — Quando Luci se virou para se afastar, Logan a agarrou pelo braço.

Jake se meteu entre eles.

— Jake, saia da minha frente. Isso é entre Luci e eu — ele rosnou.

— Mas, alfa — Jake começou.

— Eu te disse, Luci e eu temos assuntos a resolver. — Logan voltou a olhar para ela. — Eu deveria ter sabido que não deveria ter deixado você ficar na alcateia. Você esteve louca para acabar na minha cama desde que ele morreu. Sério, você sequer gostava do Marcel? Agora me ouça com atenção, só vou perguntar uma vez. O que você fez com a Wynter?

— Eu não fiz nada... juro. Não fui eu. — Ela chorou.

— Onde. Ela. Está?

— Eu não...

Jake colocou a mão sobre a de Logan, arriscando uma briga. Não podia permitir que ele continuasse atrás de Luci, mesmo que ela merecesse cada grama da ira dele.

— Alfa, por favor. Você precisa ver isso — ele rogou.

— O que foi? — Logan perguntou. Os olhos brilharam.

— O vídeo. Seu barco. Não foi a Luci. Mas outra pessoa da alcateia está aqui... eu sinto muito — Jake falou, balançando a cabeça.

— Quem? Quem fez isso? — Logan exigiu saber.

— Veja por si mesmo. — Jake mostrou o iPad e apertou o play.

Logan não podia acreditar. De todas as pessoas na sua alcateia, não fazia sentido. A pessoa nem sequer tentou se esconder da câmera. Em vez disso, depois que cortou a mangueira, o culpado olhou dentro dela de propósito, e sorriu.

CAPÍTULO VINTE E SETE

A loba de Wynter gania com uma dor agonizante, implorando para se transformar. Por instinto, sabia que uma transformação curaria os ferimentos, mas quando conjurava a loba, nada acontecia. A cabeça rolou para trás sobre algo duro e ela lambeu os lábios machucados. Uma crosta com gosto de ferro encontrou a sua língua. Sentia-se pesada, drenada. Deslizou a ponta dos dedos pela lateral do corpo e sentiu metal na sua cintura. Ela balançou a cabeça, obrigando os olhos a se abrirem. Ao olhar para o torso, ficou chocada ao ver o espartilho prateado de cota de malha que havia sido atado ao seu corpo. Puxou as emendas, mas não conseguiu fazer a coisa se mover.

A letargia não a impediu de esquadrinhar o cômodo, buscando uma dica de para onde a tinham levado. *Uma cabana dilapidada? Seria a cabana na qual estiveram na noite em que se transformara?* A ausência dos mosquiteiros na janela e a madeira podre lhe diziam que não. Ouvindo, como Logan lhe ensinara, pôde escutar as cigarras, mas nada além disso. Só encontrou o silêncio. Sabia, no entanto, que devia estar em algum lugar no pântano.

O plano tinha dado muito errado. Perguntou-se o que aconteceu com Logan. Não havia como aquele barco ter ido mais rápido que o dele. Por que ele não foi atrás dela? Será que o balearam como tinham ameaçado fazer com Fiona? Wynter deteve o soluço borbulhando no peito. Precisava guardar energia. Precisava fugir.

— Você está bem? — Wynter ouviu a pergunta e olhou para Fiona sentada em uma cadeira.

Parecia que as mãos dela tinham sido amarradas para trás. Mas havia algo estranho no comportamento e na postura da outra. No barco, depois que Wynter tentou saltar, ela tinha ficado. Então, em minutos, a loba relaxou no barco, quase como se estivesse tranquila, satisfeita. Mas, agora, Fiona estava amarrada. Teria Wynter imaginado aquilo? Não, sem dúvida havia algo estranho no comportamento de Fiona e, até mesmo agora, o rosto dela brilhava. Ao contrário de Wynter, cujo rosto estava machucado e inchado de chorar, a pele de Fiona estava clara. Mas por que ela ajudaria os vampiros? E por que estava bancando a vítima, a não ser que fosse uma?

— Estou bem. Não posso me transformar. O que é essa coisa? — Wynter perguntou, tentando bancar a sonsa.

— Prata — Fiona respondeu, sem sequer olhar.

— Nossa criptonita.

— Oi?

— Um lembrete de quando era humana. Superman.

— Não vai te matar — Fiona disse, com um olhar gelado. — O vampiro. Ele quer saber o que você sabe sobre o vírus.

Wynter abriu um sorriso irônico e soltou uma gargalhada amarga.

— Aposto que sim. Bem, desejo a ele boa sorte.

— Você tem que dizer a ele. Ele prometeu que te soltaria.

— Não, ele prometeu que te soltaria. E não soltou. Você ainda está aqui, Fiona. Ele é um mentiroso.

Fiona revirou os olhos.

— O homem no barco? Ele não está no comando. Estou falando do Directeur.

— O quê? Como você sabe sobre esse nome? — Wynter exigiu, tentando ficar de pé. Dobrou os joelhos e puxou o peso para cima, apoiando-se na parede frágil.

— O próprio Directeur me disse. Ele quer saber se você conseguiu curar o vírus da Emma — Fiona falou, sem demonstrar emoção.

— Como você sabe da Emma? — Wynter se viu aos gritos.

— Ele me contou. Disse que ela está doente, mas que o seu sangue a curará.

Wynter fechou os olhos e respirou fundo. Ele sabia do seu sangue, como suspeitava. Ela foi atingida por uma onda de náusea, e lutou para não vomitar.

— Ele viu o alfa de Nova York em Nova Orleans. Sabe que você mandou sangue para a Emma... o seu sangue. Ele te vigia... o tempo todo. Então, me conte, deu certo?

— Sim... deu sim. E por que você se importa, Fiona? Ele te amarrou. Por que você está me fazendo essas perguntas?

— É verdade, então. Você descobriu uma forma de modificar o vírus? Deixá-lo portátil?

Wynter se sentiu gelar. Fiona estava a par dos detalhes... detalhes que ninguém além dela e de Logan sabiam. E ela não tinha saltado do barco. É tudo parte do espetáculo? Mesmo se algum dia Wynter tivesse chegado perto de isolar o vírus, permitindo que outros o injetassem, jamais diria a uma alma. Morreria antes.

— Não — mentiu. — Eu não estava trabalhando nisso. Emma está curada; e é tudo o que importa.

— Ele sabe como fazer isso. Encontrou uma forma nos dias em que você esteve ausente. Sabia que ele também é um cientista? Talvez seja por isso que a reverencie tanto?

— Como? — Wynter não podia acreditar nas palavras de Fiona.

— Tem sido ele o tempo todo. A companhia dele. A pesquisa dele.

— Por que você está me contando isso? Como sabe tanto sobre ele? Eles iam te matar lá no lago. Por que não pulou quando falei para pular? — A voz de Wynter ficou tensa. Olhou para a porta. Tão fraca, mas se pudesse chegar até lá fora, talvez encontrasse algo que removesse a prata.

— Acho que é hora — Fiona disse. Ela se levantou da cadeira e colocou as mãos nos quadris. Ilesa e muito saudável, lançou um sorriso maligno para Wynter antes de bater palmas. — Entre.

A porta se abriu e um vampiro alto e bonito entrou na sala. Ela o conhecia... Sim, o homem do barco. A mente nadou com possibilidades. Não, ela o conheceu antes... no clube... com Léopold. Chocada, Wynter tentou correr, mas, com facilidade, Fiona entrou na sua frente e a empurrou para o chão.

— Você... você... como você pôde? E, Fiona... o Logan vai te matar. — Wynter respirou fundo. De quatro, ela olhou para o vampiro.

— Ela é ingênua, não é? — Fiona se limitou a rir.

— Você e Phillip não deveriam ter machucado a garota. Olhe só o que você fez, Senhora. Não pode tratá-la desse jeito se ela vai trabalhar para mim. — O vampiro lançou um olhar desagradável para Fiona, claramente nada feliz.

— Trabalhar para você? Está de brincadeira comigo? Por que a ViroSun se envolveria com algo assim? Quem é você? — Wynter riu e chorou ao mesmo tempo. Virou de costas, incapaz de se levantar.

— Querida *scientifique*, uma pergunta de cada vez. Posso? — Ele pegou um lenço imaculado do bolso do terno e tentou entregá-lo a Wynter. Ela o afastou. — Muito bem, então. — Bufou. — Vamos começar pelo início, sim? Meu nome é Étienne. Étienne St. Claire, filho de Kade Issacson criado por Léopold Devereoux. Como a minha Senhora me apresentou, eu sou o Directeur.

Ele andou para lá e para cá, deixando as mãos fazerem movimentos extravagantes.

— No entanto, há uma pequena discrepância que você deveria saber... veja bem, nós não somos a ViroSun nem nunca fomos. Verdade, eles existem, forjamos a documentação para te fazer acreditar que estava trabalhando para eles.

— Não, eu fui à entrevista. O prédio, o escritório... fiz uma entrevista com eles. Me encontrei com pessoas. Não é possível. — Wynter balançou a cabeça, confusa.

— Ah, bem, tudo armação, sinto informar. Uma despesa necessária para te fazer acreditar que estava trabalhando para eles. Você estava tão ansiosa para encontrar uma cura para a sua amiga.

— Mas como você soube?

— Vou a Nova York com frequência. E, para a minha sorte, fui em uma das suas palestras. Achei o assunto cativante... pensar que alguém, um sobrenatural, podia ser infectado por um vírus felino. Ela fala muito bem — ele disse a Fiona, que revirou os olhos e fingiu olhar as unhas. — Não demorou muito para encontrar a sua "Participante X". Foi fácil conseguir os registros médicos e o sangue da Emma no hospital. Posso ser muito convincente.

— Mas eu estive trabalhando... o laboratório. Havia outros comigo — Wynter relembrou.

— Havia? Nós a mantínhamos isolada. Você se lembra de ter encontrado alguém depois que insistiu em ir embora?

Sem saber o que dizer, Wynter fechou os olhos. Como uma grande ilusão, a cortina foi aberta e ela, tola que era, foi vítima de uma grande farsa. Como isso pôde acontecer? Pesquisou a empresa. A entrevista estressante foi feita em um dos arranha-céus mais notáveis do centro da cidade. Eles fizeram uma checagem de antecedentes intensa, entrevistaram amigos seus, o Jax.

— Minha *scientifique*, você está ouvindo?

— Pare de me chamar assim! — Wynter gritou.

— Mas você é tão especial — ele insistiu, passando um dedo longo pelo seu cabelo. — Sério, querida, achou que ficaria longe de mim por tanto tempo assim? A Senhora é poderosa, mas, devo confessar, fiquei caidinho por você, igual a um garotinho.

— Verdade — Fiona cuspiu com desgosto. Ela franziu a testa. — Ele está bastante obcecado. Demais.

— Mas estou divagando. Veja bem, Fiona e eu nos conhecemos aqui em Nova Orleans. Ela é uma bruxinha desonesta, mas não é muito forte. O poder não vem com facilidade em uma alcateia... músculos em vez de cérebro e tudo o mais. E, quanto a mim, digamos que é tedioso ser o faz-tudo do Kade. Mas se pudermos usar esse vírus nos lobos, bem, dá para extrapolar com certa facilidade... os vampiros podem ser os próximos.

Wynter tremia descontroladamente e esfregava os olhos. Sentiu as extremidades ficarem frias. O homem era louco? Não havia como um vírus animal ser transferido para vampiros.

— Sei o que você está pensando. A doença da pequena Emma é uma mutação aleatória... não poderia afetar vampiros. Mas a mutação é só a fagulha de que precisamos para fazer dessa descoberta um sucesso explosivo. Precisamos pensar grande... pesquisar novas formas de modificar a estrutura genética daqueles que são invencíveis. Como conseguimos provar, até os humanos podem ser transformados.

— O que você fez... com as minhas células? Eu preciso saber — Wynter rogou, a voz mal era audível. Ela encarou os orbes negros e frios. — Você é doente, sabia?

— Ora, ora. Não precisa ser desagradável. Deveria ser grata pelo que fiz a você. Eu te dei um presente. — Ele sorriu, orgulhoso.

— Grata. Você está de sacanagem? — Wynter tossiu, puxando, nervosa, os próprios cabelos. Sentia como se fosse ela quem estivesse ficando louca. Como isso podia estar acontecendo?

— Eu te disse, querida. Sou um cientista. Venho brincando com a genética há muitos anos. Não é bem uma tecnologia nova. Já faz um tempo que os humanos vêm alterando os alimentos, desenvolvendo colheitas geneticamente modificadas e tudo o mais. Elas são resistentes a pragas, ervas daninhas e afins. Até obtiveram sucesso desenvolvendo órgãos animais para possíveis transplantes. O que fiz contigo foi ligeiramente mais complicado, mas segue a mesma lógica. A microinjeção do DNA recombinado foi bem fácil, uma vez que meus vampiros te subjugaram. Sério, não houve dor. É claro, ao contrário dos humanos, a ética não impede os meus experimentos. Não, minha querida, isso... sua transformação genética é criação minha e só minha... embora eu deva a contribuição genética a Fiona. Ela não é uma desmancha-prazeres. No fim, você se saiu um transgênico fabulosamente forte, não concorda?

Incapaz de manter a bile do estômago, Wynter virou a cabeça para o lado. O que estava no estômago espirrou no chão e ela tossiu e secou a boca. Ouvir os detalhes horríveis do que ele tinha feito confirmou as suas suspeitas. Para sempre alterada, sua estrutura genética tinha sido modificada para ser a de um lobo. Ela foi um experimento, nada mais, nada menos.

— E devo dizer que minha teoria se provou correta. Seu sangue cura o vírus que aflige a híbrida. Mas ainda tenho um probleminha. Venho trabalhando nisso, é claro, e estou muito perto, mas preciso ser capaz de transferir o vírus para um lobo puro. Por alguma razão desconhecida, a mutação aleatória não é forte o bastante para ser transferida. E, por isso, minha querida, é que preciso de você.

— De mim? Do meu sangue? — Wynter sussurrou.

— Bem, é claro que precisamos do seu sangue. Em grande quantidade. Mas eu preciso da sua mente, querida. Contigo ao meu lado, fazendo a pesquisa, podemos fazer história juntos — explicou, sentando-se.

— Você enlouqueceu? Eu disse que não sei de nada. E, mesmo se soubesse, não diria a você — atirou.

Étienne grunhiu. Agarrando Wynter pelos braços, ele a ergueu longe do chão e os dedos dos pés roçaram as tábuas. Ele a olhou nos olhos, a poucos centímetros do seu rosto.

— Você vai. Ou já se esqueceu do que costumava acontecer quando você se recusava? Talvez precise de um lembrete — ele zombou, mostrando as presas. — Não posso expressar quanto tempo esperei. Não ouvirei não.

Sem outra palavra, Étienne puxou Wynter para si e cravou os dentes em seu pescoço.

Uma dor lancinante se espalhou pelo seu corpo. Ele não só tirou o seu sangue, pareceu que ele tirava a própria essência da sua vitalidade. Otimismo. Esperança. Amor. Tudo tinha sido drenado pelo monstro sugando sua energia vital. Os lábios pálidos se abriram em um grito silencioso cujo som tinha ficado preso em seu peito. Wynter fechou os olhos com força, os dedos cravando nos braços em um esforço inútil de se desvencilhar dele. Como uma boneca de trapo presa em um gancho, não conseguia se libertar. O laço se apertou ao redor de seu pescoço, e ela lutou para respirar. Envolvida pelo mal, rogou a Deus para levar-lhe a alma.

Fiona quebrou uma cadeira nas costas de Étienne, fazendo-o soltá-la. Quando ele ergueu a mão para esbofetear Fiona, ela segurou um pedaço de madeira afiado nas costas do vampiro.

— Seu tolo — ela acusou. — Precisamos do sangue dela para ser testado, para o antídoto, e você não pode se controlar por cinco minutos, porra. É por isso que precisa de mim. Você não tem nenhuma disciplina.

Como se estivesse levando bronca da mãe, Étienne se afastou das duas e abaixou a cabeça.

— Mas é claro, Senhora. Peço desculpas. Ela me tenta muito.

— Volte a tocá-la e eu cravo uma estaca em você e na monstruosidade que criou. Acha que preciso de você? Isso... tudo isso — ela prosseguiu, olhando ao redor da sala como se olhasse para um lugar mágico — é obra minha. Eu te procurei, não o contrário. Eu tracei o plano, não você. E você não vai ferrar com tudo, está ouvindo? Agora pare de foder com ela, leve-a até o computador. Temos talvez umas três horas antes que Logan nos rastreie, e quero estar fora daqui.

— Seu sangue, Dra. Ryan. Tão selvagem e pungente. — Étienne olhou feio para Wynter que soluçava no chão. — Creio que a mutação genética tenha elevado a sua contagem de plaquetas, porque me sinto energizado.

— Dá para parar com toda essa pompa e começar a trabalhar? — Fiona implorou.

— Levante-se — Étienne forçou, puxando Wynter pelo braço. Ele a arrastou até a mesa, pegou-a e endireitou-a na cadeira. Notando que o pescoço ainda sangrava, ele deu uma rápida olhada para Fiona antes de passar a língua pelo ferimento. Lambeu os lábios. — Viu, estou bem controlado agora.

— Se você beber dela enquanto eu estiver fora, considere-se morto — Fiona avisou. — Vá em frente, vou te deixar sozinho. Logan e a alcateia vão acabar contigo, entendeu? Sou a única que sabe como sair daqui. Consiga os dados e vamos dar o fora.

— Sim, Senhora. — Étienne se rendeu. Ele deu um tapa na cara de Wynter e virou o notebook para ela. — Acorde, *scientifique*. Hora de trabalhar. No que quer que você tenha trabalhado na última semana, quero os registros agora. Proporções sangue x vírus para a cura, portabilidade viral, tudo. A Senhora não vai me permitir outra prova desse sangue delicioso, mas ela não falou nada sobre tortura.

— Melhor. Você é um bom menino — Fiona elogiou. Ela ergueu a mão para afagar o cabelo de Étienne. — Agora, preciso ir lá fora dar uma olhada no barco. E em Phillip. Vou desamarrá-lo agora.

Satisfeita com a obediência dele, Fiona sorriu para si mesma. Quando a porta da cabana bateu às costas dela, a loba olhou para Phillip, a cria de

Étienne, que estava amarrado em um cipreste, a corda de prata ao redor do pescoço presa com tanta força que ele não podia mais falar. O cheiro acre da carne queimada permeava o ar. Ela sorriu, pegando algumas lascas da estaca fragmentada que tinha criado com a cadeira quebrada. O olhar arregalado de Phillip deixou rastros de sangue em seu rosto. Fiona se ajoelhou diante dele, tendo o cuidado de não sujar a saia.

Phillip cumpriu o seu papel no barco. Uma pena ele ter que morrer, considerando sua performance espetacular. Como Fiona suspeitara, Wynter mordeu a isca da farsa orquestrada, linha, anzol e tudo. É claro que a mulher no convés estava morta. Felizmente, Phillip tinha deixado sangue suficiente espalhado para fazer tudo parecer verossímil. Como um hábil orador, fez o discurso e convenceu Wynter a se entregar em troca de Fiona. Humanos de coração mole. No funeral, Fiona tinha visto a culpa estampada no rosto de Wynter. Logan, por outro lado, estava prestes a deixá-la. Como suspeitava, ele tinha escolhido a companheira em vez de a ela, uma loba puro-sangue; mais uma razão para ele não ser o alfa.

Mas ela jamais seria a alfa dos Lobos Acadianos enquanto as velhas leis da alcateia ainda imperassem. Não era forte o bastante para desafiar a maioria das fêmeas, que dirá a um macho. Até mesmo o pai, um macho viril, não foi capaz de subjugar Marcel. A morte tinha sido a sentença para o desafio. Seu plano tinha começado como uma vingança pela morte dele. Convencer Calvin, o beta de Marcel, de que ele merecia ser alfa quase não precisou de esforço. Afagar o ego do homem, plantar a semente do sonho de cuidar dos acadianos tinha sido ridiculamente fácil. Teria sido simples bancar a fêmea alfa com Calvin. Mas não, não, não. De forma inesperada, Logan tinha intervindo, matando Calvin e a sua única chance de assumir a alcateia.

Apesar do imprevisto, alterou o plano; dominar o vampiro acabou sendo uma decisão genial. Conheceu Étienne anos antes, permitiu que ele transasse e se alimentasse dela. Quando ele lhe contou a história do lobo doente, a ideia lhe surgiu feito um raio. Se pudesse controlar o vírus e o antídoto, controlaria a alcateia. Étienne, cansado de ser lacaio de Kade, tinha o mesmo objetivo: poder. Ele se imaginava um cientista habilíssimo e aspirava entrar para a história. Encenou a fantasia dele, o tempo todo direcionando suas ações.

Seu único erro foi confiar nele para isolar o vírus, para transformá-lo em uma arma. Mesmo Wynter não tinha conseguido produzir o vírus de um jeito que ele pudesse ser injetado, engolido ou usado de outra forma para infectar outro lobo. Mas esse pequeno contratempo não impediu Fiona. Enquanto percorria volumes de pesquisa genética e viral, acreditou que era só questão de tempo até um pesquisador fazer a descoberta. Não mais convencida de que essa pessoa seria Wynter, planejava matá-la depois que conseguissem a informação sobre o antídoto. Eles a drenariam e usariam o sangue para pesquisas futuras.

A fascinação de Étienne pela garota tinha ficado perigosa. Não havia como Fiona deixar a loba viva. Logan jamais pararia de procurar pela companheira. Mesmo se o alfa não fosse atrás deles, arrastar Wynter pelo pântano não era uma opção. A fuga oportuna seria fundamental. Depois disso, esperariam, revisariam dados, conseguiriam um novo cientista e transformariam o vírus em arma. Assim que o tivesse pronto, atacaria Logan. Então voltaria para assumir a alcateia.

Perdida em pensamentos, olhou Phillip com falsa simpatia. Lá no fundo, tentou conjurar empatia, mas não conseguiu. Sabia que deveria se importar com o destino dele, mas não podia. A apatia tinha sido a beleza da sua estratégia. Todas essas mortes, e ela não se arrependia. Supunha que o mais próximo que sentiu de culpa foi quando encomendou a morte de Dana. No funeral, tinha sido uma atriz magnífica, e o tempo todo não foi capaz de sentir nada. Tinha sido necessário matá-la. Não poderia permitir que a meia irmã híbrida revelasse os resultados dos exames de Wynter.

Ao longo da última semana, obrigara Étienne a matar cada um dos vampiros que ele criara. Fez pouco caso quando o sanguessuga amarrado choramingou aos seus pés. Pobre Étienne, tolo que era, acreditava que levariam o vampiro de camisa rosa junto. De todos os que ele foi imprudente de criar, ela supunha que Phillip tinha sido o mais útil do bando. Felizmente, Étienne tinha acreditado na sua mentira de que poderia ficar com a sua querida criatura. Ele teria lutado com ela quanto à decisão de matá-lo. Mas precisavam se mover como o vento. Já seria difícil fugir em dois. Fiona pensou que quase sentiu um fiozinho de compaixão quando cravou a estaca profundamente no coração sombrio de Phillip. Mas quando o rapaz se transformou em cinzas, ela deu de ombros. Limpou a poeira das mãos e sorriu, feliz por não ter sentido absolutamente nada.

— Fiona. Mas que diabos? — Logan não podia acreditar no que via no vídeo.

— Hoje no lago — Dimitri começou.

— Ela saltou para o outro barco. Pensei que tivesse enlouquecido. Mas ela fez de propósito, para atrair a Wynter. Ela sabia que a Wynter se sentia culpada por causa da morte da Dana. Ela usou o que sabia. Não posso acreditar nessa merda. Por quê?

— Sei tanto quanto você, mas ela tem que estar trabalhando com um vampiro. A Dana foi mordida.

— Ela pode estar trabalhando com um vampiro, mas olhe para ela. Está sorrindo. Nos atormentando. E a carta. Ela deve ter plantado lá. Ela esteve nos vigiando o tempo todo — Logan cuspiu, furioso.

— Merda — Dimitri começou. — Você sabe que não há muitos segredos na alcateia. Os caras que trabalharam no laboratório devem ter contado a ela.

— Fiona está aqui — Logan falou baixinho.

— Fi conhece o lugar tão bem quanto a gente. Ela sabe que a encontraremos.

— Ela vai matar Wynter por causa do sangue, depois vai fugir.

— Teremos que dividir as buscas. Toda a alcateia vai ajudar — Jake sugeriu.

— Não, me deixe pensar. Se ela está com a Wynter, vai querer tirar todo o sangue dela. É disso que ela está atrás, mas não usará um vampiro. Será necessário ter privacidade, equipamento... para coletar do jeito certo. O pântano é muito bagunçado. E ela não manteria um barco num lugar em que todo mundo pudesse ver. A garota vai precisar de um refúgio. Uma cabana, talvez.

— A nossa?

— Eu acho... eu acho que ela pode ter construído uma — Luci interveio, baixinho.

— O que você sabe exatamente, Luci? — Logan disse com rispidez.

— Nada, eu juro. Fiona tem sido a mesma pessoa que sempre foi. A doce e gentil Fi. Essa não é ela... ela não machucaria ninguém. Sei que ela está naquele vídeo — ela balançou a cabeça e apontou para o tablet —, mas estou te dizendo, somos amigas há muito tempo. Não vejo como ela poderia ser capaz disso.

— Há quanto tempo você a conhece, na verdade? O Marcel te trouxe para cá. Não faz tanto tempo que você está na alcateia, Luci. Às vezes, não conhecemos as pessoas — Dimitri disse a ela. — Eu a conheço há cinquenta anos e aí está ela… bem ali. Ela fez isso.

— Onde é a cabana? Conhecemos cada folha de grama desse lugar. Nunca a vi. Onde ela fica? — Logan exigiu saber.

— Não sabemos o que há por aí, mas talvez ela tenha andado ocupada nos últimos meses. Nós estivemos envolvidos com os desafios. — Até mesmo para Dimitri, aquilo não fazia sentido, mas não havia como negar que ele, Logan e toda a alcateia ficaram distraídos com a morte do Marcel e as lutas que se seguiram.

— Ela me levou lá uma vez — Luci disse, solene. — Me fez prometer que não contaria a ninguém. Mas, no mês passado, quando perguntei, ela me disse que uma tempestade tinha destruído o lugar. Acreditei nela. Não tinha razão para duvidar. Acontece o tempo todo, como vocês sabem. Acho que ela pode ter reconstruído alguma coisa.

— Vamos. — Logan olhou para Dimitri e para Jake. — Fiona não vai sair daquele pântano. E dado o que está em risco, ela não está sozinha lá.

— Mas e se a Wynter não estiver… — Viva. Dimitri hesitou em dizer em voz alta, mas a probabilidade não era nada boa.

— Ela está viva. — A visão de Wynter morrendo diante dele passou na sua mente como um filme de terror. Maldito fosse ele se permitisse que isso acontecesse. — Ela não vai morrer, está me ouvindo? A próxima pessoa que sugerir isso pode ir procurar outra alcateia. Ela é minha e eu posso senti-la. Agora, vamos parar de perder tempo e ir logo.

Wynter fingiu digitar informações sobre o vírus. Inventou dados, datas, medidas e proporções. Jamais ajudaria a criar uma arma biológica. Poderiam matá-la; drenar todo o seu sangue, mas jamais daria a ele o que precisavam. Wynter tinha passado o tempo reunindo forças, decidindo que tentaria fugir. Mas, primeiro, teria que se transformar. Se fingisse estar cooperando, talvez fosse capaz de tirar aquela prata. Então lutaria até o último suspiro para dar o fora dali.

— Não há nada mais. — Wynter apertou o botão de salvar, como se estivesse cooperando de verdade. Uma reiteração do que eles já sabiam ajudaria a corroborar a história, brincaria com a arrogância dele. — Você estava certo. Meu sangue de loba curará a Emma. A imunidade dela vai aparecer na carga viral, mas os sintomas vão desaparecer. E não é contagioso, também.

— Viu como é legal quando a gente colabora, Dra. Ryan? Profissionais discutindo a pesquisa — ele palestrou, como se fosse um professor.

— Sua modificação genética foi certeira. Minha transformação foi difícil, mas foi o bastante para manipular o sangue. Preciso prosseguir com a pesquisa para aprender mais sobre como o meu sangue neutraliza o vírus — ela prosseguiu.

— Esse é o espírito. Vamos montar um laboratório novo no Wyoming. Fiquei enjoado desse calor. E a Senhora, bem, ela vai querer voltar para cá em algum momento. Talvez o ar da montanha a incite a ficar.

— Para o Oeste? Jura? Sempre quis conhecer o Yellowstone. — Acampando, não como prisioneira. — Quando a gente vai? Eu estou um horror.

— Está sempre linda aos meus olhos, querida. Seu intelecto é cativante — ele ronronou em seu ouvido.

— Mas ainda estou fraca. Acho que não vou conseguir manter o ritmo de vocês. Se eu pudesse me transformar, acho que ficaria bem para ir — ela sugeriu, inocente.

— Precisamos discutir o assunto com a Senhora. Eu não posso permitir...

— Você não tem autoridade para isso, né? O que quero dizer é que foi o nosso brilhantismo que pesquisou a genética, e fez um humano virar lobo. É a primeira vez que isso foi feito na história. O seu nome deveria ser publicado no *New England Journal of Medicine*. Essa é uma importante descoberta na história médica. Terá implicações de longo alcance por todo o mundo. Já imagino todas as universidades da Ivy League te procurando para lecionar lá — ela se gabou. Sabia que estava forçando a barra, mas observou deliciada quando os olhos dele se embaçaram com os sonhos de grandeza.

— Senhor — Wynter implorou, modesta. Ela piscou devagar, sedutora, passando os dedos da boca até o vale entre os seios. — Eu estou um horror mesmo. Lábios... pescoço. É claro, eu precisaria tirar as roupas para me transformar.

O pau de Étienne saltou em resposta. Como sentia falta de observá-la de lingerie enquanto a mantinha presa no laboratório. Vê-la nua era um presente pelo qual ansiava, que merecia. A Senhora não aprovaria, mas ela não estava aqui, estava? Só uma espiadinha não machucaria. A *scientifique* ficaria bem para a viagem, e ele transaria com ela mais tarde.

— Creio que não fará mal, mas precisa prometer que será uma boa menina. — Ele se inclinou para frente e lhe deu um beijo na testa.

Wynter respirou com calma quando os lábios frios tocaram a sua pele, resistindo ao impulso de se encolher. Só precisava se transformar e teria a chance de escapar. Na situação atual, não podia nem ficar de pé, que dirá correr ou lutar. Por um segundo, pensou que o homem tivesse mudado de ideia quando se levantou para pegar um par de luvas no bolso.

— Luvas, querida. A prata — ele apontou. Étienne se ajoelhou na sua frente, como Logan tinha feito no laboratório. — Vai levar um minuto.

Ela fechou os olhos com força, esperando que ele se apressasse. Por sorte, o vampiro não pôde chegar perto demais da prata ao envolver os braços ao redor dela para desamarrar o espartilho. Os pulmões guincharam quando o metal venenoso bateu no chão. Uma onda fresca de energia percorreu todo o seu corpo.

— Acho que estou bem — disse a ele. O cara a tinha abraçado, os polegares descansando sob os seus seios. — Preciso fazer isso sozinha. Você pode observar, é claro.

— É claro — ele disse entre dentes. Ela era tão linda. E dele. Com a Senhora ausente, Étienne a pegaria rápido, mas pensou melhor. Ficou de pé e recuou, mas não antes de ajustar a ereção que empurrava o zíper.

Devagar, Wynter abriu os olhos e respirou fundo, purificando-se. Enfim ele parou de sufocá-la. Livre, ela poderia se transformar. Lambeu os lábios com nervosismo, pensando em como seria essa primeira vez que tentaria se transformar sozinha.

— Vá em frente — ele a encorajou.

— Desculpa, preciso só de um minuto para fazer funcionar. Não sou tão boa nisso quanto os outros — ela disse a verdade a ele.

— Você não vai se despir? Pensei que tivesse dito...

— Vou — ela o interrompeu. O pervertido só queria vê-la nua. — Só preciso me concentrar por um minuto. A prata... minha energia está baixa.

Voltou a fechar os olhos. *Inspira, expira*, ela meditou, buscando pela loba. *Vamos lá, garota, vamos lá.* Na mente, ela viu a loba agachada, ganindo de aflição. Outro lobo surgiu como se ela tivesse tido uma visão: Logan. Podia senti-lo e teve certeza de que ele estava vindo a seu resgate.

Enquanto Étienne observava, ela se apressou a tirar a camisa, o short e o biquíni. Os olhos do vampiro na sua pele lhe deram repulsa, mas não tinha escolha. Convocando a loba a vir à tona, a metamorfose tomou conta dela. Mas tão rápido quanto surgiu, a loba desapareceu, deixando-a nua em uma pilha no chão. Tentou afastar o espartilho de prata que estava sobre as pernas, mas, mais uma vez, foi impedida pelo metal pérfido. Incapaz de se levantar, lutou para vestir a blusa e o short.

— O que você está fazendo? — Fiona gritou com Étienne.

— Ela precisa se transformar, já que vai conosco. E, também, como você sabe, a transformação fará com que a contagem do sangue melhore — explicou, seco.

Wynter lançou um olhar confuso para ele. Permitir que ela se transformasse tinha sido um ardil para o sangue se regenerar? Eles a drenariam.

— Idiota — Fiona contra-atacou. — Você está ciente de que eles estão vindo? Tire o sangue dela agora. Vamos levá-lo conosco. — Ela jogou a bolsa para ele.

— Desculpe, querida, vai levar só um minuto. — Étienne, ainda de luvas, empurrou Wynter para o chão, puxando o espartilho para o torso. Ele repassou as agulhas, os tubos e as bolsas de plástico que agora estavam espalhadas pelas tábuas de madeira. — Você se veste rápido, não é? Uma pena.

— Não, por favor — Wynter implorou, lutando sob o peso dele. Precisava parar aquilo. — Prometo que vou ajudar.

— É claro, agora, vai ser só uma espetadinha — ele disse a ela, fincando a agulha hipodérmica no seu braço. Étienne riu durante o processo. — Sou muito bom em achar uma veia.

Como um rio caudaloso, o sangue verteu pelo tubo fino de plástico, preenchendo a primeira bolsa devagar. Wynter virou o rosto para longe, rezando para Logan estar a caminho. Sabia, por experiência, que só levaria dez minutos para ele encher a primeira bolsa. Uma mulher do seu tamanho tem cerca de oito bolsas de meio litro em todo o corpo. Mesmo não tendo recuperado o volume de sangue perdido com a mordida, concluiu que, com o poder de cura dos lobos, sobreviveria depois de perder quatro ou cinco bolsas, o que dava uns cinquenta minutos, no máximo.

— Ande logo — Fiona gritou. Ela pegou a primeira bolsa e depois uma segunda com Étienne. — O barco já está pronto para ir. Nós a mataremos, e deixaremos o corpo. O Logan vai ficar aqui com a companheira pelo menos por um tempo. Teremos bastante tempo para chegar à margem. Logo estaremos no Mississippi.

— Odeio te desapontar, Senhora, mas precisamos tomar cuidado ao coletar as amostras. Não quero danificar as células sanguíneas dela. Cuidado

— ele instruiu. — Ponha bolsas iguais na armazenagem criogênica e no cooler. Alguns deles precisam ser congelados para uso a longo prazo.

— Tanto faz, só se apresse — Fiona disse, desdenhosa. — Posso sentir a alcateia. Eles estão se aproximando.

— Pensei que você tivesse dito que ninguém sabia onde esse buraco ficava? — ele acusou.

— Ninguém sabe — ela mentiu. — Só ande logo.

Ela pegou a terceira bolsa, guardou no freezer e fechou a porta com um golpe.

— Só mais uma, e a gente vai. Ela já está quase lá — ele insistiu.

— Tudo bem, vou levar essas aqui para o barco. Volto já. — *Não, não vou voltar*, pensou consigo mesma.

Fiona abriu e fechou a porta, tendo o cuidado de não fazer barulho. Com a alcateia no seu encalço, o tempo tinha chegado ao fim. Correu até o barco a remo, entrou e acomodou o cooler entre as pernas. *Amostras congeladas eram melhores que frescas*, raciocinou. Ela ainda tinha amostras do sangue de Emma guardadas em segurança em outro estado. Tudo o que precisaria fazer era chegar à terra firme. Ficaria fora de radar por um ou dois meses e aí procuraria um novo cientista.

Um leve ronronar de motor soou na noite, e ela teve um vislumbre de luzes à distância. Fria, sorriu ao saber que o alfa encontraria a companheira morta. E Étienne lutaria até a morte, perguntando-se para onde ela tinha ido.

— Sinto muito, temo que esta será a última bolsa, querida. Está se sentindo fraca, não está? — Étienne perguntou, colocando-a no cooler.

As pálpebras de Wynter tremularam. Incapaz de falar ou se mover, ela ergueu o rosto, encarando o teto de metal enferrujado. Então seria assim que morreria? Uma lágrima escorreu pelo rosto ao pensar em como teria sido viver ao lado de Logan. Eles teriam acasalado. Wynter percebeu que queria um casamento, com Jax a levando ao altar. Queria ter os filhos de Logan. Juntos para sempre. Mas, infelizmente, era tudo um sonho. Ela estava morrendo. Pacificamente aceitando o inevitável, fechou os olhos e rogou para que Logan sobrevivesse sem ela.

O alfa já estava nu quando o aerobarco chegou à margem. Homem para lobo, ele se transformou na sua fera. Wynter. Sentiu o cheiro do sangue dela e não pôde conter a fúria. Atravessando o mato com ímpeto, foi com tudo para cima da porta frágil. Vampiro. Sua companheira. Ele rosnou, a saliva escorreu de seus lábios, e avançou.

De início, Étienne pensou que o que ouviu foi o retorno de Fiona, mas logo presumiu que fosse um animal. Quando o lobo ameaçador atravessou a porta, ele agarrou Wynter pelos ombros e envolveu um braço musculoso ao redor do pescoço dela. Ele olhou para Logan, desafiando-o a se aproximar. Ficou grato por Fiona ter pegado o sangue congelado, pois teria que abandonar as outras bolsas. Felizmente, a moeda de troca para a fuga ainda respirava, embora estivesse a caminho da morte. Ainda assim, exibiu-a para o alfa.

— Cachorrinho bonzinho — zombou. — Isso mesmo. Olhe só o que eu tenho aqui.

Logan congelou quando viu o vampiro erguer Wynter pela garganta. *A visão. Ah, deusa, não.* Ouviu e sentiu o cheiro de Dimitri e de Jake se aproximando e latiu, avisando para que eles não se aproximassem.

— Incrível como os animais são responsivos quando recebem o estímulo certo, não é? Olhe o seu companheiro. Parece um filhotinho dócil — ele sussurrou no ouvido de Wynter.

Os olhos dela se abriram. Reconheceu os três lobos diante de si, mas foi incapaz de falar. Enquanto a vida era drenada de seu corpo, desejou poder dizer a Logan mais uma vez que o amava, mas não podia emitir nem um sussurro. Lutando, ela gesticulou "eu amo você", com as lágrimas escorrendo dos olhos. Esperava que ele encontrasse outra companheira algum dia, que fosse feliz. Não havia nada que ele pudesse fazer. Mesmo se o vampiro a soltasse, ela estava morrendo.

Logan se transformou em homem. Os olhos enterrados no demônio que segurava a companheira.

— Entregue-a agora — exigiu. Logan reconheceu o vampiro como um dos que esteve no clube com Devereoux, ainda assim, não deixou nada transparecer no seu rosto. Uma sombra de dúvida se arrastou pela cabeça dele. Até onde Devereoux estava envolvido nessa bagunça?

— O que te faz pensar que isso vai acontecer, lobo? Eu estou com a Dra. Ryan. E pretendo sair daqui, entrar naquele barco…

— E que barco seria esse? O meu?

— A Fiona… está esperando — ele gaguejou.

— Ela foi embora. — As fissuras na armadura arrogante do vampiro ficaram aparentes. Fiona deve ter traído a ele também.

— Mentiroso! — Étienne gritou.

— Jake, pegue o Zeke e vá atrás dela. Ela não pode ter ido longe — Logan deu a ordem.

As paredes se fecharam ao redor do vampiro. Ficando sem alternativas, teria que lutar para dar o fora da cabine e levar o barco do alfa até a marina. O quanto seria difícil dar o fora daquele pântano esquecido por Deus? Com certeza Fiona estaria esperando por ele. Sem a sua mente brilhante, ela jamais conseguiria o que queria do vírus.

— Minha companheira. Entregue-a para mim agora, e serei misericordioso. — A voz fria de Logan ressoou pela cabana. Dimitri abaixou a cabeça.

— Eu a entregarei a você. — Ele sorriu. A melodia da voz vacilou, preparando-se para o que estava prestes a fazer.

Étienne era um excelente lutador, pensou. Um mero lobo não poderia desafiá-lo. O sangue de Wynter tinha energizado o seu organismo. Ele a criara, e agora aquele sangue especial corria por suas veias, deixando-o mais forte que qualquer outro sobrenatural. Assim que provasse o sangue do alfa, a vitalidade lupina fluindo pelo seu corpo o deixaria quase invencível.

Logan ficou tenso ao preparar, esperando que o vampiro soltasse Wynter. Ele seria misericordioso. Cravaria uma estaca nele bem rápido, em vez de rasgá-lo membro a membro e então decapitá-lo.

— Minha — ele rosnou.

— Não mais. — Antes que Logan pudesse atacar, Étienne estendeu uma garra enorme. Como se estivesse fatiando a garganta de um animal de fazenda, cortou a garganta de Wynter. Os olhos dela se arregalaram bem antes de ele a atirar no chão.

— Não! — Logan gritou. Ao saltar no ar, transformou-se em lobo, e voou direto para o vampiro, cravando os dentes no pescoço dele.

Étienne se debateu com o lobo, cravando as garras nas entranhas de Logan. Eviscerando o alfa, ele rasgou o pelo. O sangue se espalhou pelo chão. Uma queimadura enorme se acendeu no interior de Logan, ainda assim, recusava-se a soltar o vampiro. Ele tinha matado a sua companheira. Nem morte nem tortura aplacariam a vingança que buscava. Não importa quanta dor sentisse, ele o mataria.

Dimitri se transformou em humano, pegando Wynter nos braços.

— Wynter, por favor, ah, deusa. — Chorou ao vê-la.

A pele pálida estava aberta na lateral, expondo a cartilagem da traqueia. Frenético, ele uniu a pele. Rasgando uma tira de tecido da blusa dela, fez pressão no ferimento. Um soluço escapou de seus lábios ao perceber que era tarde demais. Logan jamais se recuperaria da morte dela, nem ele. Desamparado, continuou tentando deter o sangramento enquanto os batimentos cardíacos diminuíam.

Pelo canto do olho, Logan viu Dimitri com a companheira. A visão de Wynter morrendo se desdobrou diante dele. Enquanto o vampiro afundava ainda mais a mão na sua barriga, ele conjurou cada poder que lhe foi dado como alfa. Força. Perseverança. Dominação. Logan se concentrou, focando nos músculos poderosos da mandíbula e os projetou para frente. A pressão esmagadora rompeu tendões e músculo, rasgando a carótida do vampiro. Puxando-se para trás, a fera se afastou, levando carne consigo.

O sangue jorrou descontrolado enquanto o adversário tropeçava para frente, ainda tentando sair da cabana. Logan, gravemente ferido, voltou para a forma humana. Enfurecido além da razão, lançou-se às costas de Étienne, envolvendo os braços ao redor do pescoço ferido. Com cada grama de energia que ainda tinha, pressionou o joelho nas costas do sanguessuga, empurrando-o para o chão. Com um último giro dos braços, quebrou o pescoço do filho da puta. Lutando para respirar, a fera de Logan estava insatisfeita. Não teve misericórdia. Enquanto os restos do vampiro se contorciam no chão, os olhos esquadrinharam o recinto. Estendendo a mão para pegar a cadeira quebrada, arrancou um pedaço dela e o cravou no coração de Étienne.

Logan rugiu em agonia, virando-se para Dimitri. Embora a transformação tenha curado o buraco na barriga, o coração parecia ter sido dizimado. O pesar no rosto do beta confirmou o que ele já sabia. Wynter estava morta. Caiu com as mãos e os joelhos no chão, soluçando. Pegando-a no colo, Logan embalou a companheira.

Fiona saltou do barco. Mais alguns metros e estaria a caminho da segurança. Sabia que estavam bem atrás dela, mas também sabia que ainda estava alguns passos à frente, como sempre. Lobos idiotas. Sempre presumiram que só os músculos permitiriam que liderassem. Talvez jamais ganhasse um desafio físico, mas era só questão de tempo para ela ter até o último lobo implorando aos seus pés. A vingança seria doce. Infectaria todos com o vírus. Então, seria a salvadora, quisessem eles ou não.

Pegou a bolsa com o notebook e colocou o freezer criogênico no chão. Pesado como era, ela só tinha mais uns trinta metros a percorrer pelo matagal até chegar a uma pequena clareira. Empurrando o barco à deriva com o pé, começou a jornada. Os olhos disparavam de um lado para o outro. Estava quieto. *Quieto demais*, notou. Nem mesmo um grilo podia ser ouvido. Mas seguiu caminho, só mais quinze metros e chegaria ao carro.

Com um silvo, ramos se partiram diante dos seus olhos. Estava escuro, mas ainda conseguiu divisar uma figura à luz da lua. Farejou. Vampiro. A adrenalina disparou junto com a mente. Será que Étienne havia criado mais vampiros e não lhe avisado? Ele estava a par da localização do carro. Lutou para acalmar os nervos. Por que deveria ter medo de um vampiro? Matou muitos deles enquanto Étienne observava. Esse seria só mais um. Agachou-se nos arbustos, arrancou um galho robusto e começou a talhar uma ponta afiada com as garras.

A sombra alta e masculina avançou de forma confiante e deliberada em sua direção, até as luzes dos olhos se tornarem aparentes. Ela arfou ao ver o ancião. Léopold Devereoux. Não, não ele. Como conseguiu encontrá-la? Agindo igual a um coelho assustado, ela congelou na escuridão, esperando que se aproximasse, esperando que não a visse.

— Ah, eu te encontrei — a voz suave chamou no ar fresco da noite. Quase aos seus pés, o anjo sombrio apareceu. A presença bela e letal ressoou na floresta como o rufar de tambores antes de uma execução.

— *Petite louve*, estou sentindo o cheiro. O fedor pútrido da sua maldade permeia o ar. Tão familiarizado estou com esse aroma — ele falou, logo após chamá-la de lobinha. — Você gosta de uma perseguição, não? Eu lhe asseguro que essa você não vai vencer.

Com velocidade sobrenatural, ele voou para Fiona, agarrando-a pela garganta. Permitiu que seus pés continuassem no chão quando a sacudiu como um cachorro sacode um brinquedo.

— Gosta de brincar com os vampiros? Meus vampiros — rugiu. Com um movimento rápido, ele a atirou na terra úmida.

Fiona se recuperou, andando para trás feito um caranguejo, arrastando o traseiro na terra.

— Não, o Étienne veio a mim por vontade própria — ela afirmou.

— Ele não pode ter te procurado por vontade própria, porque ele pertence a mim — Léopold explicou, frio, tirando uma erva daninha da manga do casaco. — E por isso você deverá morrer. A única decisão a ser feita é se eu mesmo te mato, ou talvez devesse deixar os seus te partirem aos pedaços? Que escolha.

Léopold riu despreocupado para os dois lobos grandes, Jake e Zeke, avançando. Com cuidado, pesou as opções enquanto Fiona ficava diante dele esperando o próprio destino. Sua querida Dra. Ryan tinha sido torturada por ela e por Étienne. Só isso seria o bastante para garantir a morte dela. Mas a cadelinha tinha ido além e matado um lobo usando um dos seus vampiros.

Com uma olhada para a lama, ele decidiu. Ah, como odiaria sujar os sapatos novos.

— A pesquisa, as amostras. Você jamais terá acesso a elas. — Ela parou, ficando de pé.

— Você é uma conspiradora diabólica, não é? — Ele riu. — Uma pena não ter disciplina. Mas não esquente essa cabecinha bonita, pretendo corrigir isso agora mesmo.

Léopold avançou, puxando-a para cima. Rasgou o colarinho dela, expondo o longo pescoço. O luar cintilou nas presas brancas antes de rasgar a carne. As pernas dela se agitaram, chutando a escuridão. Nem Jake nem Zeke se moveram um centímetro para intervir. Jogando a cabeça para trás, ele cuspiu o seu sangue na grama e a atirou para os lobos.

O corpo estremeceu quando arriscou olhá-los antes de a atacarem. Quase não se ouviu um grito enquanto eles rasgavam a carne até não haver mais nada.

Léopold pegou um lenço imaculadamente branco e limpou o queixo. Como odiava essas matanças que faziam sujeira. Mas o poder e a responsabilidade conduziram suas ações. Aplicar a punição nunca foi fácil, mas observou com prazer enquanto os lobos aplicavam a própria. Ela tinha sido uma praga que causou problemas o suficiente. Como o vírus que queria propagar, a garota seria erradicada.

Quando Jake se transformou diante dele, acenou para Léopold em agradecimento. Sem saber o que fazer com o vampiro, ele e Zeke começaram a trabalhar, eliminando os restos mortais de Fiona. Depois de alimentarem os jacarés, Jake pegou o notebook para poder entregá-lo a Logan.

Léopold foi até o cooler e viu bolsas de sangue. Ele as abriu e logo concluiu que pertenciam à companheira do alfa. Ao esvaziar o resto do fluido carmesim no pântano, uma pontada de pavor foi registrada. Farejou o *bayou*. Muito mais fresco que as amostras, permeava seus sentidos olfativos, excitando uma fúria sem igual. O sangue de Wynter. O chamado da morte cantava na noite.

CAPÍTULO VINTE E OITO

— Eu posso salvá-la — Léopold disse baixinho. Ele observou enquanto o alfa embalava a companheira, arrasado. Como um animal que tinha perdido um dos seus, o lobo se recusava a soltar o corpo.

Dimitri se apoiou na parede, segurando a cabeça. Ao contrário do alfa, ele estava profundamente abatido, e olhou para o vampiro imponente.

— Devereoux, você precisa dar o fora daqui. A Wyn está… — Dimitri não podia se forçar a dizer as palavras.

Embora os lobos normalmente fossem imortais, armas letais no pescoço eram eficientes para matá-los. Embora os batimentos de Wynter estivessem fracos, ela estaria morta em minutos, e se transformar não era mais uma opção. Nada poderia ser feito. Enquanto os minutos se passavam, Dimitri observou o alfa cuidar da companheira, dizendo que a amava. Últimas palavras. Últimas carícias.

— Mas eu posso salvá-la, lobo — Léopold insistiu.

Devagar, Logan ergueu a cabeça e teve um vislumbre do vampiro de pé à porta.

— O quê? — ele engasgou.

— Alfa, você sabe que o meu sangue pode curar os lobos. — Léopold prosseguiu com cautela. O alfa, imerso em luto, poderia atacar.

— Ela já está quase morta; nós dois sabemos disso. Mal posso ouvir o coração dela. Os pulmões já pararam. Por favor — Logan implorou, as lágrimas escorrendo dos olhos. A voz explodiu em um grito. — Eu preciso me despedir. Ela vai precisar me deixar. Minha companheira… ele a matou.

— Por favor, ouça — Léopold rogou. — Pense na forma como os vampiros são criados. Nos momentos finais da morte, quando a alma oscila entre o plano dos vivos e dos mortos, alguém pode ser arrancado dos braços da morte, nascer de novo. A Wynter está no fino véu que nos separa do outro lado. Você precisa me deixar tentar.

Logan pensou na explicação de Devereoux. Nunca em toda a sua longa vida ouviu falar de um vampiro dando esse presente a um lobo. Sabia que quando eles criavam os seus, a cria pertencia ao criador. Wynter jamais iria querer pertencer a outro homem que não ele. Depois da cena no clube, Léopold estava longe de ser a pessoa preferida dela. Como a companheira se sentiria quanto a aceitar o sangue dele no corpo, tendo-o como criador? Ainda assim, egoísta, pesou muito bem a resposta. Amava muito Wynter; precisava da companheira viva. Até onde ele iria para salvá-la?

— Ela se tornará uma vampira? — Logan perguntou.

— Não sei dizer. Não vou mentir para você, esse é o resultado mais comum, mas, como eu disse, não tenho certeza. Ela é uma loba? Ainda é humana? Questões complicadas, não?

— Ela pertence a mim.

— Como seu criador potencial, eu a deixo totalmente a seus cuidados, alfa. Não desejo controlar a mente dela. Juro.

Incapaz de resistir à possibilidade de salvá-la, Logan cedeu.

— Vá em frente — sussurrou.

Que escolha tinha? Se ela voltasse como vampira, ele a amaria tanto quanto amou quando era loba. Era a alma dela que amava, não importava o ser.

Léopold soltou um suspiro de alívio quando o alfa considerou a sugestão. Na verdade, em todos os seus anos, nunca tinha transformado um lobo. Não tinha certeza de como ela reagiria ao seu sangue, mas tinham que tentar. Ele tirou o casaco e arregaçou as mangas. Posicionando-se ao lado de Logan, mordeu o pulso e o ofereceu ao alfa. Logan segurou o pulso de Léopold e o levou à boca de Wynter.

O sangue escorreu pelo rosto da moça. Apática, ela não estava engolindo.

— Dê a ordem — Léopold disse, com urgência.

— Eu não posso mais senti-la... ela se foi — Logan insistiu.

— É a única forma. Eu não posso fazer isso.

Logan se concentrou, buscando a companheira em sua mente. O poder saiu, procurando Wynter. Ele riu quando um raio de reconhecimento o atingiu. Ela estava lá, ali ou do outro lado, não podia dizer. O espírito dela dançava no vento.

— Wyn, docinho — ele falou, cheio de amor. — Preciso que você me ouça; por favor, por favor, volte para mim. Me ouça e beba.

Em sua mente, Wynter derivava para algum lugar cheio de paz e amor. Mas estava sozinha. A voz familiar cantou em seu coração, chamando-a feito um encanto. *Logan? Onde ele estava?* A bruma lhe acariciava a pele enquanto ela deslizava ao longo da sua jornada. Mas a voz a chamou novamente. *Beber? Beber o quê?* Não, esse lugar era quente e confortável. Como o útero de uma mãe, era uma existência contente. *Agora, Wynter.* Logan. Logan, o seu companheiro. Lembranças do cheiro e do amor dele fluíam por sua mente. De volta a Logan, precisava encontrá-lo. *Beba.*

O sabor do poder escorreu por sua garganta, disparando um bombardeio de sinapses. Vida. Amor. O companheiro. Tão longe, tão perto, bem ao alcance. Um fiapo de esperança tremulou quando estendeu a mão para pegá-lo. Um pouco mais e acordaria para ele. Um rio de vitalidade sanguínea permeou as suas células, estimulando a sua alma a voltar para a Terra.

Atônito, Logan sentiu o coração se apertar de alívio ao observar a companheira voltar à vida, os lábios pálidos sugando do pulso que ele segurava. O olhar contido de Devereoux lhe dizia que ele sofria em silêncio. Mas Logan se perguntou se o vampiro lutava para esconder a dor ou a luxúria. Léopold Devereoux, seu salvador das sombras, era letal, mas benevolente. Quando os olhos se encontraram, uma compreensão respeitosa perpassou os dois homens. Teria uma dívida eterna com o vampiro; um débito que pagaria feliz.

— Basta — Léopold rosnou.

Logan deslizou o dedo entre a boca de Wynter e o pulso de Léopold, rompendo o contato. Wynter arfou, e então se engasgou, o sangue jorrando de seus lábios. Os olhos abriram; ela tremia como um recém-nascido. A garota chorou, um misto de medo e felicidade girando por sua mente ao olhar de Léopold para Logan. A percepção de que tinha quase morrido veio com tudo.

— Logan — ela sussurrou.

— Docinho. — Logan a embalou, permitindo que a cabeça descansasse em seu ombro. — Eu te amo. Eu te amo tanto.

— Eu também te amo. Não estou morta? — ela perguntou, com um sorrisinho.

— Não, você não está. Está bem viva, graças ao Devereoux.

— Léopold — o vampiro corrigiu. — Creio que, agora, todos deveríamos nos tratar pelo nome, não?

— Léopold — Logan concordou, com um sorriso. Nunca esteve tão grato a outra pessoa em sua vida, vampiro ou não.

Wynter tentou processar o que Logan acabara de lhe contar. Léopold salvou a sua vida. Lutou para compreender. Ela tinha morrido. O sangue dele. *Beba*. Logan lhe tinha dito para beber. Ela tomou o sangue de Léopold? Ligando as pontas soltas, Wynter se sentou erguida, afastando-se dos braços de Logan.

— Eu sou uma...? Não, não posso ser uma...? — Ela olhou de Logan para Léopold depois para Dimitri.

Logan a segurou pelas bochechas, puxando o olhar de volta para si. Ele farejou.

— Você ainda cheira a lobo, então é um bom sinal. Não sabemos como isso pode te afetar, mas você está viva e isso é tudo o que importa para mim.

— Ah, Deus, Logan. Eu te amo tanto. — Wynter pressionou os lábios de leve nos do companheiro. Encostou a testa na dele ao falar: — Estava com tanto medo. Desculpa por ter agido daquele jeito no barco.

Logan a impediu de ir mais adiante.

— Não, Wyn, não se culpe. Sabíamos que eles iriam atrás de você. Eu jamais deveria ter concordado em te levar para sair.

— Não posso acreditar que a Fiona traiu a alcateia desse jeito. Ah, Deus, onde ela está? — Wynter perguntou, em pânico.

— Morta — Léopold confirmou.

— Tem certeza? — Logan perguntou. Se não estivesse morta, estaria em breve.

— Esses pântanos são uma bagunça, lobo. Lama demais. Olhe só os meus sapatos. — Léopold se balançou para trás, alisando a calça social e tentando endireitar as mangas. — Foi bom os seus lobos terem aparecido para me ajudar, ou eu teria acabado com o meu terno. Aqueles jacarés gostam de uma refeição improvisada.

Logan balançou a cabeça e deu uma gargalhada. Jamais confundiria o bom humor do vampiro com fraqueza. Léopold era letal, mas ele parecia fazer a coisa certa de vez em quando. O alfa não podia dizer que confiava nele completamente, mas ganhou um aliado, sem sombra de dúvida.

— Léopold, obrigada. — Wynter se mexeu nos braços de Logan e estendeu a mão para o vampiro. Podia jurar que o viu corar.

Léopold pegou o pulso de Wynter, segurando os dedos dela com gentileza. Olhou nos olhos de Logan, como se pedisse autorização. Logan fez que sim e com uma pincelada de um beijo, ele pressionou os lábios nas costas da mão dela.

— Sempre que precisar, minha boa doutora. Aquela palestra. Você me deixou bastante impressionado — ele deu uma piscadela. — O mundo precisa dessa sua mente linda. Estou honrado por ter ajudado. E caso suas presas nasçam, me chame sempre que precisar de ajuda. Mas, como garanti ao seu alfa, você está livre de qualquer laço comigo, já que você e Logan são companheiros.

Léopold soltou a mão dela e ficou de pé. Ele ajustou a calça e esquadrinhou o cômodo procurando pelo paletó. O terno preto parecia praticamente impecável quando ele alisou os leves amarrotados.

— Dimitri — Wynter falou, solene.

— Wyn. — Dimitri se abaixou perto dela e a abraçou com cuidado. Ela tinha quase morrido. Toda a alcateia chegou tão perto da destruição. Os olhos marejaram, a emoção que segurava foi à tona. Logan bateu a mão no ombro dele, tentando confortá-lo.

— Está tudo bem, D. Ela está viva. — *Mas talvez seja uma vampira?*

— Olhe só para mim. Chorando feito um bebê. Não é triste? — Dimitri riu envergonhado e ficou de pé. — Preciso dar o fora daqui e relaxar. Fazer algo bem masculino tipo ficar numa banheira quente com uma cerveja e um cigarro.

— Por mais que eu ame o pântano, estou contigo. Já é hora de dar o fora daqui. — Com um movimento suave, Logan ficou de pé, carregando Wynter.

Jake e Zeke se aproximaram da cabana e, juntos, destruíram o que restava da porta. Logan a atravessou, carregando Wynter para o barco. Dimitri, Léopold e os outros o seguiram.

Léopold olhou para os lobos nus o rodeando e balançou a cabeça. *Lobos e sua nudez.*

— Sério, vocês usam roupa? — ele brincou, com uma sobrancelha erguida.

— Você deveria tentar, vampiro. Pode ser que goste — Logan respondeu. Ele entrou no barco e abraçou Wynter. — Livre como o vento.

— Será um dia frio no inferno, *mon ami*. — Léopold enrugou o nariz em desgosto.

— Você precisa se soltar — Dimitri disse a ele.

— Ah, diz o homem que chora — Léopold provocou, com um sorriso.

— Lágrimas de alegria, cara. E, para constar, entendo do negócio — Dimitri devolveu a provocação.

— Léopold, talvez você precise começar aos poucos. Mergulhar pelado, de repente? — Logan sugeriu, jovial.

— Super recomendo — Wynter adicionou. Pensamentos sacanas circularam por sua cabeça, lembrando a ela do dia na piscina com Logan.

— Uma recomendação vinda de uma dama? Bem, esse pode ser um conselho que aceitarei. — Léopold parecia perdido em um delírio sensual. — Uma praia, não? *Oui*, isso eu poderia fazer.

— Só adicione uma mulher gostosa à mistura, e ele topa. — Dimitri riu.

— Sabia que o converteríamos. — Logan beijou o cabelo de Wynter e pensou nos acontecimentos da noite.

Irônico como um dia ele era solteiro e lutava para ser o alfa e no outro estava lutando pela vida da companheira, assegurando-se de que a alcateia ainda tivesse um líder. Com Wynter de volta à segurança de seus braços, estava ansioso para solidificar o laço que tinham começado a atar. Mesmo se ela se transformasse em uma vampira, ele não se importaria. Contato que ela permanecesse ao seu lado, nada ficaria entre eles.

Deu uma olhadela para o vampiro elegante que salvou a vida da companheira. Por fora, Léopold usava seus anos como as roupas de grife; a rédeas curtas e sem uma mancha a ser encontrada. Mas a intuição de Logan disse que os séculos haviam afetado Devereoux. Tinha reconhecido a solidão familiar que dançava nos olhos do outro. Tinha ele sido um romântico em alguma altura da vida? Um guerreiro corajoso, travando uma guerra por um bem maior? Logan pensou que talvez jamais viesse a saber dos verdadeiros motivos de Léopold. Uma coisa era certa; o vampiro tinha revelado um lado que raramente tinha sido visto pelos outros; um que nem mesmo Logan sabia que existia. Léopold, mesmo que só uma vez, tinha se importado, não só com Wynter, mas com o bem da alcateia dos Acadianos.

CAPÍTULO VINTE E NOVE

Wynter fez laços tão bonitos do négligé rosa como se estivesse embrulhando um presente. Ao brincar com as fitas, pensou nos últimos dias e em como Logan tinha cuidado dela com tanto carinho. Não demorou muito para o seu volume sanguíneo regenerar depois da experiência de quase morte. E, até então, não sentira quaisquer impulsos vampíricos. Até conseguiu se transformar algumas vezes ali na casa só para testar. Riu consigo mesma pensando no quanto Logan tinha gostado de acordar e encontrar a lobinha vermelha pulando na cama.

Seu esbarre com a morte a fez refletir sobre os próximos passos da sua descarrilada carreira. O desejo de seguir pela virologia nasceu por causa da vontade de ajudar Emma. E agora que conseguiu, precisava decidir o que faria do futuro, um que incluísse Logan, a alcateia e, se Deus quiser, filhos. Desde que foi ferida, eles não fizeram amor. O companheiro se preocupava como uma mãe coruja. Sabia que estava sendo a morte para ele não ir adiante com o acasalamento, mas já que envolvia uma troca de sangue, ele esteve relutante, não querendo feri-la sem querer.

Mas a loba estava impaciente, louca para completar o laço. Wynter olhou no espelho e umedeceu os lábios. Estava determinada a tentar Logan para que se acasalassem. Ele não precisava se preocupar, ela não era nenhuma boneca de porcelana. Era uma loba de sangue quente que mal podia esperar para acasalar com o alfa. Ao escovar os cabelos cacheados, esperava que ele embarcasse no plano e fosse incapaz de resistir a ela. Riu para si mesma, sabendo que ele amava os teatrinhos. Alisando o tecido transparente, respirou fundo para clarear as ideias. Sim, seria divertido.

O pau de Logan estava mais duro que um poste de concreto. Embora estivesse mais do que grato por Wynter ter se recuperado, o celibato autoimposto não estava indo muito bem. Não que não quisesse deitá-la e se afundar em sua gostosura cada vez que a via. No jantar, ela o provocou implacavelmente com a linguiça kielbasa, e ele quase perdeu a cabeça. O lobo rosnou e mordeu, encorajando-o a se acasalar. Mas não ia fazer nada que colocasse a recuperação dela em perigo. Inabalável, colocaria a saúde dela em primeiro lugar, por isso sufocou todos os sentimentos animalescos que haviam passado pela mente.

Enquanto lia na cama, ergueu o olhar, notando o som da porta do banheiro se abrindo. Logan a observou com atenção quando captou um vislumbre de rosa. Puta merda. O que ela estava usando? Largou o iPad, fascinado pela cena. Wynter se curvou na penteadeira, balançando o traseiro. Os seios macios espiavam por baixo da camisola. Ele xingou; puta merda, o pau podia ficar mais duro. Quando ela se virou, um sorriso largo se espalhou pelo rosto dele. O mapa enorme bloqueava a sua visão e soube, naquele momento, que ela tramava alguma coisa, um pouquinho além da sedução comum.

Wynter desdobrou um panfleto de Nova Orleans, dando um sorriso evasivo. Os óculos de armação de tartaruga e a câmera no pulso complementaram a personagem.

— Senhor, andei pela cidade o dia inteiro, e não consegui encontrar o lugar para onde vou — ela lhe disse. A mulher ergueu o papel, escondendo todo o corpo, exceto os olhos.

Logan riu. Ela estava mesmo fazendo teatrinho de novo? Se a companheira não lhe mostrasse o que havia atrás do mapa, ele saltaria da cama. Ok, estava no jogo.

— Conheço Nova Orleans muito bem. Gostaria muito de te mostrar a cidade. Exatamente para onde você está indo?

Ela abaixou o mapa ligeiramente, dando a ele uma boa visão do decote.

— Preciso encontrar umas amigas. Não sei se eu deveria sair por aí com um estranho.

— Não tem nenhum estranho aqui, *cher* — ele falou, usando o seu melhor sotaque cajun. — Prometo te manter a salvo.

— Ah, minha nossa, não sei como acabei perdida desse jeito. Talvez você possa me ajudar a encontrar o caminho. Estou com esse mapa, mas ele parece não ter nem pé nem cabeça.

— Vou adorar te ajudar, te mostrar a cidade. Por acaso gostaria de ouvir música?

Ela fez que não.

— Não, acho que não.

— Um passeio de barco, então? É muito relaxante — sugeriu.

— Não. — Ela abaixou o mapa para que ele pudesse ver os mamilos escuros. Eles lutavam para escapar da prisão sexy e diáfana. — Estou procurando por uma coisa. — Ela fingiu olhar o mapa.

Logan afastou o cobertor do corpo completamente nu, permitindo que ela visse a imensa ereção. Preguiçoso, colocou a mão atrás da cabeça.

Os olhos encontraram os dele e então foram examinar o corpo tonificado. O sexo contraiu quando o viu. Ela sabia que não poderia manter a conversa por muito mais tempo. Incrivelmente gostoso, o alfa estava exposto lá para ela como se fosse uma deliciosa sobremesa; uma que gostaria de lamber da cabeça aos pés.

— Há muito a ser visto na nossa bela cidade — ele falou arrastado, sorrindo, sentindo o cheiro da excitação dela. A danadinha estava ficando tão afogueada e incomodada como pretendia deixá-lo.

— Sim, sim há. Como a arte, por exemplo. — Ela sorriu e o observou afagar o membro. — É espetacular. Gostei muito de ver a estátua de mármore. — Wynter deixou o mapa cair mais para que ele pudesse ver os laços cruzados que imploravam para serem desamarrados. Ela lambeu os lábios e se aproximou da cama. — Esse mapa não me ajudou nada. Estou tão feliz por ter te encontrado. Tipo, o que eu faria sem esse guia tão bem-informado? — Ela abriu os dedos e deixou o papel cair no chão.

— Estou ansioso para te mostrar todos os pontos turísticos e as músicas... — Logan começou.

— E sabores? Estou com tanta fome. — Os olhos dela o devoraram. Colocou a palma das mãos na beirada da cama, inclinando-se para ele poder ter uma boa visão dos seios.

— Docinho, temos alguns dos pratos mais deliciosos do país. Eu ficaria mais do que feliz em te alimentar... a noite toda. — Logan ficou de joelhos e se esforçou pouco para encontrá-la. Envolveu as mãos ao redor da cintura e pressionou os lábios no pescoço dela.

— Eu estou faminta. — Suspirou, enfiando os dedos no cabelo do companheiro.

— Sempre estarei aqui por você, Wynter — Logan prometeu, beijando-a no pescoço. — Para todo o sempre. Senti tanta saudade.

Wynter se deixou relaxar contra ele. Voltar aos seus braços era exatamente o que precisava. Tirou os óculos e deixou a câmera escorregar do pulso.

— Eu também senti muita, muita saudade de você. — Ela lambeu e mordeu o ombro dele.

Logan a rolou na cama e deslizou pelo seu corpo. Wynter estava com a cabeça apoiada nos travesseiros, contorcendo-se contra ele. O alfa sorriu e se agachou aos pés dela. Pegando um, tocou os lábios na parte interior da panturrilha. Ela sibilou em deleite, pressionando os quadris para cima.

— Logan.

— Sim, companheira. Só te ajudando a se achar — ele provocou, voltando ao papel. Ele arrastou a língua pela perna até chegar à parte interna da coxa.

Wynter pensou que explodiria de necessidade. Era incrível.

— Você é malvado. — Ela riu.

— Só estou ajudando uma turista necessitada. Eu te falei; sou um guia muito bom. Conheço todos os lugares dignos de serem visitados. — Abriu mais os joelhos dela, o rosto se acomodando no meio das pernas. Agradavelmente surpreso, ficou feliz ao ver que ela não usava calcinha.

— Mas eu preciso... — Ela arquejou quando o fôlego quente roçou o seu sexo. Se ele pelo menos a tocasse, ela poderia respirar.

Logan avançou com a língua pelos lábios úmidos e sorriu.

— Estamos prestes a chegar a um dos meus lugares preferidos. Minha bela turista está pronta?

Sem esperar por uma resposta, atacou o clítoris.

— Ah, Deus, sim! — ela choramingou. A língua áspera enviou arrepios por todo o seu corpo. O sexo doía por ele. O homem era tudo do que já precisou na vida.

Logan se afastou só por um segundo para pressionar dois dedos longos dentro dela.

— Creio que já, já chegaremos lá. — Ele os curvou para cima dentro do canal sensível.

— Isso, bem aí — ela gritou.

Logan levou os lábios até o clitóris, sugando e o pincelado com a língua. O fluído doce lhe cobriu o rosto, e ele não conseguia ficar satisfeito.

— Eu vou gozar, eu vou gozar — Wynter gritou de novo e de novo.

A pélvis rebolava em sua boca e em sua mão. Ela se agitou quando o orgasmo explodiu, deixando-a tremendo e lutando para respirar. Fios de energia dançavam por sua pele.

Logan deu uma última pincelada com a língua antes de rastejar e ficar face a face com a companheira. Sua ponta dura descansando na entrada. Deusa, ele amava a espontaneidade e o quanto ela era receptiva.

— Wynter Ryan.

Wynter abriu os olhos devagar, ainda perdida na bruma da paixão. Sorriu da forma com que ele se dirigiu a ela, e o olhou nos olhos.

— Sim, meu alfa.

— Essa noite, eu te aceito como minha companheira. — Logan puxou os laços de cetim. O corpete caiu expondo o pescoço e os seios.

A expressão denotava uma seriedade que lhe dizia que era hora. O acasalamento. O laço forjado em amor e confiança; eles estariam juntos até o fim dos tempos.

— Você, Wynter. É minha. Nossos lobos, nossa alma, nós somos companheiros.

— Eu te amo, Logan. Eu sou sua. — Ela o lambeu na clavícula. Uma leve dor alertando que os caninos tinham descido.

Ele sorriu com um leve balançar de cabeça.

— O que foi?

— Ah, linda, eles são sexys. — Agora não era hora de dizer a ela, mas os caninos, que já eram afiados, pareciam ligeiramente mais afiados. Presas.

— O que é?

— Nada, você é perfeita. Agora, onde estávamos? — Capturou os lábios dela com os seus. As línguas varrendo uma à outra. Relutante, interrompeu o beijo e falou em sua boca.

— Essa noite, nós acasalamos. Você será para sempre minha, Wynter.

Ele embalou o membro teso no canal lubrificado. Ela arfou, assentindo com a cabeça. Quando a preencheu por completo, ele recuou e a mordeu no ombro. O sangue escorreu por sua garganta.

O prazer induzido pela dor levou Wynter a querer reivindicá-lo também. As presas romperam a carne como uma faca cortando manteiga derretida. Sedenta por mais, tomou uma boa quantidade do sangue do alfa. Poderoso e apimentado, o espírito do companheiro dançava em seu corpo. A onda de prazer a lançou ao orgasmo, e ela se agitou contra Logan.

O sabor do sangue de Wynter fez o seu lobo uivar de orgulho. Com a besta satisfeita, lambeu o ombro dela. Mas foi a mordida erótica de Wynter que o levou ao orgasmo. Reivindicando-a como companheiro, ela o enviou ao clímax mais ardente e forte que já teve na vida. Quando explodiu dentro dela, estremeceu ao senti-la lamber o ferimento.

Filamentos de amor acenaram na mente e no coração deles. O vínculo foi completado, os lobos se aninhavam em comemoração. Logan virou de costas, trazendo Wynter consigo. Braços e pernas entrelaçados, a bochecha encostada no peito.

— Eu amo você. — Ela sorriu.

— Eu amo você também, linda — Logan respondeu, ainda tentando recuperar o fôlego.

— Tudo o que aconteceu — começou, pensativa.

— Xiu, agora não é hora. — Enredou os dedos pelos cachos dela.

— Eu jamais teria te conhecido.

— Verdade.

— A alcateia sabe?

— Sim, mas quero uma apresentação formal. Você não merece nada menos. Nós merecemos isso. E, algum dia, espero que concorde com um acasalamento humano... se for o que você quiser. Casa comigo?

— Não há nada que eu queira mais. — Ela o beijou no peito. — Ouvi dizer que Nova Orleans fica linda na primavera. Como Nova York.

— Uma lua de mel. É por isso que estou procurando — ele provocou. — Em algum lugar na praia. Uma praia privativa.

— Uma praia, hein? Me parece bom. Certifique-se de trazer o seu apito — ela disse com um sorriso safado.

— Apito?

— Bem, eu posso precisar da ajuda de um salva-vidas — sugeriu.

— Sou a favor de um rala e rola no oceano — Logan encorajou. — Ou a gente pode se passar pelo alfa e sua companheira.

— Isso... parece perfeito — ela concordou.

Quando caíram no sono pela primeira vez como companheiros vinculados, Wynter e Logan abraçaram o novo capítulo em suas vidas. As lembranças tenebrosas seriam substituídas por dias cheios de amor e noites sensuais. Os Lobos Acadianos encontraram força no alfa. Paz e satisfação se espalharam pela alcateia. Um novo capítulo na história deles tinha começado.

EPÍLOGO

Léopold xingou ao cavar a tundra congelada. A maldita cadela tinha pensado mesmo que era inteligente. Ainda assim, foi bem fácil para o investigador localizar o cofre em que Fiona tinha deixado as instruções e o pen-drive. Léopold suspeitava que algum morador tinha ajudado a esconder o sangue. Amostras de Emma, Wynter e de outros tinham sido enterradas bem no fundo da neve no coração de Yellowstone.

Ele e Dimitri viajaram juntos para recuperar o conteúdo da caixa. O lobo, com o seu humor, continuava a insistir que Léopold precisava se soltar, mas obviamente não tinha noção do quanto a tarefa seria difícil. Apesar de tudo, sucumbira à insistência incansável do lobo de que ele precisava de um banho quente. Depois de muitos conhaques, cedeu à insistência. Ficar nu na floresta não tinha sido tão ruim, supôs. No entanto, estava certo de que teria sido muito mais tolerável se estivesse com uma mulher disposta.

Enquanto Léopold pegava os frasquinhos, vento e gelo sopravam em seu rosto. Inferno, deveria ter feito Dimitri vir junto para cavar e pegar o sangue. Mesmo com a força extraordinária, o Yellowstone era brutal no inverno. Mas Léopold encorajara o novo amigo a visitar Hunter Livingstone. Irmão de Tristan e amigo de Logan e Dimitri, Hunter liderava a alcateia do Wyoming. Embora fosse praxe um lobo forasteiro anunciar a presença no território de outro, Dimitri e Hunter eram amigos. Eles estavam cientes de sua chegada. Era Léopold quem queria ficar sozinho, por isso insistiu que descartaria o sangue ele mesmo.

Com a temperatura quase dez graus negativos, Léopold bufou de desgosto. Por mais que fosse de tirar o fôlego, o clima não era propício para o metabolismo de um vampiro. O silêncio ensurdecedor era instigante, mas mal podia esperar para voltar à cidade. Seja em Nova York ou Nova Orleans, as multidões faziam ser mais fácil para ele se alimentar sempre que quisesse. Qualquer coisa que desejasse estava a uma ligação de distância. O luxo acenava à sua chegada. Ele tinha reserva permanente nos clubes privados que forneciam de jazz a sangue. Em um instante, suas necessidades eram atendidas.

Verdade, era uma vida solitária. Mas a escuridão do passado não o permitia sentir. Ainda assim, não podia negar sua reação ao observar a interação do alfa com a companheira. Havia aquecido uma camada de gelo que ele tinha permitido engrossar ao redor do coração. Aquele tipo de amor não era frequente. Há muito tempo, quando era um menino tolo, pensou ser digno do amor. Mas não levou muito tempo para a dura realidade da vida dizimar aqueles ideais ingênuos e humanos de amor e família. Foi através da inteligência e da dominância que sobreviveu e governou. Poder e prosperidade foram garantidos por meios de batalhas e negócios.

Por mais que gostasse da liberdade, não lhe faltava compaixão. Na verdade, estava estranhamente inquieto desde que saiu de Nova Orleans. Não podia se esquecer do toque da mão de Logan no seu pulso nem dos lábios de Wynter na sua pele. Como um raio, o vínculo dele tinha penetrado profundamente na sua energia. Pensamentos, dor e paixão se afunilaram na sua mente. Foi como se a breve conexão tivesse abalado as suas memórias, o persistente desejo por amor.

Léopold amaldiçoou a fraqueza e afastou o pensamento o máximo que pôde. Como um sapato gasto, a indiferença tinha sido confortável. Como tal, ele se recusava a desistir da solteirice. *Uma parada no clube de Tristan na Filadélfia e uma trepada com as gêmeas renovaria o seu humor*, refletiu. Pensamentos imprudentes e pueris de romance e companheirismo eram para outros, não para ele.

Mais uma rajada de vento chicoteou Léopold. Enfiou os frasquinhos na mochila, fechou-a e jogou no ombro. Um lamento à distância lhe chamou a atenção. Malditos humanos. Malditos lobos. Esperavam mais uns trinta centímetros de neve para essa noite, e não podia imaginar que houvesse nada além de animais perambulando pela floresta. Quem diabos seria encontrado morto no meio da noite no Yellowstone?

Merde. Léopold rosnou e se arrastou pelo caminho acidentado. O West Thumb Geyser Basin, muito visitado por turistas no inverno, deveria estar deserto à noite. Com fontes termais borbulhantes e lama gorgolejante de cada lado da trilha, prosseguiu com cuidado até o som, e farejou. Além do cheiro de enxofre, captou um leve aroma humano.

— Eu deveria ter sentido o lobo — resmungou. Incerto do que encontraria adiante, sabia que não seria nada bom.

Ao se aproximar da pequena clareira, captou um vislumbre do contorno de uma pessoa na neve. Respirou fundo, vacilando entre se materializar e realmente ajudar. Não era da sua conta. Poderia desaparecer como se não tivesse visto nada. A cena entre o alfa e a companheira se repetiu na sua mente como um filme, e ele suspirou. Aquilo deve tê-lo deixado molenga porque estava inclinado a ajudar. Lobos filhos da puta. Grunhiu, percebendo que a consciência e a curiosidade não o deixariam ir. Resignado, verificaria a situação e daria o fora de lá.

Os pés de Léopold trituraram a neve, aproximando-se do barulho. Teve um vislumbre do corpo que não estava se movendo exceto por uma contração ocasional. O cheiro conhecido de humano e de lobo atingiu as suas narinas... e sangue.

— Identifique-se — ordenou.

Um gorgolejo estranho respondeu. O corpo pequeno estava envolvido em um cobertor, e ele ficou preocupado, já que mal podia ouvir o coração. De jeito nenhum geraria outro humano ou lobo. Talvez os levasse para um lugar seguro, mas não faria mais que isso.

— Você está me ouvindo? Você é um híbrido? O que está fazendo aqui? — Léopold não queria tocar o cobertor. Encarou as estrelas e respirou fundo, pensando no que fazer. O que quer que estivesse debaixo do cobertor mal estava respirando. Estava morrendo. Talvez devesse simplesmente ir embora?

Outro gorgolejo lhe chamou a atenção. Em todos os seus séculos, tinha quase esquecido do som. Sem sucesso, tentou dissipar as memórias que queriam vir à vida. *Gorgolejo*. Não, não fazia sentido. Caiu de joelhos e, frenético, começou a puxar o tecido, revelando a cabeça. Os olhos mortos de uma mulher cravaram nele. Por que ela traria um...? *Gorgolejo*. Continuou a desembrulhar o cobertor até ver a fonte do som. Um rostinho o olhou. Horrorizado, viu que suas suspeitas estavam certas. Um bebê.

— Mas que diabos? — Léopold ouviu o som dos lobos latindo à distância e se apressou para pegar a criança. — *Mon bébé*. Quem faria algo assim contigo?

Ele fez o sinal da cruz sobre o corpo morto, puxando o cobertor de debaixo dela. Depressa, embrulhou o pequeno. Enquanto o perigo se aproximava, Léopold xingou. Decisão tomada, embalou o bebê no casaco e desapareceu na noite.

SOBRE A AUTORA

Kym Grosso é autora da série de romance erótico-paranormal, *The Immortals of New Orleans*. A série, por enquanto, inclui quatro títulos, na seguinte ordem: Kade, Luca, Tristan e Logan.

Além de romances, Kym escreveu e publicou vários artigos sobre autismo e é apaixonada por sua defesa. Ela escreve artigos na PsychologyToday.com e na AutismInRealLife.com. Também contribuiu com um artigo no livro *Chicken Soup for the Soul: Raising Kids on the Spectrum*. (Canja de Galinha para a alma: criando crianças no espectro autista, em tradução livre).

Seus hobbies incluem advogar pela causa do autismo, leitura, tênis, zumba, viajar e passar tempo com o marido e os filhos. Nova Orleans, com sua cultura rica, história e culinária única, é um dos lugares que mais gosta visitar. Ela também ama viajar para qualquer lugar que tenha praia ou montanhas cobertas de neve. Em qualquer noite, quando não está escrevendo os próprios livros, Kym pode ser encontrada lendo no Kindle, que está abastecido com centenas de romances.

Site: http://www.KymGrosso.com
Facebook: http://www.facebook.com/KymGrossoBooks
Twitter: @KymGrosso

The GiftBox
EDITORA

A The Gift Box é uma editora brasileira, com publicações de autores nacionais e estrangeiros, que surgiu no mercado em janeiro de 2018. Nossos livros estão sempre entre os mais vendidos da Amazon e já receberam diversos destaques em blogs literários e na própria Amazon.

Somos uma empresa jovem, cheia de energia e paixão pela literatura de romance e queremos incentivar cada vez mais a leitura e o crescimento de nossos autores e parceiros.

Acompanhe a The Gift Box nas redes sociais para ficar por dentro de todas as novidades.

www.thegiftboxbr.com

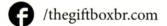

/thegiftboxbr.com

@thegiftboxbr

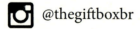

@GiftBoxEditora